Lone Theils war jahrelang London-Korrespondentin für die angesehene dänische Tageszeitung Politiken und hat als Journalistin auch fürs Fernsehen und Radio gearbeitet. Ihr Debütroman und Auftakt der Reihe «Die Mädchen von der Englandfähre» erscheint in 16 Ländern und stand wochenlang auf Platz 1 der dänischen Bestsellerliste. Auch Band 2 ist seit Erscheinen ein Bestseller.
Neben ihrer journalistischen Tätigkeit zwischen Dänemark und England teilt Lone Theils mit ihrer Protagonistin auch die Leidenschaft fürs Kickboxen. Seit 2016 lebt sie wieder in Dänemark und arbeitet derzeit am dritten Band der Reihe um Nora Sand.

Pressestimmen zu «Die Mädchen von der Englandfähre»:

«Ein extrem gelungener Thriller.» (Politiken)
«Ein herausragender und fesselnder Krimi, der alles hat, was es braucht: Action, faszinierende Figuren, eine Autorin, die das Setting bestens kennt, und vor allem: zahlreiche überraschende Wendungen und ein unvorhersehbares, überzeugendes Ende.» (Krimicirklen.dk)
«Exzellent.» (Kristeligt Dagblad)
«Eine Heldin, der man gern wieder begegnen will» (Berlingske)
«Eine beeindruckendes Debüt. Die Handlung ist rasant und fesselnd – und die Erzählweise zeigt, das die Autorin eine versierte journalistin ist, die ihr Handwerk versteht.» (Alt for Damerne)

Lone Theils

Das Meer löscht alle Spuren

Kriminalroman

Aus dem Dänischen von Ulrike Brauns

ROWOHLT TASCHENBUCH VERLAG

Die Originalausgabe erschien 2016 unter dem Titel «Den blå digters kone»
im Ringhof Verlag, Kopenhagen.

Deutsche Erstausgabe
Veröffentlicht im Rowohlt Taschenbuch Verlag,
Reinbek bei Hamburg, Mai 2018

Redaktion Sibylle Klöcker
Umschlaggestaltung bürosüd, München
Umschlagabbildung Karian Vegas/Arcangel
Satz aus der Mercury, InDesign,
bei Pinkuin Satz und Datentechnik, Berlin
Druck und Bindung CPI books GmbH, Leck, Germany
ISBN 978 3 499 27315 5

1. Kapitel

Es war eine ganz schöne Fummelarbeit, aber die Mühe lohnte sich immer. Nora stand über einen großen Korb mit Pfifferlingen gebeugt und suchte akribisch kleine, leckere, perfekt geformte Trompeten heraus.

Als sie mit ihrer Ausbeute zufrieden war, ging sie mit der braunen Papiertüte zum Gemüsehändler und machte sich auf einen gesalzenen Preis gefasst, als sie die Tüte auf die Waage legte.

Sie lächelte Andreas zu, der gerade die letzten Bissen eines dieser legendären Chorizosandwiches vom Borough Market verspeiste. Man konnte fast sagen, es war der perfekte Samstagvormittag. Selbst nach einem Monat war es ihr immer noch unbegreiflich, dass sie nichts weiter tun musste, als die Hand auszustrecken, um den Mann zu berühren, der bis vor kurzem noch verboten gewesen war. Verboten, weil er mit einer anderen zusammen war. Weil sie es sich selbst nicht gestattet hatte. Weil sie aneinander vorbeigelebt hatten, was sie vielleicht noch viele weitere Jahre getan hätten, wäre nicht eines Tages der Damm gebrochen.

Sie wollte gerade zu ihm gehen, da klingelte sein Handy. Er lächelte sie entschuldigend an, blinzelte und holte das Telefon aus der Jackentasche. Obwohl Nora bezahlte, entging ihr nicht die Veränderung in Andreas' Gesicht. Er wurde sehr ernst, wandte sich ab und ging hinaus auf die Straße, wo er mit dem Rücken zu ihr stehen blieb. Seine Schultern sackten herunter, als hätte er einen Schlag abbekommen. Nora stellte sich schon auf schlechte Neuigkeiten ein, da fing auch ihr Telefon an zu klingeln.

Kaum hatte sie es aus der Handtasche geangelt, erkannte sie die Nummer von Krebs und überlegte kurz, ob sie ihn einfach wegdrücken sollte. Wenn ihr Chef am Wochenende anrief, konnte man davon ausgehen, dass man schneller einbestellt wurde, als man «Also, ich hatte eigentlich geplant, ...» sagen konnte. So sah die Arbeit als Auslandskorrespondentin beim Wochenblatt *Globalt* eben aus. Nora liebte ihren Job, liebte das internationale Magazin, das sich ihrer Meinung nach grundlegend von der sonstigen Presselandschaft Dänemarks abhob. Allerdings liebte sie ihren Chef nicht immer, denn Krebs zog die Grenzen zwischen Arbeit und Freizeit manchmal sehr willkürlich. Nora kannte eigentlich nur einen Menschen, der in dem Punkt schlimmer war als Krebs. Und das war sie selbst.

Er kam gleich zur Sache, ganz in gewohnter Krebsmanier: «Sand. Was weißt du über den iranischen Dichter Manash Ishmail?», fragte er und bemühte dabei nicht mal das Minimum der sonst üblichen einleitenden Höflichkeitsfloskeln.

Zuerst dachte Nora, es handele sich um eine rhetorische Frage, aber da Krebs ausnahmsweise einmal zu keinem seiner ellenlangen Vorträge ansetzte, um seine Frage selbst zu beantworten, fing sie an, in ihrem Gedächtnis zu graben.

«Hm. Einer der bekanntesten iranischen Dichter. Und einer der prominentesten Systemkritiker. Ist letzten Monat nach Dänemark gekommen. Die iranische Regierung hat seine Auslieferung wegen terroristischer Tätigkeit verlangt. Sie drohen damit, weder Dänemark noch der EU jemals wieder Öl zu liefern, wenn sie sich weigern, ihn seinem Vaterland zu übergeben, wo man ihm den Prozess machen will. Auch der Fetaexport hängt an einem seidenen Faden. Ishmail hat seinerseits Asyl in Dänemark beantragt, weil er politisch verfolgt wird und ihm bei einer Auslieferung an den Iran die Todesstrafe droht. Seine erste Gedichtsammlung *Blaue Seele* brachte ihm eine Nominierung für den Literaturnobelpreis ein», leierte Nora herunter, nachdem ihr die Artikel und Überschriften der vergangenen Wochen wieder eingefallen waren.

«Ich hab übrigens noch nie eins seiner Gedichte gelesen», fügte sie hinzu.

«Hast du ihn mal getroffen oder interviewt?»

«Nein», antwortete Nora verblüfft. «Das ist ja nicht gerade mein Spezialgebiet, um es mal vorsichtig auszudrücken.»

«Genau mein Gedanke», erwiderte Krebs. «Nichtsdestotrotz hat er nach dir gefragt.»

«Wer?»

«Ishmail. Er hat nach dir gefragt.»

«Wann?»

«Viola Ponte bemüht sich seit seiner Ankunft in Dänemark um ein Interview», erklärte Krebs und verwies damit auf die Kulturredakteurin der *Globalt*, «aber bislang hat er alle Anfragen abgelehnt und mit keinem Journalisten gesprochen.»

«Oh. Okay?», sagte Nora und versuchte vorherzusehen, welche Richtung dieses Gespräch wohl nehmen würde.

«Bis gestern Nachmittag», fuhr Krebs fort. «Da sagte er plötzlich zu. Allerdings unter einer Bedingung: dass du das Interview führst.»

Nora war ausnahmsweise sprachlos. Mit der einen Hand hielt sie die Tüte mit den Pfifferlingen und eine weitere mit Fisch, mit der anderen presste sie das Handy ans Ohr, während sie versuchte, Andreas in der Menschenmenge ausfindig zu machen. Aber sie konnte ihn nirgendwo entdecken.

«Bist du noch dran?», drang Krebs' Stimme aus dem Hörer.

«Ja, bin ich. Ich weiß bloß nicht, was ich sagen soll ... Ich verstehe nicht ganz, warum er will, dass ich das mache», antwortete sie geistesabwesend, während sie weiter nach Andreas Ausschau hielt.

Dort. In der Nähe des Cafés an der Ecke leuchtete sein blonder Schopf auf, aber sein Gesicht konnte sie nicht sehen. Sie versuchte, sich wieder auf das Telefonat zu konzentrieren.

«Ich hatte gehofft», sagte Krebs pikiert, «du könntest vielleicht Aufschluss darüber geben, warum er ausgerechnet auf dir besteht. Hast du in der letzten Zeit irgendetwas über den Iran geschrieben? Über Lyrik? Über irgendetwas anderes, das für ihn relevant sein könnte?»

Nora schüttelte den Kopf, bis ihr bewusst wurde, dass Krebs das ja nicht sehen konnte. «Nein. Ich habe absolut keine Ahnung, wie er auf mich kommt.»

«Ich auch nicht, deshalb habe ich Emily darauf angesetzt, das Archiv zu durchforsten. Wenn sie nichts findet, gibt es auch nichts zu finden.» Emily war *Globalts* allwissende Archivarin, Bibliothekarin und unersetzliche Superresearcherin. «Aber Sand, du musst verdammt noch mal herkommen und uns dabei helfen herauszufinden, was er will. So viel bist du ihm schuldig. Von mir ganz zu schweigen. Ponte hat geradezu getobt. Sie hatte die Sache schon Victor zugedacht, der daraus eine lange, einfühlsame Geschichte machen sollte. Und dann beschließt Ishmail einfach, dass er nur mit dir reden will. Das war nicht gerade die harmonischste Redaktionskonferenz in der Geschichte unseres Blattes», sagte Krebs.

Nora seufzte. «Reicht Montag?»

Krebs biss an. «Aber keinen Tag später. Wir wollen schließlich nicht, dass uns die Story durch die Lappen geht. Aber vermutlich spricht er sowieso mit niemand anderem, wenn wir ihm ein Treffen mit dir garantieren», sagte er und ging zum Abschluss des Gesprächs über. «Nun, die Runde Golf spielt sich nicht von allein. Hab noch ein schönes Wochenende.»

Sofort rief Nora in der Redaktion an und bat Anette, ihr ein Flugticket nach Hause zu buchen. Und dann blieb ihr nichts anderes übrig, als Andreas zu suchen, um zu gestehen, dass das Wochenende, das sie in kuscheliger Zweisamkeit hatten verbringen wollen, erheblich kürzer ausfallen würde, weil sie schon am Sonntagnachmittag nach Dänemark fliegen musste. Nur so würde ihr ausreichend Zeit bleiben, sich auf das Interview am Montagmorgen vorzubereiten.

Ihr Blick wanderte zum Café hinüber. Andreas hatte einen der extrem beliebten Monmouth Espressi ergattert, für den die kaffeedurstigen Londoner sich gern in lange Schlangen reihten. Allerdings hielt er den kleinen Pappbecher wie in Trance vor sich in den Händen.

Ihr fiel wieder ein, dass sie nicht die Einzige war, die gerade schlechte Nachrichten bekommen hatte. Sie ging in der Hoffnung auf ihn zu, dass er irgendwann zu ihr rüberschauen würde, aber er hielt den Blick weiter auf das Markttreiben gerichtet.

Dabei machte er jedoch einen seltsam entrückten Eindruck. Erst als sie ihn sanft am Arm berührte, blickte er sie an.

«Andreas? Was ist los?», fragte sie und sah ihm in die Augen.

Er schaute erst zu Boden, dann seitlich an ihr vorbei. Schließlich schien er einen Punkt irgendwo oberhalb ihrer linken Schulter zu fokussieren.

«Sie ist schwanger.»

«Brigitte? Brigitte ist schwanger?» Noras Stimme überschlug sich.

Andreas nickte betrübt.

«Wie das?», fragte Nora, während sie versuchte, zu begreifen, wie das hatte passieren können. Wie war sie in diese Situation geraten? Noch am Morgen schwelgte sie im Glück mit dem besten Mann von allen, die sie bisher kennengelernt hatte. Und nun – nur drei Stunden später – stand sie mit einer verdammten Fischtüte auf dem Borough Market, während Andreas' Ex, die nicht mal in diesem Land wohnte, übers Handy ihr Leben in Stücke riss.

«Sie ist in der dreizehnten Woche, also wird sie es behalten. Sie hat so lange gewartet, es mir mitzuteilen, damit es zu spät ist, um abzutreiben. Und sie wünscht sich vollen Einsatz von mir, das hat sie ausdrücklich gesagt. Vollen Einsatz, das waren ihre Worte.» Andreas' Ton war matt.

«Und was machst du jetzt?», fragte Nora.

Er zuckte mit den Schultern. «Ich weiß es nicht. Ich weiß es wirklich nicht.»

Stille senkte sich über sie. Plötzlich waren sie jeder für sich, zwei einsame Inseln der Unglückseligkeit.

«Nora, verdammt, ich habe einfach keine Ahnung. Ich muss nach Hause, um herauszufinden, was los ist. Ich bin echt ratlos.»

Nora hörte das wie aus großer Ferne, während die Tüte mit dem Fisch auf den Boden knallte. Kurz darauf folgte die braune Papiertüte mit den Pfifferlingen, die beim Aufprall aufriss. Die kleinen, goldenen Trompeten verteilten sich und wurden – eine nach der anderen – von Passanten in feinen Herrenschuhen, klobigen Wanderschuhen und leichten Damensandalen plattgetrampelt.

Irgendwann fand sie die Kraft, sich umzudrehen. «Dann solltest du zusehen, wie du das ändern kannst», brachte sie heraus und ließ dann den Borough Market hinter sich. Und Andreas.

Sie schaute sich nicht um. Sie wusste, wie er dort stehen würde. Mit hängenden Schultern, einer besorgten Miene und diesem leichten Zug um die Unterlippe, der sich zeigte, wenn er sich über irgendetwas im Unklaren war.

Sie wusste nicht, wie lange sie am Fluss entlanggegangen war. Vielleicht eine Stunde. Schließlich steuerte sie einen U-Bahnhof an und nahm die Northern Line nach Hampstead. Dort kämpfte sie sich den Hügel hinauf und klopfte an Petes Tür.

«Ich dachte, ich soll zum Mittagessen zu dir kommen. Oder hab ich das falsch verstanden?», fragte er, bevor ihm Noras Gesichtsausdruck auffiel.

«Meine Süße», sagte er einfach nur und nahm sie in die Arme. Erst jetzt kamen ihr die Tränen.

«Eigentlich solltest gar nicht du mich trösten müssen», schluchzte sie.

Seit Pete von einem Fotoshooting in Kambodscha – inklusive

Zwischenstopp in Melbourne – zurückgekehrt war, hatte er sich niedergeschlagen in seiner Wohnung verkrochen. Seine große Liebe Caroline war mit einem Chirurgen zusammengezogen und erwartete nun ein Kind von ihm. Das hatte Pete zwar bereits gewusst, bevor er sich zu diesem Besuch entschieden hatte, doch als er sie mit ihrem großen Bauch sah, traf ihn die Wahrheit noch einmal mit voller Wucht.

Nora hatte ihm die Sache regelrecht aus der Nase ziehen müssen. Langsam und schmerzhaft, Wort für Wort, ganz, wie man mit einer Pinzette Splitter aus einem Finger zog. Ja, er hatte allen Mut zusammengenommen und Caroline angerufen. Sie hatte einem Treffen auf eine Tasse Kaffee zugestimmt.

An der Strandpromenade des Melbourner Stadtteils St. Kilda hatten sie in ihrem früheren Lieblingscafé gesessen und aufs Meer geschaut, während Touristen auf Inlinern vorbeirollten.

Caroline hatte offen über ihre Schwangerschaft gesprochen. Hatte sich mit der simplen Bemerkung, dass sie dieser Tage immer hungrig sei, einen Mississippi Mudslide Pie bestellt. Ihr Babybauch war schon so groß gewesen, dass Pete dessen Existenz nicht hatte verleugnen können. Deshalb hatte er sich zu der Nachfrage genötigt gesehen: Wie lange hast du noch vor dir? Drei Monate, hatte sie geantwortet.

Dann hatte er gefragt, ob sie mit Ryan glücklich sei. Glücklich mit dem Mann, den sie weniger als drei Monate nach ihrer Trennung von Pete und ihrer Rückkehr von London nach Australien durch die Arbeit kennengelernt hatte. Glücklich mit dem Mann, der *unter keinen Umständen* – so hatte sie sich ausgedrückt – davon erfahren durfte, dass sie mit ihrem Ex in einem Café am Strand saß und Kaffee trank, während er auf einem Pharmakongress in Perth war.

Ja, hatte Caroline bekräftigt, sie sei nicht nur glücklich. Sie sei überglücklich.

Allerdings hatte sie Pete nicht direkt angesehen, während sie dies sagte, sondern direkt in den Sonnenuntergang.

«Aber», hatte Nora damals in dem Starbucks nachgehakt, wo er ihr über zwei dampfenden Latte Macchiato widerwillig diese Geschichte erzählte, «hast du ihr denn gesagt, dass du noch in sie verliebt bist?»

Woraufhin Pete den Kopf geschüttelt hatte. «Um ganz ehrlich zu sein, wusste ich nicht, wozu.» Dann hatte er seinen Becher geleert.

Nora hatte versucht, ihn mit einer ihrer unzähligen Single-Kolleginnen zu verkuppeln, aber Pete war viel zu traurig. Und jede Frau, die Interesse an dem charmanten Fotografen mit seinen dunklen Locken und grünen Augen angemeldet hatte, war für ihn nichts als ein jämmerlicher Ersatz gewesen. Pete war einfach nicht bereit für eine ernsthafte Beziehung. Noch dazu hatte er die Musik seiner Jugend für sich wiederentdeckt und befand sich auf einem äußerst hartnäckigen *The Cure*-Trip. Fast rechnete Nora damit, dass er zum nächsten Fotoshooting mit schwarzem Eyeliner und zerzaustem Haar auftauchte, um seine von Weltschmerz geprägte Miene perfekt zu ergänzen.

Doch nun war er es, der sich um Nora kümmerte. Taiwanesisches Essen organisierte und kaltes Bier aus dem Kühlschrank holte. Ihr das Sofa überließ, wo sie während einer Folge von *Inspector Barnaby* einschlief, ohne den Teller mit der halben Portion Pad Thai überhaupt angerührt zu haben.

Nora brachte es nicht über sich, Pete über den Grund ihrer Traurigkeit aufzuklären, denn irgendwie hatte sie selbst den Überblick verloren. Und Pete war geprägt von der australischen

Gewohnheit, erst Fragen zu stellen, wenn man dazu aufgefordert wurde.

Erst am nächsten Morgen konnte Nora sich so weit zusammenreißen, wieder zu der Wohnung im Belsize Park zu fahren, um zusammen mit Andreas die Fäden der neuesten Verwicklungen zu entwirren.

Gleich als sie durch die Tür trat, sah sie es. Seine Sachen waren weg. Nicht, dass es viel gewesen wäre: eine Zahnbürste und ein paar T-Shirts für den Fall, dass er spontan bei ihr blieb, statt in die kleine Wohnung in Battersea zu fahren, wo er zur Zwischenmiete wohnte. In letzter Zeit hatte er fast immer bei ihr übernachtet. Ferner die jüngste Coldplay-CD, ein Gillette-Rasierer und ein dicker Wälzer über die Entstehung der al-Qaida – alles war weg.

Auf dem Küchentisch lag ein Zettel: *Ich muss erst mal herausfinden, was los ist. Nach Hause fliegen und mit ihr reden. Hätte mich gefreut, dich noch mal zu sehen. Bis dann.*

Sie warf einen Blick auf ihr Handy. Er hatte weder angerufen, noch eine Nachricht geschickt. Sie warf ihren Schlüssel in die Schublade und holte kurz entschlossen ihren Koffer aus dem Schrank. Da konnte sie ja genauso gut sofort mit dem Packen anfangen.

2. Kapitel

Sonntagnachmittag holte sie den Leihwagen aus dem Parkhaus in Kastrup und fuhr nach Amager zum Schrebergartenhaus ihres Bruders David. Sie konnte sich einfach nicht durchringen, ihren Vater in Bagsværd aufzusuchen. Zerstreuter Professor hin oder her, er würde trotzdem nur einen Blick auf sie werfen müssen, um zu erkennen, dass etwas nicht stimmte. Und Nora war einfach nicht bereit, ein solches Gespräch mit ihrem Vater zu führen. Schließlich hatte sie ihm bisher noch gar nichts von Andreas erzählt.

Durch die Windschutzscheibe betrachtete sie die vorbeiziehende Stadt. Dort, in Frederiksberg, wohnte Beamten-Brigitte. Die Frau, mit der Andreas fast zwei Jahre lang zusammen gewesen war, bevor er zu einer neunmonatigen Schulung zum Thema Terrorbekämpfung nach London gekommen war und seine alte Schulkameradin Nora aufgesucht hatte.

Vielleicht hatte Brigitte eine Veränderung gewittert – irgendwie geahnt, dass Andreas seine Liebe zu Nora nie ganz vergessen hatte. Jedenfalls rief sie ihn an einem Wochenende an und stellte ihn vor ein Ultimatum. Sie wollte ihn heiraten.

Nora kannte nur wenige Einzelheiten ihrer Beziehung. Immer wenn Andreas darauf zu sprechen kam, musste sie sich größte Mühe geben, sich nicht die Ohren zuzuhalten und «La-la-la-ich-kann-dich-nicht-hören» zu sagen. Sie hatte absolut keine Lust, irgendetwas über Andreas' und Brigittes gemeinsames Leben zu erfahren. Wie sie sich verliebt hatten. Wieso es zwischen den beiden nicht lief.

Andreas war nun mit ihr zusammen. Mehr musste sie nicht wissen. Und dabei war alles zwischen ihnen noch so frisch und zart und empfindlich wie kleine Krokusköpfchen, die sich im März langsam aus der Grasdecke schoben.

Aber war er wirklich mit ihr zusammen?

Sie parkte den Wagen vorm Schrebergartenverein und suchte Andreas in der Kontaktliste ihres Handys. Saß dann da und starrte nachdenklich auf das Foto, das sie in einem Straßencafé von ihm gemacht hatte, wo sie in der Sonne gesessen, Eiskaffee getrunken und sich quasi im selben Atemzug über Haikus, über die Tour de France sowie guten Mozzarella ausgetauscht hatten, in einem dieser von Sprüngen und flinken Wendungen geprägten Gespräche, wie sie sie nur mit Andreas führen konnte.

Also wählte sie seine Nummer. Er ging nicht dran, und sie hinterließ keine Nachricht.

Nur wenige Augenblicke später zog sie den Koffer den schmalen Weg entlang hinter sich her und fand den Schlüssel zum Haus genau dort, wo er immer lag. Unterm Dachfirst, hinter dem vierten Balken von rechts. Was bedeutete, dass David in seiner Wohnung war. Nora bemerkte ihre Erleichterung – und gleichzeitig meldete sich ein leises Schuldgefühl, weil sie sich nichts sehnlicher wünschte, als allein zu sein.

Im obersten Schrank fand Nora eine Flasche Rotwein, öffnete sie und goss großzügig ein altes Senfglas voll, das sie mal in einem belgischen Supermarkt gekauft hatte und auf dem Tim von *Tim und Struppi* auf einem Kamel abgebildet war. Dann zog sie die Sandalen aus und begab sich mit nackten Füßen auf einen Rundgang durch den kleinen Garten. Spürte die Feuchtigkeit des Grases unter ihren Füßen. Setzte sich unter einen Pflaumenbaum und dachte an jenen Tag vor vielen Jahren, an dem sie mit Andreas in einem anderen Garten gesessen hatte. Nach mehreren Jahren der Freundschaft am Gymnasium hatte er ihr seine Liebe gestanden, woraufhin sie sich für einen Monat auf Interrailtour begeben und sich danach geweigert hatte, je wieder darüber zu sprechen.

Sie holte die Flasche aus der Küche, zog ihren Laptop aus der Tasche und klappte ihn auf. Innerhalb von zwanzig Sekunden hatte er das Wifi des Hauses gefunden und sich an Davids Passwort erinnert: *PaeOn*, gefolgt von den ersten fünf Kommastellen der Kreiszahl Pi.

Als Erstes stattete sie Wikipedia einen Besuch ab, wo kurz und knapp darüber informiert wurde, dass Manash Ishmail, geboren in Zanjan als jüngster Sohn eines Englischlehrers, achtunddreißig Jahre alt war und vor fünfzehn Jahren seine Frau Amina geheiratet hatte. Das Paar blieb kinderlos. Er war studierter Jurist, las Nora nicht ohne Überraschung, und hatte eine Weile als Beamter im iranischen Energie- und Wasserministerium gearbeitet, bevor er sich der Lyrik verschrieb.

Die Seite bot einen Link zu einem Artikel des *Daily Telegraph*, der sich mit Ishmails literarischem Durchbruch befasste. Darin wurde beschrieben, wie Ishmails stolzer Vater die Gedichte des Sohnes ohne dessen Wissen einem britischen Kollegen gezeigt hatte, der im Begriff war, wieder nach Großbritannien zurückzukehren, nachdem er vor Ort Entwicklungsarbeit geleistet hatte. Der Kollege war so begeistert gewesen, dass er die Gedichte ins Englische übersetzte und einem befreundeten Lektor mailte. Die Gedichte wiederum wurden von Popsternchen Malinka entdeckt, und als sie eins von Manash Ishmails romantischsten Gedichten mit ihrer rauchigen Stimme und Akustikbegleitung interpretierte, wurde er quasi über Nacht berühmt.

Seine Sammlung blauer Gedichte schaffte es auf die Bestsellerliste der *Sunday Times*, und schon standen Agenten aus den USA, Frankreich und Italien Schlange, um seine Texte veröffentlichen zu dürfen. Darauf folgte schließlich die ultimative Auszeichnung: der Nobelpreis.

Für andere Autoren hätte das vielleicht das größte Glück bedeutet, nicht aber für Ishmail. Für ihn wurde es zum ersten Akt seiner persönlichen Tragödie. Der bislang unscheinbare Beamte geriet ins Fadenkreuz seiner Regierung. Ein übereifriger Angestellter des Ministeriums für Nachrichtenwesen befasste sich sehr gründlich mit der Sammlung und fand, dass ein Gedicht auf der vorletzten Seite durchaus als Kritik an der Theokratie verstanden werden könnte.

Zunächst wurde Manash Ishmail ohne jegliche Erklärung entlassen, und drei Tage später befand er sich in Teherans berüchtigtem Evin-Gefängnis.

Der internationale PEN-Verband engagierte sich, sodass er bereits nach drei Wochen massiven Pressedrucks wieder freigelassen wurde. Verletzt und enttäuscht von einem Regime, zu dem er zuvor keine wirkliche Meinung gehabt hatte.

Nora suchte weiter, fand aber nur Artikel, die nichts als ein

Abklatsch dessen waren, was sie gerade in der britischen Zeitung gelesen hatte.

Vergeblich suchte sie nach Äußerungen des Dichters selbst. Manash Ishmail gab wohl keine Interviews. Er ließ durch seinen britischen Agenten höflich bekannt geben, dass ihn das große öffentliche Interesse ehrte, aber dass seine Gedichte alles ausdrückten, was er auf dem Herzen habe.

Nora leerte das Glas und schenkte sofort nach. Die zartviolette Sommerdämmerung hatte sich über die kleine, rechteckige Grasfläche gelegt, und Nora bekam allmählich kalte Füße.

Sie klickte sich zu einem Auszug aus Manash Ishmails Gedichtsammlung in englischer Übersetzung vor. Nach nur wenigen Minuten war sie wie gefesselt von persischer Sehnsucht, eingehüllt von dem blauen, melancholischen Ton.

Sie sagte sich, dass es an der Uhrzeit, am Schlafmangel, an der Kälte liegen musste, aber sie hatte den Eindruck, ihr würden die Worte bis ins Herz und von dort bis in die Augen dringen, die ganz feucht wurden, je mehr sie über die Sehnsucht las, und über die Einsamkeit, von der man erlöst wurde, wenn man seinen Seelenverwandten traf, wenn man die Liebe fand, die bis in alle Ewigkeit hielt.

Eine Weile blieb sie sitzen und starrte ins Nichts. Dachte an Andreas. Wo er wohl gerade war, was er wohl gerade machte.

Irgendwann schloss sie den Tab und suchte stattdessen die Adresse des Asylbewerberheims heraus, ließ sich eine Route vorschlagen und mailte sie an ihre eigene Adresse.

Dann holte sie die alte Steppdecke aus dem Schrank und machte es sich mit einem von Davids populärwissenschaftlichen Magazinen auf dem kleinen, grünen Sofa so bequem wie möglich, in der Hoffnung, dass ein ausführlicher Artikel über die Mysterien der Milchstraße dabei half, dass sich der Schlaf schneller einfand.

Aber er half nicht.

3. Kapitel

Es herrschte nicht viel Verkehr an diesem Montagmorgen, sodass Nora bereits nach anderthalb Stunden beim Humlegården etwas außerhalb von Slagelse eintraf. Früher hatte es sich dabei sicher einmal um einen edlen Gutshof gehandelt, heute war es eine Art Abstellgleis, auf das man eine Gruppe von Menschen schieben konnte, damit sie mit ihrer Anwesenheit nicht das Straßenbild der Allgemeinbevölkerung störten und so die Wähler dazu bewegten, ihre Stimme den rechtesten der Rechten zu geben.

Seit Nora über diverse Kriege und Konflikte auf dem Balkan berichtet hatte, wurde sie wütend, wenn undifferenziert und herabsetzend über Flüchtlinge geredet wurde. Sie hatte Menschen gesehen, die in äußerster Not aus Kriegsgebieten geflohen waren. Hals über Kopf hatten sie ihr ganzes Leben und ihr Zuhause Soldaten mit brennenden Fackeln überlassen. Hatten auf Strümpfen Berge überwunden, um ihr eigenes Überleben und das ihrer Kinder und Eltern zu sichern – nur um dann vor Grenzbeamten zu stehen, die es nicht einmal wagten, ihnen in die Augen zu schauen.

Nora stellte den Wagen auf einem rechteckigen Kiesbett vor einem Schild ab, das verkündete, dass sich hier ein Asylbewerberheim des Roten Kreuzes befand. Dann holte sie ihr Handy und den kleinen Zettel mit der Telefonnummer hervor, die Krebs ihr durchgegeben hatte. Nach zwei Freitönen hob jemand ab.

«Hier spricht Kirsten», meldete sich eine ruhige Stimme.

«Ich bin Nora Sand und möchte Manash …»

«Ja, wir erwarten Sie schon. Geben Sie mir zwei Sekunden, dann bin ich bei Ihnen», versprach die Frau.

Nora stieg aus dem Wagen und streckte sich. Was für eine elendige Nacht. Sie nahm ihre Tasche aus dem Auto und schloss ab. Ihr war noch immer nicht klar, warum der berühmte Dichter darauf bestanden hatte, mit ihr zu sprechen. Aber bevor sie weiter darüber nachdenken konnte, stand schon eine blonde Frau vor ihr und streckte ihr die Hand entgegen. «Kirsten Isager.»

Nora schüttelte ihr die Hand und stellte sich ebenfalls vor.

Die Frau lächelte sie an. «Wir sind sehr stolz, einen so prominenten Dichter bei uns zu haben.»

Sie folgten einem schmalen Plattenweg, der sie bis vor ein Tor in einem hohen Metallzaun führte. Kirsten kramte einen Schlüssel hervor und schloss auf.

«Hohe Sicherheitsvorkehrungen», stellte Nora fest.

«Ja», antwortete Kirsten, «allerdings weiß ich manchmal nicht, wer vor wem beschützt werden soll.»

Sie liefen quer über den Hof. Kirsten deutete zum Haupthaus, einem baufälligen, weißen Gebäude, das nach Noras Einschätzung seit dem Jahr 2000 keinen Pinsel mehr gesehen hatte.

«Hier sitzt hauptsächlich die Verwaltung. Aber es gibt außerdem Zimmer für Frauen mit kleinen Kindern, die besondere Betreuung brauchen.»

«Wie viele Menschen wohnen hier denn insgesamt?»

«Offiziell dürfen wir nur fünfundachtzig Erwachsene und zwanzig Kinder aufnehmen, aber tatsächlich leben hier gerade zweiundneunzig Erwachsene und fünfundzwanzig Kinder. Die meisten kommen aus Kriegsgebieten und sind schwer traumatisiert, wenn sie bei uns eintreffen. Aber, hey, Hauptsache, wir sorgen dafür, dass sie sich nicht zu wohl fühlen, sagt sich unsere Regierung offenbar. Sonst könnten sie ja noch auf die aberwitzige Idee kommen, hierbleiben zu wollen, wo sie in Sicherheit sind», antwortete Kirsten Isager. Die Verbitterung in ihrer Stimme war nicht zu überhören.

Nach einer kurzen Pause folgte der Zusatz, den Journalisten nur allzu oft hörten: «Aber das bleibt bitte unter uns.»

Nora nickte höflich und folgte ihr am Haupthaus vorbei zu einem Durchgang, der früher vermutlich mal in den Garten geführt hatte. Dort standen acht hässliche, weiße Wohncontainer. Alles hier schrie förmlich nach Funktionalität und Provisorium in einem Maße, wie Nora es zuletzt bei dem Besuch einer Bohrplattform östlich von Aberdeen erlebt hatte.

«Wie lange ist Ishmail denn schon hier?», fragte Nora.

«Seit zwei Wochen. Aber er war so deprimiert, dass wir erst jetzt den Eindruck haben, er ist bereit und imstande, mit jemandem zu sprechen. Er hat nach Ihnen gefragt. Haben Sie eine Ahnung, warum?» Für einen Moment überkam Kirsten die Neugier, aber schnell nahm sie wieder ihre offizielle Rolle ein.

Nora schüttelte den Kopf, während Kirsten Isager unbeirrt fortfuhr: «Die Frauen schlafen auf dieser Seite, die Männer am anderen Ende. Wir haben nur sehr wenige Familienunterkünfte, und die sind immer belegt.»

Als sie näher kamen, sah Nora eine kleine Gruppe von Männern vor einer der weißen Baracken sitzen, sie unterhielten sich leise. Die meisten trugen Jogginganzüge. Manash Ishmail war nicht unter ihnen.

Der Geruch von angebratenen Zwiebeln drang aus einem der geöffneten Fenster, und Noras Magen reagierte sofort mit einem Knurren. Zwischen zwei der Baracken war eine Gruppe Frauen mit dem Jäten von Unkraut beschäftigt. Es waren junge und alte darunter, und sofort tauchte vor Noras geistigem Auge eine Erinnerung an ihre Balkanreise auf, als sie von einer fast zahnlosen alten Frau angelächelt worden war, die einen dunkelblauen Rock und dazu ein Kopftuch getragen hatte.

«Sie haben hier die Möglichkeit, Gemüse anzubauen. So haben sie etwas Frisches, Selbstgezogenes und darüber hinaus auch etwas zu tun, während sie auf den Ausgang ihres Verfahrens warten. Der wichtigste Nebeneffekt ist und bleibt aber die heilende Wirkung, die die Arbeit mit Erde hat. Wenn man beobachten kann, wie etwas Neues wächst», erklärte Kirsten Isager, die nun vor der vorletzten Baracke stehen blieb und an die Tür klopfte. Ein vielleicht sechzigjähriger Mann mit einem riesigen Schnurrbart öffnete die Tür und betrachtete sie mit seinen braunen Augen, die so gerötet waren, als habe er gerade geweint.

«Hallo, Sanjit. Wir wollten zu Manash», sagte Kirsten Isager.

Der Mann machte wortlos einen Schritt zurück und ließ sie in die kleine Küche treten, wo er gerade Zwiebeln anbriet. Auf dem Küchentisch lag eine gewürfelte grüne Paprika, und an einem wackligen Campingtisch saß ein Mann, der gerade Tomaten hackte. Er schaute auf, und sofort erkannte Nora ihn von den Fotos. Der intensive Blick aus schwarzblauen Augen unter einem zerzausten Pony, die geschwungenen Lippen, die versuchten, etwas zustande zu bringen, das einem Lächeln gleichkam. Allerdings lächelten seine Augen nicht mit. Traurigkeit hing wie ein dichter Vorhang davor.

Er zog ein Taschentuch aus einer abgetragenen, dunklen Hose, die frisch gebügelt aussah, wischte sich damit die Hände ab und reichte Nora dann die rechte.

«Nora Sand?»

«Ja», antwortete Nora und schüttelte seine Hand.

«Ich habe Sie erwartet», sagte er knapp, aber nicht unfreundlich in einem Englisch, das klang, als habe er es aus alten, staubigen Büchern gelernt. «Wir beide haben Wichtiges zu besprechen, aber erst sollten wir etwas zu uns nehmen. Sie kommen genau rechtzeitig zum Mittagessen», sagte Manash Ishmail in einem Ton, der keinen Widerspruch duldete. Er deutete zu einem Klappstuhl auf der anderen Seite des Tischs.

«Sanjit ist Vegetarier, deshalb machen wir Omelette. Ist das ein Problem?»

«Nicht im Geringsten», antwortete Nora und lächelte. Fast hatte sie den Eindruck, sie konnte ihren leeren Magen leise Halleluja singen hören.

Der wortkarge Sanjit kippte die Paprikawürfel in die Pfanne und schwenkte sie im Öl, bis sie weich und zart waren. Dann fügte er die Tomaten hinzu und ließ alles zusammen brutzeln, während er Eier in eine Schale schlug und mit einer Handvoll gehackten Minzblättern und zerkrümeltem Feta mischte. Es duftete himmlisch.

Sie befüllten drei Teller und nahmen sie mit hinaus, wo sie sich in die Sonne setzten und aßen.

Eine dunkelgraue Katze kam herbei und streifte schamlos um Noras Beine. Nora hatte nie ganz verstanden, was die Leute an Katzen fanden. Und vielleicht lag es an ihrem Desinteresse, dass die Viecher sich immer ganz besonders für sie zu interessieren schienen. Wie oft hatte sie in ihrer Kindheit mit David irgendwo gestanden und gehört, wie er eine kleine Miez-Miez-Miez anflehte herzukommen, damit er sie streicheln konnte. Woraufhin das eingebildete Tier sofort zu ihr kam und ihre ganzen Klamotten mit Katzenhaaren einsaute.

Geistesabwesend kraulte sie das dunkelgraue Tier zwischen den Ohren, während sie Manash betrachtete. Seit der Aufnahme des *Daily Telegraph* hatte er abgenommen. Das weiße Hemd schlotterte nur so um seinen Körper. Ein Gefängnisaufenthalt inklusive Folter hätte diesen Effekt wohl auf die meisten Menschen, dachte Nora.

Aber das war nicht das Einzige, was ihr auffiel. Seine Schultern waren angespannt, als wäre er in ständiger Alarmbereitschaft. Außerdem wirkte er, als würde er eine große Last tragen. Gequält, das war der Ausdruck, den sie gewählt hätte, müsste sie ihn mit einem einzigen Wort beschreiben.

Irgendetwas sagte ihr, dass sie nicht sofort zur Sache kommen würden. Also sprachen sie erst einmal über den Garten. Über die Ernte und das Wetter. Sanjit schwieg weiter. Als die Teller leer waren, brachte er sie hinein und kehrte wenig später mit drei kleinen Gläsern zurück, die mit gesüßtem Kardamomkaffee gefüllt waren. Nora spürte, wie Koffein und Zucker ihre Wirkung entfalteten. Das Getränk war so stark, dass leise Zweifel in ihr aufkamen, ob sie je wieder schlafen könnte.

Manash trank aus und wandte sich an sie: «Kommen Sie, gehen wir in den Garten.»

Er führte sie an den arbeitenden Frauen vorbei, dann an einem Feld voller Disteln bis hinunter zu einer alten, vom Sturm abgeknickten Eiche. Er kletterte behände ein Stück hoch und ließ sich auf dem Stamm nieder. Dann reichte er Nora eine Hand, um ihr heraufzuhelfen, damit sie sich gegenüber von ihm hinsetzen konnte.

«Ich komme jeden Tag hierher», erklärte er. «Dann sitze ich allein da, schaue der Sonne beim Untergehen zu und denke an Amina.»

Nora entging das Zucken seiner Unterlippe nicht, während er den Namen der Frau sagte, mit der er den größten Teil seines Erwachsenenlebens verheiratet war.

«Ist Ihre Frau denn nicht bei Ihnen?», fragte Nora überrascht. Sie war einfach davon ausgegangen, dass die beiden zusammen geflohen waren. Wenn man nur ein paar von Manash Ishmails Liebesgedichten gelesen hatte, die der Frau seines Lebens gewidmet waren, fiel es nicht schwer, sich vorzustellen, wie sehr sie ihm fehlen musste.

Er schüttelte den Kopf, und Nora konnte ihm ansehen, dass er um Fassung rang. Sie holte ihr iPhone aus der Tasche, machte sich bereit für das Interview und startete die Aufnahme. Doch genau in dem Augenblick griff er nach ihren Händen. Die Kraft, mit der er sie packte, ließ Nora unvermittelt an Manashs Heimat denken, den Mittleren Osten, wo so vieles eine brachiale Gewalt aufzuweisen schien: die Hitze, die Dürre, der Durst. Er sah ihr direkt in die Augen.

«Nora Sand. Ich habe mich an Sie gewandt, weil ich Ihre Hilfe brauche.»

«Ja, gut. Ich helfe Ihnen auch sehr gerne dabei, Ihre Geschichte erzählen zu können. Ich müsste nur ...»

«Vergessen Sie meine Geschichte, die ist völlig unwichtig. Sie sollen sie natürlich trotzdem hören, falls sie Ihnen Ansatzpunkte liefern kann. Aber eigentlich brauche ich Ihre Hilfe dabei, meine Frau zu finden. Meine geliebte Amina.»

Nora schluckte und betrachtete ihn. Todernst sah er aus. «Warum ich? Warum glauben Sie, dass ich Ihnen helfen kann?», fragte sie zögerlich.

Und dann gab er seine Geschichte preis. Er erzählte, wie sie aus dem Iran geflohen waren. Von der Schlepperbande in Istanbul, die trotz seiner heftigen Proteste darauf bestanden hatte, sie in getrennten Lastwagen über die Grenze zu schmuggeln, um die Gefahr für sie zu schmälern, entdeckt zu werden. Der Plan war von Anfang an gewesen, in London wieder zusammenzutreffen, wo sein britischer Lektor versprochen hatte, sich um eine Wohnung für sie zu kümmern.

Der Wagen mit Manash geriet in Holland allerdings in eine Razzia. Ihm und drei anderen Männern gelang es, wegzulaufen und sich in einem Wald zu verstecken. Dort trennten sie sich, weil die Polizei nur einen Suchhund hatte. An einer Raststätte kletterte Manash in den nächstbesten LKW und lebte zwei Tage lang von gekühlten Äpfeln, bis er schließlich verwirrt und erschöpft auf einem Parkplatz vor einem Supermarkt in Padborg ankam. Hier wurde er von der Grenzpolizei aufgegriffen und in das Asylbewerberheim kurz vor Slagelse gebracht.

«Als ich endlich wieder Strom hatte und mein Handy aufladen konnte, war da eine Nachricht von ihr auf meiner Mailbox, dass sie wohlbehalten in Großbritannien angekommen sei. Gerade befände sie sich in Leicester und sei im Begriff, weiter nach London zu reisen. Die Nachricht war drei Tage alt, als ich sie abhörte. Seitdem ist Amina aber wie vom Erdboden verschluckt. Ich habe bestimmt hundertmal angerufen, aber ihr Handy ist tot.»

Nora legte die Stirn in Falten. «An wen haben Sie sich bisher gewandt?»

«Ich habe versucht, meinen Lektor in London zu erreichen, denn wir hatten vereinbart, dass Amina ihn auf dem Laufenden hält, aber er meldet sich nicht zurück. Kirsten hat über das Rote Kreuz Kontakt mit der britischen Einwanderungsbehörde aufgenommen. Laut deren Aufzeichnungen gibt es in keinem der Heime eine Amina Ishmail. Sie sagen, sie existiert nicht.» Seine Stimme war kurz davor zu versagen.

«Wie heißt Ihr Lektor? Wäre es in Ordnung, wenn ich ihn kontaktiere?», fragte Nora.

«Tom Craven. Er arbeitet bei Brown & Barley.»

«Und Sie sind sich ganz sicher, dass sie in Großbritannien angekommen ist?»

«Ja. Sie würde mich nicht anlügen. Niemals», sagte Manash mit Nachdruck.

«Vielleicht wurde sie gezwungen?»

«Aber warum?»

Nora zuckte mit den Schultern. «Das wäre zumindest eine Erklärung, mehr will ich damit gar nicht sagen.»

Manash Ishmail senkte die Stimme, ganz so, als wäre allein das Sprechen über die Regierung gefährlich. «Ich habe versucht, Kontakt zu Aminas Bruder aufzunehmen. Die beiden sind die Einzigen, die von ihrer Familie noch leben. Außerdem habe ich alle, die ich noch im Iran kenne, angerufen oder angeschrieben. Niemand hat sie in Teheran gesehen. Wäre sie der

Regierung in die Hände gefallen, würden sie sie als Druckmittel gegen mich einsetzen. Damit ich zurückkehre, um sie zu holen. Sonst würde das alles keinen Sinn ergeben. Aber ich habe nichts gehört.»

«Was genau soll ich nun tun?»

«Ich bin auf Sie gestoßen, als Ihre Kulturredakteurin Viola Ponte mich um ein Interview bat. Da habe ich mir *Globalt* etwas genauer angesehen und herausgefunden, dass die Zeitung eine Korrespondentin in London hat. Sie.»

Er seufzte schwer. «Glauben Sie mir, ich würde nichts lieber tun, als selbst nach London zu fliegen, um nach ihr zu suchen. Irgendwo muss sie ja sein. Aber mein Pass wurde eingezogen. Ich darf nicht ausreisen, um meine eigene Frau zu suchen. Das erlaubt das Asylgesetz nicht», sagte er resigniert.

Er richtete den Blick in die Ferne. Dann wieder auf Nora. «Sie können von mir verlangen, was Sie wollen. Ich gebe Ihnen stundenlange Interviews, erzähle alles, was Sie wissen möchten. Es werden die einzigen Interviews sein, die ich je geben werde. Sie dürfen auch gern jemanden mit einer Kamera herschicken und so viele Fotos von mir machen, wie Sie wollen. Wenn Sie nur meine Amina für mich finden», flehte er sie an.

Er holte ein Heft aus der Tasche und reichte ihr ein verblichenes, rotstichiges Foto.

«Unser Hochzeitsfoto. Eins der wenigen Dinge, die ich mitnehmen konnte.» Er zeigte auf Aminas Gesicht. «Erkennen Sie ihre Ohrringe?» Nora kniff die Augen zusammen. Sie sahen wertvoll aus, verziert mit blauen Edelsteinen. «Die habe ich ihr zur Hochzeit geschenkt. Sie haben mich ein halbes Monatsgehalt gekostet, seit unserer Hochzeit hat sie sie immer getragen.»

Eine Träne drohte, ihm aus dem Augenwinkel zu laufen. «Nora Sand, Sie müssen sie finden. Ich kann ohne sie nicht leben.»

4. Kapitel

Nora hatte es gerade bis in ihren Leihwagen geschafft, als auch schon das Geläut des Big Ben aus ihrer Tasche scholl.

«Wie ist es gelaufen? Ist das Interview im Kasten, können wir es kommende Woche bringen?», fragte Krebs, kaum dass Nora den Hörer am Ohr hatte.

«Das kann ich nicht mit einem Satz beantworten, ich komme einfach heute Nachmittag in die Redaktion», schlug Nora vor.

«Gut.» Krebs klang zwar enttäuscht, fasste sich aber offenbar schnell. «Wie wäre es, wenn du vor der großen Redaktionssitzung um drei da bist? Dann kannst du Viola gleich alles selbst erklären. Ich weiß, dass sie nur zu gern wissen will, was du letzten Endes herausgefunden hast. Schließlich konnte sie Victor nicht hinschicken.»

Nora seufzte. «Das sollte ich schaffen.»

Sie steckte das Handy wieder weg und nahm Kurs auf Kopenhagen. Sie schaltete das Radio ein und fand eine Sendung, in der ein Moderator und eine Moderatorin versuchten, sich in den kurzen Pausen zwischen den fröhlichen Popsongs mit ihren überdrehten Moderationen gegenseitig zu übertreffen.

Als Nora auf der Autobahn angelangt war, drehte sie das Radio automatisch leiser. Die Stimmen verschwammen im Hintergrund, während sie überlegte, wie sie die Sache in Großbritannien am besten angehen konnte.

Um zehn vor drei erreichte sie endlich *Globalts* Redaktion, und wie immer waren die drei einzigen Parkplätze vor dem Gebäude belegt. Sie fluchte leise vor sich hin, stellte den Wagen dann um die Ecke ab und steckte in der Hoffnung, dass die Redaktionskonferenz ausnahmsweise einmal schnell abgehandelt sein würde, nur ein paar wenige Münzen in den Parkautomaten.

Sie eilte die Treppe hinauf. Schweiß rann ihr zwischen den Schulterblättern hinunter.

Anette war an der Rezeption und begrüßte sie mit einem breiten Lächeln, das, so dachte Nora, ganz bestimmt nur den Auslandskorrespondenten vorbehalten war. Im Gegensatz zu allen anderen Mitarbeitern wollten sie nämlich fast nie etwas von ihr, ganz einfach, weil sie so selten im Hause waren, und strapazierten Anettes unendliche Geduld daher nicht so maßlos wie die Kopenhagener Kollegen.

«Sie gehen gerade rein», flüstere Anette und deutete mit dem Daumen hinter sich in Richtung des schmalen Konferenzraums. «Aber wirf vorher noch mal einen Blick in den Spiegel», riet sie Nora.

Also machte Nora einen Abstecher in das kleine Bad. An mehreren Stellen hatte sich ihr geflochtenes, langes, dunkles Haar gelöst, und die Wimperntusche war verschmiert wie auf einer missglückten Modeskizze. Letzterem rückte sie notdürftig mit einem Papiertaschentuch zu Leibe, und ihr Haar fasste sie kurzerhand zu einem strammen Dutt zusammen. Dann strich sie noch ihren Rock glatt und spritzte sich etwas kaltes Wasser ins Gesicht.

Anette nickte zufrieden, als Nora wieder herauskam. «Jetzt siehst du fast aus wie eine Journalistin.»

Viola Ponte saß bereits an dem ovalen Piet-Hein-Tisch, den der vorherige Chefredakteur im goldenen Zeitalter der Medienbranche gekauft hatte, als die Einnahmen aus Werbeverträgen schier endlos schienen und niemand sich ausmalen konnte, dass der Absatz von Magazinen und Zeitungen sich anders entwickeln könne, als sich bis in alle Ewigkeit immer weiter zu steigern.

Angeblich hatte ebendieser Chefredakteur während einer Redaktionssitzung nach immer lauter werdenden Bitten seiner Kollegen um eine *Globalt*-Internetpräsenz unverblümt geäußert, dass das Internet nichts weiter als «ein Furz im Sturm sei», der schon in kürzester Zeit verweht sein würde. Besagter Chef war mittlerweile in eine andere Branche abgewandert, in der es mehr Geld zu holen gab. Soweit Nora wusste, saß er nun im Aufsichtsrat einer führenden Bank.

Nora ergatterte die letzte Mineralwasserflasche vom Tisch, musste aber sofort feststellen, dass sie warm war. Enttäuscht zwängte sie sich auf den Stuhl zwischen einem hellgrauen Archivschrank und einem dunkelgrünen Diwan. Letzterer gehörte zur Redaktionsausstattung seit der überaus hässlichen Scheidung eines Fotoredakteurs. Laut seiner Aussage war das Möbelstück das einzige gewesen, das er seiner gierigen Exfrau aus den Klauen hatte reißen können. Heutzutage erzählte man den Praktikanten jedoch, dass Henrik Cavling auf just diesem Divan seine größten Werke verfasst habe. Die meisten schluckten diese Geschichte sofort, Nora allerdings hatte das gleiche Modell im Sommerhaus ihrer Tante Ellen gesehen, inklusive der hellgrünen Kissen, und wie ein Aufkleber auf der Unterseite verriet, war das gute Stück 1983 von IDEmøbler produziert worden, also ziemlich genau fünfzig Jahre, nachdem der berühmte Journalist und Schriftsteller seinen letzten Atemzug getan hatte.

Wirtschaftsredakteur Henry Tausen setzte sich neben Viola Ponte. Die Hitze hatte ihn offenbar dazu verleitet, von seinem sonst so starren Kleidungskodex abzuweichen und die dunkle Anzugsjacke in seinem Büro zu lassen. Er wirkte sogar kurz davor, den Schlips zu lockern.

Schon bald war der kleine Raum gefüllt von Redakteuren und Journalisten, die entweder an der Konferenz teilnehmen wollten, weil ihr anstehender Artikel zur Diskussion stand, oder um Karrierebewusstsein zu demonstrieren.

Schräg hinter der Kulturredakteurin entdeckte sie Victor und versuchte sich an einem Lächeln. Er tat allerdings so, als würde er sie gar nicht sehen. Idiot.

Als Letzter schlüpfte Krebs herein, nickte Nora kurz zu, bevor er einen Papierstapel auf den Tisch knallte und sich suchend nach einer Kaffeetasse umschaute. Für ihn war nur noch ein Becher mit dem Logo des Fußballvereins Brøndby übrig, und dann musste er obendrein feststellen, dass die Kaffeekanne fast leer war.

Viola Ponte bemühte sich, ein triumphierendes Lächeln zu unterdrücken, während sie ihre Wedgewood-Tasse an die Lippen hob, die sie in weiser Voraussicht immer im obersten Fach ihres Schreibtischs einschloss. Krebs räusperte sich und eröffnete damit die Konferenz.

«Okay, dann wollen wir mal. Henry, willst du anfangen?»

«Brian und unsere neue Praktikantin Alexandra haben drei dänische Investmentgesellschaften unter die Lupe genommen, die Geld in den USA angelegt haben. Es scheint so, als würden sie bald alles verlieren, weil sie zu einseitig investiert haben.»

Mit einem Grinsen beobachtete Nora, dass Viola Pontes Blick Richtung Decke ging. Die Kulturredakteurin war definitiv kein Finanzhai.

«Wie weit seid ihr mit der Story?»

«Uns fehlen noch ein paar Zitate, und eine unserer Quellen ist gerade in Detroit, aber ich schätze, wir könnten die Geschichte schon nächste Woche als Aufmacher bringen.»

«Gut. Was gibt's noch?»

«Mikkel und Anton waren mit zwei der jüngsten und frischgebackensten Millionäre Moskaus auf der Pirsch. Das ist eine ... ziemlich interessante Reportage geworden», sagte Henry Tausen mit einem schiefen Grinsen.

«Gibt es brauchbare Bilder dazu?», wollte Krebs wissen.

«Das kann man wohl sagen», kam der bescheidene Kommentar von dem Platz an der Tür, wo der sonnengebräunte Leiter der Fotoredaktion, William Bruun, sich niedergelassen hatte.

«Haben wir so eine Russenstory nicht schon längst oft genug gebracht?», beklagte sich Viola Ponte.

William Bruun schaute sie gelassen an. «Aber nicht mit diesen Fotos. Mit solchen Bildern noch nicht.»

«Okay», sagte Krebs. «Viola, das bringt uns zu dir.»

«Oluf Messerlin war in Bayreuth und hat dort den *Tannhäuser* gesehen. Sein Artikel ist ein wahres Kunstwerk geworden, und es würde mich sehr überraschen, wenn er damit nicht auch das Königshaus in Aufruhr versetzen würde», sagte sie mit einem listigen Lächeln.

Nun war es an Henry Tausen, gedanklich abzudriften. Krebs hingegen nickte und lächelte aufmunternd.

«Außerdem», fuhr Viola Ponte fort und warf Nora einen langen Blick zu, «steht ein Interview mit Manash Ishmail aus. Nora, magst du uns darüber erhellen, wie weit das gediehen ist? Du warst ja gerade erst draußen und hast mit dem Mann gesprochen. Gibt es ein Interview?», fragte sie in einem Ton, der Nora irgendwie an einen bestimmten Zitronenkuchen erinnerte. Zuckersüß, ein bisschen künstlich und mit mehr als nur einem Schuss Säure im Inneren.

Nora wand sich. Eine Redaktionskonferenz war nicht gerade der Ort, um Manash Ishmails private Probleme und Sorgen auszubreiten. Und ganz besonders nicht, bevor sie wusste, ob sie ihm überhaupt helfen konnte.

Krebs schaute sie fragend an. «Genau, Sand. Du kommst gerade von ihm. Wie ist es gelaufen?»

«Also, wir können ein Interview bekommen, aber ...»

«Wann?», fiel Viola Ponte ihr ins Wort.

«So leicht ist das nicht», setzte Nora an.

«Was ist denn so kompliziert? Entweder gibt es ein Interview oder nicht. Ich kann wirklich nicht nachvollziehen, was daran so schwer sein soll», meldete sich nun Victor.

Nora holte tief Luft, bevor sie sich direkt an Krebs wandte, damit es ihr leichter fiel, das wutschäumende Duo am anderen Ende des Tischs auszublenden.

«Ich habe Manash getroffen. Er ist dazu bereit, uns ein ausführliches Interview zu geben, allerdings hat er ... Wie soll ich das sagen? Es gibt da ein Problem, bei dessen Lösung ich ihm vorher behilflich sein soll.»

Viola Pontes Stimme zerschnitt wieder die Luft: «Was soll

das denn? Er stellt Forderungen? Es geht hier um unsere Glaubwürdigkeit. Die Frage ist, ob Nora jetzt überhaupt noch unbefangen genug ist, um ein Interview mit ihm führen zu können.»

Krebs schwieg und wartete so gespannt wie der Rest der Anwesenden auf Noras Antwort.

«Es sind ein paar Dinge zu klären, mehr kann ich leider nicht sagen. Außer vielleicht noch, dass dies einen Großteil des Artikels einnehmen wird», verdeutlichte Nora und versuchte, dabei nur Krebs in die Augen zu sehen.

«Das ist un-pro-fess-i-o-nell.» Viola betonte jede Silbe mit Nachdruck. «Ich schlage vor, dass wir diesen Auftrag wieder Victor übertragen. Nicht zuletzt, weil er sich auf dem Gebiet sehr gut auskennt. Außerdem laufen wir Gefahr, dass jederzeit ein anderer dahergelaufener Journalist dem Asylbewerberheim einen Besuch abstatten und uns die Story vor der Nase wegschnappen könnte. Das Risiko sollten wir nicht eingehen.» Beschwörend schaute sie sich in dem kleinen Konferenzraum um.

Nora holte tief Luft. «Ich kann euch versichern, dass Manash mir sein Wort gegeben hat. Dies wird ein Exklusivinterview mit uns, er wird mit niemandem sonst reden. Das hat er mir versprochen, und ich glaube ihm.»

«Aber dann kannst du uns doch auch erzählen, welche Bedingungen er stellt», forderte Viola Ponte.

Endlich schritt Krebs ein. «Wir reden im Anschluss darüber, Viola. Wenn ich unter vier Augen mit Sand gesprochen habe.»

Widerwillig gab die Kulturredakteurin das Wort an die Anzeigenabteilung ab, deren Vertreter freudestrahlend mitteilte, dass die Seiten 14 und 15 wegen des Schlussverkaufs bei *Magasin* gebucht wurden.

Nora tat so, als würde sie etwas in ihrer Tasche suchen, während sie Victors Blick auf sich spürte. Nach fast halbstündigem Hin und Her über redaktionelle Entscheidungen und die Planung des im Herbst anstehenden Musikfestivals, Absprachen über die Berichterstattung über die Wahl in Finnland und eher allgemeinen Informationen über die anstehenden Umbaumaßnahmen im hauseigenen Hof strömten langsam, aber sicher alle nacheinander aus dem Raum.

Zurück blieben nur Krebs und Nora, die schließlich aufstanden und sich in Krebs' Büro begaben. Er ließ sich schwer auf seinen Stuhl fallen. «So ist sie, seit wir ihr auf so grausame und ungerechte Art und Weise das interessanteste Interview ihrer Karriere ausgespannt haben. Es wird eine Weile dauern, bis sie darüber hinweg und wieder irgendwie erträglich ist. Eine ganze Weile. Dann leg mal los und lass das bitte einen wirklich guten Grund haben.»

Nora gab ihm die wenigen Details wieder, die sie hatte. Krebs lauschte gebannt, und als sie fertig war, blieb er lange schweigend sitzen.

«So wie ich das sehe, ist das wirklich eine gute Story. Allerdings sehe ich auch das Risiko, dass du da in eine endlose Geschichte verwickelt wirst, die sich über Monate hinziehen kann oder sogar niemals ein Ende finden wird.»

Widerwillig musste Nora zugeben, dass dieses Risiko durchaus bestand.

«Nun, eins können wir ja festsetzen: Du bekommst zwei Wochen. Wenn du bis dahin nichts Konkretes gefunden hast, müssen wir neu evaluieren. In der Zwischenzeit lieferst du – wie letzten Monat vereinbart – deinen Artikel über die Finanzen in der Champions League an Tausen. Sind wir uns einig?»

Nora nickte. Sie wusste, dass man mit Tausen immer verhandeln konnte. Im schlimmsten Fall konnte Nora die Deadline ja immer noch verschieben, ohne Krebs damit zu behelligen. Nora fing an, ihre Sachen einzupacken, aber Krebs hatte offenbar noch mehr auf dem Herzen.

«Dieses Interview ist sehr wichtig für uns. Wir brauchen es. Da darf nichts schiefgehen, hörst du? Ganz besonders nicht nach dem ganzen Drama hier», sagte er ernst.

Nora nickte.

«Gut. Dann ab mit dir, du hast schließlich was vor. Und ich muss in die Höhle der Löwin, um die Kulturredakteurin zu besänftigen.»

Nora stand auf. Als sie fast durch die Tür war, rief Krebs ihr nach: «Hey, wende dich doch an Esther. Sie hat ausgezeichnete Kontakte in den Iran. Es schadet sicher nicht, nachzuhören, was sie dazu zu sagen hat.»

«Danke», erwiderte Nora und warf einen Blick auf die Uhr, die am Empfang hing. Ihre Parkzeit war seit sieben Minuten abgelaufen. Selbstverständlich erwartete sie ein Knöllchen unterm Scheibenwischer, als sie bei ihrem Wagen ankam.

5. Kapitel

Offiziell war Esther vor vier Jahren nach einer langen und glorreichen Karriere als Korrespondentin im Mittleren Osten in den Ruhestand gegangen, aber die Wirklichkeit sah ein wenig anders aus, denn sie schrieb weiterhin lange Analysen über den Friedensprozess und fungierte als Beraterin für Unternehmen und Privatpersonen, die einen Ansatzpunkt suchten, um etwas aufzubauen – sei es in Damaskus, Jerusalem oder Teheran. Sie sprach fließend Farsi und verfügte über solide Arabischkenntnisse.

Nora suchte in ihrem Handy nach Esthers Nummer und rief sie an. Esther ging sofort dran und lud Nora sogleich zum Nachmittagstee ein.

Eine Viertelstunde später erreichte Nora den Blegdamsvej, wo ihr ein etwa fünfjähriges Mädchen mit großen, ernsten Augen die Tür öffnete. «Ich heiße Miranda, und Oma backt gerade Brötchen», informierte sie.

Nora betrat die Wohnung, von der aus man direkt auf die Universität blickte, und wurde vom Duft nach Frischgebackenem begrüßt.

Die Wohnung wirkte wie eine Mischung aus Beduinenlager und einem Ableger des Britischen Museums. Perserteppiche kämpften um den begrenzten Platz am Fußboden, antike Dolche hingen zwischen Seidenstoffen mit *Kamasutra*-Motiven und Wandregalen, die unter dem Gewicht der vielen Bücher durchzubrechen drohten.

«Ich bin hier drüben», ertönte Esthers raue Stimme.

Nora folgte ihr in die Küche, die eher einem türkischen Basar glich: Kupfertöpfe hingen an Haken von der Decke, Knoblauch und getrocknete Chilischoten rankten sich aufgefädelt um das Fenster, und am Tisch stand Esther in einem türkisfarbenen Kaftan. Sie war gerade dabei, eine großzügige Handvoll Minzblätter in eine Glaskanne zu füllen. «Kommen Sie nur herein», sagte sie.

Nora folgte ihrer Aufforderung und setzte sich auf einen Stuhl an dem kleinen Esstisch, während Miranda sie unverhohlen anstarrte. Esther goss ihrer Enkelin ein Glas Saftschorle ein und richtete danach zwei kleine, bauchige marokkanische Gläser mit goldener Verzierung auf einem Tablett an. Dann tippte sie die gewünschte Zeit in die elektrische Eieruhr, ein knallrotes Ding, das der Moschee in Mekka nachempfunden war und nach Ablauf der gewählten Zeit statt eines Alarms Gebetsrufe von sich gab – ein Geburtstagsgeschenk der Redaktion.

«Die Brötchen sind in zehn Minuten fertig», verkündete Esther, schenkte Minztee in die kleinen Gläser und reichte Nora das Honigglas, damit sie selbst nach Belieben süßen konnte.

«Wie gut sind Ihre Kontakte in den Iran?», fragte Nora.

Esther holte mit ihrer Antwort ein wenig aus. «Das kommt ein bisschen darauf an, worum es sich handelt. Geht es Richtung Regierung? Heer? Den politischen Untergrund?»

«Oma? Darf ich jetzt mit dem iPad spielen?», fragte Miranda dazwischen.

Esther schaute ihre Enkelin an. «Du weißt doch, dass das hier oben bei deiner Großmutter nicht funktioniert.»

«Aber wir könnten doch noch mal probieren, ob es jetzt funktioniert.»

Esther stand auf und ging zu einem der schmalen Bücherregale im Flur, aus dem sie ein dickes Bilderbuch holte. «Wie wäre es denn damit, mein Schatz?»

Das Mädchen nahm das Buch ohne Widerrede entgegen. Miranda blätterte sich durch die Seiten, und die Bilder vom Vogel Roch und von Männern mit Turbanen auf Eseln ließen Nora darauf schließen, dass es sich um eine türkische Ausgabe von *Tausendundeine Nacht* handelte.

«Ich weiß ehrlich gesagt nicht, wo genau ich mit der Suche ansetzen soll. Ich versuche, eine Frau zu finden», sagte Nora und erzählte von Manash Ishmail.

Esther unterbrach sie, kaum dass der Name fiel. «Der *Dichter* Manash Ishmail?»

Nora nickte.

«Oh, so ein liebenswerter Mensch. Ich habe ihn vor vielen Jahren einmal getroffen, als er noch beim Ministerium arbeitete. Lange vor seiner Zeit als Poet. Er lud mich zu sich und seiner jungen Frau ein. Wie hieß sie noch gleich? Amina! Ja, Amina ... Eine sehr hübsche Frau», sagte Esther.

«Dann sprechen wir vom selben Menschen. Und die Frau ist die, nach der ich suche», bestätigte Nora.

«Da werde ich selbstverständlich helfen», versprach Esther.

«Manash Ishmail hat sich selbst schon ein wenig daheim umgehört, aber seine Frau ist wie vom Erdboden verschluckt.

Ich kann leider nicht sagen, wie gut seine Verbindungen sind, aber mir kommt es merkwürdig vor, dass weder Freunde noch Verwandte etwas gehört hätten, wenn seine Frau zurückgekehrt wäre», sagte Nora.

Esther zog sich nachdenklich am langen, geflochtenen Zopf, den sie trug, seit sie die Arbeit als Journalistin aufgenommen hatte. In all den Jahren war er ergraut. «Warten Sie ...», sagte Esther und schaute mit leerem Blick in die Luft, «da war irgendetwas mit Aminas Familie. Irgendetwas ...»

Doch bevor Esther ihren Satz fortsetzen konnte, verkündete der elektrische Muezzin Allahs Mächtigkeit, weshalb sie aufstand, um die Brötchen aus dem Ofen zu holen.

Nora wartete geduldig, während das Gebäck unter Mirandas wachsamem Blick auf ein Kühlgitter gelegt wurde. Der Geruch nach frischem Brot und Kardamom ließ Nora das Wasser im Mund zusammenlaufen, was ihr sofort wieder vor Augen führte, dass sie bislang nichts als das Omelette gegessen hatte, zu dem sie am Morgen von Manash eingeladen worden war.

«Wir müssen noch ein bisschen warten, bis sie nicht mehr so heiß sind», warnte Esther das Kind, holte aber schon einmal die Butter aus dem Kühlschrank und stellte außerdem noch ein Glas Rhabarbermarmelade auf den Tisch.

Nora versuchte, den Gesprächsfaden wieder aufzunehmen. «Sie waren gerade dabei, etwas von Amina zu erzählen.»

Esther schüttelte verwirrt den Kopf. «Oh, ja, lassen Sie mich nachdenken ... Irgendwas war da. Hatte sie ihre Eltern verloren? Oder ihren Onkel? Den Bruder? ... Ach, das ist sicher schon zehn Jahre her ...» Sie holte ein Brotmesser hervor und begann, die heißen Brötchen aufzuschneiden, damit sie schneller abkühlten. Die Hälften dampften ausgiebig.

In diesem Moment vibrierte Noras Handy kurz in ihrer Hosentasche. Sie zog es hervor und warf einen schnellen Blick auf das Display. Eine Mail von Andreas. Betreff: *Wir müssen reden. Ruf mich sofort an!*

Erst in diesem Augenblick merkte sie, wie angespannt sie unterschwellig gewesen war. Erst jetzt, als ihr das kleine Feld auf dem iPhone verkündete, dass Andreas noch auf dieser Welt existierte und außerdem mit ihr sprechen wollte, war ihr, als wäre ihr Körper nicht länger von Stacheldraht umwickelt, als könne sie sich wieder frei bewegen. Sie konnte ein Lächeln nicht unterdrücken.

Nora steckte das Handy zurück in die Hosentasche, sie würde sich später bei ihm melden. Gerade reichte ihr das Wissen darum, dass er Kontakt zu ihr suchte. Also aßen die drei in aller Ruhe ihren kleinen Nachmittagsimbiss. Mit kalter Butter, die auf den Brötchen schmolz, und süßem Minztee, während Miranda erfolglos versuchte, ihre Großmutter davon zu überzeugen, was für eine phantastische Idee es sei, sich einen Dackel anzuschaffen.

Als Nora schließlich aufstand, um zu gehen, brachte Esther sie noch zur Tür.

«Es gibt da ein paar Menschen, die ich im Iran kontaktieren kann. Namen oder dergleichen werde ich Ihnen nicht verraten, nur so viel: Wenn ich mit ihnen gesprochen habe, werde ich einen guten Eindruck davon haben, ob sich Amina im Land befindet oder nicht. Sie hören von mir.»

Nora umarmte sie zum Abschied und sprang dann vor lauter Glück die Stufen hinunter. Kaum stand sie draußen auf dem Bordstein in der Sonne, holte sie ihr Handy hervor und ließ sich die Mails anzeigen.

Da war keine von Andreas.

Schnell durchsuchte sie ihre anderen E-Mail-Konten, vielleicht hatte Andreas ja fälschlicherweise an ihre Arbeits- oder ihre Notfalladresse bei der British Telecom geschrieben. Aber auch dort hatte sie kein Glück. Verzweifelt prüfte sie, ob sie unbemerkt auf *Löschen* gedrückt hatte, während das Handy in der Tasche steckte, doch der Papierkorb aller drei Konten war leer. Sie gab auf und rief David an. Nora wusste, wie sehr er es hasste, auf der Arbeit gestört zu werden, weshalb sie es nicht persönlich nahm, dass er statt einer Begrüßungsfloskel fragte: «Was willst du?»

Ihr Bruder hatte als Aktuar einer Versicherungsgesellschaft seine perfekte Anstellung gefunden, die nicht nur seinem besonderen Temperament entgegenkam. Nein, sie be- und entlohnte sogar sehr ansehnlich seine Vorliebe für mathematische Darstellungen und seinen unfreiwilligen Drang zum Systematisieren, ohne sich gefühlsmäßig in etwas zu involvieren. Solang man nur dafür sorgte, dass David allem fernblieb, wofür Höflichkeit und ein Gespür für Kunden nötig waren, waren alle glücklich. Und weil die Firma ihn im Gegenzug immer mit den neuesten Computern versorgte und er alles kaufen durfte, was an Updates oder Erweiterungen auf den Markt kam, wenn er dies für notwendig hielt, konnten sie sich seiner lebenslangen Loyalität sicher sein.

«Hallo, David. Ich hab nur eine kurze Frage: Wenn man eine Mail auf sein Handy bekommen hat, die sich aber nicht länger im Posteingang befindet, kann man diese Mail dann – ohne es zu wissen – so gelöscht haben, dass sie auch nicht mehr im Papierkorb steckt?»

«Nein», sagte David und legte auf.

Nora dachte kurz nach, suchte dann aber wirklich Andreas' Telefonnummer aus ihrer Kontaktliste, holte tief Luft und wählte die Nummer an. *Der gewünschte Gesprächspartner ist vorübergehend nicht zu erreichen. Bitte versuchen Sie es später wieder,* informierte sie die nur zu bekannte Frauenstimme.

Nora setzte sich in ihren Leihwagen und überlegte, ob sie nach Bagsværd fahren solle. Aber sie entschied sich dagegen und hinterließ ihrem Vater stattdessen eine kurze Nachricht, dass er zum Abendessen in die Schrebergartenkolonie kommen könne. An David, den sie mit Anrufen im Büro in nächster Zeit sicher nicht mehr behelligen durfte, schickte sie eine knappe SMS mit der Frage, ob er zu ihnen stoßen wolle.

Dann fuhr sie bis zum Israels Plads, wo sie in der Tiefgarage unter der Markthalle parkte, die sie kurz darauf betrat, um saftig rote Tomaten, einen Topf Basilikum, Büffelmozzarella, Pinienkerne und frische Pasta zu kaufen. Zuletzt erstand sie noch Apfelsorbet, bevor sie sich wieder ins Auto setzte und sich auf den Weg zur Schrebergartenkolonie machte.

Schon als sie auf den kleinen Kiesweg abbog, der zu dem kleinen, schwarzen Haus führte, wusste sie, dass etwas nicht stimmte.

Die großen Tontöpfe mit den Pfingstrosen, die David behutsam im Frühjahr gezogen und über den Sommer gerettet hatte, lagen zerschlagen auf der Wiese. Die verblühten Pflanzen waren herausgerissen worden, die Erde bildete dunkle Flecken auf dem kleinen Grünstück. Die oberste Scheibe der Tür war zersplittert, und die Tür stand einen Spaltbreit offen.

«Oh, nein!», stöhnte Nora leise und stellte die Einkaufstaschen langsam auf dem Weg ab.

David würde sehr unglücklich sein, wenn er sah, was mit seinen Pfingstrosen geschehen war, und allein dafür hasste Nora den Eindringling. Ironie des Schicksals war, dass der vermeintliche Dieb nicht einmal etwas Brauchbares gefunden haben konnte. Eine halbleere Flasche Rotwein, ein Stapel zerlesener *National Geographics* und ein altes Transistorradio mit abgeknickter Antenne und abgenutzten Knöpfen glichen nicht gerade einer lohnenswerten Beute.

Mit einem Seufzer griff Nora nach den Taschen und bereitete sich mental auf das vor, was sie im Inneren des Hauses erwarten würde. Vorsichtig näherte sie sich dem Haus. «Hallo? Ist da jemand?»

Nur eins war schlimmer, als Opfer eines Einbruchs zu werden, und zwar, einen verzweifelten Junkie noch dabei zu überraschen. Keine Antwort. «Hallo?», versuchte sie es erneut. Es blieb still. So still, dass sie eine Amsel im Nachbargarten zwitschern hören konnte.

Sie stieß die Tür mit dem Fuß auf und stellte fest, dass es viel, viel schlimmer hätte sein können. Sicher, das Haus war einmal auf den Kopf gestellt worden, aber abgesehen von den herausgezogenen Schubladen und einer zertrümmerten, braunen Vase, die Nora nie sonderlich viel bedeutet hatte, fehlte nichts weiter. Viel hatten die Schubladen auch nicht zu bieten gehabt, wenn man von den alten Karten von Kopenhagen und Umgebung, Gummibändern und aus Zeitschriften ausgerissenen Kochrezepten absah, die nun auf dem Boden verstreut lagen und die Frustration des Einbrechers illustrierten.

Nora verstaute ihre Einkäufe im Kühlschrank und überlegte,

wie sie nun am besten vorgehen sollte. Wenn David das Haus in diesem Zustand sah, würde es vermutlich mehrere Wochen dauern, bis er sich wieder beruhigte. Er hasste nichts mehr als Unordnung. Am besten, sie sagte ihm ab. Aber als sie das Handy hervorholte, fand sie seine Antwort vor: *Komme um 19:38 Uhr an. Ruf nicht wieder an.*

Ihr blieb etwas über eine Stunde, um das Chaos zu beseitigen und Pesto zu machen. Das war zu schaffen. Kurz überlegte sie, ob es sich lohnte, die Polizei zu verständigen, denn ihr war durchaus bewusst, dass sie sich nicht wirklich für einen Einbruch in ein Schrebergartenhaus interessieren würden. Noch dazu, wenn sie nicht einmal behaupten konnte, dass etwas gestohlen worden war. Sie machte sich daran, die Gegenstände vom Boden aufzusammeln und an ihren eigentlichen Ort zurückzulegen, dann fegte sie. Sie zog den kleinen Vorhang vor das nicht mehr vorhandene Fenster in der Tür, in der Hoffnung, David würde es nicht bemerken, bevor sie ihn darauf einstimmen konnte.

Eine Dreiviertelstunde später stand Christian Sand in einem hellblauen, kurzärmeligen T-Shirt vor ihr, eine hässliche Sonnenbrille mit gelben Gläsern anno 1973 in die Stirn geschoben. «Was ist denn da draußen passiert?», fragte er, nachdem er sie einmal schnell an sich gedrückt und ein selbstgebackenes Roggenbrot auf den Küchentisch gelegt hatte.

Nora schlug sich gegen die Stirn. Während das Gartenhäuschen von innen fast wieder wie vorher aussah, lagen selbstverständlich noch die zertrümmerten Tontöpfe und die Pfingstrosen im Vorgarten. Schnell informierte Nora ihren Vater über das, was geschehen war, und während er im Schuppen verschwand, um dort nach Ersatztöpfen zu suchen, damit er vielleicht noch vor Davids Ankunft ein paar der Pfingstrosen retten konnte, füllte Nora einen Topf mit Wasser, holte den großen Mörser hervor und bereitete das Pesto zu.

David reagierte auf das Schicksal der Pfingstrosen erstaunlich gefasst. Sowohl Nora als auch ihr Vater hatten mit etwas ganz anderem gerechnet, aber die Nachricht, dass nur circa ein Drittel seiner Rosen zu retten war, schluckte David, ohne groß die Miene zu verziehen. Allerdings gehörte er generell nicht zu den Menschen, die ihre Gefühle nach außen kehrten, ganz besonders nicht in Anwesenheit der Familie.

«Essen wir erst mal. Ich habe Hunger und eine Idee, wer dahinterstecken könnte. Wir reden darüber, wenn ich satt bin», verkündete er und setzte sich an den Tisch.

Christian Sand suchte Noras Blick, seine Erleichterung war nicht zu übersehen. Kurz darauf holte er zwei Gläser aus dem Schrank und teilte den verbliebenen Rotwein auf. David trank Leitungswasser, Alkohol rührte er aus Prinzip nicht an. Er akzeptierte zwar, dass es Menschen gab, die nur zu bereitwillig wahnwitzige Preise dafür zahlten, konnte darüber jedoch nur den Kopf schütteln.

Nach dem Eis, das in der grünen Schale mit dem blauen Emaillelöffel serviert wurde, wie David es verlangte, war Noras großer Bruder bereit zu sprechen. Er wischte sich ausgiebig mit der Serviette den Mund ab und schaute sie dann abwechselnd an. «Ich habe jemanden in Verdacht, der hinter dieser heimtückischen Tat stecken könnte», sagte er ruhig.

«Hast du?», fragte Christian Sand neugierig.

«Ja. Ich bin mir sogar recht sicher, dass es sich um Emil Havgaard aus dem gelben Haus handelt. Er hat seit neuestem einen Welpen, und der war bereits mehrfach, genau genommen fünfmal, in meinem Garten und hat die Blumen ausgebuddelt», erklärte David.

«Aber …», setzte Nora an.

«Vergangene Woche habe ich Emil gesagt, dass ich das Ordnungsamt verständigen werde, wenn das noch einmal vorkommt, damit sie das Tier entfernen.»

«Das hast du nicht, David!», ereiferte sich Christian Sand.

Aber David nickte. «Doch. Und ich glaube, er ist darüber ziemlich wütend geworden. Also habe ich Vorkehrungen getroffen. Ich weiß schließlich, wie er ist», sagte David und spielte damit auf die cholerische Art des pensionierten Architekten an, der häufig bei der jährlichen Generalversammlung des Schrebergartenvereins Tagesordnungspunkt war.

«Was genau meinst du mit Vorkehrungen?», hakte Nora nach.

David deutete zur Zimmerdecke. Nora kniff die Augen zusammen und erblickte eine mikroskopisch kleine, schwarze Überwachungskamera an einem schmalen Kabel, das in der Wand verschwand.

«Die Kamera ist brandneu, ich teste sie für die Arbeit. Jetzt hat sie ihren ersten Einsatz. Wenn ich mich erst einlogge und die Aufnahmen anschaue, dann habe ich Havgaard am Haken. Die Datei liegt bereits als Sicherungskopie auf einem weiteren Server, zu dem nur ich Zugang habe», sagte er triumphierend.

Sofort zog er seinen Laptop aus der Tasche, schaltete ihn ein und wartete, bis dieser sich mit dem Internet verbunden hatte.

Schnell klickte er sich bis zur gewünschten Seite vor und gab das achtstellige Passwort ein. Nora war näher herangerückt, um David über die Schulter zu schauen. Ein kleines Viereck tauchte auf, in dem man den schmalen Weg bis zur Tür und die vier Töpfe mit Pfingstrosen sehen konnte. Die Bildqualität war sensationell.

David klickte auf ein Feld in der Ecke des Vierecks und ließ das Video vorlaufen. Kaum tauchte ein kleiner, dicker Golden Retriever-Welpe am Bildrand auf, hielt er die Aufnahme an. «Hab ich es doch gewusst!», rief er.

Der Welpe taumelte um die Blumentöpfe, hob ein Beinchen und pinkelte an eine der Pflanzen. Entrüstet fasste David sich an den Kopf.

Am Bildrand erschien plötzlich ein kräftiger Mann in einem gestreiften T-Shirt. «Da ist er», zischte David.

Das Video hatte keine Tonspur, aber es war unverkennbar, dass Emil Havgaard versuchte, den Welpen zu sich zu rufen. Kurz darauf betrat er den Garten und schaute sich schnell um. Nora legte die Stirn in Falten. Was hatte er vor? Dann riss sie sich die Hand vor den Mund und sagte halb erstickt: «Oh, nein. David, du solltest besser weggucken.»

Ihr Bruder schaute sie verwundert an. «Warum?»

Christian Sand, der bereits mehrfach mit Emil Havgaard aneinandergeraten war, kam neugierig um den Tisch. «Was geht denn da vor?»

Bereits kurz darauf konnte er sich das Lachen nicht verkneifen.

Der einst so berühmte und angesagte Kopenhagener Architekt hatte seine Hose runtergelassen und trug ein breites, selbstgefälliges Grinsen auf dem Gesicht, während er in eine der verblühten Pfingstrosen pinkelte und sein kleiner Hund glücklich durch Davids sorgsam gepflegten Garten tobte.

David sah aus, als wäre er kurz davor, sich die Haare büschelweise auszureißen.

«Das ist ja … das ist ja echt ein feiner Kerl.» Christian Sand brachte vor Lachen die Wörter fast nicht heraus. Dann fiel sein Blick auf David, der offenbar nicht erkannte, was an der Situation so witzig sein sollte.

«Er düngt, das ist doch immerhin gut für die Pflanzen», versuchte Christian Sand die Lage zu retten, während ihm Lachtränen über die Wangen kullerten.

Gebannt verfolgten die drei, wie der Architekt sich die Hose hochzog und den Garten verließ. Die Blumentöpfe blieben unversehrt zurück.

David schüttelte den Kopf. «Also, das verstehe ich nicht. Den Rosen ist ja nichts weiter passiert.» Er spulte wieder vor.

Ungefähr vierzig Minuten lang bewegte sich rein gar nichts auf dem schmalen Kiesweg, der zum Haus führte. Doch dann näherte sich eine schmale, schwarz gekleidete Gestalt, vielleicht ein Teenager, mit energischen Schritten dem Haus, eine Nike-Schirmmütze tief ins Gesicht gezogen.

Nora konnte gerade noch erkennen, dass sie sich nicht auf die schlurfende, torkelnde und leicht wankende Art fortbewegte, wie man sie von Junkies kannte, bevor sie einen der Blumentöpfe nach dem anderen zertrat.

«Warum machen Menschen so etwas? Das sind doch nur Pflanzen! Die haben niemandem was zuleide getan», jammerte David.

Nach all den Jahren wusste Christian Sand, wie wenig sinnvoll es war, Antworten anzubieten, wenn sein Sohn Fragen dieser Art stellte. Am besten machte man ihm einen heißen Kakao und wartete ab, bis David sich beruhigt hatte. Also ging er in die Küche und begab sich auf die Suche nach Kakaopulver und einem geeigneten Topf.

Nora ließ den Bildschirm und die sich darauf abspielende Szene nicht aus den Augen, in der Hoffnung, einen Blick auf das Gesicht des Eindringlings zu erhaschen. Oder auf irgendein anderes, noch so kleines Detail, das einen Hinweis darauf geben konnte, wer sich unter dem schwarzen Käppi verbarg. Die dunklen Klamotten ließen keine Rückschlüsse auf die Marke zu, allerdings konnte Nora ein paar helle Strähnen unter der Mütze erahnen.

Kaum waren alle Blumentöpfe zertrümmert, nahm der Eindringling einen Stein von der Größe eines Golfballs aus der Beetbegrenzung. Selbst ohne Ton konnte man unschwer erkennen, dass die folgende, plötzliche Bewegung darauf abzielte, das Fenster in der Tür einzuschlagen, um sich Zugang zum Haus zu verschaffen. Schon näherte sich die Gestalt und verschwand aus dem Bild.

David kratzte sich am Kopf. «Also, das verstehe ich nicht. Wer ist das? Wurde hier etwa eingebrochen?»

Je weniger David wusste, desto besser, entschied Nora. «Soweit ich das beurteilen kann, fehlt nichts», sagte sie wahrheitsgetreu. «Kannst du noch einmal zurückspulen? Vielleicht bemerken wir beim zweiten Anschauen ja etwas Aussagekräftiges.»

Er nickte und drückte auf ein paar Tasten. Auf dem Bildschirm regte sich nichts mehr. Er versuchte eine andere Tastenkombination, aber ohne Erfolg.

«Ach, Mensch, das sollte nicht passieren», sagte er ärgerlich.

«Ich muss den Computer neu starten. Das dauert jetzt ein paar Minuten.» David nippte an seinem Kakao, bis der Computer hochfuhr und der Bildschirm endlich wieder die Farbe wechselte. Er stellte den Becher beiseite und klickte sich erneut zur entsprechenden Seite. Diesmal blieb das kleine Fenster jedoch schwarz. *Access Denied. File Not Found.*

«Was ist denn da los?» Ungläubig versuchte David es noch einmal. Wieder erschien dieselbe Meldung. Sofort tippte er andere Befehle ein. Jetzt stand dort *File Does Not Exist*.

«Okay, es ist, wie es ist. Aber dass ausgerechnet du dir so etwas leistest», sagte er an seinen Computer gerichtet, als wäre er ein bockiger Teenager. Resolut klappte er den Laptop zu, stand auf und steckte ihn zurück in die Tasche.

«Ich fahre wieder ins Büro, darum muss ich mich sofort kümmern», verkündete er, machte auf dem Absatz kehrt und verschwand durch die Tür.

Christian Sand lehnte sich mit einem traurigen Lächeln zurück. «Das wird schon wieder. Du weißt, dass er nicht lockerlassen wird, bis er die Lösung gefunden hat. Bleibt nur zu hoffen, dass es nicht wieder zwei Wochen dauert wie letztes Mal», sagte er.

«Stimmt, das würde ihm nicht guttun», sagte Nora mit einem Seufzer. Sie ging in die Küche und kehrte kurz darauf mit zwei Tassen Kaffee zurück. Die Stimmung war definitiv im Keller.

Ihr Vater trank mit großen Schlucken. «Meldest du das der Polizei?»

Nora zögerte. «Ich bin mir nicht sicher, was genau das bringen soll.»

«Ja, da hast du wohl recht.»

Wenig später stand er auf, verabschiedete sich und fuhr mit seinem kleinen, grünen Wagen zurück nach Bagsværd.

Nora saß am Fenster und schaute hinaus auf die Büsche, die das kleine Grundstück begrenzten, während die Dämmerung langsam die einbrechende Nacht ankündigte. Schließlich griff sie zu ihrem Handy und checkte ihre Mails. Noch immer nichts Neues von Andreas. Nach einem kurzen Zögern wählte sie seine Nummer. *Der gewünschte Gesprächspartner ist vorübergehend nicht zu erreichen. Bitte versuchen Sie es später wieder.* Genervt legte sie auf. Was war denn nur los? Was für ein Tag!

Dabei war er lange noch nicht vorbei, denn kaum hatte sie das Telefon weggelegt, fing es an zu klingeln. So etwas wie ein kleiner Stromstoß durchfuhr sie, bis sie auf dem Display las, dass es Esther war, die sie da anrief.

«Entschuldigen Sie, dass ich mich erst jetzt melde, aber ich musste Miranda ins Bett bringen, bevor ich anfangen konnte herumzutelefonieren», erklärte sie.

«Kein Problem», sagte Nora und fing an, in ihrer Tasche zu kramen. Sie bekam einen Bleistift und einen aufgerissenen Briefumschlag zu fassen, auf dessen Rückseite sie Notizen machen konnte.

«Zunächst muss ich darauf hinweisen, dass ich Ihnen unter keinen Umständen sagen kann, woher ich diese Informationen habe, sonst bringe ich unschuldige Menschen in Gefahr, und das kann ich selbstverständlich nicht verantworten.»

«Selbstverständlich», stimmte Nora zu.

«Aber ich kann Ihnen versichern, dass die Informationen mit sehr hoher Wahrscheinlichkeit stimmen. Wir sprechen hier von Quellen, die ich schon seit ... die ich schon sehr lange kenne ... Bisher habe ich im Großen und Ganzen immer korrekte Angaben von ihnen erhalten. Und davon gehe ich auch in diesem Fall aus. Selbst wenn es sich vermutlich nicht um das handelt, was Sie gern hören würden.»

«Okay?»

«Zunächst zu Amina. Alle Zeichen deuten darauf hin, dass sie sich nicht mehr im Iran aufhält. Niemand hat davon gehört, dass sie nach Teheran zurückgekehrt ist», erklärte Esther.

Dass diese Spur offenbar im Sande verlief, war eine kleine Enttäuschung für Nora.

«Allerdings – und das ist sehr sonderbar – haben die britischen Behörden Kontakt aufgenommen und sich nach ihr erkundigt. Über den Ausgang dieser Ermittlung konnte ich leider nichts herausfinden, allerdings deutet nun eine Spur nach Großbritannien.»

«Mit wem wurde Kontakt aufgenommen? Und warum?»

«Darüber konnte meine Quelle leider keine weitere Auskunft geben. Es war eine halboffizielle Anfrage, insofern ist die Immigrationsbehörde vielleicht eine gute erste Anlaufstelle. Von iranischer Seite werden Sie sowieso nichts erfahren. Das nur als Anmerkung am Rande», antwortete Esther.

«Haben Sie auf jeden Fall tausend Dank. Dann werde ich mal schauen, was ich in London herausfinden kann», erwiderte Nora und ging schon einmal gedanklich die Liste ihrer Kontakte durch, die ihr bei Fragen an die Immigrationsbehörde weiterhelfen konnten, die notorisch zurückhaltend mit ihren Auskünften war.

«Warten Sie, ich kann Ihnen noch mehr erzählen.» Esther brach ihren Gedankenfluss ab.

«Ja?»

«Allerdings weiß ich nicht, ob es irgendwie in Verbindung mit Ihrer Suche steht. Sollte es das jedoch, dann ist die Lage viel ernster, als Sie und ich ahnen können. Deshalb müssen Sie mir versprechen, dass Sie sehr vorsichtig vorgehen werden.»

«Worum geht es?»

«Erinnern Sie sich an meine Andeutung, dass da irgendetwas in Aminas Familie vorgefallen ist?»

«Ja. Es hatte mit einem Onkel oder Bruder zu tun, nicht?»

«Genau, mit ihrem Bruder. Außer ihm hat Amina keine Familie mehr im Iran. Ihre Eltern sind bei einem Autounfall ums Leben gekommen, als Amina zehn war. Ihr Bruder hat sich danach wie ein Vater um sie gekümmert, bis sie Manash Ishmail heiratete, zu dem er übrigens ein wunderbares Verhältnis hat.»

«Und weiter?»

«Er heißt Aziz Darvish und ist spurlos verschwunden, schon vor acht Tagen. Die Regierung ist deshalb in höchster Alarmbereitschaft. Niemand traut sich, seinen Namen laut auszusprechen. Am Telefon wird er allerhöchstens geflüstert. Er ist nämlich kein gewöhnlicher Mann, sondern einer von fünf Projektleitern, die am iranischen Atomprogramm beteiligt waren. Eine sehr, sehr gefährliche Geschichte», mahnte Esther.

Nora wusste nicht, was sie dazu sagen sollte. «Glauben Sie, dass es da einen Zusammenhang geben könnte?»

«Meiner Meinung nach müsste es sich schon um einen sehr großen Zufall handeln, wenn ein paar Tage nach dem Verschwinden seiner Schwester auch der Bruder vom Erdboden verschluckt wird.»

«Da haben Sie sicher recht.»

Nach dem Auflegen holte Nora ihren Computer hervor. Bevor sie irgendetwas anderes tat, loggte sie sich noch einmal bei Hotmail ein. Noch immer keine Spur von Andreas' E-Mail.

Die Mail musste zwischen drei und sechs am Nachmittag eingegangen sein – also irgendwann während der Redaktionskonferenz und dem anschließenden Treffen mit Esther.

Sie ging den Posteingang durch. In dem Zeitraum hatte sie zwei Mails bekommen. Das ergab doch alles keinen Sinn.

Sie versuchte noch einmal, ihn zu erreichen, aber auch diesmal erwartete sie nur die elektronische Ansage. Seufzend tippte sie eine kurze Mail an ihn: *Hey, meine leicht panische Reaktion tut mir leid. Hab mehrfach versucht, dich anzurufen. Wo steckst du? xxx N.*

Drei Sekunden später erhielt sie die Meldung: *Nachricht konnte nicht zugestellt werden.*

Zeit, ins Bett zu gehen. Nora brachte Teller und Tassen in die Küche, zog die Gardinen vor und schloss die Tür ab. Letzteres hatte mehr Symbolcharakter, schließlich konnte ein jeder einfach die Hand durch das Loch stecken, das Nora notdürftig mit einem Stück Pappe überklebt hatte. Was für ein Scheißtag.

6. Kapitel

Am Dienstagmorgen goss es in Strömen. Der Regen glich einer dichten Gardine, was Nora sofort an die Szene bei Tim und Struppi erinnerte, wo sich eine geheime Tür hinter einem Wasserfall verbarg.

Die Glasmeisterei öffnete um neun, weshalb Nora Punkt neun dort anrief und eine Frau erreichte, die ihr zusicherte, dass gegen Mittag jemand vorbeikäme, um eine neue Scheibe einzusetzen.

Nora kochte sich einen starken russischen Tee, schnitt ein paar Scheiben von dem Roggenbrot ab, das ihr Vater dagelassen hatte, aß stehend an dem kleinen Küchentisch und schaute dabei hinaus in den Regen. Irgendwie musste sie Andreas erreichen. Dabei wusste sie nicht mal, wie Brigitte mit Nachnamen hieß. Sie durchforstete ihr Gedächtnis nach Hinweisen, die sich vielleicht trotz allem in ihre Gespräche geschlichen hatten, obwohl Nora sich die größtmögliche Mühe gegeben hatte, das Thema zu umgehen.

Das hatte es nicht gerade leichtgemacht, Andreas neu kennenzulernen. Die acht verlorenen Jahre aufzuholen, die seit der

Schule vergangen waren, und einem Mann einen Platz in ihrem Leben zu geben, das sich, wenn sie ehrlich war, fast ausschließlich auf ihre Arbeit als Korrespondentin reduzierte. Das Letzte, was Nora brauchen konnte, war noch mehr Chaos in ihrem Alltag.

Sie hasste sich selbst ein bisschen dafür, rief aber trotzdem Andreas' Facebookprofil auf. Dass er zu viel von sich preisgab, konnte man ihm definitiv nicht vorwerfen. Sein letzter Post lag drei Monate zurück. Es war ein ironischer Eintrag, der sich an einen Arbeitskollegen richtete, offenbar ein Fan des Liverpool FC, der ein wichtiges Spiel verloren hatte. Darunter befand sich der Link zu einem Artikel über die beste Rennradausrüstung für den Triathlon. Nora klickte auf die Freundesliste und suchte nach Brigitte.

Es gab genau eine. Brigitte Florentin Madsen. Sie sah aus wie mindestens sechzig, und als Nora weiterklickte, fand sie heraus, dass die Frau keineswegs Polizistin war, sondern Küsterin bei einer Kirche in Kolding. Vermutlich eine von Andreas' unzähligen Tanten.

Entweder war Beamten-Brigitte nicht bei Facebook, oder sie hatte Andreas die virtuelle Freundschaft gekündigt, nachdem er entschieden hatte, bei Nora in London zu bleiben. Was sollte sie denn jetzt machen? Und dann kam ihr plötzlich eine Idee. Sofort rief sie Andreas' Onkel Svend Jansson in Dragør an.

«Hier spricht Annika», meldete sich Svends Freundin am anderen Ende.

«Hallo, Nora hier. Sag mal, könntest du mir vielleicht kurz helfen und Brigittes Handynummer geben?»

«Brigitte? Andreas' Brigitte? Ähm, entschuldige, ich meine natürlich ... Warte, ich bin mir gar nicht sicher, ob wir die haben.

Wir haben uns ja nur ein einziges Mal getroffen, und das war nicht gerade der Hit», sagte Annika.

«Ach», war Noras einsilbige Reaktion.

«Wenn ich ehrlich sein soll, hatte sie was von einem kalten Fisch», fuhr Annika fort.

«Aha ... Meinst du, Svend könnte ihre Nummer haben?»

«Eigentlich nicht, aber ich kann ja mal eben einen Blick in sein Rodolex werfen.»

Was anderes sollte man von Svend Jansson erwarten, dachte Nora da. Während alle Welt sämtliche Kontaktdaten in ihre Handys und Mobilgeräte übertrug, behielt er selbstverständlich eine alte Rollkartei.

«Nein, hier steht auch nichts. Ich bin alle Einträge bei C durchgegangen, aber keine Brigitte», sagte Annika bedauernd.

«Wie heißt sie denn noch mal mit Nachnamen?»

«Oh, Moment. War es Cederholm? Cederdorf? Irgendwas in dem Stil ... Ach, jetzt weiß ich's wieder. Cedergren.»

«Danke dir», sagte Nora schnell.

«Svend würde sich sicher genauso sehr freuen wie ich, wenn ihr uns mal besuchen kommt. Wann seid ihr denn das nächste Mal in Dänemark?», plauderte Annika eifrig weiter.

«Wir müssen mal sehen», sagte Nora und legte schnell auf.

Sie kehrte an ihren Computer zurück und suchte im Internet nach Brigitte Cedergren. Die Anfrage lieferte vierzehn Trefferseiten voller Links. Einer der ersten leitete sie zu LinkedIn, allerdings war der Link tot. Das Gleiche galt für Facebook. Also bemühte sie die Bildersuche, wodurch Nora jedoch einzig erfuhr, dass es einen schwedischen Volksmaler namens Sebastian Cedergren gab. Leicht würde sich das eher nicht gestalten.

Sie schränkte die Suche durch ein weiteres Wort ein und tippte *Polizei* hinter Cedergren.

Sofort verschlankte sich das Ergebnis immerhin auf sieben Trefferseiten. Jetzt blieb ihr nichts anderes mehr übrig, als einen Link nach dem anderen anzuklicken, um herauszufinden, ob sich hinter einem davon mehr Informationen über Beamten-Brigitte verbargen.

Seitenweise wühlte Nora sich vergebens durch digitale Dokumente. Alles war dabei: über Ergebnislisten von Frauenläufen bis hin zu Protokollen der Baugenossenschaft am Jagtvej. Erst auf Seite drei stieß sie auf den Jackpot: ein gescanntes Dokument mit dem Briefkopf des Außenministeriums. Darin ging es um sämtliche Sicherheitsvorkehrungen im Zusammenhang mit einer wichtigen Konferenz in Kopenhagen, und angeblich war es geleakt – oder vielleicht vielmehr von Anarchisten gehackt worden, die es als glasklaren Beweis dafür sahen, dass die Polizei illegale Methoden gegen völlig legal ablaufende Demonstrationen anwandte.

Nora überflog den Scan, ganz unten fand sie, was sie suchte.

Dort waren die Kontaktpersonen angegeben: Søren Malmberg, Landeskriminalamt, und Brigitte Cedergren, internationale Angelegenheiten, PET.

Nora rieb sich die Stirn. PET, der polizeiliche Nachrichtendienst? Beamten-Brigitte war also alles andere als eine nichtssagende Streifenpolizistin, sondern arbeitete beim Dänischen Verfassungsschutz. Und dort war sie offenbar kein kleines Licht, ganz im Gegenteil, sie sorgte an vorderster Front für die Sicherheit bei internationalen Konferenzen. Und diese Frau hatte Andreas verlassen. Vielmehr hatte er versucht, sie zu verlassen. Verdammt.

Genau in diesem Moment klopfte es laut an der Tür. Nora fuhr zusammen. Draußen stand ein breitgrinsender Mann in Arbeitshose und weißem Unterhemd. «Søren Holm. Ich komme wegen der Scheibe.»

Erleichtert atmete Nora auf, zeigte Søren Holm, wo seine Arbeit vonnöten war, und überließ ihn dann sich selbst, während sie sich daranmachte, ihren Koffer zu packen. Als sie gerade dabei war, die Zahnbürste in der Kulturtasche zu verstauen, klingelte ihr Handy. Unbekannte Nummer.

«Ja?», sagte sie vorsichtig.

«Hallo, hier spricht Kirsten», meldete sich die Stimme am anderen Ende. Nora grub in ihrem Gedächtnis, konnte den Namen aber niemandem zuordnen.

«Äh, ja?»

Die Anruferin musste Noras Zögern bemerkt haben. «Kirsten Isager. Rotes Kreuz.» Schon wusste Nora wieder Bescheid.

«Eine halbe Stunde nach Ihrem Aufbruch kamen ein Mann und eine Frau vorbei, um Manash zu verhören. Sie haben sich nicht vorgestellt, aber sie konnten die erforderlichen Papiere vorweisen, um hereingelassen zu werden. Ich selbst war zu dem Zeitpunkt nicht da, sondern mit ein paar der Frauen in Slagelse einkaufen, mein neuer Kollege Lars-Erik hat sie hereingelassen.»

«Okay. Und wo ist Manash jetzt?»

«Das ist mit einer der Gründe für meinen Anruf. Sie wollten ihn mitnehmen, aber er hat sich geweigert, was ja mehr als verständlich ist, wenn man weiß, was er durchgemacht hat, bevor er herkam», sagte Kirsten Isager.

«Und wie ging es weiter?»

«Sie waren zwei, drei Stunden hier. Als ich zurückkam, habe

ich sie weggeschickt. Ohne einen entsprechenden Beschluss haben sie weder das Recht, sich hier aufzuhalten, noch Manash irgendwohin mitzunehmen. Er ist schließlich Asylbewerber. Selbstverständlich war Manash ziemlich aufgelöst. Sie haben gesagt, sie werden wiederkommen. Deshalb habe ich Ihren Namen erwähnt und darauf hingewiesen, dass *Globalt* schon an der Story dran ist.»

Darauf erwiderte Nora nichts.

«Das war vielleicht nicht die beste aller Ideen, aber irgendwie ist die Angst mit mir durchgegangen. Deshalb rufe ich Sie auch jetzt an, um Sie in Kenntnis zu setzen, damit auch Sie Bescheid wissen. Ich hoffe, Sie verstehen das.» Kristen Isager klang angespannt.

«Ja, das ist schon in Ordnung. Kann ich mit Manash sprechen?», fragte Nora.

«Natürlich, allerdings traut er sich nicht, weiter sein Telefon zu benutzen. Aus Angst, dass er abgehört wird. Versuchen Sie es bei Sanjit. In einer halben Stunde.»

Sie diktierte ihr Sanjits Nummer, die Nora an den Rand eines alten Werbeprospekts kritzelte, der neben der Spüle lag.

In der Zwischenzeit war Søren Holm fertig geworden. «So, meine Dame. Jetzt ist die Tür wieder so gut wie neu.»

Nora bezahlte und verabschiedete ihn, kehrte dann aber statt zu ihrem Koffer an ihren Computer zurück. Bislang hatte sie nur eine vage Vorstellung vom iranischen Atomprogramm, sie erinnerte sich schwach an UN-Verhandlungen, die jedoch nie zu irgendetwas geführt hatten, und an Nachrichteneinspieler von einem Präsidenten, der mit den Möglichkeiten seines Landes prahlte, angereichertes Uran zu produzieren. Wie so oft begann sie ihre Recherche bei Wikipedia, aber schon nach ein paar Klicks fand sie einen Artikel bei CNN, der ihr einen kalten Schauer über den Rücken jagte. Laut diesem Artikel waren mindestens vier führende iranische Atomforscher in einem Zeitraum von nur zwei Jahren ums Leben gekommen. Alle durch die Explosion von Autobomben.

Nora warf einen Blick auf die Uhr und wählte dann die Nummer, die Kirsten Isager ihr gegeben hatte.

«Sanjit?», sagte er fragend, als wäre er sich selbst unsicher, ob er so hieß.

Nora sagte schnell, wer sie war.

«Einen Augenblick», verkündete Sanjit, und kurz darauf meldete sich Manash. Er war außer Atem. «Warten Sie, ich gehe in den Garten. Ich weiß nicht, ob wir hier belauscht werden.»

Nora war kurz davor, ihm zu erklären, dass er das in Dänemark nicht zu befürchten hatte. Es gab keine Geheimpolizei, die unbemerkt ein Asylbewerberheim verwanzte oder Telefone anzapfte. Aber sie konnte sich gut vorstellen, dass Manash in dem Punkt vorsichtiger war als andere. Dazu hatte man jedes Recht, wenn man ein iranisches Gefängnis von innen gesehen hatte.

«Okay, ich bin draußen im Freien», sagte er kurz darauf. Nora stellte sich vor, dass er bis zu dem umgestürzten Baum am Ende des Gartens gelaufen war.

«Manash, was ist passiert?»

Sie hörte, dass er tief Luft holte, sicher, um sich irgendwie zu beruhigen, trotzdem klang er so dünnhäutig wie ein schon leicht angeschlagenes Ei.

«Die Geheimpolizei war hier.»

«Wie bitte?»

«Die Geheimpolizei war hier. Sie trugen schwarze Anzüge.

Eine Frau und ein Mann, die weder ihre Namen verraten wollten, noch wer sie geschickt hatte. Aber ich habe darauf bestanden, dass sie mir ihre Namen gaben, was sie schlussendlich dann auch getan haben.»

Nora spitzte die Ohren. Das konnte eine durchaus nützliche Information sein.

«Warten Sie. Ich habe sie aufgeschrieben.»

Nora konnte ihn fast vor sich sehen, das Handy zwischen Ohr und Schulter eingeklemmt, in einer Tasche nach einem Zettel wühlend. «Ja, hier. Ein Herr Jensen und eine Frau Nielsen.»

Nora seufzte. «Vornamen haben sie keine genannt?»

«Nein.»

«Hm. Jensen und Nielsen. Das sind so ziemlich die Äquivalente von Smith und Brown.»

«Verdammt.» Die Wut darüber, belogen worden zu sein, war nicht zu überhören.

«Was wollten sie denn von Ihnen?»

«Es ging um Aminas Bruder Aziz. Offenbar ist er verschwunden. Sie wollten wissen, ob wir zusammen geflohen sind. Ob ich weiß, wo er sein könnte.»

«Und konnten Sie ihnen helfen?»

«Nein, selbstverständlich nicht. Ich wusste nicht mal, dass er weg ist. Als ich Teheran verlassen habe, ging es ihm dort noch bestens. Nichts deutete darauf hin, dass er fliehen müsste. Glauben Sie, das hat etwas mit Aminas Verschwinden zu tun?»

«Das weiß ich nicht. Aber es ist schon auffällig, dass Amina und ihr Bruder sich zum gleichen Zeitpunkt in Luft auflösen. Der Rückschluss, dass dies irgendwie mit seiner Arbeit zusammenhängt, ist jetzt nicht gerade weithergeholt. Warum haben Sie mir nicht erzählt, in welchem Feld er tätig ist?»

«Weil ich es nicht für relevant hielt. Amina hat doch überhaupt keine detaillierten Kenntnisse darüber, was er da alles für die Regierung macht», antwortete er. Manash gab sich große Mühe, ruhig zu klingen, aber seine unterschwellige Angst entging ihr nicht.

«Können die wirklich kommen, um mich zu holen? Könnte ich wirklich ausgeliefert werden? Ich nehme jede Strafe auf mich, wenn ich nur Amina wiedersehen kann. Ich bin sogar bereit, wieder zurückzureisen.»

«Manash. Tun Sie bitte nichts Unüberlegtes. Warten Sie ab, bis ich in London bin und zumindest die Möglichkeit hatte, mich auf die Suche nach Ihrer Frau zu machen und vielleicht sogar herauszufinden, was passiert ist. Vielleicht ist sie ja in London und aus einem Grund untergetaucht, den wir uns nicht ausmalen können. Mehr kann ich zu diesem Zeitpunkt nicht sagen, aber ich will unbedingt mehr wissen.»

«Okay.»

«Falls Herr Jensen und Frau Nielsen noch einmal bei Ihnen auftauchen, berufen Sie sich bitte auf die Genfer Flüchtlingskonvention, und bitten Sie Frau Isager, mich sofort zu verständigen, ja?», sagte Nora, ohne wirklich zu wissen, was sie im Fall der Fälle tun konnte, außer einen riesigen Aufstand zu machen und im *Globalt* darüber zu berichten.

«Wenn Sie möchten, dass ich Sie anrufe, schicken Sie mir einfach eine SMS. Ich bin mir nicht sicher, ob mein E-Mail-Konto gerade funktioniert», fügte Nora noch hinzu.

Manash versprach es ihr. Dann erklärte er: «Ich habe keine Ahnung, was mit Aziz passiert sein könnte, aber uns war klar, dass seine Arbeit gefährlich war. Er hat mehrere Kollegen verloren, hatte selbst aber keine Angst, zur Arbeit zu gehen. Sein

Wissen und sein Erfahrungsschatz waren so groß, dass selbst seine verwandtschaftliche Beziehung zu einem Verbrecher wie mir, der kritische Gedichte schrieb, keine beruflichen Folgen für ihn hatte. Dafür brauchten sie ihn zu sehr.»

«Vielleicht hat sich das ja geändert», spekulierte Nora.

«Vielleicht. Aber ich bitte Sie inständig, finden Sie Amina. Mit meiner Amina kann ich alles überwinden, was diese Welt mir in den Weg stellt.»

«Ich werde mein Möglichstes tun», versprach Nora.

Mehr blieb nicht zu sagen, also legten sie auf.

Nora spülte das Geschirr vom Vortag, packte die letzten Sachen ein und brachte den grünen Koffer zum Auto. Dann versuchte sie es noch einmal bei Andreas. *Die von Ihnen gewählte Rufnummer ist nicht vergeben*, informierte sie dieselbe Frauenstimme, die am Vorabend noch behauptet hatte, der Gesprächspartner sei nicht zu erreichen.

Im Auto schaltete sie die Freisprechanlage ein und legte das Handy auf den Beifahrersitz. Dann fasste sie den Entschluss, bei der Kopenhagener Polizei anzurufen, in der Hoffnung, dass Andreas gerade bei der Einheit war, die ihn überhaupt erst nach London zum Spezialkurs über Terrorzellen geschickt hatte. Nachdem sie ein paarmal erfolglos zu verschiedenen Stellen durchgestellt worden war, erreichte sie endlich die richtige Abteilung, wo ein Mann, der sich als Mikkel Jensen vorstellte, an den Apparat ging. Sie fragte nach Andreas Jansson und spürte die plötzliche Erleichterung und eine leichte Nervosität in der Brust, als er ohne weiteres sagte: «Einen Augenblick.»

Nur drei Sekunden später hatte sie Andreas an der Strippe.

«Nora? Was ist denn los?»

Allein beim Klang seiner Stimme löste sich etwas in ihr wie ein kleiner Eisberg, der endlich nachgab und im türkisblauen Wasser in immer kleinere Stücke zerbrach.

«Andreas», mehr sagte sie nicht.

«Warum hast du mir denn nicht auf meine Mails geantwortet?»

«Ich hab versucht, dich anzurufen. Mehrfach», verteidigte sie sich.

«Aber ich habe dir darin doch geschrieben, dass mein Handy gestohlen wurde. Liest du deine Mails nicht mehr?»

«Ich habe keine Mail von dir bekommen. Wie viele hast du denn geschickt?»

«Vier! Das klingt verdammt merkwürdig», erwiderte Andreas.

«Ich habe dir auch eine Mail geschickt, die kam aber zurück. Wurde dein Telefon gehackt oder was?»

«Verdammt noch mal, Nora. Ich habe seit Tagen nichts von dir gehört. Wir müssen uns unbedingt treffen.»

«Was gibt es denn Neues von ...» Nora suchte nach einer Formulierung, die ihr leicht von den Lippen ginge, fand aber keine. Andreas verstand jedoch auch so, wen sie meinte.

«Ich weiß noch nichts. Sie verhält sich sehr sonderbar. Ich habe versucht, sie zu treffen, aber bisher kamen von ihr nichts als Hinhaltetaktiken. Ich habe keine Ahnung, was da los ist.»

Nora spürte, wie sich ein Kloß in ihrem Hals bildete. Schnell versuchte sie, sich gedanklich an jenen Samstagmorgen zurückzuversetzen, an dem sie zusammen zum Borough Market gefahren waren, völlig arglos und sorglos. Bis zu dem verhängnisvollen Anruf von Beamten-Brigitte.

«Heißt das, du hast noch gar nicht mit ihr gesprochen?»

«Genau.»

«Sag mal, Andreas, darf ich dich etwas fragen? Und es klingt sicher merkwürdig, aber: Arbeitet sie beim PET?»

Kurz Stille, dann räusperte Andreas sich.

«Hm. Dazu darf ich mich eigentlich nicht äußern. Manchmal vergesse ich, dass du Journalistin bist.»

Nora hätte am liebsten gelacht, aber es blieb ihr im Hals stecken.

«Du fehlst mir», sagte sie deshalb nur.

«Dann treffen wir uns. Wo bist du untergekommen? Im Schrebergarten? Ich schlafe bei Jonas auf Amager und könnte heute Abend vorbeikommen. Ich vermisse dich nämlich auch. Wie verrückt!», sagte er.

Nora näherte sich dem Europcar-Schild.

«Andreas, ich bin schon wieder am Flughafen. Wann fliegst du zurück nach London?»

Er seufzte schwer. «Das weiß ich noch nicht. Erst mal muss ich ... das hier irgendwie in den Griff kriegen.»

«Aber ... Heißt das ... Willst du wieder mit ihr zusammenkommen?» Nora hasste sich dafür, die Frage überhaupt gestellt zu haben. Das war gar nicht ihr Plan gewesen.

Andreas holte tief Luft. «Nora, ich habe absolut keine Ahnung.»

«Ich muss mich beeilen», brachte sie noch heraus, legte schnell auf, parkte den Wagen und machte sich dann mit ihrem kleinen, grünen Koffer auf den Weg in die Abflughalle.

7. Kapitel

Knapp vier Stunden später schloss sie die Tür zu ihrer Wohnung auf, die sonderbar leer auf sie wirkte. Andreas hatte nun nicht direkt hier gewohnt, aber der Gedanke, dass er sich vielleicht nie wieder aufs Bett werfen und dort mehr Decke und Platz für sich beanspruchen würde, als ihm zustand, war unerträglich.

Schnell machte sie die Tür zum Schlafzimmer zu und fuhr den Computer hoch, um sich einen Überblick über die neuesten Nachrichten zu verschaffen. Aber es war nichts Brisantes geschehen, was sie dazu nötigte, alles stehen und liegen zu lassen. Also wählte sie die Internetseite von Brown & Barleys an, Manashs britischem Verlag, der über die Jahre eine ganze Reihe wichtiger Titel herausgebracht hatte. Ganz unten auf der Seite stand die Postanschrift des Hauses, allerdings wurde sehr deutlich darauf hingewiesen, dass man dort keine Manuskripte ohne vorherige Absprache annahm. Es folgte eine mikroskopisch klein angegebene Telefonnummer.

Darunter erreichte Nora eine Rezeptionistin, fragte nach dem Lektor Tom Craven und wurde zu ihm durchgestellt, allerdings antwortete sofort eine elektronische Stimme, dass Tom Craven gerade nicht ans Telefon kommen, man aber gern eine Nachricht für ihn hinterlassen könne. Nora betonte, dass es um Manash Ishmail gehe und die Sache dränge.

Eine halbe Stunde später probierte sie es erneut. Wieder der Anrufbeantworter. Beim dritten Versuch verkündete die Ansage, dass die Mailbox voll sei. Offenbar war sie nicht die Einzige, die versuchte, Tom Craven an die Strippe zu bekommen. Also rief Nora noch einmal die Rezeption an und bat darum, zur Presseabteilung durchgestellt zu werden. So leicht wollte die Frau sie jedoch nicht davonkommen lassen: «Handelt es sich um Filme, Bücher oder Multimedia?»

«Bücher.»

«Welcher Bereich?»

«Lyrik.»

Nora hörte, dass die Frau tippte.

«Welche Form von Lyrik?»

«Können Sie mich nicht einfach zur Presseabteilung durchstellen?»

«Gott bewahre», sagte die Rezeptionistin eingeschnappt. «Sind Sie Journalistin?»

«Ja», seufzte Nora, und dann endlich dudelte eine Glockenspielmelodie im Hörer, die ihr verriet, dass sie durchgestellt wurde.

«Josh McGregor, wie kann ich Ihnen helfen?», meldete sich endlich ein Mann mit starkem schottischem Akzent.

Nora stellte sich vor und erklärte, dass sie versuchte, Tom Craven zu erreichen.

«Er ist nicht befugt, direkten Kontakt zu Journalisten zu haben. Worum geht es denn?»

«Es ist wichtig, dass ich mit ihm persönlich spreche.»

Das wollte Josh McGregor nicht durchgehen lassen. «Sind Sie sicher, dass sich Ihr Problem nicht mit mir oder jemand anderem aus der Presseabteilung lösen ließe?»

Nora holte tief Luft. «Also gut, es handelt sich um Manash Ishmail. Er hält sich gerade in Dänemark auf, aber ...»

«Ishmail? Dann haben Sie wirklich den Falschen am Apparat, ich stelle Sie durch.»

«Warten Sie», setzte Nora an, aber es war schon zu spät. Wieder das Glockenspiel, diesmal verkündete es, dass Nora nicht länger Josh McGregors Aufmerksamkeit genoss.

«Kate Mills», tönte eine schrille Stimme aus dem Hörer.

Nora setzte noch einmal mit ihrer Erklärung an, aber bevor sie überhaupt erwähnen konnte, dass sie mit Tom Craven sprechen wollte, fiel ihr die Frau schon ins Wort: «Manash Ishmail gibt keine Interviews. Da darf ich Sie freundlich auf die Pressemitteilung hinweisen, die Sie anlässlich seiner jüngsten Veröffentlichung auf unserer Homepage finden. Mehr kann ich leider nicht für Sie tun. Auf Wiederhören.»

«Aber ...»

Doch Kate Mills hatte bereits aufgelegt.

Also suchte Nora im Internet nach Tom Craven und stieß auf sein Facebookprofil, wo seine E-Mail-Adresse verzeichnet war. Ohne sich große Hoffnungen auf eine Antwort zu machen, schrieb sie ihm und bat darum, er möge bitte schnellstmöglich Kontakt mit ihr aufnehmen. Sein Profilfoto zeigte einen netten Mann um die vierzig mit Lachfältchen, einem Seemannspullover und einer in das dichte, braune Haar geschobenen Brille. Die anderen Fotos zeigten ein Haus an der Küste, vermutlich ein Feriendomizil. Das konnte buchstäblich überall sein, wo es Steinstrände und Kutter gab, die abends an Land geschoben wurden. Vielleicht war er ja gerade dort?

Sie klickte seine Freundesliste an und fand einen gemeinsamen Freund: Jason Moore, einen Journalisten, der für den *Guardian* arbeitete und dem sie hin und wieder bei Pressekonferenzen und Veranstaltungen begegnete. Er schrieb unter anderem über skandinavische Krimis, weshalb sie das eine oder andere Mal einen Kontakt nach Dänemark für ihn hergestellt hatte.

Er ging sofort ans Telefon. Nora erklärte ihm, dass sie dringend Tom Craven erreichen müsse. Ob er ihr mit seiner Handynummer aushelfen könne?

«Warte kurz, ich frage mal Eric aus der Kulturredaktion. Die waren zusammen auf der Uni.»

Es dauerte ungefähr eine Minute, bis Jason sich wieder meldete. «Ich habe seine Nummer, aber Eric weiß nicht, inwieweit Tom dir behilflich sein kann, er hat nämlich Urlaub genommen. Auf unbestimmte Dauer.»

«Ach!» Nora konnte ihre Überraschung nicht verbergen. Das erklärte natürlich, warum Manash so große Schwierigkeiten hatte, seinen Lektor zu erreichen.

«Eric meint, dass er sicher rausgefahren ist nach Hastings. Da in der Nähe ist das Haus seines Vaters. Eric selbst hat seit über einer Woche nichts von ihm gehört. Tom hat wohl immer mal wieder so, tja, wie soll man das nennen, Phasen?»

«Phasen?»

«In denen er sich von allem zurückzieht. Das passiert in ziemlich regelmäßigen Abständen. Eric hat keine Ahnung, was genau dahintersteckt, aber er hat den Verdacht, dass Tom heimlich an einem Familienroman oder so was schreibt.»

Nora inspizierte den Inhalt ihres Kühlschranks. Ein Liter saure Milch, drei Dosen Cola Light und die Reste der Paella, die Andreas am Freitagnachmittag gekocht hatte. Missmutig fischte sie sich einen Hähnchenschenkel aus der Schale und knabberte vorsichtig daran. War noch gut. Also holte sie sich einen Teller und füllte etwas von dem safrangelben Reis, ein paar schwarze Oliven und Tomatenscheiben darauf. Dazu öffnete sie eine kalte Cola. Besser als nichts.

Dann wählte sie die Nummer, die Jason ihr gegeben hatte. Wie zu erwarten, antwortete niemand. War es zu spät, um nach Hastings aufzubrechen? Schnell warf sie einen Blick auf den Fahrplan der British Rail und stieß auf eine Verbindung ab St. Pancras. Sofort schob sie den Computer zusammen mit einem Ladegerät, einem Notizblock und einem halbtoten Apfel, der dumm auf dem Küchentisch rumlag, in ihre Schultertasche. Die restliche Paella warf sie in den Müll.

Im Zug machte sie sich auf die Suche nach Familie Craven in Hastings. Konnte ja nicht so schwer sein, das Haus zu finden, oder? Sofort stieß sie auf einen Link zu einer Lyriklesung in einem der dortigen Cafés und auf eine Mildred Craven, eine Stadtverordnete der Labour-Party. Nora klickte auf den Link der Lyriklesung, fand heraus, dass Tom Craven daran teilgenommen hatte, und notierte sich den Namen des Cafés. Vielleicht war das ein guter Ansatzpunkt.

Das Haddock Café war sehr schön gelegen, mit Blick aufs Meer, und Nora konnte sich gut vorstellen, dass die Fotos, die sie in Tom Cravens Profil gesehen hatte, an diesem Strand mit seinen von den Wellen abgerundeten Steinen entstanden waren. Ein paar Kutter waren schon an Land gezogen worden.

Nora bestellte sich einen Kaffee, und als er gebracht wurde – mit einem Plätzchen auf der Untertasse –, fragte sie nach dem Besitzer. Die blonde junge Frau, die den Kaffee direkt von der Gaggia herangetragen hatte, pustete sich den Pony aus der Stirn und lächelte Nora breit an.

«Sie sprechen mit ihr. Emma Fisher. Wie kann ich Ihnen helfen?»

«Ich suche Tom Craven. Er hat hier in der Nähe ein Ferienhaus. Kennen Sie ihn?»

Fast unmerklich änderte sich etwas an ihrem Gesichtsausdruck, sie wurde vorsichtig. «Ja. Was wollen Sie denn von ihm?»

Nora log nie. Aber manchmal gab es Momente, da war es klüger, sich mit der Wahrheit ein wenig zurückzuhalten. «Ich will ihn überraschen. Um genau zu sein, habe ich sogar versucht, ihn vorher zu erreichen, aber er scheint hier keinen Handyempfang zu haben, kann das sein?»

«Woher kennen Sie ihn?»

«Durch Jason, der Eric kennt, der wiederum mit Tom befreundet ist», antwortete Nora.

«Warten Sie einen Augenblick», sagte Emma und verschwand im hinteren Bereich des Cafés. Zwei Minuten später war sie zurück.

«Sie haben recht, auch ich komme nicht durch. Das ist sonderbar, denn er schaut eigentlich immer mal auf ein Glas Wein herein, wenn er hier ist, und ich habe ihn schon eine Weile nicht gesehen. Sind Sie sicher, dass er gerade in Hastings ist?»

«Ziemlich sicher», antwortete Nora, obwohl sie sich auf nichts als ihr Gefühl verlassen konnte. «Vielleicht sollte ich einmal nach dem Rechten sehen?», schlug sie vor.

«Tja.» Emma dachte kurz darüber nach und fasste dann einen Entschluss. «Also gut, Rosemary Lane. Dort gibt es nur vier Häuser, und Toms ist das weiße mit den Sprossenfenstern. Es liegt nicht direkt um die Ecke, an Ihrer Stelle würde ich ein Taxi nehmen», sagte sie.

Nora bedankte sich und legte das Geld für den Kaffee auf den Tisch.

«Wenn er da ist, müsste sein Range Rover vorm Haus stehen. Dunkelgrün. Richten Sie ihm aus, dass wir uns freuen, wenn er bald mal wieder vorbeischaut, damit wir sehen, dass alles in Ordnung ist.»

Nora versprach es ihr, spazierte dann die kurze Strecke bis zum Bahnhof zurück und nahm sich ein Taxi bis zur Rosemary Lane.

Der Wind hatte aufgefrischt und schlug ihr beim Aussteigen salzig ins Gesicht. Der Fahrer hatte am unteren Ende der Rosemary Lane gehalten, um sie aussteigen zu lassen, da es – wie er ihr erklärte – im oberen Verlauf fast unmöglich sei zu wenden. Nora gab ihm das Geld und steuerte dann das Haus am Ende der Lane an, das auf einem kleinen Hügel stand, von wo aus man einen wunderbaren Blick aufs Meer haben musste.

Als sie näher kam, konnte sie sehen, dass wirklich ein dunkelgrüner Wagen in der Auffahrt des kleinen, gekalkten Hauses parkte, das früher vermutlich einmal einem Fischer gehört hatte.

Nora lief an den Hagebuttensträuchern entlang bis zu der grünen Haustür und klopfte an. Keine Reaktion. Sie klopfte noch einmal. Es blieb still. Das einzige Geräusch machte der Wind, der in den niedrigen Büschen raschelte.

Sie wagte sich in den Garten hinter dem Haus. «Hallo? Ist jemand da?»

Keine Antwort.

Auf der kleinen Terrasse, die mit alten Ziegelsteinen gelegt worden war, stand ein morscher Gartentisch mit einem gelben Plastikaschenbecher. Darin lagen zwei Zigarettenstummel. Nora versuchte es noch einmal. «Hallo? Ist jemand da?»

Langsam näherte sie sich dem Haus, um einen Blick durch die Terrassentür zu werfen.

Dahinter verbarg sich ein kleines Wohnzimmer mit Küchenzeile. Ein gedeckter Esstisch verriet, dass sich bis vor kurzem zwei Menschen im Haus aufgehalten haben mussten. Wo waren sie jetzt?

Während sie noch hineinschaute, öffnete sich plötzlich eine Tür an der Seite des Zimmers, und eine Frau in einem kobaltblauen Rock und einem grünen Hidschab trat herein. War das etwa Amina? Nora konnte es kaum fassen. Was machte Amina hier? Und warum ...

Bevor sie den Gedanken zu Ende denken konnte, wurde sie so heftig gegen die Wand gedrückt, dass fast ihr Genick brach.

«Sie haben drei Sekunden, um mir zu erklären, wer Sie sind und was zum Teufel Sie auf meinem Grundstück verloren haben!», zischte eine Männerstimme.

8. Kapitel

Im Bruchteil einer Sekunde wog Nora ihre Möglichkeiten ab. Sie könnte ihren Ellbogen befreien und ihn dem Mann in die Rippen rammen. Wenn er daraufhin den Druck löste, könnte sie noch mit einem leichten Tritt nachsetzen. Am besten direkt auf das Schienbein zielen, damit er erst mal nicht laufen konnte, was ihr genügend Zeit gab, wegzurennen.

Aber selbstverständlich konnte sie auch einfach tun, was Tom Craven sagte. Es war schließlich sein Haus.

«Ich heiße Nora Sand. Wären Sie so nett und würden mich loslassen?»

«Wer sind Sie, verdammt noch mal?»

«Ich bin Journalistin.»

Tom Craven lockerte den Griff, aber nur so weit, dass Nora sich zu ihm umdrehen und ihn ansehen konnte.

«Ausweis», verlangte er.

Sehr langsam holte Nora ihr Portemonnaie hervor, aus dem sie ihren Presseausweis fischte, der bewies, dass sie von der London Foreign Press Association als Journalistin anerkannt wurde.

Sie reichte ihn Tom Craven und schaute dann in ein paar blaue Augen unter kräftigen Brauen, die an Großbritanniens früheren Finanzminister Alistair Darling denken ließen. Die vollen Lippen waren vor Wut verzerrt.

Er studierte aufmerksam den Ausweis, schaute sie an, dann wieder zurück auf den Ausweis. «*Globalt*? Nie gehört.»

«Ist eine dänische Zeitung», erklärte sie.

Aber er zuckte nur mit den Schultern, als wäre ihm das völlig einerlei.

«Ich wüsste verdammt gerne, wie Sie uns gefunden haben!»

«Fluchen Sie immer so viel?», fragte sie.

Er atmete einmal durch und beruhigte sich ein wenig. «Nur, wenn ich wirklich wütend bin», antwortete er.

«Ich kann zu meiner Verteidigung sagen, dass ich versucht habe, Sie telefonisch zu erreichen. Mehrfach. Außerdem habe ich angeklopft und gerufen.»

Seine Wut schien sich nun endgültig zu verflüchtigen, Nora konnte förmlich zusehen, wie das Adrenalin aus seinem Körper wich. Sie entschied, alles auf eine Karte zu setzen. «Ich weiß, wen Sie da beherbergen, und ich verlange eine Erklärung.»

«Dann kommen Sie besser rein, wir sollten nicht hier draußen stehen bleiben.»

Also liefen sie einmal um das Haus herum zur Vorderseite. Bevor Tom die Tür öffnete, schaute er Nora eindringlich an: «Wären Sie so freundlich und würden Ihr Handy abstellen?»

Nora sah ihn fragend an.

«Können Sie es nicht einfach machen?», fragte er fast genervt, ganz so, als wären sie langjährige Freunde, zwischen denen dies schon häufig Thema war.

«Gut, wenn es Ihnen wirklich so wichtig ist», sagte sie.

Sie betraten das kleine Haus, in dem es nach Knoblauch roch. Auf dem Tisch standen, wie sie bereits von draußen gesehen hatte, eine Schüssel mit Salat und zwei Teller. Die Frau war jedoch nicht zu entdecken.

Tom rief: «Du kannst herauskommen, keine Gefahr im Verzug.» Er zwinkerte Nora zu.

Nora schaute zu der Tür. In wenigen Augenblicken würde Amina dort erscheinen. Die Frau, um die sich Manash schon seit so vielen Tagen sorgte. Warum hatte sie sich nicht bei ihm gemeldet, um durchzugeben, dass alles in Ordnung war? Wieso hatte sie – und Tom Craven – ihn so leiden lassen?

Langsam öffnete sich die Tür. Nora blickte in ein Paar großer, dunkler Augen. Eine leicht zitternde Unterlippe verriet, dass die Frau große Angst gehabt haben musste.

«Nora Sand, das ist Fazia Bismil. Fazia, das ist Nora. Eine dänische Journalistin.»

Die Frau reichte Nora die Hand.

Bei näherem Hinsehen gab es nicht viel Ähnlichkeit zwischen den Fotos, die Nora von Amina kannte, und der Frau, die nun vor ihr stand.

«Sie werden sicher nachvollziehen können, dass Fazia sich während ihrer Lesereise in Großbritannien aufgrund der Morddrohungen verstecken muss. Wir wollen auf jeden Fall verhindern, dass sie zu einem zweiten Rushdie wird. Fazia möchte nicht vierundzwanzig Stunden am Tag unter Polizeischutz stehen. Deshalb reagieren wir auch so extrem auf unangemeldete Gäste. Und das ist auch der Grund dafür, dass ich mein Handy ausschalte, wenn ich hier bin. Man kann nie vorhersehen, welche Mittel diese Leute zu benutzen imstande sind», erklärte Tom Craven.

Fazia lächelte, ohne etwas hinzuzufügen.

Nora war mit Fazias Geschichte vertraut. Die Zweiundzwanzigjährige, eine Autorin, Rednerin und Aktivistin, war mit vierzehn vor einer Zwangsheirat aus dem Sudan geflohen. Aber statt in ihrer neuen Heimat einfach nur eine von vielen zu sein, wurde sie zu einer leidenschaftlichen Frauenrechtlerin und schrieb Dinge, die sich in ihrer früheren Heimat niemand auszusprechen traute, am wenigsten die Frauen. Die Liste internationaler Autorenkollegen und -kolleginnen, die sie als Heldin feierten, war lang. Fast so lang wie die der radikal Gläubigen, die Fazia Bismil und alles, wofür sie stand, auslöschen wollten. Jeden Tag wurden ihr Mord, Totschlag und Vergewaltigungen angedroht, und zwar über diverse Kanäle im Internet.

«Ich wäre Ihnen sehr verbunden, wenn Sie nichts über meinen derzeitigen Aufenthaltsort schreiben würden. Es ist so schon schwierig genug, hier zu sein. Und ich bin Tom unendlich dankbar dafür, dass er mir diese Rückzugsmöglichkeit bieten kann», sagte sie mit dem charakteristischen kanadischen Akzent ihrer neuen Heimatstadt Vancouver.

Nora ließ sich in einen ramponierten Ohrensessel sinken, der neben einem Bücherregal stand, das aussah, als drohte es vor Überlastung jeden Moment zusammenzubrechen.

«Ich bin nicht wegen Fazia gekommen.»

Die beiden glichen Fragezeichen.

«Ich bin wegen Amina hier. Amina Ishmail», sagte sie.

Tom fuhr sich mit der Hand durch das dichte Haar und schüttelte verständnislos den Kopf. «Amina? Was ist denn mit Amina?»

Fazia griff sogleich die Gelegenheit beim Schopfe: «Dann

ziehe ich mich zurück und schreibe weiter, wenn das in Ordnung ist? Ich bin gerade mitten in einem Gedanken.»

Tom nickte abwesend. Dann ging er zur Küchenzeile, nahm eine Rotweinflasche vom Tisch, schraubte sie auf und stellte zwei unterschiedliche Weingläser dazu. Er warf Nora einen fragenden Blick zu. Als sie nickte, füllte er eins der Gläser bis zum Rand und reichte es ihr. Dann goss er sich selbst ein und trank einen Schluck.

«Was ist denn nun mit Amina?»

«Sie ist spurlos verschwunden», sagte Nora und schilderte ihm kurz, dass Manash sie kontaktiert hatte, weil er seit ihrem ersten Anruf aus Leicester keinen Kontakt mehr zu seiner Frau hatte.

«Manash? In einem Asylbewerberheim in Dänemark? Wissen die denn nicht, mit wem sie es zu tun haben? Ein Asylbewerberheim? Ist das ein Witz?» Er schüttelte den Kopf und fuhr fort: «Ich habe keine Ahnung, was mit Amina passiert sein könnte. Ist sie wirklich verschwunden?»

«Alles deutet darauf hin. Wollten Sie ihnen nicht direkt bei ihrer Ankunft in London helfen?»

Tom nickte schuldbewusst und trank noch einen Schluck Wein. «Ja. Selbstverständlich war ich besonders auf Manash fokussiert, hab mich um eine Wohnung bemüht, damit er Ruhe zum Arbeiten finden kann. Und ich habe ihm ausdrücklich gesagt, sie sollen unbedingt zusammenbleiben. Ich weiß wirklich nicht, wie er ohne sie klarkommen wird.»

Nora nickte nur. «Sie ist sein Leben, hat er gesagt.»

«Es ist richtig schlechtes Timing, dass ich ausgerechnet jetzt wegen Fazia untertauchen musste. Ich habe mich ja selbst beim Verlag abgemeldet, weil ich durch das abgestellte Handy nicht erreichbar bin. Gott, wie schrecklich, dass er ganz allein dort sitzt.»

Tom sah plötzlich sehr müde und frustriert aus. Er trank noch einen Schluck Wein und räumte anschließend die Teller in die Spüle. Dann zog er sich einen der Küchenstühle heran und setzte sich Nora gegenüber.

«Was kann ich tun?»

«Sie könnten damit anfangen, mir zu erzählen, wen sie da in Leicester treffen wollte, wer ihr Kontakt dort ist. Und so weiter.»

Schon stand er wieder auf. Diesmal, um einen elektrischen Heizkörper mit rotglühenden Drähten anzustellen, die Nora sofort an einen Toaster denken ließen. «Es ist kalt hier drinnen, finden Sie nicht?»

Nora schwieg.

«Es gibt da ein Problem. Ich hätte die eine oder andere Information für Sie, aber ich weiß nicht, ob ich Ihnen trauen kann.»

«Haben wir das nicht schon hinter uns? Ich habe Sie gefunden, ich habe mein Handy ausgeschaltet, ganz, wie Sie verlangt haben. Vielleicht bleibt Ihnen gar nichts anderes übrig, als mir zu trauen.»

«Warum haben Sie sich nicht längst an die Polizei gewandt?»

«Wie stellen Sie sich das vor? Eine Frau jenseits der achtzehn, also längst volljährig, kommt – auf illegalem Weg – nach Großbritannien und verschwindet. Was glauben Sie, wie häufig das jede Woche passiert? Und wie viel die Polizei da unternehmen kann?»

Tom hob die Hände. «Okay, okay.»

Nora fuhr fort: «Denken wir das noch ein Stückchen weiter. Nehmen wir an, sie machen sich wie durch ein Wunder auf die

Suche und nutzen alles, was ihnen zur Verfügung steht, um Amina aufzuspüren. Was glauben Sie denn, was passiert, wenn sie sie wirklich finden? Dabei dürfen Sie natürlich nicht vergessen, dass Amina sich illegal in diesem Land aufhält.»

«Okay, ich habe verstanden.» Wieder stand er auf, ging in den Flur und kam mit einer abgewetzten Ledertasche zurück. Er setzte sich, holte ein Notizbuch mit festem Einband hervor und blätterte eifrig darin herum.

Er saß ihr so nah, dass sich ihre Knie fast berührten, und als er sich vorbeugte, um in dem Buch zu lesen, roch sie eine Mischung aus Torfrauch, Salz und altem Holz. Wie schottischer Whisky, der in alten Eichenfässern gereift war. Ihm waren einige Haarsträhnen in die Stirn gefallen, und Nora verspürte plötzlich den Impuls, sie ihm zurückzustreichen. Da schaute er auf, und sie fühlte sich ertappt.

Aber er lächelte nur höflich, blätterte weiter und fand endlich, wonach er suchte.

«Ja, hier steht's», sagte er und kniff die Augen zusammen, um seine eigene Schrift zu entziffern. «Sie wollte den Zug nach London nehmen und sollte in Kentish Town eine Frau aufsuchen, die ihr helfen wollte. Dann sollte sie mich anrufen und mir eine Nummer geben, unter der sie zu erreichen war, damit ich sie kontaktieren könnte, sobald ich wüsste, wann Manash ankäme. Mehr weiß ich nicht. Und das ist leider nicht viel.»

«Gemeldet hat sie sich also nicht?»

Schuldbewusst schüttelte er den Kopf. «Und dann kündigte sich plötzlich Fazia an. Es war nicht geplant, aber ich musste sofort untertauchen. Mein Handy ist nun schon seit letzter Woche abgestellt.»

Es schien hoffnungslos. Schweigend saßen sie beieinander

und tranken Wein. Nora hatte ja bereits persönlich die Erfahrung gemacht, wie schwer es war, zu Tom durchzudringen.

«Welche Telefonnummer hatte Amina von Ihnen?»

«Meine beiden. Handy und die von der Arbeit. Warum fragen Sie?»

Ohne darüber nachzudenken, griff sie nach seinem Arm. «Ihr Anrufbeantworter im Büro! Vielleicht hat sie eine Nachricht hinterlassen!»

Er schielte zu seinem Handy. «Es tut mir sehr leid, aber ich kann es wirklich nicht riskieren, mein Handy anzustellen, um den AB abzuhören, so gern ich das auch täte. Ich habe geschworen, die Regeln einzuhalten, die Fazias Sicherheit gewährleisten. Ich könnte es mir nie verzeihen, wenn ich eine davon breche und dann etwas passiert. Nicht einmal für Amina», sagte er.

Nora dachte einen Moment lang nach.

«Das müssen Sie vielleicht auch gar nicht. Wir könnten doch mein Handy benutzen. Dafür entferne ich mich auch gern von Ihrem Haus. Niemand weiß, dass ich hier bei Ihnen bin, also wird da niemand eine Verbindung sehen.»

«Das könnte funktionieren», gestand Tom ihr widerwillig zu. «Dazu müssen wir aber ein ordentliches Stück weggehen, und außerdem möchte ich diesen Anruf selbst tätigen, sind wir uns da einig?»

Nora nickte und war bereits aufgestanden, um ihr Handy aus der Tasche zu holen.

«Schalten Sie es noch nicht ein», sagte er und klopfte an Fazias Tür. «Wir sind eine Viertelstunde lang weg», rief er durch die Tür und bekam ein abwesendes Murmeln zur Antwort.

Kurz darauf hatten Tom und Nora den Hügel und somit das

Ende der Rosemary Lane erklommen, von wo sie einen perfekten Blick über den Ärmelkanal hatten, über dem gerade die Sonne unterging. Tom griff nach Noras Arm.

«Lassen Sie uns hier entlanggehen», sagte er und steuerte sie nach links, wo sich eine kleine Treppe mit Holzstufen zeigte, die zum Strand hinunterführte.

Schweigend spazierten sie im Abendrot in Richtung Stadt. Immer mehr Boote wurden ans Ufer verfrachtet. Kleine Jollen und etwas größere Modelle, die sich perfekt für einen Angelausflug eigneten.

Neben einer kleinen Hütte, die offenbar Fischernetze und leuchtend orangefarbene Bojen beherbergte, hockte Tom sich in den Sand und streckte den Arm nach Noras Handy aus. Nora schaltete es ein und stellte erstaunt fest, dass der Empfang richtig gut war. Sie reichte ihm das Handy.

Dann beobachtete sie ihn dabei, wie er diverse Nummern eintippte, um an seine Nachrichten zu gelangen. In der Hoffnung, mithören zu können, ließ sie sich neben ihm in den Sand plumpsen und reckte den Hals, bis ihr Gesicht ganz nah an seinem war.

Einzelne Worte konnte sie nicht ausmachen, sie hörte nur, dass es sich um Männerstimmen handelte, die sie vom Klang her Geschäftsleuten zugeordnet hätte. Männern, die wussten, was sie wollten. Männern, die mit konkreten Fragen anriefen, die eine sofortige Antwort verlangten, besser noch gestern. Dann endlich eine zaghafte Frauenstimme, viel leiser als die bisherigen.

Tom schaute sie mit einem breiten Grinsen an. «Bingo!»

9. Kapitel

Aminas Nachricht war kurz. Tom schaltete auf Lautsprecher um und spielte sie noch einmal ab, während Nora schnell Papier und Stift hervorholte.

Hallo, Tom, in London, treffen Zainab, im Women Help Center. Handy gestohlen, habe keine Telefonnummer, Kontakt über Zainab, erklang es in gebrochenem Englisch.

Nora notierte sich den Namen, dabei war ihr schon zu diesem Zeitpunkt bewusst, dass er zu vage, zu allgemein war, um ihr einen wirklichen Anhaltspunkt zu liefern.

Amina machte eine Pause. Im Hintergrund war eine Lautsprecherdurchsage zu hören, es ging um die nächsten planmäßig fahrenden Züge. Offenbar hatte sie von einem der größeren Bahnhöfe Londons angerufen. Vermutlich von St. Pancras aus, wenn sie aus Leicester gekommen war.

Warten Sie, ihr voller Name Zainab Ahmadi. Tom, rufen Sie Manash an, sagen Sie, mir geht es gut. Darauf folgte nur noch das Geräusch eines Hörers, der eingehängt wurde. Sie musste in einer Telefonzelle gestanden haben. Nora hatte sie direkt vor Augen.

Zainab Ahmadi. Das war nicht viel, aber immerhin ein Anfang und besser als nichts. Tom legte auf und blieb eine Weile lang still sitzen, den Blick aufs Meer gerichtet.

«Ich hätte wissen müssen, dass es ein Problem gibt. Hätte Manash verständigen sollen. Gott, ist das schrecklich», sagte er unglücklich.

Nora verspürte den sonderbaren Drang, den Mann zu trösten, der sie vor nicht mal einer Stunde gewaltsam gegen die Wand seines Ferienhauses gepresst hatte.

«Sie konnten doch nicht ahnen, dass da etwas so schiefläuft.»

«Vielleicht nicht. Trotzdem hätte ich nachhaken müssen. Ich hätte mich versichern müssen, dass Amina gut angekommen ist. Es im Blick haben müssen, wann genau Manash in London eintreffen wollte. Wir haben schließlich längst eine Wohnung organisiert. Sie steht leer und wartet praktisch nur auf die beiden», gestand Tom.

Mehr gab es dazu nicht zu sagen, also legte Nora ihm kurz die Hand auf die Schulter. «Das Wichtigste ist, dass wir sie jetzt finden», sagte sie leise.

Tom stand auf, klopfte sich den Sand von der Hose und warf einen Blick auf die Uhr. «Wir sollten zurückgehen, sonst fängt Fazia an, sich Sorgen zu machen.»

Nach wenigen Minuten standen sie vor der schmalen Treppe, die zur Rosemary Lane hinaufführte. Dort nahm Tom das Gespräch wieder auf und bot ihr ein Nachtlager an. «Ich richte Ihnen den Schlafboden her», sagte er.

Nora merkte, wie sie von einer seltsamen Lust gepackt wurde, noch etwas länger in der kleinen, abenteuerlichen Hütte zu bleiben – bei dem Mann mit den dichten Brauen und den vielen

Büchern. Und genau deshalb schob sie den Gedanken energisch beiseite.

«Nein danke, je schneller ich nach London zurückkehre, desto besser. Ich muss schließlich arbeiten. Und Amina finden.»

«Das verstehe ich natürlich sehr gut. Das Problem ist nur, dass der letzte Zug nach London vor…», Tom warf wieder einen Blick auf die Uhr, «vor dreiundzwanzig Minuten gefahren ist. Tut mir leid.»

«Oh.»

«Sie können selbstverständlich auch im nächstgelegenen *Premier Inn* absteigen. Wie ich höre, ist das Frühstück dort unübertroffen», sagte er mit einem schiefen Grinsen.

Nora hatte so oft in tristen Motels übernachtet, wenn es sie mal in die Provinz verschlug, dass sie aufs empfindlichste vertraut war mit dem Konzept des *English Breakfast*. Allein der Gedanke daran war deprimierend.

«Dann müssen Sie sich allerdings ein Taxi kommen lassen, fahren kann ich nämlich nicht mehr. Zu viel Wein, Sie verstehen», fuhr er fort. Da Nora noch immer nicht antwortete, fügte er hinzu: «Sie könnten jedoch auch hierbleiben und mir Gesellschaft leisten, während ich mir den Rest des ausgezeichneten Merlots genehmige, den ich vorhin geöffnet habe.»

«Hm. Wenn Sie das so sagen, kann ich natürlich nicht ablehnen. Allerdings muss ich unbedingt noch etwas essen.»

«Wie Sie wünschen, meine Dame», sagte Tom gestelzt, bevor er sich vor Nora die Treppe hinaufkämpfte.

Als sie wieder im Haus angelangt waren, unterdrückte Nora den Impuls, ihr Handy wieder einzuschalten und ihre Mailbox abzuhören. Sie hatte Tom versprochen, das Ding ausgeschaltet zu lassen, also schob sie sämtliche Gedanken an Andreas und Beamten-Brigitte in Kopenhagen beiseite.

Tom warf einen Blick in Fazias Zimmer, die nach wie vor fleißig war. «Sie sitzt gerade an einer Kolumne für *The Independent*», erklärte er Nora auf dem Weg zur Küche.

Er füllte ihre Gläser auf, holte ein Holzschneidebrett hervor und ging dann auf Beutefang im Kühlschrank. Kurz darauf hatte er Manchegokäse, grüne Oliven und Chorizowurst für sie angerichtet.

«Letzte Woche war Buchmesse in Madrid», sagte er erklärend und zog noch ein Stück Brot aus einer zerknitterten, weißen Papiertüte.

Nora machte sich hungrig über alles her, während Tom ihr von seinem ersten Treffen mit Manash erzählte. Wie peinlich ihm dieser ganze Trubel gewesen war und dass er Tom als Erstes gebeten hatte, ihn von allem abzuschirmen, was nichts mit seinen Gedichten zu tun hatte.

«Viele Autoren, mit denen wir zu tun haben, können gar nicht genug Aufmerksamkeit bekommen. Die sitzen uns permanent im Nacken, wollen ständig, dass ihr Marketingbudget vergrößert wird, damit doppelseitige Anzeigen in *The Times* möglich sind. Als hätte das einen Nutzen, der über Streicheleinheiten fürs Ego hinausginge. Aber nicht Manash. Er ist so bescheiden. Er liebt es, seine Leserschaft zu treffen, allerdings nur, um über seine Gedichte zu sprechen, über Liebe. Alles andere – große Interviews oder Berichte über seine Person – hasst er wie die Pest. Ich glaube fast, dass es ihn stolz macht, dass er noch nie im Fernsehen aufgetreten ist», erzählte Tom.

Dann sprachen sie über seine gerade zurückliegende Reise nach Spanien, über Noras Liebe für portugiesische Keramikfliesen, was schließlich in eine leicht angeheiterte Diskussion darüber mündete, wer der beste lebende britische Autor war.

Es war längst dunkel geworden, einzig Kerzen in silbernen Ständern spendeten Licht, als Tom sich vorbeugte und zu einem engagierten Statement ansetzte, dass Lyrik einer ganz anderen Gewichtung bedürfe, wenn man den besten Autor bestimmen solle.

Ihr kam es wie das Natürlichste der Welt vor, dass sie den Arm ausstreckte und ihm über die Wange streichelte. Ihre Hand vollzog die Bewegung, ohne dass sie bewusst darüber nachgedacht oder es ihr erlaubt hätte.

Er neigte sich zu ihr, und sie konnte seine Lippen spüren, fast noch, bevor er sie küsste. Der Geschmack von Rotwein und das Gefühl zu fallen – ganz wie in diesem kurzen Augenblick zwischen Schlafen und Wachen, wenn man träumte, dass man über etwas stolperte.

Erschrocken riss sie ihre Hand weg, fuhr zurück, stand auf.

«Ich sollte mich hinlegen», sagte sie bestimmt.

«Okay.» Tom protestierte nicht im Geringsten.

Ganz ohne Hast stand er auf, ging zu einem Schrank im Flur, holte eine Decke und ein Kissen heraus und reichte ihr beides. «Bitte sehr. Im Schrank über dem Waschbecken finden Sie Zahnbürsten», sagte er und deutete zum Bad.

«Danke», war ihre schlichte Antwort. Dann versuchte sie, sich an ihm vorbeizuschlängeln, ohne ihn zu berühren, bis er endlich einen Schritt beiseite machte.

Als sie auf seiner Höhe war, lächelte er sie an. «Wenn Sie noch etwas brauchen, finden Sie mich da drin», sagte er und zeigte auf eine geschlossene Tür neben der Küche.

Ihre einzige Reaktion darauf war, dass sie die Badezimmertür energisch hinter sich zuzog und laut den Schlüssel im Schloss drehte. Im Bad fand sie einen Korb vor, der randvoll war mit den Toilettenartikeln, die man auf Langstreckenflügen bekam. Sie griff nach einer Zahnbürste der Air France, riss die Verpackung auf und schrubbte sich gründlich die Zähne, während sie sich im Spiegel betrachtete.

Als sie wieder herauskam, war Tom verschwunden, und es lag ein frisches weißes T-Shirt auf ihrer Decke. Es duftete nach Lavendel. Schnell kletterte sie zum Schlafboden hinauf und legte sich hin, aber der Schlaf wollte nicht kommen. Sie vermisste Andreas. Ihr fehlte sein Geruch, seine irgendwie irritierend eckigen Schultern, die sich trotzdem perfekt dazu eigneten, zum Einschlafen den Kopf dort anzuschmiegen. Den Klang seiner Stimme, wenn er sprach, über egal was.

Am folgenden Morgen war Fazia als Erste auf den Beinen und hatte bereits Rührei mit Tomatensalat und Toastbrot gemacht. Der Kaffee war schwarz und stark. Sie sprudelte nur so vor Energie und erzählte fröhlich, dass sie endlich die Kolumne fertiggestellt habe und wie sehr sie sich auf die Lesung am kommenden Abend freute.

Nora entschied, so zu tun, als wäre am Vorabend rein gar nichts vorgefallen, und setzte ein freches Grinsen auf. «Puh, die frische Meeresluft und dazu noch der gute Wein, das hat mich ganz schön umgehauen», sagte sie in einem Ton, der selbst in ihren Ohren übertrieben fröhlich klang.

Tom ließ sie damit aber nicht durchkommen. Er hob die

Augenbrauen und schaute sie direkt an. «Die Wirkung hatte ich durchaus schon häufiger auf andere Menschen.» Dazu zwinkerte er. Himmel, hilf.

Nora wandte sich ab und biss in die Toastscheibe. «Ich sollte mich bald auf den Weg machen…»

Tom warf schnell einen Blick auf die Küchenuhr. «Wenn Sie in fünf Minuten abfahrbereit sein können, schaffen Sie noch den 9:42er nach St. Pancras.»

Das konnte sie durchaus.

Als sie vorm Bahnhof hielten, lehnte Tom sich zu ihr hinüber und gab ihr einen Kuss auf die Wange. «Auf Wiedersehen, Nora Sand.»

Sie murmelte irgendetwas, das er deuten konnte, wie er wollte.

«Aber wir bleiben in Kontakt, ja? Damit ich weiß, wie es mit Manash und Amina weitergeht?»

Sie nickte und verschwand dann zum Ticketschalter, ohne einen Blick zurück.

Kaum im Zug, schaltete sie das Handy wieder ein und hatte endlich eine Nachricht von Andreas auf ihrer Mailbox. *Nora, ich habe eine neue Nummer. Ruf mich an,* sagte er und rasselte dann so schnell seine Nummer hinunter, dass es Nora nur gelang, die ersten fünf Ziffern mitzuschreiben.

Sie hatte noch eine weitere Sprachnachricht, ebenfalls von Andreas. *Alles in Ordnung? Ruf bitte an, wir müssen uns unterhalten.*

Beim Klang seiner Stimme bekam sie ein schlechtes Gewissen. Wieso knutschte sie denn nach vier Gläsern Wein mit so einem Verlagsheini rum? Wie armselig.

Die nächste Nachricht war von Krebs, der gern wissen wollte, ob es etwas Neues bezüglich Manash gab oder ob er sie auf einen Fall organisierter Kriminalität ansetzen konnte, in den möglicherweise nicht nur die Russenmafia, sondern außerdem noch ein gewisser Milliardär verwickelt war, der in Chelsea lebte.

Nora entschied, sich erst zurückzumelden, wenn sie wieder zu Hause war, und versuchte stattdessen, Andreas' erste Nachricht noch einmal abzuspielen, um seine Nummer vollständig mitzuschreiben. Allerdings stellte sie dabei fest, dass sie die Nachricht aus Versehen gelöscht haben musste. Typisch.

Und schon gab das Telefon auf, Akku leer. Perfekt.

Etwa anderthalb Stunden später fuhr der Zug in St. Pancras ein, und auf dem Weg zur U-Bahn passierte Nora die einzigen Telefonhäuschen des Bahnhofs. Von hier musste Amina bei Tom angerufen haben, im Glauben, endlich in Sicherheit zu sein.

Jetzt gerade waren die Zellen leer. Die wenigsten Menschen hatten noch Verwendung für öffentliche Telefone. Sie vermutete, dass nur die Allerärmsten oder die unglücklichen Tröpfe, denen das Handy gestohlen worden war, oder jene, die nicht wollten, dass man herausfand, woher sie anriefen, sich dieser Apparate noch bedienten. Sie schlängelte sich durch den nicht enden wollenden Strom Londoner, Touristen und Tagesausflügler und stellte sich in die erste Zelle. Dann schaute sie sich um und entdeckte sogleich mit bloßem Auge zwei Überwachungskameras.

Wenn Amina wirklich hier gestanden hatte, um ihren Anruf zu tätigen, dann wurde sie höchstwahrscheinlich dabei aus irgendeiner schummrigen Wachstube beobachtet und aufgezeichnet, in der ein des Lebens müder Wachmann mit einem halbgegessenen Marsriegel und einem Energy-Drink saß und versuchte, sich durch einen weiteren tristen, sterbenslangweiligen Arbeitstag zu retten.

Nora kannte den genauen Zeitpunkt des Anrufs: Datum und Uhrzeit. Aber der würde erst etwas nutzen, wenn sie an die Aufnahme kämen, und dazu war ein Durchsuchungsbeschluss nötig.

Sie lud fünf Pfund auf ihre Fahrkarte und nahm die Northern Line nach Hause. Nach einem heißen Bad sah die Welt schon wieder ganz anders aus, und auch das Handy war wieder funktionstüchtig. Nora ging hinunter zu Starbucks und holte sich einen Kaffee und einen Becher Porridge, setzte sich damit an den Schreibtisch und fuhr ihren Computer hoch.

Google brauchte nicht lange, um ihr mitzuteilen, dass Ahmadi zu den geläufigsten Nachnamen im Iran gehörte. Millionen von Menschen trugen offensichtlich diesen Familiennamen, und die Wahrscheinlichkeit war groß, dass ein nicht unbedeutender Teil davon Zainab mit Vornamen hieß.

Deshalb probierte sie eine Reihe Zusätze durch. *Zainab Ahmadi, London.* Noch immer seitenweise Treffer, weshalb sie noch *Women Help Center* hinzufügte. Und schon auf der fünften Seite hatte Nora das starke Gefühl, die richtige Zainab gefunden zu haben.

Es war der Link zu einer Unterschriftensammelaktion, die

verhindern sollte, dass das britische Innenministerium Zainab Ahmadi in den Iran abschob, wo ihr laut dem kurzen Begleittext eine lebenslängliche Haftstrafe drohte. Gründe dafür wurden keine genannt, ins Leben gerufen hatte die Petition die Women's Refugee Help. Nora suchte sofort nach den Kontaktdaten dieser Organisation, die – wie sie herausfand – in Kentish Town angesiedelt war.

Nach drei Freitönen hob am anderen Ende der Leitung eine Frau ab, die außer Atem klang, ganz so, als hätte sie zum Telefon sprinten müssen.

«Women's Refugee Help, hier spricht Corinne», sagte sie.

Nora stellte sich vor.

Woraufhin die skeptische Antwort kam: «Wir halten nicht viel davon, mit Journalisten zu sprechen. Tut mir leid», sagte sie in einem Ton, der andeutete, dass sie den Hörer längst vom Ohr genommen hatte.

«Warten Sie!», rief Nora.

Da sie die Frau noch atmen hörte, wusste Nora, dass sie doch nicht aufgelegt hatte.

«Ich möchte mich gern über Ihre Arbeit informieren. Bei meiner Recherche geht es gar nicht vordergründig um Sie.»

«Hm, ich bin mir nicht ganz sicher, welchen Nutzen das für uns haben soll», speiste sie Nora ab.

«Vielleicht weckt der Artikel ja Interesse für Ihre Arbeit. Vielleicht führt er zu einer politischen Diskussion über Themen, die Sie gern im Lichte der Öffentlichkeit wüssten. Vielleicht ist ja gerade etwas Medienaufmerksamkeit der nötige Schub, den Ihre Anliegen brauchen», versuchte Nora es.

«Für welche Zeitung schreiben Sie noch?», brummte die Frau.

Nora wiederholte sich.

«Hm, wir hatten mal ein dänisches Au-Pair-Mädchen, mein Mann und ich. Ditte hieß sie. Aus ... wie hieß das noch gleich ... *Aalborg*? Die war wirklich in Ordnung.»

«Ich werde nichts schreiben, was Sie nicht absegnen. Wie klingt das für Sie?»

Endlich lenkte die Frau ein. «Kommen Sie gegen vierzehn Uhr vorbei. Ich habe nur eine halbe Stunde Zeit für Sie, es wäre also ziemlich unklug, wenn Sie sich verspäten», mahnte sie.

Nachdem Nora aufgelegt hatte, entschied sie, sich erst einmal um Krebs zu kümmern und sich dann Zeit für Andreas zu nehmen.

Ihr Chef saß jedoch in einer Plankonferenz, bei der es laut Anette um irgendein größeres Internet-Projekt ging. Es lohnte sich also erst, es in ein paar Stunden wieder zu versuchen.

Deshalb holte sie tief Luft, rief bei der Kopenhagener Polizei an und bat, zu Andreas durchgestellt zu werden. Wieder bekam sie Mikkel an den Apparat.

«Andreas ist nicht da. Er hat ein paar Tage frei», sagte er.

«Frei?», platzte Nora heraus.

«Ja, frei», wiederholte Mikkel trocken.

Nora bat um Andreas' Handynummer, worauf Mikkel ihr ohne Umschweife einen Kurzvortrag darüber hielt, dass er diese selbstverständlich nicht einfach an Hinz und Kunz herausgeben könne. Erst nachdem sie bewiesen hatte, wie eingehend sie Andreas kannte, indem sie von dem Muttermal an seiner rechten Schulter erzählte, das die Form einer Sprechblase hatte, und die ersten fünf Ziffern der neuen Mobilnummer aufsagte, gab Mikkel nach und nannte ihr die restlichen Zahlen.

Schnell wählte Nora die Nummer, damit sie gar nicht erst eine Ausrede finden konnte, es doch nicht zu tun. Er ging sofort dran, und am liebsten hätte sie ihm gesagt, wie sehr sie ihn vermisste, wie leer die Wohnung am Belsize Park war – ohne ihn, seine doofe Coldplay-CD und die runtergehobelte Zahnbürste.

«Wohin bist du denn unterwegs?», fragte sie stattdessen.

«Zu Brigitte.»

Endlich. Dann würde vielleicht endlich etwas Licht ins Dunkel kommen.

Andreas fuhr fort: «Und damit meine ich, zu ihr ins Büro. In was hast du dich da schon wieder verwickelt, Nora? Und mich gleich mit?»

«Wovon redest du?»

«Du weißt genau, wovon ich rede. Manash Ishmail.»

«Nein, das musst du mir erklären. Ich habe mich zwar mit Manash unterhalten, aber was hat das mit Brigitte zu tun?»

Andreas seufzte laut. «Nora, hör gut zu, denn was ich dir jetzt sage, werde ich sicher nicht wiederholen.»

Nora hatte keine Ahnung, was nun kommen würde, aber der kalte Schauer, der ihr den Rücken hinunterlief, verriet ihr schon mal, dass es keine gute Nachricht sein konnte.

«Manash Ishmail hat einen Schwager. Einen Schwager namens Aziz Darvish. Du bist im Bilde, wo dieser Aziz arbeitet, nicht wahr?»

«Ja», bestätigte Nora.

«Und weißt auch, dass er verschwunden ist?»

«Ja. Ich verstehe nur nicht, warum du dich darüber so aufregst. Und überhaupt so wütend auf mich bist», sagte sie.

«Das werde ich dir sagen. Wenn Aziz nicht innerhalb der

kommenden zehn Tage gefunden wird, platzen extrem wichtige Verhandlungen über den Atomabrüstungsdeal zwischen dem Iran und den USA. Und das nicht zum ersten Mal.»

«Und was hat das mit mir ...»

«Der PET wurde von ein paar ausländischen Kollegen – und zwar von solchen, mit denen wir gern weiter gut befreundet bleiben würden – um einen Gefallen gebeten. Und dann treffen sie auf einen Manash, der seine Kooperation total verweigert. Und zwar deinetwegen. Weil du ihm in den Kopf gesetzt hast, dass er nicht auf irgendwelche Fragen antworten soll, die uns weiterhelfen könnten. Bist du dir darüber im Klaren, wie das aussieht?»

«Andreas, das ist nicht fair. Ich habe nicht ...»

«Und damit nicht genug. Ich muss jetzt auch noch Brigitte und ihrem Chef Rede und Antwort stehen. Auf Bitte meines Chefs. Meines Chefs, der sich plötzlich nicht mehr sicher ist, wie gut die Idee überhaupt ist, mich den Antiterrorkurs in London noch abschließen zu lassen. Weil, so hat er sich ausgedrückt, es plötzlich nicht mehr klar ist, auf wessen Seite ich stehe ...»

«Ich wusste nicht, dass es unterschiedliche Seiten gibt. Nicht, was uns beide angeht», sagte sie leise.

«Nora, verdammt! Manchmal bist du so wahnsinnig naiv, dass ich richtig Lust bekomme, dich ...»

Nun war es an Nora, ihn zu unterbrechen. «Wir müssen unser Gespräch auf später vertagen, das höre ich mir nicht länger an», sagte sie und drückte ihn weg.

Er rief sofort zurück. Zweimal. Dann gab er auf. Sie bebte vor Zorn. Und Enttäuschung. Was war denn in den Mann gefahren, neben dem sie noch am Samstag so glücklich aufgewacht war?

Der es sich in den Laken bequem gemacht hatte, um ihr durchs Haar zu streicheln.

Plötzlich wurde er Vater. Plötzlich musste er beim PET vorstellig werden.

Vielleicht hatte er deshalb so panisch reagiert. Selbstverständlich konnten sie ihn nicht einfach aus dem Kurs werfen. Das wäre schließlich äußerst dumm, wenn man in Betracht zog, wie viel Geld sie bereits ausgegeben hatten, um ihn zu einem topqualifizierten Mitarbeiter in verantwortungsvoller Position zu machen. Andererseits konnte die ganze Sache tatsächlich auch damit enden, dass er fortan mit einem Stempel an einem Schreibtisch saß, wo er sich um Bußgelder wegen überhöhter Geschwindigkeit und eingezogene Führerscheine kümmern musste. Das wäre nicht die erste Karriere, die plötzlich in einer Sackgasse endete, weil sich jemand mit dem PET angelegt hatte.

Sie entschied, Andreas am Nachmittag noch einmal anzurufen, wenn er hoffentlich seine Panik einigermaßen im Griff hatte. Vielleicht wäre er dann auch wieder zu einem vernünftigen Gespräch fähig.

10. Kapitel

Das Büro der Women's Refugee Help lag im ersten Stock, und die Tür klemmte zwischen einem Kiosk mit arabischsprachigen Zeitungen und einem Sanitärhändler, in dessen Schaufenster weiße Porzellanwaschbecken ausgestellt wurden. Gegenüber befand sich der Eingang zu Rios Sauna, laut einem Schild, das unter einer Leuchtreklame mit großen, grünen Palmen hing, der einzige FKK-Club Londons. Ein Pärchen stand davor und diskutierte über die Fotos, die im Fenster hingen. Sie hatte die Arme vor der Brust verschränkt und wirkte so, als könne sie sich nichts Schlimmeres vorstellen, als dort hineinzugehen. Er hingegen schien mehr als bereit.

Nora drückte auf die Klingel, über der mit einem Stück Klebeband ein kleiner Papierzettel befestigt war.

«Ja?», meldete sich kurz darauf metallisch eine Stimme.

Nora hatte kaum ihren Namen gesagt, da klickte der Türöffner schon, und sie stand in einem schmalen Gang, an den sich eine teppichbelegte Treppe anschloss. Der dunkelbraune Nylonbelag wies Spuren von allgemeiner Abnutzung und von Katzenkrallen auf. Es roch muffig.

Corinne erwartete sie am Ende der Treppe. Sie war eine etwa siebzigjährige, leicht rotwangige und sehr schmale Frau mit lichtem, kreideweißem Pagenschnitt und einem leuchtend rosafarbenen Kaftan.

«Kommen Sie herein. Ich habe schon Teewasser aufgesetzt», sagte sie freundlich, bevor sie beiseitetrat, um Nora Zutritt zu einem chaotischen Büro zu gewähren, von dem aus man die Kentish Town Road entlangblicken konnte, soweit es die dicke Schmutzschicht auf den Scheiben zuließ.

An der Wand über dem Schreibtisch hingen ein Kalender und eine Weltkarte. Daneben klebten ein paar Familien- und ein Hochzeitsfoto, das – Corinnes Plateau-Sandalen nach zu urteilen – in den späten 1960ern entstanden sein musste.

Auf dem Tisch stapelten sich Unterlagen, die meisten davon in Klarsichthüllen. Auch der Posteingang quoll vor Blättern über, der Postausgang hingegen war leer.

Corinne kam mit einem Tablett aus der Küche, auf dem zwei Becher, Zucker, Milch und eine kleine, dunkelbraune Teekanne standen. Sie stellte alles auf den Tisch und verschwand noch einmal, um einen Teller mit Plätzchen zu holen.

Dann setzte sie sich auf ihren Stuhl und deutete auf einen graumelierten Sessel, auf den Nora sich sogleich fallen ließ. «Tja, das hier war mal das Esszimmer, wie Sie noch erkennen können», erklärte Corinne und deutete vage auf die Familienfotos.

Über der Tasse Tee erfuhr Nora davon, wie Corinne, pensionierte Latein- und Französischlehrerin, sich eigentlich den Ruhestand vorgestellt hatte. Sie und ihr Mann hatten in den Lake District umziehen wollen, aber dann hatte ihr Göttergatte nach über fünfunddreißig Ehejahren die Frechheit besessen, einfach tot umzufallen. Herzversagen, nur einen Monat, nachdem er seinen letzten Brief für die Royal Mail zugestellt hatte.

«Mit ihm verlor ich die Lust, London zu verlassen. Irgendwie erschien es mir falsch, ohne Alfred dort hinzuziehen.»

Nora nippte höflich an ihrem Tee und fragte sich, wann wohl der richtige Augenblick gekommen wäre, um Corinne zu fragen, was sie über Zainab Ahmadi wusste. Denn Corinne erschien ihr nicht gerade wie eine Frau, die eine Unterbrechung mit großer Begeisterung aufnähme.

«Ja, so saß ich also da. Mit der Aussicht, dass der Höhepunkt der Woche zukünftig mein Besuch in der Bingohalle sein würde. Vielleicht wäre ich dann und wann auch mal ins Konzert gegangen, und es kann gut sein, dass das auch ausgereicht hätte. Aber dann lernte ich Nakale kennen. Nakale Oni. Sie hat mein Leben verändert. Mir gelang es bloß leider nicht, mich zu revanchieren. Nicht in dem Maße, das ich mir erhofft hatte.»

Und so erzählte Corinne von ihrer nigerianischen Haushaltshilfe, die sie angestellt hatte, um Unterstützung bei all dem zu haben, das einem nicht mehr leicht von der Hand ging, wenn man Arthrose in den Fingern hatte. Die stets lächelnde, höfliche und freundliche Nakale war Corinnes Rettung gewesen. Nicht nur vor den Schmerzen in den Händen.

«Alfred und ich haben ja nur eine einzige Tochter, Susan. Sie lebt mittlerweile in Brisbane. Deshalb hatte ich niemanden außer Nakale», fuhr Corinne fort.

Entsprechend groß war die Bestürzung, als Nakale eines Tages zur Arbeit kam und erklärte, dass ihr Antrag auf Aufenthaltserlaubnis in Großbritannien abgelehnt worden war. Und nicht nur das, zeitgleich kam der Bescheid, dass sie das Land innerhalb von vier Wochen verlassen musste. Kam sie dieser Aufforderung nicht nach, würde sie abgeschoben.

«Es war einfach schrecklich. Sie weinte, ich weinte. Deshalb entschied ich, einen Anwalt einzuschalten, der feststellen sollte, ob wir ihr noch irgendwie helfen konnten.»

Doch der Anwalt, ein junger Pakistani aus Forest Hill und Spezialist auf diesem Gebiet, machte ihnen keine großen Hoffnungen. «Das liegt an der derzeitig herrschenden Politik», hatte er ihnen erklärt.

Selbst die Tatsache, dass Nakales Bruder in die Bandenkriminalität in Lagos verstrickt war und sie als Familienmitglied dort in Lebensgefahr schwebte, beeindruckte die britische Einwanderungsbehörde nicht im Geringsten.

«Sie sagten mehr oder weniger, wir sollten uns vom Acker machen. Also, sie haben sich natürlich anders ausgedrückt, aber das war der Grundtenor ihrer Absage. Dass Nakale keiner direkten Gefahr ausgesetzt sei. Dass sie sich aber selbstverständlich an die britische Botschaft in Nigeria wenden und gegen das Urteil klagen könne.»

Corinne griff nach einem der Schokoladenkekse, um sich zu stärken, ehe sie mit ihrer Erzählung fortfuhr.

«Bis zum Schluss haben wie die Hoffnung nicht aufgegeben, dass unsere Klage doch noch Wirkung zeigen würde. Aber am Abschiebetag tauchten – pünktlich wie die Uhrmacher – zwei Beamte auf, um Nakale mitzunehmen. Sie ging ohne jede Gegenwehr mit, auch weil sie glaubte, dass sie vielleicht doch noch einmal in Berufung gehen konnte.»

Nora erinnerte sich plötzlich an die Nakale-Geschichte und wusste, dass Corinnes Erzählung kein Happy End haben würde.

«Sie brachten sie nach Hawksyard. Dort musste sie drei Wochen lang bleiben, bis ihr Handschellen verpasst und sie von zwei Sicherheitsbeamten flankiert in ein Flugzeug gezwungen wurde. Zwei Tickets mit Rückflug, ein einfaches für Nakale.»

«Hawksyard? Die Ausreiseeinrichtung für abgewiesene Asylbewerber?», hakte Nora nach.

«Ja, so nennt man Hawksyard wohl offiziell. Betreut wird es von der SecurCorp, aber wenn Sie mich fragen, ist es nichts anderes als ein Gefängnis, das in einer multinationalen Grauzone betrieben wird, wo niemand irgendwem Rechenschaft schuldig ist», kommentierte Corinne bitter.

Die Schilderung nahm sie so sehr mit, dass sie einmal tief Luft holen musste, bevor sie zum letzten und schlimmsten Teil ihrer Erzählung kam.

«Nakale hat gekämpft bis zum Schluss. Mit Händen und Füßen, also haben die Sicherheitsbeamten sie mit aller Gewalt zu Boden gedrückt. Und das war zu viel. Als das Flugzeug am Murtala Mohammed International Airport landete, war Nakale tot. SecurCorp rechtfertigte sich mit Nakales aggressivem Verhalten gegen ihr Personal. Die Autopsie ergab, dass ihr ein Blutgefäß im Herzen geplatzt war, woraus man schloss, dass niemand Schuld an dem tragischen Vorfall hatte. Die beiden Wachmänner wurden verwarnt, und schon ging das Leben für die SecurCorp ganz normal weiter. Für Nakale nicht.»

Schweigen senkte sich über das Zimmer, und Nora ließ die Geschichte sacken. Corinne schenkte ihnen Tee nach.

«Nun wissen Sie, warum ich die Women's Refugee Help gegründet habe. Ich hätte mich hinlegen und auf meinen Tod warten oder mich mit *Coronation Street* oder einem dieser anderen stupiden Programme zufriedengeben können, die den lieben langen Tag im Fernsehen rauf- und runterlaufen. Aber um Nakales willen beschloss ich, den Frauen zu helfen, die kurz vor der Abschiebung stehen.»

«Wie genau sieht Ihre Hilfe aus?»

«Oh, wir machen alles Mögliche. Wir helfen ... wie formuliere ich das am besten ... bei ganz praktischen Dingen. Dingen, auf die ich nicht näher eingehen möchte, weil Sie darüber unter keinen Umständen schreiben dürfen.»

«Worüber darf ich denn schreiben?», fragte Nora.

«Darüber, dass wir manchmal den Kontakt zu Angehörigen herstellen, die sich noch im Heimatland befinden, am häufigsten kümmern wir uns allerdings um den Papierkram, der nötig ist, um Berufung einzulegen. Wir verfügen über ein Netzwerk von Anwältinnen und Anwälten, die ehrenamtlich helfen, weil die Frauen sich oft keinen Beistand leisten können. Manchmal besuchen wir die Frauen in Hawksyard. Viel können wir leider nicht für sie tun, wenn sie erst dort sind, außer ihnen zu zeigen, dass wir sie nicht vergessen haben. Dass es weiter jemanden mit einem offenen Ohr für sie gibt. Und nicht zuletzt demonstrieren wir damit der SecurCorp, dass wir im Auge behalten, wie ihre Angestellten sich dort verhalten. Wenn Sie mich fragen, scheint es die britische Regierung nicht wirklich zu interessieren, was da draußen vor sich geht.»

«Würden Sie mir etwas mehr über die SecurCorp erzählen?»

«Das ist die Gesellschaft, die für die Sicherheit von Hawksyard zuständig ist, aber auch für Gefängnisse überall auf der Welt. Angefangen von Südafrika bis nach Großbritannien und selbstverständlich auch in den USA, wo die Firma beheimatet ist. Im internationalen Wettbewerb gehört die SecurCorp zu den größten Firmen im Sicherheitssektor, aber das ist nicht ihr einziges Wirkungsfeld. Sie haben auch einige Aufgaben für die amerikanischen Truppen im Irak übernommen. Im Zuge dessen kam es zu ein paar Zwischenfällen bei der Betreuung und Behandlung von Kriegsgefangenen, aber das scheint offenbar keinen der Regierungsvertreter zu interessieren, wenn es darum geht, eine menschenfreundliche Betreuung von abgewiesenen Asylbewerbern zu gewährleisten. Da scheint einzig zu zählen, wer das günstigste Angebot macht.»

«Verstehe», sagte Nora und entschied, dass nun der richtige Zeitpunkt gekommen war. «Ich habe Sie unter anderem kontaktiert, weil ich eine Frau suche. Eine Frau, die nach Großbritannien gekommen ist, um hier Asyl zu beantragen. Sie wurde allerdings unmittelbar nach ihrer Ankunft offenbar vom Erdboden verschluckt.»

Corinne betrachtete sie mit einem Blick, den Nora nicht deuten konnte. «Und warum suchen Sie diese Frau?»

«Ich habe ihrem Mann versprochen, sie zu finden.»

«Wissen Sie, wie viele Frauen nicht von ihrem Mann gefunden werden wollen? Für manche kann eine solche Zusammenführung tödlich enden.»

Daraufhin erklärte Nora ihr, dass in diesem Fall das absolute Gegenteil zuträfe. Erzählte ihr von der missglückten Flucht, von Manashs Sorgen und wie verzweifelt er schon auf allen Wegen, die ihm zugänglich waren, versucht hatte, seine Frau zu finden.

«Wie heißt sie denn?»

«Amina Ishmail.»

Corinne schüttelte den Kopf. «Ich kann Ihnen ehrlich versichern, dass mir dieser Name noch nicht begegnet ist. Aber das bedeutet nicht zwangsläufig, dass ihr nicht doch von unserer Organisation geholfen wurde. Es gibt viele freiwillige Helferinnen und Helfer, und manchmal ist es ganz gut, dass ich nicht alle Namen kenne. Aus Sicherheitsgründen.»

«Ich habe versucht, herauszufinden, was nach Aminas Ankunft in London geschehen ist. Sie hat einem Bekannten ihres Mannes einen Kontakt durchgegeben, eine Frau namens Zainab Ahmadi. Sagt Ihnen der Name etwas?»

Corinne riss die Hände zum Mund, die roten Wangen verloren zusehends an Farbe. «Oh, Zainab.»

Nora sagte erst einmal nichts, sondern wartete ab, bis Corinne bereit war, weiterzuerzählen.

«Zainab. Sie haben wir ... untergebracht. Sie hatte die Nachricht bekommen, nach Teheran ausreisen zu müssen. Es war bereits alles organisiert, bis zum Abflug sollte sie nach Hawksyard, und im Iran hätte sie, daran habe ich keinerlei Zweifel, eine lebenslange Gefängnisstrafe erwartet.»

«Weshalb denn?»

«Zainab ist Schauspielerin, und sie hat sich einmal am Stand-up versucht, was bei der Regierung nicht gut angekommen ist. Ich bin mir sicher, dass nur aus einem Grund kein Todesurteil über sie verhängt wurde: weil es der britischen Regierung sonst unmöglich gewesen wäre, ihrer Auslieferung zuzustimmen. Denn sonst hätten sämtliche UN-Botschafter ihnen die Türen eingerannt wegen der daraus resultierenden Menschenrechtsverletzung und UN-Konventionen, was dann sofort in Straßburg vor Gericht gelandet wäre. Und solcherlei Verhandlungen können sich über Jahre hinziehen. Das will niemand. Deshalb wurde Zainab eine Gefängnisstrafe in Aussicht gestellt. So war die iranische Regierung glücklich. Die britische Regierung war glücklich. Alles war perfekt. Außer für Zainab selbstverständlich.»

«Wann ist sie untergetaucht?»

«Am Tag, bevor sie nach Hawksyard gebracht werden sollte. Ich weiß von einer Frau, der sie hatte helfen wollen. Aber ich kenne ihren Namen nicht. Vielleicht war es ja Amina. Wir hatten abgesprochen, dass sie sich meldet. Ich war schließlich vollends damit beschäftigt, eine ... Unterschlupfmöglichkeit zu arrangieren, damit Zainab Hawksyard entgehen konnte. Soweit ich weiß, hat nämlich bislang niemand Hawksyard mit einem Aufenthaltsbescheid verlassen und danach glücklich bis ans Ende seiner Tage in Großbritannien leben dürfen.»

«Aber sie hat sich nie bei Ihnen gemeldet?»

«Genau. Sie ging auch nicht an ihr Handy, aber ich bin mir ziemlich sicher, dass sie es selbst weggeworfen hat. Wir nutzen in solchen Fällen Prepaidkarten. Man kann nie vorsichtig genug sein, und ich rate den Frauen immer, sich möglichst früh von ihren Telefonen zu trennen, weil sie darüber nur zu leicht gefunden werden können.»

«Waren Sie schon bei ihr zu Hause? Also dort, wo sie zuletzt gewohnt hat?»

Corinne schüttelte den Kopf. «Nein. Ich besuche die Frauen nie, das ist so abgesprochen. Ich bin das Gesicht dieser Organisation, mich kennt man. Mir bräuchte nur jemand folgen, schon brächte ich die Frauen damit in Gefahr.»

«Aber ich könnte ja einmal hinfahren.»

Corinne dachte darüber nach. «Okay. Ich gebe Ihnen Zainabs Adresse, allerdings glaube ich nicht, dass Sie da etwas finden werden. Wenn sie noch dort wäre, hätte sie sich mittlerweile gemeldet.»

Sie kramte in einer der Schreibtischschubladen herum, holte ein abgegriffenes, rotes Notizbuch heraus und nahm die Brille vom Kopf. «Einen Moment. Ich habe die Namen alle verschlüsselt aufgeschrieben.»

Kurz darauf reichte sie Nora einen Zettel mit einer Adresse in der Nähe des Einkaufszentrums Brent Cross.

Nora verabschiedete sich von Corinne und stand schon bald wieder unten vor der Tür. Das Paar war noch immer dort. Sonderbar, dass sie ihre Diskussion nicht an diskreterer Stelle austragen, dachte Nora bei sich.

Sie nahm die Northern Line und stieg in Camden in die U-Bahn um, die sie in Richtung Brent Cross bringen würde.

Als sie aus der kleinen U-Bahn-Station ins Freie trat, wurde sie von einer tristen Vorstadtstraße und einer langweiligen Eisenbahnbrücke begrüßt, unter der sich eine Bushaltestelle befand. Dort stand eine Mutter, die fast apathisch einen Buggy vor- und zurückschob, wohl in der Hoffnung, ihr schreiendes Kind damit zu besänftigen. Allerdings ohne jeden Effekt. Sie sah todmüde aus.

Nora gab die Adresse in die App ein. Fünf Minuten sollte es zu Fuß dauern, bis sie Zainabs ehemalige Wohnung erreicht hatte. Vielleicht war diese Unterkunft Amina angeboten worden, um sich dort zu verstecken, bis Manash nach dem ursprünglichen Plan London erreicht hätte.

Die Straßen waren fast wie ausgestorben an diesem Spätnachmittag. Nur ab und zu fuhr einer dieser roten Stadtbusse an ihr vorbei, gefüllt mit all den Menschen, die das riesige Einkaufscenter besucht hatten.

Die Auffahrten waren leer, noch war niemand von der Arbeit zurückgekehrt. Oder aber die Hausbewohner hatten kein Auto.

Nora bog in eine Seitenstraße ein, überquerte einen Kreisverkehr, bog danach erneut ab und stand schon bald vor einem zweistöckigen Haus, das aussah, als wäre es seit Monaten unbewohnt. Unkraut zwängte sich durch die Risse im Beton, der einst sicher glatt die Einfahrt überzogen hatte. Das Gras im Vorgarten war so trocken, dass es in der Spätsommerwärme flach am Boden lag und allmählich vergilbte.

Irgendein umsichtiger Mensch hatte Fast-Food-Verpackungen in den Vorgarten geworfen, und niemand hatte sich die Mühe gemacht, diese zu entsorgen. Nur die Mülltonne, die aussah, als wäre sie kürzlich erst benutzt worden, gab einen Hinweis darauf, dass das Haus möglicherweise doch bewohnt war.

Nora trat an die Tür, wo zwei Klingeln verrieten, dass das Haus zwei Wohnungen beherbergte. Aber ein Name stand an keiner von ihnen, nur: Wohnung I und Wohnung II.

Sie warf noch einmal einen Blick auf Corinnes Zettel, auf dem aber kein weiterer Anhaltspunkt zu finden war. Also drückte Nora auf die untere Klingel. Sofort ertönte ein wütendes Summen wie von einer Wespe, die unter einem Glas gefangen worden war. Darauf folgte Stille.

Sie versuchte es noch einmal. Wieder keine Reaktion. Nora beugte sich zum Briefkastenschlitz und hob ihn an, um hineinzuschauen. Sie erkannte den unteren Rahmen eines Spiegels, wie sie vermutete, und ein Stück orangefarbener Wand. Nichts rührte sich.

Also probierte sie bei der oberen Klingel ihr Glück. Mit dem gleichen Ergebnis. Ein wütendes Summen, gefolgt von Stille. Aber vielleicht war es ja auch zu viel verlangt.

Sie machte einen Schritt zurück und schaute zu den Fenstern hinauf. Die Vorhänge waren zugezogen. Mitten am Tag. Hieß das, die Bewohner waren verreist? Oder geflohen? Aber eine Frau, die Hals über Kopf aufbrach, zog doch nicht vorher noch die Vorhänge zu.

Nora beugte sich wieder zum Briefkastenschlitz und rief:

«Hallo? Ist da jemand? Corinne schickt mich. Sie möchte nur wissen, ob alles in Ordnung ist. Ich heiße Nora. Corinne schickt mich.»

Sie machte ein paar Schritte rückwärts, trat bis auf die vertrocknete Wiese und schaute noch einmal hinauf.

Fast unmerklich bewegte sich am äußersten Rand ihres Blickfeldes einer der Vorhänge. Das machte ihr ein klein wenig Hoffnung.

Also stellte sie sich mittig in den kleinen Vorgarten und drehte sich langsam um sich selbst, damit – wer auch immer sie da beobachtete – sehen konnte, dass sie allein gekommen war und weder Polizei noch wutschnaubende Familienmitglieder mit Ehrenmordphantasien im Schlepptau hatte.

Der Vorhang bewegte sich noch einmal. Diesmal war sie sich hundertprozentig sicher.

Wieder trat sie an die Tür und klopfte. Einen Augenblick später bewegte sich etwas hinter der kleinen, matten Scheibe in der Tür, ein dunkler Schatten.

Sie beugte sich wieder zum Briefkastenschlitz und wiederholte: «Corinne schickt mich.»

«Beweisen Sie es», entgegnete eine Stimme von innen.

«Wie?»

«Wie lang ist Corinnes langes, rotes Haar mittlerweile? Reicht es ihr bis zum Po?»

«Nein, sie trägt einen Pagenschnitt – und ist vermutlich schon vor einer Weile ergraut.»

Stille.

Dann das Geräusch eines Riegels, der zurückgeschoben wurde. Eines Schlosses, das entriegelt wurde. Eine zierliche Frau in schwarzer Kleidung öffnete und zog Nora blitzschnell in den orangefarbenen Flur.

«Beeilen Sie sich. Schnell», sagte sie mit Oxford-Akzent.

Sie rannten die Treppe hinauf, und oben schickte die Frau Nora in ein kleines, völlig überfülltes Zimmer, von dem aus man in den hinteren Garten schauen konnte. Wenn möglich, war dieser sogar in noch desolaterem Zustand als der Vorgarten: Giersch, Löwenzahn und Brennnesseln umkämpften den spärlich vorhandenen Raum, und eingerahmt wurde das Ganze von einem morschen Zaun, der die direkten Nachbarn gnädigerweise vom Anblick des botanischen Chaos verschonte.

Die Frau bedeutete Nora, auf einem verblichenen, roten Sofa Platz zu nehmen, und verließ das Zimmer. Kurz darauf kam sie mit einem Glas gelber Saftschorle und einem Stück einfachen Sandkuchens auf einer Untertasse zurück.

«Wer sind Sie?», fragte Nora.

Die Frau betrachtete sie aufmerksam aus großen, braunen Augen, die kurz davor schienen, von Tränen überzulaufen. «Kann ich Ihnen wirklich trauen?»

Nora nickte. «Ja. Corinne will dringend wissen, was mit Zainab Ahmadi geschehen ist. Können Sie da weiterhelfen? Corinne macht sich große Sorgen.»

Die Träne, die sich gerade noch verzweifelt im Augenwinkel

festgeklammert hatte, gab nun auf und rollte über die Wange der Frau. Schnell folgten weitere.

Als sie sich wieder ein wenig gefangen hatte, holte die Frau tief Luft und schaute Nora direkt in die Augen. «Ich bin Zainab. Und mir geht es ... okay. Bis jetzt», fügte sie fast tonlos hinzu.

Nora lächelte sie an.

«Okay, Zainab. Das wird Corinne sehr freuen, ich werde ihr noch heute Bescheid geben. Soll ich ihr noch etwas ausrichten?»

Zainab zögerte. «Ich muss hier weg. Dringend. Ich wage es nicht, länger hierzubleiben. Es ist gefährlich. Vielleicht kommen sie noch mal, um mich zu holen. Vielleicht kommen sie noch mal, wenn ihnen auffällt, dass sie einen Fehler gemacht haben ... Ich habe so große Angst.»

«Einen Fehler?»

Die Frage reichte aus, schon brach Zainab wieder in Tränen aus. Also entschied Nora, das nicht weiterzuverfolgen. Sie hatte schließlich auch wichtigere Fragen, die sie Zainab stellen wollte.

«Ich werde es Corinne ausrichten», versprach sie und trank einen Schluck der Schorle, während Zainab wieder um Fassung rang.

Kaum hatte sich ihre Atmung etwas normalisiert, stellte Nora endlich die Frage, wegen der sie bis nach Brent Cross gekommen war: «Zainab, ich bin auch noch aus einem anderen Grund hier.»

Besorgt schaute die Frau auf. «Und welcher Grund ist das?»

«Vor ungefähr zehn Tagen ist eine Frau hier in London angekommen. Auch sie auf der Flucht vor der iranischen Regierung. Ihrem Mann gab sie Ihren Namen als Kontakt durch. Sie selbst heißt Amina und ...»

Weiter kam Nora nicht, denn Zainab brach erneut in Tränen aus.

«Ich kenne sie», schluchzte sie hinter dem Taschentuch, mit dem sie versuchte, ihre Tränen zu trocknen.

«Ach, gut», sagte Nora und legte ihr eine Hand auf die Schulter. «Lassen Sie sich ruhig Zeit. Ich kann mir denken, dass das kein leichter Zeitpunkt ist für Sie, aber es gibt ein paar Menschen, die verzweifelt nach Amina suchen. Menschen, die sie lieben und wissen wollen, wo sie ist.»

Noras Ausführung bewirkte jedoch nur umso heftigeres Schluchzen von Zainab und schließlich die abgehackte Erklärung: «Aber das ist ja der Fehler, den ich meinte. Ich werde mir das nie verzeihen. Niemals.»

«Was werden Sie sich nie verzeihen?»

Nach und nach erfuhr Nora die Geschichte. Zainab hatte Amina abgeholt und in der unteren Wohnung untergebracht. Sie selbst hatte hier oben geschlafen.

«Sie kamen gegen fünf Uhr morgens. Sie klingelten, klopften und traten am Ende gegen die Tür, aber richtig wach war niemand von uns. Ich glaube mittlerweile, dass Amina eher zur Tür schlafgewandelt ist als alles andere und ihnen einfach öffnete.»

«Und wer war das?»

Zainab schüttelte leicht den Kopf. «Die Polizei vielleicht? Ich habe schon von solchen Razzien gehört. Da holen sie einfach, wer immer abgeschoben werden soll. Und das war schließlich am Morgen vor meinem Stichtag, deshalb bin ich mir ja so sicher, dass sie eigentlich mich holen wollten, um mich zurück in den Iran zu schicken.»

Sie sackte ihn sich zusammen und blieb eine Weile lang still.

Nora entging nicht, dass ihre Hände zu zittern angefangen hatten.

«Sie waren meinetwegen hier. Aber sie haben einen Fehler gemacht. Sie haben statt mich Amina mitgenommen.»

Nora legte die Stirn in Falten. «Wie konnte das denn passieren?»

«Ich weiß es nicht», war Zainabs verzweifelte Antwort, «vielleicht ähneln wir uns ja für jemanden, der nicht iranischer Herkunft ist. Sie treffen eine fremd aussehende Frau unter der Adresse an, die ihnen gegeben wurde, und sie haben sich vorab entschieden, dass es sich dabei nicht um einen Menschen handelt, sondern um einen Job, der erledigt werden muss?»

Wieder kämpfte Zainab mit den Tränen. «Sie kamen auch nach oben, um zu prüfen, ob noch jemand im Haus war, aber weil ich den ganzen Radau gehört hatte, habe ich mich unterm Bett versteckt. Keine Ahnung, warum sie dort nicht nachgeschaut haben. Sie haben es jedenfalls nicht getan. Möge Allah mir beistehen.»

«Aber Amina haben sie mitgenommen?»

Zainab nickte. «Ja. Auf dem ganzen Weg nach draußen schrie sie: *Ich bin nicht Zainab. Ich bin nicht Zainab.* Aber es half nicht ... Ich hätte mich melden müssen. Ich hätte mich bemerkbar machen müssen. Aber ich war wie versteinert. Konnte mich nicht bewegen, nicht sprechen. Das werde ich mir nie verzeihen.»

«Haben Sie die Männer gesehen, die sie mitgenommen haben?»

«Nein, nur die Schuhe von dem einen. Sie waren schwarz, sahen aus wie ganz normale Schuhe.»

«Wie viele waren es insgesamt?»

Nach kurzem Nachdenken sagte Zainab: «Mindestens drei. Zwei werden Amina festgehalten haben und dann der Mann in meinem Schlafzimmer, der hinuntergerufen hat. Aber es ist gut möglich, dass es noch mehr waren.»

«Was hat er gerufen?»

«*Habt ihr sie?* Und sie schrien zurück – lauter als Amina, damit man sie über ihre Schreie verstand –, dass er sich beeilen solle, damit sie endlich verschwinden konnten.»

«Sind Sie sicher, dass das Polizisten waren?»

«Nein, aber was sollten sie sonst gewesen sein? Sie waren schließlich hier, um mich zu holen und nach Hawksyard zu bringen – damit ich nach Teheran ausgeflogen werden konnte. Wer sonst sollte etwas von mir wollen?»

Darauf wusste Nora keine Antwort. Sie umarmte Zainab und stand auf.

«Ich werde Corinne Bescheid geben. Haben Sie noch genügend Lebensmittel?»

«Ja, sie haben nichts mitgenommen. Nur Amina.»

«Ich bin mir sicher, dass sie irgendwann feststellen werden, dass sie die Falsche haben und Amina dann gehen lassen», sagte Nora mit einer Überzeugung, die sie in ihrem Innersten nicht wirklich spürte.

Zainab schloss die Tür hinter ihr, und noch bevor Nora einen Fuß auf die Wiese stellen konnte, hörte sie, wie innen der Riegel vorgeschoben wurde.

Als Nora die U-Bahn-Station erreicht hatte, entschied sie im letzten Moment und einer plötzlichen Eingebung folgend, den Bus nach Golders Green zu nehmen und sich Kebab bei Dizengoff zu leisten. Es war sicher hundert Jahre her, dass Nora das letzte Mal mit ihrem Kollegen Samuel – einem Auslandskorrespondenten der *Haaretz* –, dort gewesen war, wenn dieser einen akuten Anfall von Heimweh gehabt und sich mit ihr auf den Weg zur North End Road gemacht hatte, um zu speisen wie sonst nur in Tel Aviv, inklusive unverschämter, aber übelst witziger Kommentare der Bedienung.

Sofort hielt auch schon ein 210er, in den Nora sogleich einstieg. Als der Bus anfuhr und Nora bis nach hinten durchrückte, um einen der letzten freien Sitzplätze zu ergattern, sah sie eine Frau, die verzweifelt hinter dem Bus herlief, in dem zum Scheitern verurteilten Versuch, den Fahrer doch noch zum Anhalten zu bewegen. Nora lächelte, bis sie die Frau etwas genauer betrachtete.

Das war doch dieselbe Frau, die mit ihrem Freund vor Rios Sauna gestanden und diskutiert hatte.

11. Kapitel

Nora suchte sich einen Platz im hinteren Teil des israelischen Restaurants, dem augenscheinlich seit 1984 keine neue Einrichtung gegönnt worden war, als noch Glas und Stahl das A und O der Innenraumgestaltung ausgemacht hatten. Nervös schielte sie immer wieder zur Tür, während sie auf ihr Essen wartete, Huhn eingewickelt in ein großes, weiches Laffabrot. Der Kellner goss ihre Cola Light mit einer solchen Hingabe in ein Glas, als handele es sich um einen feinen französischen Jahrgangswein. Die Ruhe vor dem zu erwartenden Ansturm am Abend langweilte ihn offenbar, und besonders gesellig war der ältere Herr, der sich ebenfalls noch im Lokal befand und griesgrämig in seinem Hähnchenschnitzel herumstocherte, wohl auch nicht.

Bislang deutete nichts darauf hin, dass die Frau sie hier entdeckt hatte. Wer war sie nur? Warum war sie ihr von Kentish Town bis nach Brent Cross gefolgt? Nora wurde ganz verzweifelt bei dem Gedanken, dass sie vielleicht Zainabs Versteck preisgegeben hatte. Andererseits war die Polizei ja schon vor Ort gewesen. Wenn es denn die Polizei gewesen war.

Womöglich hatte es sich ja gar nicht um eine Verwechslung gehandelt, und sie waren gar nicht wegen Zainab, sondern wirklich wegen Amina gekommen?

Schnell rief sie Corinne an, die leicht abgehetzt klang, als sie antwortete, aber gleich über die Nachricht erleichtert war, dass es Zainab den Umständen entsprechend gutging.

«Aber sie sollte schnellstmöglich an einem anderen Ort untergebracht werden.»

«Danke Ihnen, ich werde alles Nötige in die Wege leiten. Was für eine Erleichterung zu hören, dass es ihr so weit gutgeht.»

Nora umriss kurz, was geschehen war, und konnte an Corinnes Reaktion hören, wie schockiert sie war.

«Oh, nein! Das ist furchtbar. Furchtbarer kann es fast nicht sein. Ich bin gerade unterwegs, aber ich melde mich bei Ihnen, sobald ich zu Hause bin, okay? Dann versuchen wir mal herauszufinden, wer Amina abgeholt hat und wo sie gerade ist.»

Also verabschiedeten sich die beiden, und Nora konnte sich ganz dem Hühnchen widmen, das derweil gekommen war. Ein wenig frisch zubereiteter Hummus und genau die richtige Menge Chilisoße rundeten das Gericht perfekt ab, und das symbolische Salatblatt durfte natürlich auch nicht fehlen. Als Nora fertig war und sich mit der Serviette den Mund abgewischt hatte, deutete noch immer nichts darauf hin, dass die Frau sie hier hatte einkehren sehen. Wahrscheinlich hatte sie angenommen, dass Nora mit dem Bus bis zur U-Bahn-Haltestelle Golders Green fahren wollte.

Nur zur Sicherheit kehrte Nora deshalb zurück nach Brent Cross, obwohl Golders Green die viel logischere Wahl gewesen wäre. Wer immer diese Frau war, sie sollte nicht so leicht dahinterkommen, wo Nora Sand sich aufhielt.

Als sie dort eintraf, stand weder jemand an der Bushaltestelle noch am Bahnhof. Nur ein verschlafen aussehender Mitarbeiter der Londoner Verkehrsgesellschaft, bestens zu erkennen an seiner leuchtend orangefarbenen Weste mit dem großen blauen Logo, fegte den Bahnsteig.

Nora entschied, in Hampstead auszusteigen, und klopfte schon bald an Petes Tür.

«Ob ich Lust auf ein Bier habe? Ist der Papst katholisch?», fragte er auf die typisch australische Art, die manchmal charmant war und manchmal so wahnsinnig machte, dass sie ihn am liebsten getreten hätte. Heute war allerdings ein guter Tag.

«Gib mir zwanzig Minuten. Ich redigiere gerade noch die letzten Bilder aus Birmingham für *The Times*», sagte er.

«Was ist denn in Birmingham los?», fragte Nora, immer in Sorge, eine gute Story verpasst zu haben.

«Ach, so eine Technologiemesse. Ist für die Monatsbeilage. Glaub mir, da willst du wirklich nicht gewesen sein. Der Job hat mich echt wahnsinnig gemacht: Du musst einen Nerd nach dem anderen vor irgendeinem Poster fotografieren und das dann auch noch neu und spannend aussehen lassen», klagte Pete.

Sie überließ ihn der Arbeit mit Photoshop, holte sich eine Flasche Wasser aus dem Kühlschrank und ließ sich damit in einen Sitzsack fallen, den Pete einmal auf dem Camden Market erstanden hatte, um endlich bequem die Spiele der Premier League schauen zu können. Aber dazu kam es schlussendlich nie, weil es unmöglich war, vor Begeisterung aus einem Fat-Boy aufzuspringen – was aber wiederum einen wichtigen Teil dieses Erlebnisses ausmachte. Nora mochte den Sack jedoch mittlerweile sehr und setzte sich fast immer darauf, wenn sie zu Besuch war.

Sie beobachtete Pete, wie er hochkonzentriert an seinen Fotos arbeitete. Er machte den Eindruck, als habe sich die größte Trauer darüber, Caroline an den australischen Chirurgen verloren zu haben, endlich verzogen. Pete hatte wieder ein kleines Funkeln in den Augen und sah nicht länger aus wie ein des Schminkens unbegabter *The-Cure*-Fan.

Nach einer halben Stunde rief er die Fotoabteilung der *Times* an und bekam die Bestätigung des diensthabenden Redakteurs. Die Bilder waren gut angekommen, sie würden sich melden, sobald sie ihn bräuchten.

Dann gingen sie schnurstracks ins *Horseshoe*, wo Pete an der Bar einen großen Burger und zwei Pints bestellte. Die Kellnerin, die ihr Bier auf die abgewetzte Tischplatte knallte, sah aus, als wäre sie überall lieber als hier – und in Gedanken sowieso schon woanders.

«Wie läuft es mit diesem Andreas?», fragte Pete vorsichtig, nachdem er einen ersten Schluck getrunken hatte.

Nora schüttelte leicht den Kopf.

«Da gibt es ein Problem. Zuallererst eine Exfreundin …»

Pete nickte. «Die wollten heiraten, war das nicht so?»

«Das wollte *sie* gern, aber dazu kam es gar nicht, weil Andreas und ich uns wiedergefunden haben.»

«Und das hat sie so ohne Weiteres geschluckt?»

«Nein, das kann man wohl nicht behaupten. Sie ist schwanger, und sie sagt, Andreas ist der Vater.»

«Wie bitte? Wie soll das denn passiert sein?»

«Na, auf dem üblichen Weg, schätze ich. Selbst wenn ich wirklich gar keinen gesteigerten Wert darauf lege, mir das auch nur andeutungsweise vorzustellen. Es ist vor drei Monaten passiert, als wir noch nicht zusammen waren.»

«Und sie will das Kind behalten?»

«Ja, das sagt sie. Andreas hatte noch keine Gelegenheit, mit ihr darüber zu sprechen, zumindest nicht, als wir das letzte Mal telefoniert haben. Aber sie will ihn wohl aktiv eingebunden wissen.»

Pete pfiff durch die Zähne.

Nora verspürte eine Mischung von Machtlosigkeit, Frustration und vielleicht sogar leichter Eifersucht.

«Das ist einfach so ungerecht. Andreas und ich haben uns gerade gefunden, da kommt sie daher und macht einfach alles kaputt, indem ...»

Weiter kam sie nicht, weil ein riesiger, saftiger Cheeseburger vor Pete auf dem Tisch landete. Er ignorierte das gereichte Besteck, nahm den Burger in beide Hände, brachte ihn zum Mund und biss einmal herzhaft hinein, vielleicht auch, um nicht direkt auf Noras Ausführungen reagieren zu müssen.

Nora klaute ihm eine Pommes.

«Ich hasse sie. Was zur Hölle ...»

Jetzt ließ Pete seinen Burger auf den Teller fallen. «Sag mal, hörst du dir eigentlich selbst zu?»

Nora schenkte ihm ihren strengsten Blick.

«Punkt eins: Sie war zuerst da. Wie lange waren Andreas und sie denn zusammen, bevor er in London vor dir stand, bereit, die Zeit zurückzudrehen?»

Sie zuckte mit den Schultern. «Das weiß ich nicht genau.»

«Aber vielleicht ein paar Jahre?»

«Vielleicht.»

«Punkt zwei: Da ist nun ein Kind im Spiel. Und das lassen wir jetzt mal ein bisschen sacken: ein Kind.»

«Und?»

«So schnell können sich die Dinge eben ändern. Genau wie bei Caroline und mir.»

«Sag doch so was nicht.» Nora wurde das Herz schwer.

«Halt du jetzt mal einfach die Klappe und trink dein Bier. Das Ganze wird enden, wie es enden muss», sagte Pete und konzentrierte sich wieder auf seinen Burger.

«Und wie genau?»

Er schaute sie verblüfft an. «Woher soll ich das denn wissen? Ich kann dir nur sagen, dass da nicht viel ist, was wir tun können. Schlussendlich ist da ein neuer Erdenbürger unterwegs. Und das ändert alles. Glaub mir, ich weiß, wovon ich spreche.»

Nora hasste Pete, wenn er so verdammt vernünftig daherkam. Und dabei hatte sie noch nicht mal eine Ahnung, warum Andreas sich am Telefon so sonderbar verhalten hatte.

Pete hatte sich zur Hälfte durch den Burger gearbeitet, als Corinne anrief. «Oh, Nora. Ich wusste nicht, an wen ich mich sonst wenden sollte. Es ist einfach schrecklich. Die Polizei ist unterwegs, aber ich glaube kaum, dass sie eine große Hilfe sein wird.»

«Corinne, bitte, beruhigen Sie sich doch. Holen Sie einmal tief Luft, und erzählen Sie mir, was passiert ist.»

Nora hörte, wie Corinne um Fassung rang. «Ich bin gerade nach Hause gekommen. Es wurde eingebrochen. Sie haben alles mitgenommen.»

«Was meinen Sie?»

«Alles. Alle Papiere. Meinen Computer. Das war kein gewöhnlicher Einbruch.»

Nora warf einen Blick zu Pete hinüber, der zur Theke gegangen war, um sich noch ein Bier zu holen, nun aber dort stand und mit einer blonden Frau sprach, die gerade lachend den Kopf in den Nacken warf. Ihre Freundin saß schmollend daneben und knibbelte das Etikett von ihrer Bacardi-Breezer-Flasche.

«Ich komme sofort», sagte Nora.

Pete klagte nicht, als sie ihm eröffnete, dass sie aufbrechen müsse. Er drückte sie einmal fest an sich und flüsterte ihr ins Ohr: «Mach dich ein bisschen locker. Lass einfach los.»

Ihr lag eine böse Bemerkung über seine gerade erst überstandene Trauerzeit auf der Zunge, aber sie brachte es nicht übers Herz, ihm damit diese offenbar große Chance auf eine gemeinsame Nacht mit der Blondine zu vermiesen. Deshalb lächelte sie ihn einfach ein bisschen zu steif an.

«Möglich, dass ich das nicht sofort kann.»

Dann machte sie auf dem Absatz kehrt und verschwand einmal mehr in der U-Bahn Richtung Kentish Town.

12. Kapitel

Corinne stand inmitten eines heillosen Durcheinanders. Wer immer hier eingebrochen war, hatte kein Interesse daran gehabt, diskret vorzugehen und nur das zu nehmen, was er wollte. Das hier war eine Demonstration von Macht. Oder sogar eine Warnung an Corinne, was der Täter zu tun bereit war, um alle gesuchten Informationen von ihr zu bekommen. Vielleicht sogar der Hinweis, dass sich die pensionierte Lehrerin in Wirklichkeit glücklich schätzen konnte, nicht zu Hause gewesen zu sein. Überall lagen Blätter herum. Schubladen lagen ausgekippt am Boden. Der Computer war fort, und selbst die Familienfotos hingen schief an der Wand. Die Polizei war noch nicht eingetroffen.

Nora hatte damit gerechnet, eine aufgelöste Frau am Rande eines Nervenzusammenbruchs vorzufinden, aber Corinne war rasend vor Wut. «Das geht zu weit, das ist ja nicht auszuhalten», schäumte sie.

Nora versuchte, sich einen Überblick zu verschaffen, aber das war in diesem Chaos fast unmöglich.

«Wann wird die Polizei denn eintreffen?»

Das schien Corinnes Wut noch einmal extra zu befeuern. «Ich habe sie vor über einer Stunde verständigt. Sie fanden offenbar nicht, dass es sich um eine besonders eilige Geschichte handelte. Aber sie baten mich, nichts anzufassen und Handyfotos zu machen, um alles für die Versicherung zu dokumentieren.»

«Aber sie schicken doch jemanden vorbei?»

«Vielleicht, wenn wir Glück haben. Aber möglicherweise bekomme ich in den nächsten Tagen ja auch eine E-Mail, dass ich mich bitte selbst auf die Suche nach Fingerabdrücken machen soll», schnaubte sie.

Nora konnte sich ein schiefes Grinsen nicht verkneifen. «Okay, aber während wir warten, können wir uns ja schon mal einen Überblick verschaffen, was genau fehlt, wie gravierend die Situation ist.»

«Als ich nach Hause kam und das Chaos entdeckte, bin ich sofort ins Schlafzimmer gegangen, wo ich meinen Schmuck verwahre. Er liegt, wo er immer liegt: in einem kleinen Kästchen auf dem Nachttisch. Unberührt.»

Corinne zählte weitere Dinge an den Fingern ab. «Mein Fernseher ist noch da, dasselbe gilt für meinen iPod, der noch immer auf dem Couchtisch liegt. In der Küche steht mein alter Honigkrug, in dem sich sicher sechzig Pfund in bar befinden. Ebenfalls noch da. Aber jetzt kommen wir zum Merkwürdigen: Er steht im obersten Regalfach. Normalerweise stelle ich ihn ins unterste, und da stand er auch, als ich gegangen bin, da bin ich mir hundertprozentig sicher. Hier handelt es sich also um keinen gewöhnlichen Einbruch.»

Und da fiel es Nora wie Schuppen von den Augen: Das war dieselbe Vorgehensweise wie in Davids Schrebergartenhaus.

Nichts Wertvolles war verschwunden, doch es gab eindeutige Spuren, dass jemand eingebrochen war. Aber das musste doch ein Zufall sein.

Bislang hatte Nora Aminas Bruder noch nicht erwähnt, aber als sie sich ins Wohnzimmer setzten, um bei einem Tee ihre Nerven zu beruhigen, setzte sie Corinne ins Bild.

«Und Sie glauben, da gibt es eine Verbindung zu mir? Mir ist nicht ganz klar, wie ich hier in Kentish Town auch nur irgendwie dazu beitragen soll, einen Atomphysiker zu finden, der aus Teheran verschwunden ist.»

«Ich bin selbst nicht ganz davon überzeugt, aber es ist schon auffällig, dass Amina zum selben Zeitpunkt spurlos verschwindet. Ich schätze mal, wer immer dahintersteckt, glaubt, dass, wenn sie Amina aufspüren, sie automatisch auch Aziz finden. Dass sie sie zu ihm führt. Deshalb wurde auch auf ihren Mann Manash Druck ausgeübt. Dabei bin ich mir sicher, dass er absolut keine Ahnung hat, wo seine Frau sich aufhält.»

«Aber wer will ihn denn so unbedingt finden?»

Nora verzog das Gesicht. «Schon bald stehen Atomverhandlungen zwischen Teheran und Washington an. Offenbar verfügt Aziz über Wissen, das große Bedeutung für diese Verhandlungen hat. Wer könnte also ein Interesse daran haben, ihn in die Finger zu kriegen? Schätzungsweise die beiden Hauptakteure: der Iran und die USA. Dabei verfügt der US-Geheimdienst selbstverständlich über ein paar ihm sehr wohlgesonnene Verbindungen nach London und Kopenhagen.»

Corinne schaute sie traurig an. «Das heißt, wenn die Polizei hier ankommt, mit Betonung auf *wenn* sie denn irgendwann ankommt, dann werden die Beamten alles daransetzen, dies wie einen Routinefall erscheinen zu lassen? Und sie werden mich nicht ernst nehmen, wenn ich ihnen von empfindlichen Daten und geheimen Dokumenten erzähle, die gestohlen wurden», fasste sie zusammen.

Nora konnte nur nicken. «Darauf sollten Sie sich gefasst machen.»

Wie aufs Stichwort klingelte es in diesem Moment. Es war die Polizei. Eine blutjunge Frau, die sich als Tina Coxfield vorstellte und so aussah, als wäre noch kein Monat verstrichen, seit sie die Abschlussurkunde der Polizeischule entgegengenommen hatte.

Sie holte ein Klemmbrett hervor und bat Corinne umständlich um ihre persönlichen Angaben. Geburtsort, Geburtsdatum, Familienstand. Corinne unterdrückte ihre Ungeduld und Wut so gut es ging, aber sie manifestierten sich dennoch als zwei tiefrote Flecken auf ihren Wangen.

«Wann haben Sie den Einbruch bemerkt?»

Also fasste Corinne zusammen, dass sie zu einem Treffen in die Stadt gefahren war, danach eingekauft hatte und schließlich nach Hause zurückgekehrt war, wo sie dieses Chaos vorfand.

«Gibt es Anzeichen eines Einbruchs?»

Man konnte Corinne ansehen, dass es sie übermenschliche Anstrengung kostete, eine spitze Bemerkung hinunterzuschlucken. Sie machte nur eine ausladende Handbewegung und sagte: «Das kann man wohl sagen.»

«Nein, nein. Ich meine an der Tür oder am Fenster.»

«Also, ich wohne im zweiten Stock, da sollten wir uns vermutlich auf die Tür konzentrieren, meinen Sie nicht?», fragte Corinne trocken.

Tina Coxfield lief rot an und stand auf. «Dann werde ich mir die Tür mal genauer ansehen.»

Wenige Minuten später erschien sie wieder im Wohnzimmer.

«Ich kann keine Einbruchsspuren an der Tür erkennen», stellte sie fest und schaute Corinne direkt an. «Ist es möglich, dass Sie einfach vergessen haben, abzuschließen?»

«Nein, das ist absolut unmöglich.»

Wieder errötete die junge Beamtin, und Corinne konnte sich nicht länger beherrschen. «Hören Sie zu. Ich leite von hier eine Organisation. Eine Organisation, die Frauen unterstützt, die aus dem einen oder anderen Grund in einer schrecklichen Situation gelandet sind und sich verstecken müssen. Ich helfe ihnen. Und jetzt hat jemand die meisten meiner Unterlagen gestohlen. Unterlagen und Aufzeichnungen und meinen Computer, der Informationen über diese Frauen enthält und Angaben darüber, wo sie gefunden werden können.»

Tina Coxfield nickte verkniffen. «Hm, ja. Wir kommen noch zu einer Liste über die entwendeten Gegenstände. Aber halten wir uns doch an die Vorschrift und arbeiten alles der Reihenfolge nach ab, damit wir nichts vergessen und es dann hinterher wieder heißt, die Polizei hat ihre Arbeit nicht richtig gemacht», sagte sie in einem Tonfall, der bei Nora einen empfindlichen Nerv traf, sodass sie zum ersten Mal in ihrem Leben verstehen konnte, warum es zu Gewalt gegen Polizeibeamten kam.

Die Zahl der Fragen war schier endlos. Fünf Seiten, die ausgefüllt und abgehakt werden wollten, bevor sie schließlich zu den Dingen kamen, die gestohlen worden waren.

«Meine Unterlagen und mein Computer sind weg. Das eigentlich Sonderbare ist aber, dass sowohl Schmuck als auch Bargeld zurückgelassen wurden», sagte Corinne.

«Vielleicht musste es schnell gehen?», war Tina Coxfields

Kommentar, die schon wieder auf ihren Fragenkatalog schaute. «Von welcher Marke war der Computer, und wie alt war er?»

Corinne seufzte laut und gab ihr dann die gewünschten Informationen.

«Gibt es einen Beleg?»

Corinne nickte müde. Ihr musste die Lust vergangen sein, die Beamtin auf das Offensichtliche hinzuweisen.

Es folgten weitere zehn Minuten, in denen der Fragenkatalog nach und nach abgearbeitet wurde. Dies ging nun viel schneller, seit Corinne eingesehen hatte, dass es half, so kurz wie möglich zu antworten und auf weitere Ausführungen zu verzichten oder auf Versuche, die Beamtin davon zu überzeugen, dass es sich um etwas anderes als einen gewöhnlichen Einbruch handelte.

Endlich erreichten sie das Ende der vielen Blätter, und Tina Coxfield machte sich bereit zu gehen.

«Sehr gut, Mrs. Patrick. Jetzt ist alles aufgenommen. Selbstverständlich bekommen Sie in den nächsten Tagen eine Kopie der Unterlagen per Post, damit Sie der Versicherung etwas vorlegen können. Haben Sie sonst noch Fragen?»

Da meldete Nora sich zu Wort. «Werden Sie denn Ermittlungen anstellen, warum diese Dokumente gestohlen wurden?»

Tina Coxfield schüttelte nur mitleidig den Kopf. «Nein, für die Polizei ist dieser Fall damit aufgenommen und abgeschlossen. Wie gesagt, Sie bekommen noch eine Kopie meiner Aufzeichnungen. Und Sie können selbstverständlich telefonisch Beschwerde einlegen, wenn Sie einen Grund zur Beanstandung haben», sagte sie. Dann schaute sie Nora direkt an. «Wer sind Sie eigentlich?»

«Nur eine Freundin», sagte Nora.

Tina Coxfield schien zu überlegen, ob sich die Mühe lohnte,

an dieser Stelle weiter nachzuhaken, kam aber wohl zum Schluss, dass sie hier fertig war.

«Ja, dann passen Sie gut auf sich auf, Mrs. Patrick. Und vergessen Sie nicht, gleich hinter mir abzuschließen», sagte sie mit einem fröhlichen Lächeln und recht laut, als spräche sie mit einer schwerhörigen Frau oder jemandem mit beginnender Demenz.

Seit ihrem Eintreffen waren weniger als fünfundzwanzig Minuten vergangen.

Kaum fiel die Tür hinter ihr ins Schloss, explodierte Corinne. «Gott bewahre mich davor, jemals Opfer eines Überfalls zu werden! Ein solcher Mangel an Fingerspitzengefühl und grundsätzlichem Gespür für Kriminalität ist mir noch nie begegnet», schäumte sie.

Nora wollte sie beruhigen. «Vielleicht ist das gar nicht allein ihre Schuld. Ein gewisses Protokoll muss eingehalten werden, und wie schon gesagt, steckt da mitunter etwas viel Größeres hinter als Tina Coxfield und ihre Unerfahrenheit.»

Das kam auch bei Corinne an. «Das kann natürlich stimmen. Ich habe einfach nicht damit gerechnet, mich plötzlich in dieser Situation wiederzufinden. Ich bin mittlerweile auch davon überzeugt, dass das alles mit Amina zusammenhängt. Jemand will mit allen Mitteln verhindern, dass wir weiter nach ihr suchen, weil er sie zuerst finden will. Das dürfen wir aber unter keinen Umständen zulassen», sagte sie.

Nora trank den letzten Schluck Tee und machte sich bereit, nach Hause zu fahren.

«Kann ich Sie denn wirklich allein lassen?»

«Können Sie. Es braucht ein bisschen mehr als ein paar Idioten, um mir Angst zu machen. Wenn ich so leicht zu erschrecken wäre, hätte ich mit dieser Arbeit gar nicht erst anfangen können. Einbruch oder nicht, es gibt ja trotzdem noch Frauen, die Hilfe brauchen. Und gerade liegt es an mir, eine neue und sicherere Unterkunft für Zainab zu finden. Und das kann gar nicht schnell genug gehen.»

An der Tür nahm sie Noras Hände in ihre. «Vielen Dank, dass Sie gekommen sind. Vielen Dank, dass Sie sich die Zeit genommen haben, das alles zu bezeugen. Was haben Sie nun vor? Was ist Ihr nächster Schritt auf der Suche nach Amina?»

«Ich habe keine Ahnung, aber ich werde alles versuchen. Ich habe Manash versprochen, mein Bestes zu tun. Als Nächstes werde ich es wohl in Hawksyard versuchen. Vielleicht wurde sie ja einfach versehentlich dorthin gebracht. Oder aber ich finde dort jemanden, der oder die weiß, wo sie sein könnte.»

Corinne zog die Mundwinkel nach unten. «Es ist fast unmöglich, da hineinzukommen. Ich kenne mehrere Journalisten, die vergeblich um Einlass gebeten haben, sie wurden alle gnadenlos von der SecurCorp abgewiesen. Dort gelten fast keine der Regeln für Transparenz, an die sich öffentliche Institutionen sonst halten müssen, weil es von einer privaten Gesellschaft betrieben wird. Das haben sie sehr klug eingefädelt.»

«Mir bleibt nicht viel anderes übrig, ich muss es einfach versuchen, dann sehen wir weiter», sagte Nora.

«Melden Sie sich bei mir, wenn es nicht klappt. Vielleicht kann ich Ihnen doch helfen. Aber eben nur im Notfall und weil ich wirklich unfassbar wütend bin. Diese Mistkerle sollen nicht so einfach damit davonkommen, bei mir eingebrochen und mein Lebenswerk durcheinandergebracht zu haben.»

Nora bedankte sich und machte sich auf den Weg nach Belsize Park. Die Wohnung machte einen tristen Eindruck. So als wäre auch sie traurig darüber, dass Andreas nicht länger hier herumkramte, lachte, kochte und küsste. Schnell schaltete sie BBC News ein, um die Stille zu übertönen.

Dann warf sie einen Blick auf die Uhr. Kurz nach elf. Es war zu spät, um Manash anzurufen, Dänemark war schließlich eine Stunde in der Zeit voraus. Er musste bis morgen warten.

Wie zufällig fiel ihr Blick auf den Anrufbeantworter, der verstaubt hinter dem Drucker stand und blinkte. Wer rief sie denn noch übers Festnetz an? Abgesehen von ihrer Mutter – und diesen Typen, die ihr eine KFZ-Versicherung für ein Auto andrehen wollten, das sie gar nicht besaß. Oder eine neue Küche. Oder eine neue Rentenversicherung.

Sie drückte auf den Knopf und rechnete mit einer automatischen Ansage, die ihr versprach, dass nun auch sie endlich in den Genuss doppeltverglaster Fenster kommen könnte. Stattdessen sagte eine bekannte Männerstimme: *Hey, Nora. Sie sind also nicht zu Hause, schließlich gehen Sie nicht ans Telefon ... Ich wollte mich noch einmal für Ihren Besuch bedanken. Und nachfragen, ob Sie vielleicht Lust haben, mit mir am Sonntag essen zu gehen. Rufen Sie mich einfach an.* Und dann diktierte er seine Telefonnummer. Tom Craven.

Sie drückte noch einmal auf den Knopf und löschte die Nachricht. Dann legte sie sich ins Bett und zog sich die Decke über den Kopf.

13. Kapitel

Nora stand in Slip und T-Shirt in der Küche und wartete darauf, dass das Wasser zu kochen begann, als Krebs anrief.

«Gibt's was Neues?», fragte er auf seine typisch ausgeschlafene Art, die einmal mehr bezeugte, dass er schon seit mindestens vier Stunden wach war und vermutlich direkt von einer Redaktionssitzung und einem Auftritt im Frühstücksfernsehen kam, wo er dem einfachen Volk die jüngsten Entwicklungen der WTO-Verhandlungen erklärt hatte.

Nora ließ sich Zeit. Am besten erwähnte sie den Einbruch bei Corinne erst einmal nicht, um ihn nicht nervös zu machen und auf die Idee zu bringen, der Story den Stecker zu ziehen. «Na ja, eine Spur führt zu einer Art Auffanglager für abgewiesene Asylbewerber. Gut möglich, dass Amina dort gelandet ist.»

«Müsste es da denn nicht irgendwo einen Vermerk oder ein Verzeichnis geben? Könntest du nicht Akteneinsicht verlangen?»

«Nicht in Einzelfällen, außer man kann eine schriftliche Vollmacht der Person vorlegen, um die es geht. Und eine solche ist ja leider unmöglich aufzutreiben.»

«Kommst du denn trotzdem in das Lager rein?»

«Ich wollte mich heute um eine Genehmigung kümmern, aber gut sieht das nicht aus», sagte sie, was leider der Wahrheit entsprach.

«Bevor du mit dem Kopf durch die Wand willst, ruf lieber bei Tausen an.»

Jetzt konnte Nora nicht folgen. «Kann der da etwa helfen?»

«Nein, aber der hat sicher ein paar Dinge, die du für ihn in Erfahrung bringen kannst.»

Nora verdrehte die Augen. «Abwarten.»

«Gut, gut», sagte er mit energischer Stimme. «Aber es schadet nie, wenn man beschäftigt ist.»

Sie verabschiedeten sich, und die nächsten fünf Minuten konzentrierte Nora sich auf ihren Kaffee und schaute auf die Straße hinunter. In der Reinigung herrschte ein ganz typischer Donnerstag. Mrs. Patel fuhr gerade die Markise aus. Vor dem Café hatte sich eine kurze Schlange gebildet, alles Menschen auf dem Weg zur Arbeit, die noch einen Kaffee mitnehmen wollten.

Schließlich riss sie sich zusammen und rief im Asylbewerberheim in Dänemark an. Genauer gesagt bei Sanjit. Er ging direkt ans Handy und holte sogleich Manash. Nora spürte die Erleichterung darüber, dass er wenigstens noch dort war. Dass ihn niemand in einer Nacht- und Nebelaktion abgeholt hatte, um ihn zu verhören. Dass es doch noch so etwas wie Recht und Ordnung gab. Bis zu einem gewissen Grad.

«Nora?», fragte er mit schwacher Stimme.

«Manash», sagte sie.

«Haben Sie Neuigkeiten für mich?»

«Ja. Allerdings muss ich Ihnen zuallererst sagen, dass ich

Amina noch nicht gefunden habe», fügte sie schnell hinzu. Besser, das sofort klarzustellen, es war schließlich das Einzige, was ihn wirklich interessierte.

Sie hörte, dass er heftig atmete, ganz so, als hätte er einen Schlag in den Bauch bekommen.

«Aber ich habe ihre Spur bis zu einem Haus in Nordlondon verfolgen können. Dort war sie ein paar Tage lang in Sicherheit.»

«Okay», sagte er matt.

Nora schloss die Augen. Was jetzt kam, konnte sie noch so vorsichtig formulieren, es würde trotzdem eine unangenehme Wahrheit bleiben. «Eines Morgens kamen ein paar Männer und holten sie ab. Ich weiß noch nicht, wer genau das war. Vielleicht die Polizei, vielleicht jemand anderes.»

Man hörte ihm an, wie sehr er um Fassung rang. «Wissen Sie, wohin sie gebracht wurde?»

«Um das herauszufinden, muss ich leider erst einmal wissen, wer genau sie geholt hat und warum. Es ist möglich, dass nichts weiter als eine Verwechslung vorlag, aber es gibt durchaus auch Hinweise, dass dies alles in Verbindung zu Aziz und seiner Arbeit steht. Gibt es etwas – *irgendetwas* –, was Sie über Aziz wissen, das auf seinen Aufenthaltsort hindeuten könnte? Hat er in all den Jahren, die Sie ihn kannten, mal irgendetwas gesagt?»

Manash blieb still.

«Fällt Ihnen etwas ein, egal, wie nebensächlich?»

«Sie klingen allmählich wie die Polizisten, die hier waren, Nora», sagte er schließlich.

«Manash, das ist nicht fair. Ich versuche wirklich, Amina zu finden.»

«Ich bitte um Verzeihung, ich fühle mich einfach so hilflos. Wie soll ich mir jemals verzeihen, dass ich sie allein in diesen Lieferwagen habe steigen lassen?»

«Sie haben getan, was Sie tun mussten, um Sie beide außer Landes zu bringen», tröstete Nora ihn. «Aber gab es noch eine weitere Absprache zwischen Ihnen? Einen weiteren Weg, wie Sie Kontakt zueinander aufnehmen oder dem anderen ein Lebenszeichen geben wollten? Etwas, wonach ich suchen könnte? Etwas, das nur Sie und Ihre Frau kennen?»

«Nein, da gab es nur Tom. Tom Craven. Nora, würden Sie mir einen Gefallen tun und ihn bitten, mich anzurufen? Es ist wichtig. Ich hätte gerne Unterstützung von ihm bei der Suche nach einem Anwalt. Kirsten sagt, es wäre eine gute Idee, einen zu beauftragen, und da bin ich ganz ihrer Meinung. Was mache ich sonst, wenn Nielsen und Jensen wiederkommen? Wenn sie meinen, dass ich vielleicht im Gefängnis eine größere Hilfe bin?»

Nora wünschte, sie könnte dies als Wahnvorstellung abstempeln, aber wie konnte sie sich da sicher sein? Das Schlimmste war jedoch, dass sie überhaupt keine Lust hatte, den Kontakt zu Tom Craven zu suchen. Trotzdem versprach sie Manash, sie würde es ausrichten und Tom Sanjits Nummer durchgeben.

Schnell verschwand sie im Bad, um sich anzuziehen. Dabei lauschte sie weiter den BBC News. Bei ihrer Suche im Kühlschrank stieß sie auf einen Orangenjoghurt, der erst seit drei Tagen abgelaufen war. Sie löffelte ihn gedankenverloren und starrte dabei wieder auf die Straße hinunter. So weit keine Spur von dem Mann oder der Frau, die vor Rios Sauna gestanden hatten. Aber vielleicht wussten sie ja auch einfach nicht, wo sie wohnte. In jedem Fall würde Nora sich an die IT-Abteilung bei

Globalt wenden und fragen, ob das Budget ausreichte, um ihr ein Mailverschlüsselungsprogramm zur Verfügung zu stellen.

Sie stellte die Nachrichten leiser und setzte sich an den Schreibtisch, wo sie nach wenigen Klicks die Internetseite von Hawksyard gefunden hatte.

Auch die professionelle Aufmachung der Seite mit den kurzen Texten, die die Einrichtung anpriesen als «einen vollends integrierten Ort für Frauen und Familien, die auf die Klärung ihres Immigrationsstatus warteten», konnte nicht über die Wahrheit hinwegtäuschen. Der hohe Stacheldrahtzaun, der die Einrichtung umgab, sprach seine eigene Sprache. Es handelte sich eindeutig um ein Gefängnis. Ein Gefängnis für alle jene, die sich nicht länger im Land aufhalten durften, aber noch nicht abgeschoben worden waren. Und großen Wert schien man nicht darauf zu legen, ihnen die Zeit bis zur Ausreise in irgendeiner Weise angenehm zu gestalten.

Die Presseabteilung der SecurCorp scheute sich nicht, darüber zu informieren, dass in der Einrichtung «großer Wert auf Respekt gegenüber den Bewohnern gelegt» werde und man «stets daran arbeite, die Arbeitsmethoden anzupassen, damit den Bewohnern eine zielgerichtete und gute Behandlung zuteilwerde». Ein kalter Schauer lief Nora über den Rücken.

Unter dem Porträt eines breitlächelnden Mannes, der als Direktor Noel Bendicks vorgestellt wurde, stand ein Grußwort, in dem er sich an die zukünftigen «Bewohner» wandte, sie herzlich begrüßte und betonte, welch vielfältige Möglichkeiten die Einrichtung für sie zu bieten habe. Angefangen bei Ausbildungsmöglichkeiten über Gebetsräume bis hin zur Krankenabteilung «mit Zugang zu ärztlicher Hilfe».

Fehlt nur noch ein Pool, dann kann das Hilton mit seinem

Fünfsterneservice einpacken, dachte Nora bitter, bevor sie auf die Kontaktseite klickte, um die Telefonnummer zu finden.

Sie bat wohl wissend sofort darum, an die Presseabteilung durchgestellt zu werden, denn ganz gleich, wen sie auch an der Strippe hatte, sie würde ja doch sofort dort landen, sobald sie das böse Wörtchen Journalistin ausgesprochen hatte. In amerikanisch geführten Unternehmen konnte man sich nicht einfach mit irgendwem verquatschen oder ein Treffen vereinbaren. Da wurden die Angestellten von der PR-Abteilung regelrecht darauf gedrillt, dass bloß nichts nach außen drang. Nora hatte gehört, dass man fristlos gefeuert werden konnte, wenn man ohne Rücksprache mit der PR-Abteilung mit einem Journalisten sprach, also nicht genau das sagte, was die Firma gern über sich lesen wollte.

Walther Smith hörte ihr ungefähr fünfzehn Sekunden lang zu, aber kaum fiel das Wort *Besuch*, unterbrach er sie.

«Ausgeschlossen.»

«Was meinen Sie damit?»

«Dass es ausgeschlossen ist. Das Wort ist jetzt nicht unbedingt schwer zu verstehen, oder?»

«Und das können Sie einfach so behaupten, ohne erst Rücksprache mit jemandem zu halten, der ein bisschen mehr Einfluss hat als Sie?»

«Miss Sand. Unsere Zentrale in Texas hat festgelegt, dass Journalisten kein Zugang gewährt wird. Das wäre nicht im Interesse unserer Bewohner. Unsere Bewohner brauchen Ruhe, und es sorgt sofort für Unruhe, wenn Fremdpersonen auftauchen. Unruhe kostet Geld. Unruhe braucht Personal, und das können wir unseren Auftraggebern gegenüber nicht rechtfertigen. So einfach ist das.»

«So einfach ist das?»

«Ja. Wenn es sonst nichts gibt, womit ich Ihnen ...»

«Würden Sie mir die Nummer Ihrer Zentrale in Texas geben?»

«Wenn Sie glauben, dass Sie dort weiterkommen, rufen Sie gern dort an. Die Nummer finden Sie auf unserer Internetseite unter Corporate Communication. Wiederhören», sagte Walther Smith und legte auf.

Was für ein selbstherrlicher Idiot. Nora warf einen Blick auf die Uhr. Sie war Houston sechs Stunden voraus, würde also bis zum Nachmittag warten müssen. In der Zwischenzeit konnte sie ja mal bei Corinne nachhaken, wie sie ihr Zutritt zu Hawksyard verschaffen wollte.

«Es überrascht mich kein bisschen, dass man Ihr Anliegen dort abgewiesen hat», sagte sie müde, nachdem Nora gefragt hatte, wie es ihr ging, und eine kurze Zusammenfassung des frustrierenden Gesprächs mit Walther Smith gegeben hatte. «Ich bin selbst ein paarmal gescheitert. Aber ich habe einen Kontakt, der Ihnen vielleicht helfen kann. Geben Sie mir ein bisschen Zeit, dann schaue ich, was ich tun kann.»

Als Nora gerade aufgelegt hatte, fing ihr Handy sofort wieder an zu klingeln. Tausen. Verdammt. Hoffentlich wollte der nicht noch diese Woche den Artikel über die Finanzen innerhalb der Champions League haben. Sie hatte wirklich überhaupt keinen Nerv, sich jetzt auch noch in etwas reinzuknien, das mit Fußball zu tun hatte.

«Nora hier», sagte sie vorsichtig.

«Hallo, hier ist Tausen. Ich habe gerade mit unserem Lieblingsredakteur gesprochen, und der hat erwähnt, dass du gerade nicht unbedingt überschwemmt bist von Arbeit.»

«Na ja, also ...», sagte Nora gedehnt.

«Mir ist klar, dass wir noch diese Champions-League-Sache ausstehen haben, aber ich bin mir nicht ganz sicher, dass das jetzt der richtige Zeitpunkt dafür ist. Vielleicht sollten wir damit noch warten, bis die nächste Fußballsaison startet», grübelte Tausen laut.

Nora gab ihr Bestes, ihre Erleichterung zu verbergen. «Ja, das finde ich sehr nachvollziehbar», sagte sie so unbeteiligt wie möglich.

«Allerdings ...», setzte Tausen an.

Alles hatte seinen Preis. Kaum war man das Eine los, lag schon das Nächste parat. So lief das nun mal.

«Allerdings?», fragte sie leicht seufzend.

«Also, das ist jetzt kein großes Ding ...», sagte Tausen und schien sie damit ins Boot holen zu wollen. «Aber es ist eine Aufgabe, die man dir hier im Haus hoch anrechnen wird, wenn du sie übernimmst. Kennst du den dänischen Unternehmer Erik Biehl?»

«Ja, zumindest hab ich schon mal von ihm gehört. Er wohnt hier in London. Der sitzt in einigen Aufsichtsräten von Banken und Hedge-Fonds, nicht wahr?»

«Ganz genau. Außerdem besitzt er eine biomedizinische Firma, die auf sämtliche Laborvorgänge spezialisiert ist und von anderen Firmen angeheuert werden kann, die entweder nicht über ausreichend Platz oder Zeit verfügen. Dann stellt er Laborfläche, Personal und Ausrüstung. Die großen Konzerne nutzen seine Dienste häufig.»

«Er wohnt doch irgendwo in Kensington, oder?»

«Korrekt. Die Sache ist die, dass ich zu seinem sechzigsten Geburtstag eingeladen bin, aber nun leider nicht kommen kann.

Eigentlich ging es um ein kleines Interview. Meinst du, du kannst das übernehmen? Zu der Feier gehen, ein bisschen mit Biehl sprechen und dann ein kleines Porträt für unsere Panoramaseite schreiben? Es muss wirklich nichts Großes sein, aber er ist anscheinend ein bisschen pikiert, dass ich nicht kommen kann.»

«Okay», sagte Nora, erleichtert, dass es um nichts Größeres ging. «Wann ist die Feier denn?»

Da räusperte Tausen sich. «Ja, also ... Die ist schon morgen Abend.»

Nora versprach hinzufahren und notierte sich die Adresse auf einem kleinen Zettel.

«Und er weiß, dass ich an deiner Stelle komme?»

Tausen räusperte sich noch einmal. «Noch nicht. Ich konnte ihm ja ohne deine Zusage schlecht durchgeben, dass du kommst. Aber ich sage Anette sofort, dass sie sich an seine PR-Leute wenden soll, um dich auf die Gästeliste setzen zu lassen.»

Sie legten auf, und Nora war schon jetzt genervt bei dem Gedanken, den gesamten Freitagabend in hochhackigen Schuhen herumstaksen und höchst interessiert aussehen zu müssen, während eine Horde Männer in Anzügen laut über ihr Lieblingsthema, Geld, diskutierten und – wenn es erst richtig ausgelassen wurde – über Fußball und Polo.

Schnell suchte sie Tom Cravens Nummer heraus. Diesen Anruf konnte sie jetzt auch noch schnell hinter sich bringen, schlechte Laune hatte sie ja ohnehin schon.

«Hey, Nora!» Er klang richtig froh. «Schön, dass Sie sich melden.»

«Allerdings geht es um ...»

Er ließ sie nicht ausreden. «Ich habe damit gerechnet, dass

Sie Ja sagen, deshalb habe ich alles darangesetzt, noch einen Tisch im Chiltern Firehouse zu bekommen. Und das ist mir sogar gelungen», sagte er begeistert.

«Tom, hören Sie, ich rufe hauptsächlich an, weil ich mit Manash gesprochen habe.»

«Oh, das freut mich», entfuhr es ihm.

Nora gab ihm Sanjits Nummer durch, erklärte ihm die Lage und erwähnte außerdem, dass Manash einen Anwalt brauchte.

«Dann verständige ich sofort unsere Kanzlei. Die haben Partner in ganz Europa. Es wäre sicher leichter, wenn wir Manash erst einmal nach Großbritannien holen könnten, nicht allein, weil er dann viel besser zu erreichen wäre», sagte Tom.

«Ich glaube leider nicht, dass sich das so schnell arrangieren lässt. Sein Asylgesuch wird nun ja schon in Dänemark bearbeitet, da wird er erst einmal dort bleiben müssen.»

Tom seufzte. «Wissen die denn nicht, mit wem sie es zu tun haben? Wir sprechen hier von einem ausgezeichneten, ja sogar mit dem Nobelpreis ausgezeichneten, begnadeten Dichter, und er wird behandelt, als wäre er ein Niemand. Das verstehe ich einfach nicht.»

«Ich auch nicht», sagte Nora und ließ durchschimmern, dass das Telefonat damit für sie beendet war.

«Ich schaue, was ich tun kann. Und wir beide sehen uns am Sonntag um sieben. Dann können wir unsere Notizen vergleichen. Sie wissen, wo das Restaurant liegt, nehme ich an?»

«Ich muss mal sehen ...»

«Bis dann», sagte er schlicht und legte auf, bevor Nora widersprechen konnte. Blödmann.

Aber warum eigentlich nicht. Chiltern Firehouse. Eine der überregionalen Zeitungen hatte Chefkoch Nuno Mendez zum Genie erklärt, eine andere verkündet, das Restaurant sei so angesagt, dass selbst Gott Probleme hätte, einen Tisch zu bekommen.

Nora war es herzlich egal, ob sie dort Bradley Cooper, Bill Clinton oder Kate Moss begegnen würde. Sie wollte einfach nur selbst in den Genuss des Essens kommen, das sämtliche Gastrokritiker in die Knie gezwungen hatte, sodass den Gästen allein, wenn die Küchentür aufschwang, durch die triumphierend die Teller getragen wurden, das Wasser im Munde zusammenlief. Tom Craven hatte ihre eine Schwachstelle gefunden.

Nora machte sich an die Recherche, was Erik Biehl betraf. Es war die Geschichte eines Erfolgsmannes, bei dem offenbar noch nie etwas schiefgelaufen war. Er war der einzige Sohn eines Weingroßhändlers, wuchs in Holte auf und beschritt dann den vorgezeichneten Weg über die Copenhagen Business School bis hin nach Harvard, wo er mit Bravour sein Studium abschloss.

Er fand eine Anstellung bei der Pharmafirma MediCorp, wo er in Rekordzeit vom Leiter der Finanzabteilung zum stellvertretenden Direktor und schließlich zum Generaldirektor aufstieg.

Schon fünf Jahre später baute er seine eigene Firma auf. ErBiTech, die der eigenen Internetseite zufolge «Komplettlösungen für die Pharmaindustrie» anbot. Was immer das hieß. Einer ihrer Hauptkunden war Biehls früherer Arbeitgeber. Mit Sicherheit stellte es auch einen Freundschaftsdienst dar, den Mann zu beauftragen, der die Firma in- und auswendig kannte.

Dass es Erik Biehl gelungen war, sich sehr gut in das Netzwerk zu integrieren, das die Geschäftswelt in Gang hielt, ließ sich nicht zuletzt an den gutbezahlten Posten in Aufsichtsräten ablesen, die er in seinem Lebenslauf auflistete. Medienunternehmen, eine Helikopterfabrik und zwei skandinavische Banken. Ihn ambitiös zu nennen wäre noch untertrieben, dachte Nora.

Vergeblich suchte sie etwas Auffälliges oder Überraschendes. Irgendetwas, das diesen Mann ein wenig menschlicher oder interessanter machen konnte. Er war verheiratet und hatte zwei Kinder, die bereits selbst erwachsen waren und in Oxford respektive Harvard studierten. Medizin und BWL. Auch da keine Überraschungen. Selbst seine Hobbys waren vorhersehbar: Segeln, Tennis und Golf. Bevorzugte Freizeitbeschäftigungen von Menschen, für die eine teure Ausrüstung kein Problem darstellte. Fehlte eigentlich nur noch Polo auf der Liste. Nora musste unwillkürlich gähnen.

Das war eine ganz schöne Herausforderung, ein spannendes Porträt über diesen offenbar sterbenslangweiligen Mann zu schreiben. Einen Mann, der im Anzug, mit Champagnerglas in der Hand und hundertfünfzig geladenen Gästen ganz sicher nicht der Entspannteste war. Vielleicht war es am klügsten, wenn sie sich erst einmal mit den anderen Gästen unterhielt und sich Erik Biehl bis zum Schluss aufhob.

Schnell schrieb sie sich die wichtigsten Daten und Aufgaben in ihr Notizbuch und entschied, den Rest des Tages im British Museum zu verbringen, um dort die Wanderausstellung zum Thema japanische Kunst des 20. Jahrhunderts zu besuchen, über die sie der Kulturredaktion noch einen kleinen Beitrag schuldete. Dabei wusste sie nur zu genau, dass sie damit Viola Ponte auch nicht versöhnen können würde.

Es waren nicht wenige Menschen wütend darüber, dass Manash Ishmail sich entschieden hatte, nur mit ihr zu sprechen. Und dabei schienen sie wirklich alle zu vergessen, dass das nicht auf ihrem eigenen Mist gewachsen war. Ganz besonders Andreas. Schnell versuchte sie, ihre Enttäuschung darüber so weit wegzuschieben, wie es eben ging, und sich erst wieder damit zu befassen, wenn das alles überstanden war, aber leider tauchte sie wie ein dumpfer Schmerz auf, sobald sie an ihn dachte.

Trotzdem schüttelte sie den Gedanken ab und steckte ein neues Notizbuch für den Besuch im Museum in ihre Tasche. Sie war kaum durch die Tür, als Corinne anrief.

«Nora, ich hoffe, Sie haben morgen Vormittag noch nichts vor.»

«Ich glaube nicht. Zumindest nichts, was sich nicht verschieben ließe. Warum?»

«Sie können eine Anwältin begleiten, mit der ich befreundet bin, Catherine Goldsmidt. Sie arbeitet manchmal ehrenamtlich für eine befreundete Organisation, die Release Refugees, die den Frauen in Hawksyard mit Rat und Tat zur Verfügung steht. Es ist eine der wenigen Organisationen, denen Zutritt gewährt wird.»

«Großartig, danke! Wie genau soll ich mich denn dort verhalten?»

«Catherine hat Ihre Adresse und kommt Sie morgen früh um Viertel nach acht abholen. Alles Weitere erklärt sie Ihnen unterwegs.»

Nora bedankte sich und setzte ihre Fahrt zum British Museum fort, wo sie in den folgenden zwei Stunden ein angeregtes Gespräch mit der Kuratorin über blaue Tinten, Pinselstriche und Motivwahl führte, die allesamt den Bildern eine tiefere Bedeutung schenkten, als mit dem bloßen Auge zu erkennen war.

Als das Interview abgeschlossen war und sie sich alles Wichtige notiert hatte, machte sie ihren üblichen Abstecher in den ägyptischen Teil, wo die große Liebe ihres Lebens stand: Ramses III., eine gigantische, aus Granit gemeißelte Statue. Er hatte die schönsten Lippen, die sie je bei einem Menschen gesehen hatte. Wenn man denn die mehrere Meter hohe Steinfigur eines Pharaos einen Menschen nennen wollte. Sie tröstete sich mit dem Gedanken, dass, hätte sie viele tausend Jahre eher und noch dazu zu seiner Zeit gelebt, sie vermutlich doch nur ein Leben als Sklavin geführt und ihn niemals getroffen hätte.

Sie warf ihm eine Kusshand zu und ließ einen sehr verwirrt aussehenden japanischen Touristen zurück, während sie zwischen den Säulen hindurch in die Nachmittagssonne trat.

Spontan entschied Nora, nicht auf direktem Wege nach Hause zu fahren, sondern ein Stück zu Fuß zu gehen. Sie liebte London in der Abenddämmerung, wenn sich die Menschen auf den Bürgersteigen vor den Pubs sammelten, um ihr wohlverdientes Feierabendbier zu trinken, begleitet vom Summen des Verkehrs. Routiniert fädelten sich die Londoner durch die Touristenströme, die zum Essen zu Garfunkel's oder in eine der anderen Touristenfallen wollten. Männer und Frauen warteten an U-Bahn-Eingängen auf ihre Dates oder Verabredungen, um ins Kino zu gehen. Die Blumenhändler packten allmählich ein, insgesamt wirkte es, als würde sich die Stadt in dieser halben Stunde im Sessel zurücklehnen, die Füße hochlegen und einmal tief durchatmen, bevor es schon bald in Soho wieder richtig zur Sache ging.

Es war ein Abend, den sie liebend gern mit Andreas geteilt hätte. Sie hätte vor Scotland Yard auf ihn warten können, und dann wären sie durch die schmalen Gassen von Covent Garden spaziert, bis ihr Appetit auf etwas Italienisches, Spanisches oder – wie so häufig – Indisches sie übermannt hätte.

Stattdessen ging sie nun zum Trafalgar Square und verlor sich eine halbe Stunde lang in den neuerschienenen Kochbüchern bei Foyles, ohne an Andreas zu denken.

Direkt am Charing Cross wartete ein Sportgeschäft auf sie, wo sie sich Boxhandschuhe anschaute. Dabei wusste sie genau, wie unsinnig das eigentlich war. Sie liebte ihre Handschuhe viel zu sehr, es gab kein Geschäft auf der Welt, das ihren blauen Title-Handschuhen etwas entgegensetzen konnte, die sich im Laufe der Jahre perfekt an ihre Hände angepasst hatten. Ja, sie waren abgenutzt, das Leder war rissig geworden, aber gerade das machte sie ja zu genau den richtigen Handschuhen für Nora. Sie selbst hatte schließlich für jeden einzelnen Riss geschuftet mit unzähligen Schlägen, Seitwärts- und Aufwärtshaken.

Plötzlich überfiel sie eine starke Sehnsucht nach Enzo, dem leicht untersetzten italienischen Trainer, der sie in die Kunst des Kickboxens eingewiesen hatte. Schnell schickte sie ihm eine SMS und fragte, ob er übermorgen Zeit für sie hätte. Anderthalb Stunden mit Handschuhen und triefendem Schweiß waren genau, was sie nach einem Abend mit lauter selbstherrlichen Geschäftsmännern brauchen würde.

Nora begegnete häufig dem Vorurteil, dass Frauen, die boxten, von Natur aus wütende Amazonen sein mussten, deren einziges Ziel die Ausrottung der Männerwelt war. Daraufhin erklärte sie immer mit Engelsgeduld, dass sie viel entspannter und ruhiger war als die meisten Menschen. Für sie gab es nichts, das entspannender war, als sich sämtliche schlechten Erlebnisse aus dem Körper zu prügeln. Schlag für Schlag für Schlag.

In Hampstead stieg sie aus und ging noch eben einkaufen. Hähnchenschenkel, Wassermelone, Feta, Minze und schwarze Oliven. Nach kurzem Nachdenken kamen noch eine Gurke, ein halber Liter Milch, Eier und ein Sauerteigbrot fürs Frühstück dazu.

Kaum zu Hause, verteilte sie Olivenöl auf den Hähnchenschenkeln, würzte mit Meersalz und etwas Sumach und stellte alles in den Ofen. Dann bereitete sie einen Salat aus Wassermelone, Feta, Minze und einer roten Zwiebel, die sie noch daheim gehabt hatte und in schmale Scheiben schnitt. Die schwarzen Oliven streute sie einfach darüber. Die Schüssel ließ sie in der Küche stehen, während sie sich an ihren Computer setzte und anfing, über japanische Kunst zu schreiben.

Aus Erfahrung wusste sie: Je mehr Zeit zwischen Recherche und Schreiben verging, desto schwieriger wurde es, die richtigen Worte auf den Bildschirm zu zaubern. Nicht zuletzt, weil das Risiko zunahm, dass in der Zwischenzeit das betreffende Notizbuch in einem Stapel von sicher zwanzig anderen verschwand. Falls es doch einmal wieder passierte, nahm sie sich vor, nächstes Mal wirklich besser Ordnung zu halten und Aufkleber auf die Bücher zu pappen, um sie beschriften zu können, und außerdem kleine gelbe Zettel an die Stellen mit dem jeweils aktuellen Interview zu kleben. Aber dazu kam es nie.

Sie hatte vielleicht die Hälfte geschrieben, als die Küchenuhr sich meldete. Sie holte die Form aus dem Ofen, stellte sie zum Abkühlen hin und setzte sich wieder an den Artikel. Wenn sie damit noch vor dem Essen fertig wurde, hatte sie den Rest des Abends frei und konnte sich einem der vielen Bücher zuwenden, die sie sich voller Euphorie angeschafft hatte, jedoch ohne je die nötige Ruhe zum Lesen zu finden. Oder einen der weniger anspruchsvollen Filme oder eine der Serien zu schauen, die sich mittlerweile auf ihrer Skybox befanden.

Als sie eine halbe Stunde später den Schlusspunkt setzte und den Artikel noch einmal schnell Korrektur las, hatten die Hähnchenschenkel die perfekte Esstemperatur. In einen biss sie noch in der Küche hinein, nahm sich dann aber vor, artig am Tisch weiterzuessen – mit Messer und Gabel.

Dass Andreas nicht da war, war ja noch lange kein Grund, sich wieder mit dem Teller vor den Fernseher zu setzen, als wäre sie ... Das Läuten des Big Ben beendete ihren Gedankengang, der sowieso zu nichts als Selbstmitleid geführt hätte, abrupt. Sie warf einen Blick auf die Uhr. 21:36. Kurz nach halb elf in Kopenhagen. Das war spät, selbst für Krebs.

«NORA!», brüllte er ihr aus dem Handy entgegen.

«Ja?», sagte sie und hielt das Telefon ein Stück vom Ohr weg.

«Läuft dein Fernseher?», fragte er etwas leiser.

«Nein, ich esse gerade zu Abend und hatte eigentlich vor ...»

«Dann schalt ihn verdammt noch mal ein! Sofort! CNN. Wir hören uns in einer halben Stunde.»

Also schaltete Nora den Fernseher ein und wechselte den Kanal von BBC News zu CNN. *Breaking News*, verriet ein

Kriechtitel, der von rechts über die Mattscheibe zog. *Verschwundener iranischer Atomforscher in Kanada aufgetaucht.*

Das änderte alles.

14. Kapitel

Schockiert hielt sich Nora eine Hand vor den Mund. Wieder und wieder las sie den kleinen Streifen, der die Eilmeldung verkündete. Dazu eine Aufnahme von Aziz Darvish, der unter Blitzlichtgewitter von zwei Polizisten in ein graues Gebäude gebracht wurde. Er sah erleichtert aus und winkte. Offenbar waren die beiden Beamten da, um ihn vor der Presse zu schützen, und nicht, weil er gegen seinen Willen vor Ort war.

Der Nachrichtensprecher verkündete, dass CNN eine Liveschaltung zur Pressekonferenz in Toronto anböte, wo Aziz Darvish am Morgen überraschend aufgetaucht war.

«Und danach sprechen wir mit Sicherheitsexperten darüber, mit welchen Auswirkungen auf die anstehenden Atomverhandlungen zwischen den USA und dem Iran zu rechnen ist.»

Wusste er, wo Amina sich aufhielt? Noras Gehirn suchte mit Hochdruck nach einer Möglichkeit, wie sie Kontakt zu Aziz in Kanada aufnehmen konnte. Sie wusste, wie verschwindend gering ihre Chancen waren, besonders an einem Tag wie diesem, wo er die weltweite Sensationsnachricht war.

Sie griff zu ihrem Handy und rief Sanjit an. Er klang verschlafen, aber beklagte sich nicht, als Nora sich meldete. «Zwei Sekunden», sagte er nur. Im Hintergrund war leises Murmeln zu hören, dann sprach sie mit Manash.

«Was ist passiert?»

«Haben Sie es denn noch nicht mitbekommen? Im Fernsehen?»

«Nein, unser Gerät ist kaputt, und laut Kirsten gibt es kein Geld, um ein neues zu kaufen. Was ist denn los?»

«Aziz ist aufgetaucht. Er ist in Kanada.»

«Oh, gepriesen sei Allah», entfuhr es Manash spontan. «Ist Amina bei ihm?»

«Das glaube ich nicht. Aber ich habe es auch gerade erst gesehen, und die Fernsehaufnahme zeigt ihn allein auf dem Weg in ein Gebäude. Nur begleitet von zwei Polizisten.»

Dazu sagte Manash nichts.

«Es wird gleich eine Pressekonferenz geben. CNN zeigt sie live, ich werde gleichzeitig versuchen, mehr herauszufinden. Sie hören sofort von mir, wenn ich etwas höre. Ich muss mal schauen, ob ich ihn irgendwie direkt kontaktieren kann, damit wir bald erfahren, ob er weiß, wo Amina ist.»

«Okay. Dann bleibe ich mal in der Nähe von Sanjit und seinem Handy. Vielleicht lassen mich dann ja jetzt wenigstens die dänischen Behörden in Ruhe.»

Sie legten auf, und Nora holte sich einen Notizblock, damit sie gerüstet war, während CNN einen endlosen Werbespot für ein Fünfsternehotel in Abu Dhabi zeigte, in dem sich Nora mit an Sicherheit grenzender Wahrscheinlichkeit nie in ihrem Leben auch nur eine Nacht leisten können würde.

Bedrückt dachte Nora, dass, wenn Aminas Verschwinden darauf angelegt war, Aziz aus seinem Versteck zu locken, sein

Auftauchen in Kanada Konsequenzen haben würde. Wie diese für Amina ausfielen, hing davon ab, wer sie entführt hatte und zu welchem Zweck.

In diesem Moment startete die Pressekonferenz.

Drei Männer saßen an einem breiten Tisch unter einem Banner mit dem dunkelblauen Logo der University of Toronto. Vor ihnen standen die obligatorischen Gläser und drei Flaschen Mineralwasser. Links neben Aziz, der entspannt aussah, frisch rasiert war und ein hellblaues Hemd trug, saß ein etwa sechzigjähriger Mann. Das Namensschild verriet, dass es sich bei ihm um Professor Miles Malvern handelte, Leiter des Instituts für Atom- und Umweltforschung. Rechts von Aziz saß eine blonde Frau in einem roten Hosenanzug, die Direktorin der Universität. Dies war das aufsehenerregendste Ereignis dieser Institution seit Gründung der Universität im Jahre 1827, so viel stand fest.

Die Direktorin räusperte sich geräuschvoll und stellte sich selbst vor, bevor sie zum einzigen Punkt der Pressekonferenz überging.

«Es ist mir eine große Freude, Ihnen Dr. Aziz Darvish zu präsentieren, der in Toronto Zuflucht gesucht hat. Er stand bereits im Vorfeld in Kontakt mit Professor Malvern über seine Arbeit in Teheran, deshalb fiel seine Wahl auf Toronto, als Dr. Darvish entschied, sein Vaterland zu verlassen. Denn ihm war bewusst, dass seine Arbeit hier respektiert würde, weil wir an dieser Universität dem Wissen den höchsten Stellenwert beimessen», sagte sie und schaute dabei in die Gesichter der versammelten Journalisten. Doch noch zückte niemand seinen Kugelschreiber, die Presse war nicht ihretwegen gekommen.

Man musste der Direktorin zugutehalten, dass sie genau dies

schnell einsah und wohl deshalb ohne Umschweife zum Thema kam. «Deshalb gebe ich nun das Wort an Dr. Darvish weiter. Er hat eine kurze Mitteilung vorbereitet, die er nun vortragen wird. Danach nehmen wir noch ein paar Fragen entgegen. Bitte, Dr. Darvish.»

Es gab eine kleine Rückkoppelung, als Aziz Darvish sich vorlehnte und räusperte. Dann faltete er umständlich einen offenbar handgeschriebenen Zettel auseinander.

«Mein Name ist Aziz Darvish. Ich habe nun elf Jahre lang für die iranische Regierung gearbeitet, genauer gesagt innerhalb ihres Atomforschungsprogramms. Ich war immer stolz auf meine Arbeit und habe mein Bestes gegeben», sagte er und trank einen Schluck Wasser.

«Schon seit vielen Jahren stehe ich in Kontakt mit meinem geschätzten Kollegen, Professor Malvern. Deshalb habe ich mich auch an ihn gewandt, als ich beschloss, den Iran zu verlassen. Die Gründe dafür sind persönlicher Natur, und ich möchte betonen, dass niemand im Iran mir geholfen hat. Die Entscheidung auszureisen habe ich allein getroffen. Niemand sonst war beteiligt», sagte er und hob dabei den Blick, als wäre dies ein direkt an die iranische Regierung gerichteter Appell.

Kameras klickten entsprechend.

«Wenn ich mich ein bisschen erholt habe, werde ich meine Forschung an der University of Toronto fortsetzen, wo Professor Malvern so großzügig war, mir eine Stelle am Institut für Atom- und Umweltstudien anzubieten.»

Aziz faltete das Blatt wieder zusammen und schaute blinzelnd in die Runde versammelter Journalisten. Durch das unaufhörliche Blitzlicht kniff er in regelmäßigen Abständen die Augen zusammen, aber insgesamt wirkte er sehr gelassen, fand Nora. Nicht wie jemand, dessen Schwester spurlos verschwunden war.

«Dr. Darvish, könnten Sie die Gründe etwas näher erläutern, die Sie dazu veranlasst haben, dem Iran den Rücken zu kehren?» Ein Vertreter des kanadischen Senders CTV war zuerst am Mikrophon.

«Es sind persönliche Gründe. Ich möchte nur so viel sagen: Ich bin ein friedliebender Mann», antwortete Aziz.

Der Korrespondent von CNN stand auf und stellte die nächste Frage: «Mr. Darvish, es dürfte ja kein Zweifel daran bestehen, dass Sie über Informationen verfügen, die entscheidende Bedeutung für die bevorstehenden Verhandlungen zwischen den USA und dem Iran haben …»

«Tue ich das?», unterbrach ihn Aziz und schaute dem Journalisten direkt in die Augen.

«Davon würde ich mal ausgehen», antwortete der CNN-Reporter.

«Ich gehe von nichts aus, und das würde ich an Ihrer Stelle ebenfalls nicht tun», sagte Aziz dazu. «Nächste Frage.»

Als Nächstes bekam *Time Magazine* das Wort, dessen Vertreter gern wissen wollte, was der Atomforscher nun plante, wo er im Westen war. «Was sind Ihre nächsten Ziele?», rief der Mann, der kein Mikrophon mitgebracht hatte.

Daraufhin lächelte Aziz müde. «Mein oberstes Ziel ist, mich erst einmal gründlich auszuschlafen. Die zurückliegende Reise war lang und beschwerlich. Und dann werde ich alles in meiner Macht Stehende tun, um den Rest meiner Familie zu finden, die bereits vor mir den Iran verlassen hat.»

Damit stand er auf und verneigte sich leicht. «Meine Damen und Herren, vielen Dank für Ihre Aufmerksamkeit.»

Und weg war er.

CNN schaltete ins Studio, wo einer Moderatorin schon bald ein Experte zugeschaltet wurde.

«Wir sind nun mit unserem diplomatischen Korrespondenten Gregory Dalton in Washington verbunden. Greg, Sie verfolgen die Verhandlungen zwischen dem Iran und den USA bereits seit geraumer Zeit. Was bedeutet die sensationelle Flucht dieses Spezialisten für die Abrüstungspläne des Iran?»

Ein Korrespondent, der so viel Puder im Gesicht trug, dass er so austauschbar aussah wie ein Playmobilmännchen, setzte eine seriöse Miene auf, als ihm bewusst wurde, dass er auf Sendung war.

«Ja, Tina, das ist eine ernste Sache. Man kann sagen, dass es ein sehr kluger Schachzug von Dr. Darvish war, Zuflucht in Kanada zu suchen. Ein kluger Schachzug, der sich sogar zum Vorteil der USA entwickeln könnte. Wenn wir mit den Kanadiern kooperieren, können wir vielleicht sogar darauf bauen, dass sie ihre Entdeckungen mit uns teilen. Gleichzeitig kann die Regierung nämlich darauf verweisen, dass sie keinerlei Zugriff auf Darvish haben und ihn infolgedessen nicht an Teheran ausliefern können.»

«Wie lässt das unseren Präsidenten aussehen?»

«Erst einmal gut, würde ich sagen», erwiderte das Pudergesicht.

Krebs meldete sich, als der Korrespondent gerade in einem Meer aus Spekulationen abtauchte. «Wie groß ist die Story denn bitte?», fragte er ohne weitere Einleitung.

«Ziemlich groß. Ich bin mir nur nicht sicher, inwiefern uns die Sache Amina näher bringt und damit auch dem Interview mit Manash.»

«Hm. Ich überlege, ob ich die Sache nach Washington geben oder dich das schreiben lassen soll.»

Nora dachte einen Moment lang nach. Im Prinzip ging es ihr total gegen den Strich, eine Story aus der Hand geben zu müssen. Andererseits war sie morgen verabredet, um eine Spur nach Hawksyard zu verfolgen. «Meiner Meinung nach ist Washington da die bessere Anlaufstelle. Schließlich geht es gerade hauptsächlich darum, welche Konsequenzen das alles für die bevorstehenden Verhandlungen haben könnte. Macht der Iran einen Rückzieher? Wie würde der US-Präsident in dem Fall reagieren? Da ist es nicht unbedingt sinnvoll, diese Fragen von London aus zu beantworten», sagte sie.

«Nein, nein», gab Krebs ihr recht.

«Trotzdem werde ich tun, was ich kann, um Aziz Darvish zu erreichen. Vielleicht weiß er ja, wo sich seine Schwester aufhält. Allerdings fürchte ich fast, dass sie entführt wurde, um sie als Druckmittel gegen ihn einzusetzen. Aber wenn das der Fall ist, müsste sie ja bald freigelassen werden.»

Krebs brummte. «Meinst du wirklich, die Geheimdienste würden so weit gehen?»

«Ich hoffe nicht. Aber ich muss es zumindest in Betracht ziehen. Obwohl diese Variante irgendwie unwahrscheinlich ist, seit Darvish sich an die Öffentlichkeit gewandt hat. Denn was könnte man jetzt noch bewirken?», spekulierte sie laut.

«Oh, eine ganze Menge», fand Krebs. «Darvish weiß vermutlich, wie weit die Atomforschung im Iran fortgeschritten ist. Vielleicht hat jemand Amina als Geisel genommen, um sicherzustellen, dass er nicht zu viel verrät, bevor die Verhandlungen beginnen. Oder aber, um ihn zu zwingen, im richtigen Moment den Mund aufzumachen.»

«Da könntest du natürlich recht haben», räumte Nora ein.

«Gut, aber jetzt muss ich dringend in Washington anrufen und jemanden finden, der den Job übernimmt, dem du dich verweigerst», stichelte Krebs und legte auf.

Nora rief bei der University of Toronto an, wurde jedoch sofort an die Presseabteilung verwiesen, deren Leitung besetzt war. Also suchte sie weiter auf der Internetseite, bis sie Malverns E-Mail-Adresse gefunden hatte.

Ihr war klar, dass sie nicht die einzige Journalistin war, die an diesem Tag auf diese brillante Idee kam, schließlich gab sich sicher kaum ein Redakteur ohne ein Interview mit Darvish oder in dessen Ermangelung eben mit Malvern zufrieden. Deshalb musste sie gleich zur Sache kommen und schon in der Betreffzeile zum Ausdruck bringen, weshalb es so wichtig war, dass sie so schnell wie möglich mit Aziz sprach.

Sie biss sich auf die Unterlippe und schrieb dann: WICHTIGE MITTEILUNG BZGL. AZIZ DARVISHS SCHWESTER AMINA. BITTE SOFORT MELDEN.

Darunter schrieb sie, dass sie mit Manash Ishmail in Kontakt stand und dass es einiges zu klären gab, was Amina betraf. Dann fügte sie ihre Telefonnummer an. Die Chance, dass Aziz oder Malvern ihre Mail in der Flut der Kontaktaufnahmen von Journalisten und Journalistinnen aus aller Welt überhaupt sehen würden, war gering. Aber es war im Moment ihre einzige.

Die nächsten Stunden verbrachte sie auf dem Sofa, zwischen sämtlichen Nachrichtenkanälen hin und her schaltend, das Handy auf dem Schoß. Überall wurde über Aziz berichtet, überall wurden dieselben Bilder gezeigt, immer dieselben drei Fragen und Antworten der Pressekonferenz. Nur die Experten, die sich lang und breit über die Verhandlungen zwischen den

USA und dem Iran ausließen, unterschieden sich. Dafür sagten sie im Großen und Ganzen aber alle das Gleiche: dass man abwarten müsse. Dass es noch keine Reaktion aus Teheran gebe. Dass es wichtig war, dass sich die amerikanische Regierung besonnen verhalte, bis die Iraner ihre Position dargelegt hätten. Dass Aziz Darvish mit Kanada eine brillante Wahl getroffen habe.

Irgendwann hatte sie genug, putzte sich die Zähne und ging schlafen.

Kurz nach drei Uhr in der Nacht klingelte ihr Telefon und riss sie aus einem Traum, in dem sie durch einen langen, grauen Flur lief. Einen Flur, der einem der Gänge im Wolfhall Prison zum Verwechseln ähnlich sah, wo der berüchtigte Serienmörder Bill Hix seine lebenslange Haftstrafe absaß.

Nora hatte Hix interviewt, kurz bevor er ausgebrochen war und dann Jagd auf sie gemacht hatte. Das hatte Nora fast das Leben gekostet, wäre Hix nicht gerade noch rechtzeitig gefasst worden. Umso strenger wurde er nun bewacht. Doch dieses furchtbare Ereignis steckte ihr noch immer in den Knochen.

«Nora Sand.» Ihr schlug das Herz bis zum Hals.

«Entschuldigen Sie die späte Störung, in London ist es sicher mitten in der Nacht, aber ich habe jetzt erst Ihre Mail gelesen, und mir schien es sehr eilig. Hier spricht Professor Miles Malvern.»

«Ja.» Wie auf Knopfdruck war Nora hellwach und zurück in der Realität. «Professor Malvern, danke, dass Sie sich sofort melden. Ich habe Ihnen geschrieben, weil es ein paar Punkte gibt, die ich gern mit Aziz Darvish besprechen würde. Es geht um seine Schwester Amina.»

«Okay?», war Malverns zögerliche Reaktion. «Kann ich ihm etwas ausrichten?»

«Es wäre am besten, wenn ich selbst mit ihm sprechen könnte.»

«Das kann ich gut verstehen, allerdings gibt es gerade viele, die Aziz gern sprechen würden, und ich mache mir über die Motive mancher Journalisten sicher keine Illusionen. Deshalb müsste ich vorab um ein paar weitere Informationen bitten.»

«Dagegen habe ich nichts einzuwenden», erwiderte Nora. «Richten Sie ihm aus, dass ich mit seinem Schwager Manash befreundet bin. Dass vereinbart war, dass er und Amina gemeinsam nach London fliehen, aber dabei etwas schiefgelaufen ist.»

«Warten Sie kurz.»

Sie hörte Rascheln und dann gedämpfte Stimmen, ganz so, als hielte Malvern die Hand über den Hörer. Dann meldete sich jemand anderes.

«Hier spricht Aziz Darvish. Sie möchten mit mir über Amina reden?»

«Ja, wir kennen uns nicht, aber ich bin mit Manash bekannt», sagte Nora und umriss dann kurz, wie der Dichter nach seiner Ankunft in Dänemark Kontakt zu ihr aufgenommen hatte.

«Und Amina?»

«Würden Sie mir zuerst verraten, ob Sie von ihr begleitet wurden oder von ihr gehört haben?», fragte Nora.

«Nein!» Aziz' Tonfall lag irgendwo zwischen Nervosität und Verzweiflung. «Eigentlich sollte sie gerade in London sein. Zusammen mit Manash. Ich kann nicht sagen, was da passiert ist. Ich hätte sie niemals aufbrechen lassen, wenn Manash mir nicht versprochen hätte, dass sie dort sicher wären. Ich hätte es selbst nicht gewagt, den Iran zu verlassen», klagte er.

«Das kann ich sehr gut verstehen», sagte Nora in beruhigendem Ton. «Ich gebe mein Bestes, um Manash bei der Suche nach ihr zu helfen, deshalb wollte ich auch mit Ihnen sprechen. Weil ...» Sie zögerte einen Moment lang, aber entschied dann, dass sie ehrlich sein musste. «Weil ich die Befürchtung hatte, Amina könnte entführt worden sein, um etwas gegen Sie in der Hand zu haben. Ihre Situation und Ihr Wissen wären Grund genug, sehr weit zu gehen.»

Es entstand eine Pause, in der Nora war, als könne sie Aziz Zähne knirschen hören.

«Ich höre, was Sie da sagen, und verstehe, was Sie damit sagen wollen. Auf die Idee könnten gewisse ... Gruppierungen ... durchaus gekommen sein. Aber mit mir hat sich niemand in Verbindung gesetzt, ich erfahre gerade erst, dass Amina überhaupt vermisst wird. Ich selbst habe mit meiner Ausreise gewartet, bis sie sicher in London war. Kaum kam ihre Nachricht aus London, habe ich meine Sachen gepackt und bin aus Teheran aufgebrochen.»

«Tut mir leid, dass ich so direkt fragen musste. Ich verfolge ein paar Spuren hier in Großbritannien, ich halte Sie über alles Weitere auf dem Laufenden. Malvern hat meine E-Mail-Adresse. Wenn Sie mir Ihre Handynummer geben, kann ich mich jederzeit bei Ihnen melden. Ich kann Ihnen gern eine Nummer durchgeben, unter der Sie Manash erreichen können, falls Sie ihn sprechen wollen.»

Wieder eine Pause.

«Danke. Ich weiß nicht, ob ich bereit bin, mit ihm zu sprechen, aber geben Sie mir gern die Nummer. Gerade bin ich unendlich wütend. Er hat versprochen, bis an sein Lebensende auf meine kleine Schwester aufzupassen. Und dann verliert er sie. Er hat mir versprochen, sie mit seinem Leben zu verteidigen.»

«Niemand ist über ihr Verschwinden unglücklicher als Manash, glauben Sie mir. Es vergeht kein Tag, ohne dass er sich große Vorwürfe macht. Gerade sitzt er in einem Asylbewerberheim fest. Wäre dem nicht so, wäre er längst in London und würde jede einzelne Straße auf der Suche nach ihr durchkämmen.»

Aziz seufzte schwer. «Da haben Sie sicher recht. Ich weiß, dass er sie liebt. Aber sie ist verschollen. Versprechen Sie mir, dass Sie sich melden, wenn ich irgendetwas tun kann? Wenn ich Sie irgendwie von hier aus unterstützen kann?»

Nora versprach es und verabschiedete sich. Dann rief sie sofort bei Sanjit an, um Manash die entmutigende Neuigkeit zu überbringen.

Für den Moment sah es aus, als läge die ganze Hoffnung, Amina zu finden, auf Hawksyard, und dabei war diese Spur nicht einmal sehr erfolgversprechend.

15. Kapitel

Punkt 8:15 Uhr stand Nora mit hochgestecktem Haar und in ihrem feinsten Kostüm vor der Haustür. Genau eine Minute später rollte, wie abgesprochen, Catherine Goldsmidts silbergrauer Aston Martin in die Straße und hielt direkt vor ihr. Nora stieg ein.

Sie musterten einander. Aber nicht kritisch.

Catherine Goldsmidt sah aus wie Mitte vierzig. Blonde Haare, zu einem Pferdeschwanz zusammengefasst, diskret geschminkt, cremefarbene Bluse, Hose mit Nadelstreifenmuster. Auf dem Rücksitz lag der dazugehörige Blazer bei einer riesigen Mulberry-Ledertasche, die proppenvoll war mit Blättern und Heftern.

«Krasser Schlitten», sagte Nora spontan.

«Ach, das ist nur ein Firmenwagen», winkte Catherine ab, aber das kleine Lächeln verriet Nora, dass sie genau das Richtige gesagt hatte.

Unter Anleitung einer roboterartigen Frauenstimme fädelten sie sich durch Londons Morgenverkehr, denn das Navi führte sie geschickt an den schlimmsten Staustellen vorbei auf die Umgehungsstraße, die sie bis nach Hawksyard führen würde.

«Sie sind also mit Corinne befreundet?», fragte Catherine.

«Das kann man so sagen, aber wir kennen uns noch nicht sehr lange.»

«Sie muss Ihnen wirklich voll vertrauen. Das ist das erste Mal, dass sie mich offen gebeten hat, eine Journalistin mitzunehmen. Aber sie scheint einen triftigen Grund zu haben.»

«Ja, den hat sie», sagte Nora.

Catherine warf ihr einen fragenden Blick zu.

«Sind Sie sicher, dass Sie ihn hören wollen?», fragte Nora.

Catherine fing an zu lächeln. «Ha, Sie klingen ja wie eine Anwältin! Spontan würde ich das eher verneinen, ganz besonders, wenn es darum geht, irgendwelche Regeln zu brechen. In diesem Fall glaube ich jedoch, es wäre von Vorteil, wenn ich weiß, was genau Sie eigentlich dort suchen.»

«Warum glauben Sie das?»

«Das werden Sie wahrscheinlich verstehen, sobald wir in Hawksyard angekommen sind. Dort erwartet Sie ein geschlossenes System, das funktioniert wie ein Gefängnis. Mit fast allem, was dazugehört. Waren Sie schon einmal in einem Gefängnis?»

Wieder drohten Hix und seine bohrenden schwarzen Augen aus der Tiefe aufzutauchen, in die Nora sie nach dem nächtlichen Albtraum verbannt hatte. Sie machte sich von dem Gedanken frei. «Ja, war ich schon einmal.»

«Gut, dann stellen Sie es sich so vor: Wer im Gefängnis sitzt, hat etwas verbrochen, wurde dafür verurteilt und hat eine entsprechende Strafe erhalten. Die Inhaftierten wissen, wie lange sie schon im Gefängnis sind und wie lange sie dort noch bleiben müssen.»

Nora nickte.

«Die Frauen in Hawksyard werden dort auf unbestimmte Zeit festgehalten. Sie haben nichts Unrechtes getan, wenn ich auch darauf hinweisen muss, dass es dort ein paar ganz harte Fälle gibt, die in einem britischen Gefängnis nicht gerade schlecht aufgehoben wären. Die meisten sind jedoch auf keine Art und Weise kriminell gewesen. Abgesehen womöglich von dem Vergehen, nach Ablauf ihres Visums noch im Land geblieben zu sein. Es gab keine Gerichtsverhandlung. Sie wissen nicht, wie lange sie noch dort festgehalten werden, und sie haben keine Ahnung, was sie am anderen Ende erwartet – nur, dass es vermutlich noch schlimmer sein wird als ihre derzeitige Situation. Sie befinden sich in einer Art Vakuum. Jeder weitere Tag ist ein Fluch oder ein Segen. Entweder bringt er sie einen Schritt näher zu der Hölle, aus der sie geflohen sind. Oder aber einen Schritt näher zu dem Wunder, das es ihnen erlaubt, in diesem Land und somit in Sicherheit zu bleiben. Letzteres geschieht nicht oft, aber immer noch oft genug, dass Hoffnung herrscht. Manchmal ist es genau diese Hoffnung, die die meisten dort in den Wahnsinn treibt», erklärte Catherine.

«Sie klingen philosophischer, als ich das von Anwälten gewohnt bin.»

«Ja?»

«Seit wann arbeiten Sie schon für Corinne?»

«Ich arbeite nicht für Corinne, ich helfe nur ab und zu ehrenamtlich einer anderen Organisation, wenn sie juristische Unterstützung braucht. Eigentlich arbeite ich für eine Firma in der Stadt, die Eigentum verwaltet.»

«Und wie haben Sie sich kennengelernt?»

«Hätte es Corinne nicht gegeben, hätte meine Tochter vermutlich keine einzige Arbeit bestanden und ganz sicher das letzte Schuljahr nicht abgeschlossen, um ganz ehrlich zu sein. Corinne hat ihr Nachhilfe gegeben, und ich verdanke ihr eine ganze Menge.»

Darauf folgte ein kurzes Schweigen, während der silbergraue Aston Martin unbeschwert über die Autobahn sauste. Glücklicherweise staute sich der Verkehr um diese Uhrzeit hauptsächlich in der Gegenrichtung, auf den Wegen ins Stadtzentrum, sodass sie nur selten aufgehalten wurden.

«Also gut», sagte Nora schließlich. «Ich bin auf der Suche nach einer Frau. Einer Frau, die spurlos verschwunden ist. Sie heißt Amina Ishmail, und zuletzt wurde sie vor ungefähr zehn Tagen gesehen. Sie ist aus dem Iran geflohen. Wir wissen, dass sie gut in London angekommen ist, denn sie hat von hier ihren Bruder in Teheran verständigt und außerdem noch eine andere Kontaktperson in London, die Aminas Mann ausrichten sollte, dass alles gutgegangen war.»

Catherine lauschte aufmerksam, behielt aber den Blick auf die Straße gerichtet, während sie polnische Lastwagen und weiße Transporter mit Handwerkern auf dem Weg zu irgendeiner Baustelle überholte.

«Und warum vermuten Sie sie in Hawksyard, wenn sie gerade erst angekommen ist? Dort enden doch eigentlich erst diejenigen, deren Asylanträge abgewiesen wurden.»

Nora erzählte von Zainab, die gerade in Hawksyard wäre, wenn es nach der britischen Immigrationsbehörde ginge.

«Sie glauben also, es handelt sich um eine simple Verwechslung, und wir werden Amina in Hawksyard finden?», fragte Catherine und schaute Nora aus dem Augenwinkel an.

«Tja, das hoffe ich ein bisschen. Und ich muss dem einfach

nachgehen, wenn auch nur, um festzustellen, dass die Spur ins Leere führt. Denn leider ist es die einzige, die ich gerade habe», antwortete Nora.

Kurz darauf fragte sie: «Klingt das so völlig abwegig?»

Catherine dachte nach, bevor sie antwortete: «Im ersten Moment schon. Die Leitung weiß schließlich, wen sie beherbergen, denn dort landet niemand aus Versehen. Andererseits tragen die wenigsten Asylsuchenden Papiere bei sich, da ist es nicht gerade ungewöhnlich, zu der Notlüge zu greifen, dass es sich um eine Verwechslung handelt. Das ist vermutlich ein Lied, das die Beamten abertausendmal gehört haben. Nein, sie haben die Falsche erwischt, das bin ich nicht. Glaubt man in so einem Fall der Frau, die beteuert, eine andere zu sein? Eine andere, die nicht abgeschoben werden soll? Wahrscheinlich nicht sofort.»

«Hat sie denn kein Recht auf einen Anwalt? Oder wenigstens das Recht, jemanden anzurufen, damit sie jemanden wissen lassen kann, dass sie noch lebt?»

«Doch. Theoretisch.»

«Theoretisch?»

«Ja, theoretisch haben sie ein Recht auf allerhand. Aber die Leitung von Hawksyard legt den Fokus nicht unbedingt darauf, Vorschriften dieser Art buchstabengetreu zu befolgen. Andererseits können die Angestellten dort jedoch auf die Idee kommen, dass jemand der sogenannten ‹Bewohnerinnen› eine besondere Bedrohung darstellt, weil sie Probleme schaffen könnte, und dann stecken sie sie in einen Beruhigungsraum. Das ist zumindest ihre Bezeichnung dafür. In Wirklichkeit handelt es um das, was man in einem herkömmlichen Gefängnis Isolationshaft nennen würde. Für Isolationshaft gelten klare Regeln, für einen Beruhigungsraum nicht. So ein Raum ist nicht

Teil des Vorschriftenkatalogs eines Ortes wie Hawksyard, weshalb es den Mitarbeitern obliegt, zu entscheiden, wann jemand sich genügend ‹beruhigt› hat, um wieder am allgemeinen Leben der Einrichtung teilzunehmen.»

«Wollen Sie damit sagen, dass Amina möglicherweise gerade in Isolationshaft sitzen könnte?»

«Ich will gar nichts sagen, nur eine weitere Möglichkeit dafür aufzeigen, dass noch niemand von ihr gehört hat.»

«Können wir sie denn sehen, wenn sie wirklich in dem Beruhigungsraum sitzt?»

«Nein, das ist absolut unmöglich. Zwischen uns und ihr lägen dann drei verschlossene Türen. Dann können Sie sie weder sprechen noch einen noch so flüchtigen Blick auf sie werfen.»

«Aber würde die Leitung dann nicht wenigstens bekräftigen, dass sie dort ist?»

«Vielleicht, vielleicht auch nicht. Das hängt davon ab, wer gerade die Verantwortung trägt. Ein paar der Mitarbeiter sind halbwegs entgegenkommend. Andere sind ausgesprochen blöde Schweine, um das mal so ausdrücklich zu sagen. Am besten überlassen Sie mir das Sprechen und lächeln einfach nur, bis ich das geklärt habe.»

«Okay. Worauf sollte ich denn noch achten, damit ich weder Ihnen noch Amina irgendwelche Probleme mache?»

Catherine zuckte mit den Schultern. «Ich werde vorschlagen, dass man Ihnen die Einrichtung zeigt, und dann spielen Sie einfach die interessierte Jurastudentin, als die ich Sie angemeldet habe. Wenn sich die Gelegenheit bietet und Sie allein mit ein paar Frauen sind, können Sie ja nach Amina fragen. Haben Sie ein Foto von ihr?»

Nora holte ihr Handy heraus und gab Aminas Namen in

die Bildersuche ein. So stieß sie auf ein leicht unscharfes Bild von ihr und Manash während der Festlichkeiten rund um die Nobelpreisverleihung. Amina trug ein dunkelgrünes, paillettenbesetztes Kleid und sah dort an der Seite ihres Mannes zu gleichen Teilen stolz, glücklich und etwas betreten aus.

Nora machte einen Screenshot und zoomte dann so weit in die Aufnahme, dass man Manash nicht länger sah. «Jetzt ja.»

«Gut. Vielleicht können Sie das ja diskret herumzeigen. Außerdem ist es ja alles andere als sicher, dass Amina unter ihrem echten Namen geführt wird, wenn wir es nun wirklich mit einer Verwechslung zu tun haben. Wie hieß die andere Frau noch gleich?»

«Zainab.»

«Dann sollten Sie sich auch nach jemandem mit diesem Namen umhören.»

Während Nora dasaß und auf ihrem Handy herumtippte, bekam sie einen Anruf. Andreas.

Sie wischte ihn vom Display, wie man eine Mücke verscheuchte. Dieses Gespräch wollte sie unter keinen Umständen vor Publikum führen.

Drei Sekunden später verkündete eine SMS brummend ihre Ankunft. *Entschuldige, entschuldige, entschuldige. Ich weiß nicht, was in mich gefahren ist. Stehe echt unter Druck. Darf ich anrufen?*

Wenn auch widerwillig, spürte sie, dass sie mit ihm noch nicht fertig war.

Das müssen wir auf später verschieben, antwortete sie ihm und sagte sich selbst, dass sie nur schrieb, weil er sonst keine Ruhe geben würde.

Wann?, schrieb er zurück.

Schnell schaltete sie das Handy auf lautlos und steckte es in die Tasche.

Kurz darauf hielten sie am Kontrollposten von Hawksyard, der an die Einfahrt zu einem Militärstützpunkt denken ließ. Neben einer rotweißen Schranke stand ein Wachhäuschen, in dem ein vielleicht fünfundzwanzigjähriger Typ mit kurzgeschorenen Haaren saß, der aussah, als wären Schlägereien sein liebstes Hobby.

Er zog sehr, sehr langsam einen Computer zu Rate.

Ohne groß die Lippen zu bewegen, sagte Catherine: «So läuft das jedes Mal. Dabei hat der mich schon mindestens zwanzigmal durchgelassen. Aber jedes Mal fangen wir wieder ganz vorn an. Erst wird im Computer geschaut, ob ich angemeldet bin. Dann muss ich meinen Ausweis vorzeigen und erklären, wohin ich will und warum. Und so weiter und so fort. Manchmal glaube ich, es gehört zu den Einstellungsvoraussetzungen, dass man die Gedächtnisleistung eines Goldfisches haben muss.»

Nora unterdrückte ein Kichern.

Der junge Wachmann schaute auf und Nora direkt in die Augen. «Miss, Sie müssen sich bitte auch ausweisen», sagte er bestimmt.

Nora wühlte in ihrer Handtasche, bis sie ihren Führerschein gefunden hatte. Der Wachmann untersuchte ihn so eindringlich, als müsste er jedes einzelne Wort Buchstabe für Buchstabe durchgehen und prüfen, ob auch die Angaben zu den Fahrzeugen zutrafen, die Nora laut der kleinen Karte führen durfte.

Catherine verdrehte diskret die Augen, während der Blick des Wachmanns einmal mehr auf den Computerbildschirm gerichtet war. «Hier steht Mrs. Goldsmidt und Assistentin. Ist das Ihre Assistentin?», fragte er Catherine.

«Ganz genau.»

Diese Antwort schien ihn sehr nachdenklich zu machen. Oder auch nicht. Nach zwei Minuten, die der junge Mann offensichtlich zum Nachdenken – über was auch immer – benötigte, öffnete er abrupt die Schranke und winkte sie durch.

Catherine parkte auf einem von vier Besucherparkplätzen. Dann stieg sie aus und streckte sich nach dem Blazer und der Tasche mit den Dokumenten auf dem Rücksitz.

«Okay, ich bin offiziell hier, um einer Frau, Helen Olong, zu helfen, die zum letzten Mal Berufung einlegen kann, um eine Abschiebung noch zu verhindern. Es sieht nicht gut aus für sie. Allerdings ist das ein ziemlich verzwickter Fall, weshalb ich sicher vierzig Minuten mit ihr zubringen werde. Die Einrichtung lässt nie mehr als eine Dreiviertelstunde an Beratungszeit zu, damit müssen Sie also auch auskommen.»

«Das ist nicht viel», sagte Nora und schaute zu dem grauen Gebäude.

«Nein, aber immerhin besser als nichts», erwiderte Catherine trocken.

Und mit diesen Worten wuchtete sie sich die Ledertasche über die Schulter und ging voran. Das Haupttor zu Hawksyard schwang mit erstaunlicher Leichtigkeit auf und schlug mit einem lauten Knall hinter ihnen zu.

16. Kapitel

Das Erste, was Nora auffiel, war der Geruch. Reinigungsmittel, Ethanol und eine Spur von ... Erbrochenem? Hatte sich hier erst kürzlich jemand übergeben?

Sie schaute sich in dem trostlosen Eingangsbereich um. Drei Stühle aus Metall mit roten Beinen und braunen Polstern standen in Reih und Glied und erinnerten an eine Junggesellenwohnung der frühen Achtziger. Darüber hing eine Pinnwand mit drei gelben Heftzwecken. Eine davon steckte in einem kleinen Dreieck weißen Papiers, das wohl mal Teil einer Nachricht gewesen war, die vermutlich schnell und mit Gewalt von der Wand gerissen worden war.

Der Flur führte zu einem kleinen Vorzimmer, wo ein kahlköpfiger Mann mit graudurchsetztem Offiziersschnurrbart saß und Blätter sortierte. Als sie klopften, schaute er sie mit einem messerscharfen Blick an, der aber schnell von einem breiten Lächeln abgelöst wurde, als er Catherine erkannte.

«John Barnes», sagte sie und lächelte ebenfalls.

Als der Mann aufstand, sah Nora, dass er humpelte. Alles an ihm verriet, dass er den Großteil seines Lebens mit der britischen Armee unterwegs gewesen war, was ihm offenbar die eine oder andere Kriegsverletzung als Souvenir hinterlassen hatte.

«Mrs. Goldsmidt», sagte er freundlich und drückte ihr die Hand, bevor er sich an Nora wandte.

«Das ist meine neue Assistentin, Nora Sand. Sie studiert Jura. Seien Sie bitte nett zu ihr, damit sie nicht gleich das Fach wechselt, bevor sie überhaupt richtig angefangen hat. Die jungen Leute sind ja so empfindlich», sagte sie und zwinkerte dem alten Oberst schamlos zu.

«Ach, Miss Sand befindet sich bei uns in den besten Händen. Das wissen Sie doch», sagte er mit gespielter Entrüstung. «Was kann ich denn heute für Sie tun?»

«Ich bin hier, um mit Olong zu sprechen.»

John Barnes schüttelte den Kopf. «Ich bewundere Sie ja für Ihren Einsatz. Dass Sie das können!»

«Ach, sie gehört ja zu den Umgänglichen. Wenn man denn freundlich mit ihr spricht», sagte Catherine.

«Ja, ja. Jeder, wie er mag», antwortete John Barnes gutmütig.

«Sagen Sie, könnten Sie sich ein wenig Miss Sands annehmen? Ich habe sie heute mitgebracht, damit sie mir auf lange Sicht hier in Hawksyard behilflich sein kann. Ich dachte, vielleicht findet ja jemand die Zeit, ihr ein bisschen zu erklären, wie die Dinge hier laufen? Und sie etwas herumführt? Selbstverständlich nur, wenn das keine größeren Umstände macht. Ich weiß, dass Sie viel zu tun haben.»

Nora schenkte ihm ihr schönstes Lächeln. Er betrachtete sie nachdenklich. «Hm, das lässt sich schon machen, aber erst einmal werde ich Olong für Sie suchen.»

Er verließ das Büro, das er sorgfältig hinter sich abschloss, und humpelte mit seinem steifen Bein in einen großen Gemeinschaftsraum.

«Olong!», brüllte er. Drei Frauen, die auf einem niedrigen Sofa saßen und die Köpfe zusammengesteckt hatten, fuhren zusammen und schauten zu ihm. «Olong?», fragte er, diesmal leiser.

Eine der Frauen, eine große, schlanke Afrikanerin mit einem dunkelgrünen Tuch ums Haar, deutete zu einem abgehenden Flur.

«Ist sie noch im Zimmer?», fragte John Barnes in einem Ton, der keinen Zweifel daran ließ, dass er hier der zuständige Befehlshaber war.

«Sie ist unter der Dusche.»

«Sag ihr, dass sie fertig ist. Sie hat Besuch», kommandierte er. Die Afrikanerin erhob sich in einer langsamen, fast fließenden Bewegung und warf ihm einen trotzigen Blick zu. «Ich arbeite hier nicht.»

«Nein, weiß Gott. Wir würden dich auch niemals einstellen. Und jetzt Beeilung», forderte John Barnes.

Etwa fünf Minuten später kehrte sie mit Olong zurück, einer gedrungenen Frau mit braunen Augen. Ihre Lider wirkten so schwer, als müssten sie die Ungerechtigkeit der ganzen Welt tragen. Ihr Afro war noch nass, und Wasser tropfte auf ihren Strickpullover, der vielleicht eine oder zwei Nummern zu klein war.

Catherine grüßte höflich, Olong nickte einfach nur. «Kann ich noch eben eine rauchen vor unserem Termin? Ich habe erst morgen mit Ihnen gerechnet», sagte sie.

Catherine schüttelte den Kopf. «Äußerst ungern. Mir wäre

es sehr lieb, wenn Sie damit noch warten würden, wir haben schließlich nur so wenig Zeit.»

Ohne weitere Diskussion traten sie in ein kleines Zimmer, das rechter Hand vom Flur abging und als *Besprechungsraum* gekennzeichnet war.

«Gut, Miss Sand, folgen Sie mir», sagte John Barnes.

«Nennen Sie mich ruhig Nora.»

«Gern. Wie Sie sehen, ist dies der Aufenthaltsraum. Vormittags ist es hier eher ruhig.»

«Warum?»

«Zum Teil schlafen die Bewohnerinnen noch oder sind mit ihren Kindern in den Zimmern. Andere sind im Unterricht oder beim Arzt.»

«Wie viele Frauen sind hier untergebracht?»

«In dieser Wohneinheit gibt es siebzig Plätze. Die Belegung variiert immer ein wenig, wenn gerade weitere Frauen aufgenommen wurden.»

«Wie funktioniert so eine Aufnahme eigentlich genau?»

Er humpelte zu ihr. «Sie meinen, was passiert, wenn die Frauen hier ankommen?»

Nora nickte.

«Hat Catherine Ihnen denn gar nichts erklärt?»

Nora lächelte entschuldigend. «Das ist mein erster Tag.»

«Hm, also, die Frauen werden vom Innenministerium benachrichtigt, dann von der Polizei abgeholt und hierhergebracht. Geschieht das in der Nacht, müssen sie im Empfangsbereich warten, bis das entsprechende Personal am nächsten Morgen eintrifft. Aber wir geben unser Möglichstes, dass Neuzugänge zu normalen Arbeitszeiten ankommen. Das macht es für alle Beteiligten leichter.»

«Verstehe. Und wie stellen Sie sicher, dass Sie auch wirklich die richtigen Personen haben?»

«Was meinen Sie?»

«Also ... Prüfen Sie noch einmal die Identität der Frauen? Und wenn ja, wie?»

John Barnes schüttelte den Kopf. «Nein, wir verlassen uns darauf, dass die Polizei das kontrolliert hat. Die ziehen ja nicht einfach los und sammeln wahllos Leute ein. Wenn sie die Frauen hier abliefern, haben sie alle Dokumente dabei. Wir speisen ihre Daten in das SecurCorp-System ein, wo jede ihre individuelle Identifikationsnummer bekommt. Ein verdammt gutes System.»

«Und es kann nicht passieren, dass jemand fälschlich hier landet?»

Er schaute sie überrascht an. «Nein. Wie sollte es? Nein, das halte ich für völlig unvorstellbar.»

«Können Sie mir das System mal zeigen?»

John Barnes schüttelte den Kopf. «Ich habe dafür nicht die nötigen Zugangsdaten. Aber selbst wenn ich sie hätte, dürfte ich Ihnen keinen Einblick in die persönlichen Daten der Bewohner gestatten.»

Sie gingen weiter den Flur entlang.

John Barnes klopfte einmal an eine Tür und öffnete, ohne eine Reaktion abzuwarten. In dem kleinen Zimmer stand ein Etagenbett, das in Nora gleich ein Jugendherbergsgefühl aufkommen ließ. Auf dem unteren Bett saß eine Frau und stillte. Müde schaute sie auf und bedeckte sich dann notdürftig mit einem Handtuch, das ihr über der Schulter gehangen hatte.

Gegenüber von ihr saß eine weitere Frau auf dem Boden und

feilte sich die Nägel. «Himmel, hat Ihnen niemand beigebracht zu klopfen?», fragte sie.

«Ich habe doch geklopft!», sagte John Barnes entrüstet.

«Das schon, aber Sie haben nicht gewartet, bis Sie jemand hereingebeten hat.»

Mit einem übertrieben tiefen Seufzer schloss er die Tür wieder.

«Tja, so was passiert, wenn man Frauen an einen nichtssagenden Ort sperrt und sie nichts zu tun haben», sagte er.

Nora erwiderte nichts.

Sie gingen weiter. Am Ende des Flurs bogen sie nach rechts ab und passierten einen etwas größeren Raum, an dessen Wänden Kinderzeichnungen hingen. Auf ein paar waren Häuser mit glücklichen Familien und Sonnenschein abgebildet. Idyllische Zeichnungen, wären da nicht statt Regenbögen und fliegenden Vögeln schwarze Bomber am Himmel gewesen.

Eine kleine Gruppe, bestehend aus fünf oder sechs Kindern, saß still und lauschte einer Frau, die aus einem Bilderbuch vorlas. Wenn Nora richtig lag, dann handelte es sich bei der Sprache um Farsi. Die Frau drehte immer wieder das Buch um, damit die Kinder die Zeichnungen sehen konnten. Es sah aus wie *Die Geschichte von Sindbad dem Seefahrer.*

«Dürfte ich kurz hier bei den Kindern bleiben?», fragte Nora.

John Barnes schüttelte den Kopf. «Ich darf Sie leider nicht aus den Augen lassen. Das ist gegen die Regeln.»

«Aber was könnte denn passieren?»

«Dazu habe ich keine Meinung, ich halte mich nur an die Regeln. Das erleichtert vieles.»

Da gab Nora auf.

Sie kamen an einem weiteren Zimmer vorbei, aus dem Kindergesang drang.

«Die etwas größeren Kinder bekommen Unterricht – von den Bewohnerinnen selbst. Eine gute Beschäftigung für alle.»

Am Ende dieses Gangs standen drei Stühle vor einer Tür, an der ein Schild *Arztpraxis* verkündete. *Öffnungszeiten Montag bis Samstag 8–12.* Die Stühle waren leer.

«Der Arzt ist nur zweimal pro Woche da», erklärte John Barnes. «Dienstag und Donnerstag. An den anderen Tagen ist das Pflegepersonal allein.»

«Und was passiert, wenn jemand außerhalb der Öffnungszeiten ärztliche Hilfe braucht?», fragte Nora.

Barnes schaute sie verblüfft an. «Das kommt nicht vor.»

Wieder klopfte er an und trat ein, ohne auf eine Aufforderung dazu zu warten.

Eine Krankenschwester maß gerade einer sehr jungen Frau den Blutdruck. Die Frau starrte einfach in die Luft und ließ sich nicht anmerken, dass die Tür geöffnet worden war.

«Barnes. Sie müssen sich wirklich mal angewöhnen, erst hereinzukommen, wenn Sie dazu aufgefordert werden», sagte die Krankenschwester bestimmt.

Er verdrehte nur die Augen. Und da klingelte plötzlich sein Handy, schnell fischte er es aus der Brusttasche.

«Einen Augenblick», sagte er ins Handy und schaute Nora dann direkt an. «Sie bleiben hier, ich muss dieses Gespräch annehmen», befahl er ihr. Sie nickte nur und schaute ihm nach, wie er durch die Tür in den Flur verschwand.

Die Krankenschwester warf ihr einen Blick zu. «Ich will ja nicht unhöflich sein oder so, aber eigentlich biete ich hier private Konsultationen an. Also ohne Zuschauer.»

«Selbstverständlich», sagte Nora und holte schnell ihr Handy aus der Tasche. «Ich gehe sofort, aber ich wollte kurz nachhören, ob Sie diese Frau gesehen haben.» Sie zeigte ihnen das Bild von Amina.

Die junge Frau mit dem Blutdruckmessgerät am Arm schaute das Display, dann Nora an und schüttelte den Kopf.

Die Krankenschwester warf einen schnellen Blick auf das kleine Foto. «Nein, die ist mir nicht begegnet», sagte sie leicht zögerlich.

«Sind Sie sich ganz sicher? Könnte diese Frau wirklich nicht hier gelandet sein?»

Die Krankenschwester wich ihrem Blick aus und konzentrierte sich stattdessen darauf, Luft in die Manschette zu pumpen. «Sie sollten jetzt gehen», sagte sie leise.

«Okay», sagte Nora. Mit bereits einer Hand auf der Türklinke wandte sie sich noch einmal an die Krankenschwester.

«Sie heißt Amina, und es gibt Menschen, die sie lieben und nach ihr suchen. Ich will ihnen nur helfen.»

«Gehen Sie jetzt.»

Noch bevor sie die Tür ganz öffnen konnte, stand Barnes bereits davor.

«Wir könnten es so gerade noch schaffen, den Direktor, Mr. Bendicks, zu treffen. Folgen Sie mir», forderte er.

Sie liefen den Weg zurück, den sie gekommen waren, durch den Aufenthaltsraum und die Tür hinaus auf den Parkplatz, den sie überquerten, um zu einem roten Ziegelbau zu gelangen. Davor war ein Schild angebracht, auf dem das rot-weiße Logo der SecurCorp prangte, ein asymmetrischer Stern unter einer schützenden Hand. Darüber stand *Verwaltung*.

Noel Bendicks sah genauso aus wie auf dem Foto der Homepage, nur lächelte er nicht, als Barnes mit Nora ankam. Er befand sich in einer angeregten Diskussion mit einem sportlich aussehenden Mann mit Bürstenhaarschnitt. Auf Nora machte er den Eindruck, als wäre er besser in einem Fußballtrikot aufgehoben als in dem Anzug, den er trug. Er hatte sich eine verspiegelte Polizeisonnenbrille in die Stirn geschoben, mit der er wirkte wie ein Statist in einem Schwarzeneggerfilm von 1985.

Er schaute irritiert auf, lächelte aber höflich, als er sah, dass Barnes von einem Gast begleitet wurde.

«Das ist eine von Catherine Goldsmidts Studentinnen», stellte Barnes sie vor.

Nora schüttelte ihm die Hand.

Der stoppelhaarige Mann warf ihr einen Blick zu, der mehr als nur andeutete, dass sie sich besser schleunigst vom Acker machen sollte.

Bendicks begegnete ihr etwas freundlicher. «Danke, Barnes. Portland und ich sind gerade mitten in der Vorbereitung eines Meetings. Ich bin mir sicher, die junge Dame ist bei Ihnen in guten Händen.»

Da endlich begriff Barnes den Wink mit dem Zaunpfahl. «Gut, ich muss sowieso wieder zurück zu meinen Schäfchen», sagte er und trat rückwärts aus dem Büro, als wäre dies eine Privataudienz beim Sonnenkönig gewesen.

Wieder im anderen Gebäude, schloss er die Tür zu seinem Büro auf und deutete auf einen Stuhl, der direkt vor seinem Tisch stand. «Dort können Sie sich hinsetzen und warten, bis Catherine Sie holen kommt. Das dürfte ja jetzt nicht mehr allzu lange dauern», sagte er freundlich.

Mit diesen Worten setzte er sich selbst an den Schreibtisch und schaltete seinen Computer ein. Es dauerte eine Ewigkeit, bis er hochgefahren war. Nora hatte noch nicht viel in Erfahrung gebracht. Sie musste noch einmal zu der Krankenschwester. Irgendetwas wusste sie.

«Wo sind denn die Toiletten?»

«Kann das nicht warten? Ich müsste Sie dahin begleiten, und dabei möchte ich eigentlich ...»

«Ich brauche doch maximal drei Minuten, und ich muss wirklich dringend», sagte Nora und überkreuzte die Beine, um überzeugender zu wirken.

Barnes schaute auf. «Na gut. Drei Minuten. Ich behalte die Uhr im Blick. Den Gang runter, die drittletzte Tür auf der rechten Seite.»

Nora eilte hinaus in den Aufenthaltsraum. Auf dem niedrigen Sofa saßen diesmal andere Frauen und schauten gebannt auf den Fernsehbildschirm, wo gerade ein Mann irgendein Do-it-yourself-Projekt erklärte, das Farbroller und eine Kiste involvierte. Schnell zog sie erneut das Handy aus der Tasche.

«Haben Sie diese Frau hier gesehen?»

Fünf dunkle Augenpaare blickten kurz zu ihr, dann wieder auf den Fernseher.

Nora wiederholte ihre Frage.

Die Frauen schauten weiter dem fröhlichen Amateurhandwerker zu, nur eine nicht. Ihre Blicke trafen sich. Als die Frau sich sicher war, dass sie Noras Aufmerksamkeit hatte, ließ sie den Blick demonstrativ langsam erst an die Decke und dann in eine Ecke des Zimmers wandern.

Nora hob fragend eine Augenbraue, doch die Frau schüttelte nur den Kopf und schaute wieder in dieselbe Ecke. Da entdeckte Nora endlich, was sie meinte. Dort oben hing eine Überwachungskamera. Höchstwahrscheinlich saß gerade irgendwo jemand und verfolgte diese Szene. Vielleicht unten an der Pforte, vielleicht aber auch in Barnes Büro. Sie betete, dass es wenigstens tonlose Aufnahmen waren.

Schnell ging sie weiter Richtung Toiletten. Nur zwei Türen entfernt war das Behandlungszimmer der Krankenschwester, und Nora kam zu dem Schluss, dass sie im Fall der Fälle einfach so tun konnte, als hätte sie sich in der Tür geirrt.

Die Krankenschwester saß allein an einem Schreibtisch und füllte irgendetwas aus, als Nora hereinkam.

Nora betrachtete sie aufmerksam. «Und Sie sind sich wirklich sicher, dass Sie Amina noch nie gesehen haben?»

Die Schwester schüttelte den Kopf. «Ich kann nichts für Sie tun. Aber vielleicht finden Sie hier ja ein paar Antworten auf Ihre Fragen», sagte sie laut, fast gellend, und reichte Nora eine Broschüre.

«Wie bitte?», fragte Nora verwirrt.

«Ich kann Ihnen nicht weiterhelfen, da müssen Sie sich an einen Arzt wenden. Aber hier finden Sie schon mal ein paar Informationen. Bitte sehr.» Mit diesen Worten stand sie auf und schob Nora zur Tür hinaus.

Allein um den Schein zu wahren, ging Nora nun wirklich noch in den Toilettenraum und setzte sich in einer der Kabinen auf den Klodeckel. Die Schwester hatte ihr eine Broschüre über Chlamydien gegeben.

Hastig blätterte Nora sie durch. Behandlungsmethoden, Ansteckungsgefahren. Was zur Hölle sollte das denn? Erst auf der allerletzten Seite sah sie es. In Blockschrift, unterstrichen und mit einem Ausrufezeichen versehen: FELIXIA!

Wer war Felixia?

17. Kapitel

Nora blieb nicht viel Zeit zum Nachdenken, denn jemand hämmerte gegen die Toilettentür.

«Hallo? Sie sind jetzt schon fast sechs Minuten dadrin.» Es war Barnes.

Sie betätigte die Spülung und trat heraus. «Es ist doch immer schwer, sich mit so was zu beeilen», sagte sie und lächelte entschuldigend.

Barnes brummte nur.

Als sie sein Büro erreichten, wartete Catherine bereits auf sie. Von Olong war nichts mehr zu sehen.

«Ach, wie gut, dass Sie gerade kommen. Wir müssen dann auch weiter. War sie brav?»

Barnes brummte noch einmal. «Hm, na ja.»

Catherine winkte kurz zum Abschied. Schweigend gingen sie zum Wagen.

Kaum hatten sie das Gelände verlassen, ergriff Catherine das Wort. «Das sieht nicht gut aus für Olong. Sie wird nächste Woche abgeschoben, und ich kann nichts tun, um das zu verhindern.»

«Wohin?»

«Südsudan. Höchst problematisch.»

«Wie lange ist sie bereits in Hawksyard?»

«Fast ein Jahr. Sie hat schon viel gesehen.»

«Auch Amina?»

Catherine bog auf die Autobahn ab, bevor sie antwortete: «Danach habe ich gefragt, aber Olong steht verständlicherweise etwas neben sich. Sie hat große Angst vor dem, was ihr bevorsteht. Aber ...»

Nora schaute zu ihr. «Aber?»

«Sie glaubt, dass vor acht bis zehn Tagen eine Frau aus dem Iran gekommen ist. Aber es könnte auch der Irak gewesen sein, sie wusste es nicht mehr genau.»

«War es Amina?»

«Ich hatte ja kein Foto, deshalb kann ich das nicht mit Sicherheit sagen. Aber sie beschrieb eine Frau mit dunklem Haar und braunen Augen, die furchtbar verängstigt gewesen sein muss. Sie hat ständig nach dem Personal gerufen, dass sie unbedingt ihren Mann verständigen sollten. Unaufhörlich soll sie das gerufen haben.»

«Das klingt so, als könnte sie das gewesen sein. Wo ist sie jetzt?»

«Das wusste Olong nicht. Irgendwann hat sich wohl einer der Angestellten ein Herz gefasst und ihr ein Telefon zugestanden. Und dann passierte etwas wirklich Merkwürdiges, meinte Olong, denn die Frau wusste die Nummer ihres Mannes nicht.»

Das fand Nora durchaus nachvollziehbar. Amina wusste zu dem Zeitpunkt ja schon, dass Manash nicht in London war. Und vielleicht hatte sie Tom Cravens Nummer nicht bei sich, als sie aus Zainabs Versteck gezerrt worden war.

«Ist sie denn noch in Hawksyard?»

«Olong hat sie seither nicht mehr gesehen. Vielleicht wurde sie in den Beruhigungsraum gebracht.»

«Aber wenn sie aufgenommen wurde, dann muss sie ja im System der Einrichtung auftauchen.»

Catherine nickte. «Davon sollte man ausgehen.»

«Kann man denn keinen Einblick verlangen in die Liste über alle, die in Hawksyard festgehalten werden?»

«Nicht ohne weiteres. Diese Listen sind vertraulich, ganz wie bei Gefängnissen.»

Enttäuschung überkam Nora. Vielleicht hatte sie nur wenige Meter von der Isolationszelle gestanden, in der Amina gegen ihren Willen festgehalten wurde? Sie musste unbedingt zurück.

«Ein Mensch kann doch nicht einfach vom Erdboden verschwinden. Das kann doch alles nicht legal sein.»

Catherine warf ihr einen Blick zu. «Da bin ich ganz Ihrer Meinung. Genau deshalb mache ich diese Besuche ja. Aber die Regierung ist irgendwie anderer Ansicht. Oder zumindest bereit, nicht so genau hinzuschauen, seit sie die SecurCorp damit beauftragt hat, diese Einrichtung zu führen.»

Catherine überholte eine Kolonne von Tesco-LKW, alle mit Kurs auf eins der vielen riesigen Zentrallager, und für eine Weile herrschte Schweigen im Wagen.

«Ist Ihnen dort in der Einrichtung je eine Felixia begegnet?», fragte Nora schließlich.

«Nein, den Namen habe ich noch nie zuvor gehört», antwortete Catherine.

Wieder senkte sich Stille über die beiden, während sie sich allmählich erneut London näherten. Nora spürte, wie sich der Frust langsam in ihr aufstaute.

«Ich muss auf jeden Fall noch einmal dorthin zurückkehren, um weiter nach Amina zu suchen. Ich habe das starke Gefühl, dass sie dort ist.»

«Das wird nicht leicht», sagte Catherine. «Mein nächster Termin ist erst in fünf Tagen, und ich weiß nicht, ob ich es noch einmal begründen kann, Sie mitzunehmen. So gern ich Ihnen auch helfen würde, in erster Linie bin ich ja für die Frauen da, denen die Abschiebung droht. Wenn ich die Zusammenarbeit mit Hawksyard zu sehr strapaziere, haben genau diese Frauen das Nachsehen.»

Das hörte Nora gar nicht gern. «Das ist natürlich ein Problem, das verstehe ich. Gibt es sonst noch jemanden, der Zugang zu der Einrichtung hat?»

Catherine schüttelte den Kopf. «Soweit ich weiß, nicht. Vielleicht einer der Besuchsdienste, die auch mit Gefängnissen kooperieren. Christliche Organisationen et cetera. Aber das ist ja nun auch keine Option mehr, schließlich sind Sie als Jurastudentin vorgestellt und in das System aufgenommen worden. Wenn Sie kommende Woche in einer anderen Rolle dort auftauchen, wird das nicht unbemerkt bleiben», gab Catherine zu bedenken.

Da musste Nora zustimmen. Sie müsste sich eine Geschichte zurechtlegen, die überzeugend klang.

Sie schwiegen, bis Catherine den Wagen vor Noras Haustür zum Stehen brachte. Nora nahm schnell all ihre Sachen, lächelte Catherine zu und öffnete dann die Tür.

«Vielen Dank für Ihre Hilfe.»

«Ich habe zu danken. Es tut mir sehr leid, dass wir Amina nicht gefunden haben. Aber ich hoffe, dass Sie ihr trotzdem ein Stückchen näher gekommen sind.»

Nora schloss die Augen. «Das hoffe ich auch. Würden Sie mir den Gefallen tun und bei Ihrem nächsten Besuch nach Felixia fragen?»

Catherine versprach es ihr, und schon fädelte sich der Aston Martin wieder in den Londoner Verkehr ein, während Nora aufschloss, die Treppe hinauflief und sich schwer auf den Stuhl vor ihrem Computer fallen ließ.

Wer hatte Amina abgeholt? Wo war sie? Und wieso gab es Überwachungskameras in Hawksyard?

Sie versuchte, diese Gedanken abzuschütteln, und bereitete ihr Outfit für die bevorstehende Geburtstagsfeier vor. Mehr konnte sie gerade nicht für Amina tun. Nicht, solange ihr keine brillante Idee kam, die ihr erneut Zugang zu Hawksyard verschaffen würde. Schnell warf sie einen Blick in den Kleiderschrank, ob ihr kurzer, schwarzer Rock einsatzbereit war. Und ja, er hing – nach seinem letzten Besuch bei Mrs. Patel – noch immer in Plastik verpackt an der Stange. Auch die roten Absatzschuhe schienen in einigermaßen vorzeigbarem Zustand zu sein.

Nora setzte sich noch einmal an den Schreibtisch und redete sich ein, dass dies ein guter Zeitpunkt war, um schon einmal mit der Recherche für den Artikel über die Finanzen im Fußball anzufangen. Sie hatte bereits mehrere nützliche Titel bei Amazon entdeckt, als sich die Müdigkeit anschlich. Wenn sie nur zehn Minuten länger hier sitzen blieb, würde sie auf der Stelle einschlafen.

Sie ging hinaus und auf direktem Wege zu Starbucks, wo sie sich einen Latte mit einem extra Shot Espresso holte, um sich wach zu halten.

Schnell kehrte sie an den Schreibtisch zurück, um sich den

Stapel mit Fußballartikeln vorzuknöpfen, aber es dauerte nicht lange, bis das Foto eines blonden und breitschultrigen Fußballspielers sie an Andreas denken ließ.

Sie schaute aus dem Fenster und überlegte, was sie wohl am besten mit ihm anstellen sollte. Mit ihnen beiden. Vielleicht war es ein Fehler gewesen zu glauben, die Zeit ließe sich so einfach zurückdrehen. Außerdem waren sie ja damals nicht mal zusammen gewesen, kein Paar. Sie hatte das nicht mal als Möglichkeit wahrhaben wollen, sich davor versperrt.

Nun war sie offen dafür, und Andreas war nach Dänemark geflogen. Einem plötzlichen Impuls folgend, griff sie zum Telefon und wählte seine Nummer. Er hob nach dem zweiten Klingeln ab.

«Hallo, ich bin's», sagte sie.

«Nora, hallo.» Er klang gehetzt. Abgehetzt.

Pause.

«Nora, ich bin auf der Arbeit und gerade auf dem Weg zu meinem Chef. Können wir später reden?», fragte er.

«Selbstverständlich», sagte sie und legte auf.

Sie hatten sich nie richtig darüber ausgesprochen, wie es eigentlich mit ihnen weitergehen sollte, wenn sein Kurs bei Scotland Yard zu Ende war. Die Frage war unangenehm und fast unmöglich zu beantworten. Noras Job als Auslandskorrespondentin in London erforderte schließlich, dass sie dort blieb. Momentan wandte Andreas' Arbeitgeber zwar eine nicht gerade unansehnliche Summe auf, um ihn bei Scotland Yard ausbilden zu lassen, aber diese Ausbildung sollte schlussendlich der dänischen Polizei zugutekommen. Und jetzt waren da plötzlich noch Beamten-Brigitte und ein Baby, auf das man Rücksicht nehmen musste.

Ihr Handy verkündete die Ankunft einer SMS. Sie war von Enzo und kurz: *Training Dienstag früh, Primrose Hill.*

Zum ersten Mal an diesem Tag zeichnete sich in ihrem Gesicht ein Lächeln ab, das auch ihre Augen erreichte.

18. Kapitel

Wenige Stunden später stieg sie in ihrem feinsten Zwirn aus der U-Bahn.

Schon als sie in die kleine, exklusive Straße einbog, in der Biehl wohnte, war klar, wo die Feier stattfand. Die Tür stand offen, und eine kleine Menschentraube hatte sich auf der Treppe versammelt und wartete darauf, dass der Jubilar sie persönlich begrüßte. Der Gastgeber stand in der Haustür, zwischen zwei protzigen Säulen, und gab allen die Hand.

Von innen drang sanfte Jazzmusik heraus, offenbar war eine Liveband beauftragt worden, für die richtige Stimmung zu sorgen. Nora stellte sich hinter eine Frau, die auf Stilettos schwankte und bei ihrem Begleiter untergehakt war, mit dem sie sich auf Portugiesisch unterhielt. Alles an ihr verriet, dass diese Feierlichkeit in keiner Weise ihrer Vorstellung von einem gelungenen Freitagabend entsprach. Vor ihr warteten zwei Männer, die aussahen, als kämen sie direkt von Goldman Sachs. Ihr Aufzug glich dem klassischer Investmentbanker in Nadelstreifenanzügen mit maßgeschneiderten hellroten Hemden und Seidenkrawatten.

Endlich war Nora an der Reihe.

Erik Biehl war leicht ergraut und sah auf die Art gebräunt und muskulös aus, die sich einstellte, wenn man sich regelmäßig auf Golf- und Tennisplätzen aufhielt. Um die Augen hatte er Lachfältchen, und neben ihm stand eine blonde Frau mit asymmetrischem Pagenschnitt und einem weiten Kleid, das aussah, als wäre es in einem der Geschäfte auf der Sloane Street gekauft worden, vor denen immer Sicherheitsbeamte postiert waren.

Wenn er darüber enttäuscht war, dass sie anstelle von Tausen kam, ließ er es sich nicht anmerken. «Herzlich willkommen», sagte er, lächelte sie warm an und umschloss ihre Hand mit seinen beiden, als wäre er ein amerikanischer Präsidentschaftskandidat auf Wählerfang.

Eine blonde Frau, die hinter den beiden im Eingangsbereich wartete, nahm Nora in Empfang und führte sie in das große Zimmer, aus dem die Musik kam. «Wie schön, dass Sie kommen konnten», sagte sie wie auf Autopilot.

Nora hatte gerade mal einen winzigen Schritt in das Zimmer getan, da stand schon ein Kellner mit weißem Jackett, Handschuhen und einem kleinen Tablett voller Champagnergläser vor ihr. Sie nahm eins entgegen und stellte sich an die Wand, um sich einen ersten Überblick zu verschaffen.

Der Wohnbereich erstreckte sich über drei Ebenen. Draußen im Garten fiel sofort ein Pool ins Auge. Die großen Glastüren waren geöffnet, und die meisten Gäste standen draußen am Rand des Beckens und lauschten dem Jazztrio, das aus einer rothaarigen Frau am Kontrabass und zwei Männern an Klavier und Schlagzeug bestand.

Mehrere Kellner huschten umher mit Tabletts, die bis zum

Bersten mit Kanapees gefüllt waren. Wachteleier mit echtem Kaviar, Hummerhappen mit Blattgold und Spießchen mit exklusivem japanischem Rindfleisch. Hier wurde an nichts gespart. Vielleicht war dies der neue Cateringtrend, seit so viele Russen nach Kensington gezogen waren. Die Devise der russischen Immigranten war offenbar, dass der Besitz unendlicher Mengen an Geld unbedingt gegenüber allen herausgekehrt werden musste, die weniger hatten.

Nora nippte an ihrem Champagner, der selbstverständlich in einem Kristallglas gereicht wurde, und schaute sich nach jemandem um, der ihr ein wenig über Erik Biehl erzählen könnte. Vielleicht sogar eine schöne Anekdote zu bieten hätte über etwas, das auf einem Segeltörn oder während eines Tennisretreats passiert war – irgendetwas, das dem Geburtstagsporträt ein wenig Leben einhauchen konnte.

Mit dem Champagner in der Hand begab sie sich ins Getümmel. Stellte sich in die Nähe eines Grüppchens, bei dem gerade die Geschichte einer Jagd auf einem schottischen Gut zum Besten gegeben wurde, wo irgendein Trottel namens Gordon trotz nur drei Metern Abstand an einem Edelhirsch vorbeigeschossen hatte. Der Mann bekam die Geschichte fast nicht heraus, weil er so sehr lachen musste.

Nora ging schnell weiter und ein paar der Stufen zur mittleren Ebene des riesigen Wohnzimmers hinunter, von wo man auf die Terrasse mit dem Pool gelangen konnte.

«Nora!»

Schnell drehte sie sich um. Gerufen hatte sie ein Mann von vielleicht Mitte dreißig mit gutsitzendem Anzug. Seinen geröteten Wangen nach zu urteilen, war dies nicht sein erstes Glas Champagner. Sie hatte ihn schon einmal getroffen, aber sie überlegte fieberhaft, unter welchen Umständen und welcher Name wohl zu diesem großen Lächeln gehörte, das er ihr schenkte. Er stand in einer kleinen Gruppe mit drei anderen Männern, alle in seinem Alter und alle in so ähnlichem Aufzug, dass sich die Vermutung aufdrängte, es handele sich um Uniformen.

Nora lächelte höflich, während der Mann nach ihrem Oberarm griff und sie sanft in die Gruppe schob. «Meine Herren, das ist Nora Sand. Landsfrau und Journalistin.»

Die drei Männer nickten mit dem Mindestmaß an Höflichkeit, das man aufbrachte, wenn man einem Menschen vorgestellt wurde, den man nie im Leben wiedersehen würde.

Einer reichte ihr die Hand. «Matt, ich arbeite zusammen mit Jacob. Wenn er sich denn mal zum Arbeiten durchringt», sagte er und schenkte seinem Kollegen ein schiefes Grinsen.

Jacob. Allmählich dämmerte es ihr. Jacob Lund Poulsen. Er arbeitete in einer der unzähligen Investmentbanken Londons, und sie hatte ihn ein paarmal wegen O-Tönen kontaktiert, die sie in kurzen Artikeln über Aktien brauchte, die Tausen ihr immer mal wieder aufdrückte. Zu diesen Gelegenheiten hatten sie zwar nur telefoniert, aber auch mal davon gesprochen, sich zum Mittagessen zu treffen, ohne dass es je dazu gekommen war. Höchstwahrscheinlich, weil Nora stets nach kurzer Zeit genervt war von seinen ewigen Belehrungen. Als müsste sie jedes Mal von neuem in die Geheimnisse des Aktienhandels eingeweiht werden, wenn sie miteinander sprachen.

Nora drehte sich zu ihm. «Das ist ja wirklich ein Zufall, Jacob!»

Er prostete ihr zu und lächelte. «Sieh an, die Stimme am anderen Ende der Leitung.»

Nora erwiderte sein Lächeln entschuldigend. «Irgendwie

haben wir das mit dem Mittagessen bisher immer noch nicht hinbekommen ...»

«Mach dir keine Gedanken, ich habe sowieso alle Hände voll zu tun, seit ich befördert wurde. Ich leite nun unsere Abteilung für Pharma-Aktien», verkündete Jacob stolz.

«Das klingt ja spannend», log Nora und versuchte, das Gespräch voranzutreiben, bevor er noch anfing, sich groß und breit darüber auszulassen. «Und woher kennst du Erik Biehl?»

«Er ist einer unserer wichtigsten Kunden. Ein großer Investor. Ganz besonders in meinem neuen Zuständigkeitsbereich», erklärte Jacob, unmissverständlich froh, den Fokus wieder auf seine Arbeit lenken zu können.

«Kennst du ihn auch privat? Gut genug, um vielleicht die eine oder andere kleine Anekdote zu meinem Porträt beisteuern zu können?»

Jacob dachte nach. «Na ja ... Nicht so wirklich. Die Bank hat ihn auf eine Tour mit unserer Yacht zur Isle of Wight eingeladen. Das sollte uns ein bisschen zusammenschweißen», sagte er.

«Und?»

Er zögerte kurz, bevor er antwortete: «Tja, ich wurde seekrank. Hing die meiste Zeit über der Reling, um ganz ehrlich zu sein. Heute soll ich das wiedergutmachen. Gelinde gesagt, habe ich da nicht den besten Eindruck gemacht.»

Darüber lächelte Nora. «Aber auf Seekrankheit hat man ja keinen Einfluss. Die hat irgendwas mit dem Gleichgewichtsorgan im Ohr zu tun, wenn ich mich richtig erinnere.»

«Ich wurde ausdrücklich wegen meiner Verbindungen nach Dänemark an diese Position gesetzt, an Biehls Seite, und so, wie es aussieht, hält er mich jetzt für einen erbärmlichen Lappen, der nicht mal ein bisschen Seegang abkann», erwiderte Jacob finster.

«Aber glaubst du wirklich, das ist so schlimm?», entgegnete Nora.

Jacob nickte. «Der ist ein ganz harter Knochen. Was glaubst denn du, wie der es sonst so schnell an die Spitze geschafft hat?»

«Ich kenne ihn leider gar nicht. Meinst du nicht, du kannst mir ein bisschen behilflich sein?»

Jacob trank noch einen Schluck Champagner und warf dann einen finsteren Blick zur Tür, wo Biehl umgeben von einer Horde Männer stand, die wie russische Mafiosi mit ihren blondierten Freundinnen wirkten.

«Also, gerade habe ich dazu keine Zeit, ich muss mich um Biehl selbst kümmern. Aber wir können uns morgen gegen eins im Carluccio auf einen schnellen Happen treffen. Was meinst du?», fragte Jacob.

Nora nickte und wandte sich ab, um sich weiter umzusehen. Als sie einen Blick zurückwarf, hatte sich die Gruppe schon wieder geschlossen.

In der folgenden Stunde versuchte Nora vergeblich, etwas Interessantes aus den zahlreichen Gästen herauszukitzeln, die gekommen waren, um Erik Biehl zu feiern. Eine Frau, die sich recht gut gehalten hatte und – wie Nora dann herausfand – früher ein finnisches Topmodel gewesen war, konnte erzählen, dass sie ein Sommerhaus in Tisvilde besaß, das direkt neben dem der Biehls stand. Dort sei immer alles untadelig.

Ein Banker klärte Nora darüber auf, dass der große dänische Geschäftsmann ein «phänomenaler» Pokerspieler sei, während ein Mann, der sich als Investitionspartner vorstellte, betonte, dass es zu Biehls fast übermenschlichen Fähigkeiten gehöre, jeden Vertrag zustande bringen zu können. Alles gähnend langweilig.

Noras Füße äußerten durch schwaches Pochen ihren Protest an der Tatsache, dass sie in ein paar Stilettos gezwungen worden waren, weshalb Nora überlegte, ob sie wohl demnächst die Feierlichkeit verlassen könnte, ohne dass es jemandem auffiele. Schließlich hatte sie *Globalts* Interesse im Namen von Tausen gezeigt und hauptsächlich in Erfahrung gebracht, dass es in dieser Menge von Schulterklopfern, die sich nur zu gern an Biehls Champagner labten, niemanden gab, der auch nur eine schöne Story preisgeben wollte.

Sie entschied, erst einmal zur Toilette zu gehen. Zwei Minuten später stand sie in einem langen Flur im ersten Stock und versuchte zu erraten, wo sich das Badezimmer verbarg. Nach Londoner Maßstäben war dieses Haus gigantisch, es gab nicht weniger als sechs Türen, zwischen denen sie sich entscheiden musste.

Hinter der ersten lag ein Gästezimmer. Hinter der zweiten ein großes Schlafzimmer. Sie ging weiter und kam sich vor wie eine Einbrecherin. Warum stellte man denn kein Schild auf, wenn man hundert Gäste erwartete? Sie konnte doch wirklich nicht die Einzige sein, bei der sich im Laufe des Abends ein menschliches Bedürfnis bemerkbar machte.

Die dritte Tür gab den Blick auf einen begehbaren Kleiderschrank frei, bei dessen Anblick selbst Imelda Marcos vor Eifersucht grün angelaufen wäre. Nora stand vor einer Schatzkammer aus Schuhen. Waren das wirklich echte Blahnik? Gucci? Louboutin? Sie konnte es sich nicht verkneifen hineinzugehen, um die Schuhe einmal aus der Nähe zu betrachten. Vielleicht fand sie ja hier endlich ihre Geschichte?

Kaum hatte sie den Raum betreten, hörte sie Schritte auf der Treppe und zog schnell die Tür hinter sich zu. Das Licht ging aus. Die Schritte kamen immer näher, und als sie ungefähr auf ihrer Höhe waren, klingelte ein Handy.

«Yes?»

Sofort erkannte sie Erik Biehls Stimme, und selbst das eine Wort verriet, dass er – ein Mann, der stets beherrscht auftrat – extrem wütend war. «Mich interessieren keine Probleme, mich interessieren Lösungen.»

Nora grinste amüsiert. Was für ein wandelndes Klischee. Gleich sagte er sicher, dass sein Gesprächspartner auch mal den eigenen Kopf gebrauchen müsse.

Aber Biehl hatte seinen Punkt offenbar noch nicht deutlich genug gemacht. «Ich habe gesagt, mich interessieren keine Probleme. Für so einen Quatsch haben wir zu viel Geld in die PharmaCorp gesteckt. Lösen Sie das. Noch diese Woche. Verstanden?», fragte er mit mühevoll unterdrückter Wut.

Nora hielt den Atem an und hoffte inständig, dass der Mann nicht den plötzlichen Drang verspürte, nach den Schuhen seiner Frau sehen zu müssen.

«Melden Sie sich erst wieder bei mir, wenn Sie gute Nachrichten haben», knurrte er.

Offenbar hatte Biehl aufgelegt. Er war jetzt unterwegs in den Teil des Flurs, den Nora noch nicht betreten hatte. Sie hörte, wie eine Tür geschlossen wurde, und eilte aus ihrem Versteck, stieß aber sofort mit einem von Biehls Assistenten zusammen, der sie zornig ansah.

«Was machen Sie denn hier?»

«Äh, die Toiletten?», fragte sie.

Er deutete mit einem kühlen Grinsen zum Erdgeschoss. «Das Gästebad liegt direkt neben dem Eingang zum Saal. Klar und deutlich gekennzeichnet.»

«Oh, dann bitte ich vielmals um Verzeihung. Das war dann wohl mein Fehler.» Nora lächelte entschuldigend und stöckelte die Treppe hinunter, permanent seinen stechenden Blick im Nacken spürend. Schnell verschwand sie in der Gästetoilette und kam eine ganze Weile nicht wieder heraus. Als sie es schließlich doch tat, stand der Assistent noch immer in der Nähe und betrachtete sie schweigend.

Da setzte Nora zu einer weiteren Runde durch die anwesenden Gäste an, wenn auch nur, um den Schein zu wahren, bevor sie wieder zur Treppe zurückkehrte. Der Assistent war verschwunden, weshalb Nora die Gelegenheit nutzte und ging, ohne sich auch nur von irgendwem zu verabschieden.

Zu Hause schaltete sie einen der Nachrichtensender ein und setzte sich aufs Sofa, das Handy in Reichweite.

Um halb vier wachte sie mit einem Abdruck des Sofakissens im Gesicht auf und verzog sich schwankend ins Bett.

Die Docklands Light Railway brachte Nora reibungs- und führerlos bis zur Canary Wharf. Auf dem Weg hinaus auf den großen Platz gelang es Nora, die vielen Samstagsshopper zu umrunden, die unterwegs ins Einkaufszentrum waren. Der Platz glühte förmlich von all den Thomson-Reuters-Anzeigetafeln, auf denen der Aktienkurs riesig dargestellt war, um die vielen Banker, die es sich erlaubt hatten, das Büro kurz zum Essen zu verlassen, daran zu erinnern, dass Zeit Geld war. Selbst am Wochenende, wenn man denn jemand werden wollte innerhalb der internationalen Bankenwelt Londons.

Nora ergatterte einen Tisch im Außenbereich des Carluccio, bestellte ein San Pellegrino und ließ sich die Sonne ins Gesicht scheinen, während sie auf Jacob wartete.

Dieser erschien zehn Minuten zu spät und wirkte etwas fertig, als er sich zu ihr setzte. «Tut mir leid», sagte er und winkte nach der Bedienung. «Ich habe nur zwanzig Minuten, bis ich wieder im Büro sein muss, wo mich eine Telefonkonferenz mit Toulouse erwartet.»

«Verstehe. Ist es spät geworden gestern?»

Er verzog das Gesicht. «Wir sind so gegen elf gegangen, waren dann aber noch in einer Bar in Soho.»

Nora hob die Augenbrauen. «Ich nehme an, dass Biehl euch nicht begleitet hat?»

Darüber lachte Jacob. «Da liegst du richtig. Aber seine Frau war da. Man schnappt ja so das Eine oder Andere auf.»

«Das Eine oder Andere?»

«Ja ... also ...», setzte Jacob an und bremste sich gleich wieder selbst aus. «Darüber darf ich nicht sprechen. Banker haben ihren eigenen Ehrenkodex», sagte er fast selbstgefällig.

Nora hätte sich fast an ihrem Mineralwasser verschluckt. «Im Ernst?»

«Na ja, untereinander zumindest.»

«Kannst du nicht wenigstens eine Andeutung machen? Die Info habe ich dann selbstverständlich nicht von dir. Aber mir fehlt wirklich noch Material für das Porträt. Egal, was, für mich wäre alles eine Hilfe», bohrte sie.

Die Bedienung kam und verschaffte Jacob etwas Bedenkzeit, die ihm sicher gelegen kam. Nora bestellte Saltimbocca und Jacob einen Salat. «Bin im Marathontraining», erklärte er.

«Was kannst du mir über Biehl erzählen? Irgendetwas Interessantes wirst du doch wohl auftischen können!», sagte Nora.

Jacob dachte kurz nach. «Er feiert gern.»

«Wer tut das nicht?»

«Er feiert gern mit jungen Frauen. Dann drückt er echt auf die Tube ...»

«Und weiter?»

Jacob schaute sie überrascht an. «Reicht das nicht?»

«Ähm, *Globalt* hast du aber schon mal gelesen, oder?»

«Ein paarmal vielleicht, ja. Meist reicht die Zeit halt doch nur für die *Financial Times* und dergleichen, eben alles, was relevant ist für ...»

«Ich erwähne das nur, damit du nicht davon ausgehst, dass ich für irgendein Schmierblatt schreibe.»

«Nein, nein, selbstverständlich nicht.»

Das Essen kam, und während Jacob sich seinem Salat zuwandte, stürzte Nora sich auf ihr Kalbsfilet.

«Wie steht es denn um sein Vermögen? Ist er wirklich so reich, wie alle glauben?», bohrte Nora.

Jacob wurde ein bisschen blass. «Was genau hast du denn gehört?»

«Gar nichts. Aber manchmal möchte man ja nach außen ein gewisses Bild abgeben, das nicht unbedingt der Wahrheit entspricht. Vielleicht hat er ja zum ersten Mal falsch investiert. Was weiß ich schon.» Sie gab sich Mühe, das so beiläufig wie möglich klingen zu lassen.

Jacob fixierte seinen Salat, wich ihrem Blick aus. «Ich darf nicht verraten, in was unsere Klienten investieren. Das ist ein Kündigungsgrund. Die Bank könnte verklagt werden», sagte er angespannt.

Nora nickte. «Schon klar. Aber kannst du nicht wenigstens eine Andeutung machen? Mir einen Anhaltspunkt geben, mit dem ich ein Stückchen weiterkomme?»

Jacob wirkte, als würde er ernsthaft darüber nachdenken, aber dann schüttelte er nur den Kopf. «Nein, das geht einfach nicht.»

Nora versuchte, sich nicht anmerken zu lassen, wie aufgebracht sie darüber war. «Aber Jacob, warum hast du denn dann überhaupt vorgeschlagen, dass wir uns zum Essen treffen? Dir muss doch irgendwas vorgeschwebt haben, das du mir erzählen wolltest, oder etwa nicht?»

«Na ja, das mit dem Feiern halt.»

«Das ist zu schwach. Warst du vielleicht selbst dabei und kannst davon berichten, was genau vorgefallen ist, das so brisant sein könnte?»

Jacob schüttelte leicht verstimmt den Kopf und wirkte dann so, als würde er sehr tief in seinem Gedächtnis graben. «Ich erinnere mich an das eine Mal, als er sich einen Helikopter lieh, um in sein Landhaus zu fliegen und dort eine ganz bestimmte Flasche Wein fürs Abendessen zu holen. Das ist ja wohl angemessen extravagant oder etwa nicht?», versuchte er es erneut.

«Hast du ein Datum, die näheren Umstände?»

«Nein. Die Geschichte hat mir mein Vorgänger Ben erzählt. Weitere Details kenne ich nicht.»

«Jetzt mal im Ernst, Jacob, warum bin ich hier? Worum geht es dir?»

Jacob grinste verlegen. «Performance», sagte er schlicht und sah sie an.

«Performance?»

«Ja, wir haben ein internes Bonussystem und bekommen Extrapunkte, wenn wir in der Presse zitiert werden. Ist ja eine Form von Werbung, für die wir nichts zahlen müssen. Die Firma kommt ins Gespräch, und das wirkt sich dann auf die Bonuszahlungen aus, weshalb ich dachte, ich ...»

Was für ein Idiot. Nora ließ ihren Frust an ihrem Essen aus und zerschnitt mit hitzigen Bewegungen das Fleisch, während sie darüber nachdachte, was sie alles Schönes an diesem Vormittag hätte anstellen können, statt für nichts und wieder nichts in die Docklands zu fahren. Dann holte sie tief Luft und entschied, das Beste daraus zu machen. «Okay, Jacob. Ist nun mal, wie es ist, da kann man nichts machen. Wie es der Zufall will, recherchiere ich gerade für einen Artikel über die Pharmaindustrie, vielleicht könntest du mir ja dafür das eine oder andere Zitat liefern?», fragte sie.

Jacob lächelte erleichtert. «Das hatte ich gehofft.»

«Ja, das glaube ich gern», erwiderte Nora trocken.

«Was möchtest du wissen? Ich habe noch fünf Minuten, bevor ich losmuss», sagte Jacob nach einem Blick auf seine gigantische Platinuhr.

Nora trank den letzten Tropfen ihres Mineralwassers. «PharmaCorp. Was weißt du über die Firma?»

Das Misstrauen war schneller auf Jacobs Gesicht zurückgekehrt, als sich die Aktienkurse auf den Bildschirmen hinter seinem Rücken wandeln konnten. «Warum ausgerechnet die?»

«Ach, es wird halt ein bisschen geredet», antwortete Nora vage.

«Über deren neues Produkt?»

Darauf sagte Nora nichts und ließ ihn glauben, was er wollte. «Fang doch einfach vorn an.»

«Amerikanische Firma, wurde in den 1930ern gegründet und hatte ihren ersten Erfolg durch ein Patent auf Kopfschmerztabletten. Seither kamen noch andere Produkte dazu: Blutdrucksenker und Psychopharmaka.»

«Irgendwas, wovon ich mal gehört hab?»

Jacob nannte ein paar Namen, aber nichts davon sagte Nora etwas. Sie griff so selten zu Medikamenten, dass, wenn sie wirklich einmal Bedarf an einem Schmerzmittel hatte, sie sich nie erinnern konnte, wo die Packung war. Und wenn sie sie doch aufstöberte, hatte sie in der Regel ihr Haltbarkeitsdatum überschritten.

«Wie groß ist die Firma?»

«Sie war mal das drittgrößte Pharmaunternehmen weltweit, aber musste in den letzten fünf Jahren Rückschläge einstecken. Nichts aus ihrer Forschungs- und Entwicklungsabteilung wurde genehmigt, nichts ist auf dem Markt gelandet. Man munkelt, wenn sie nicht bald mit etwas Großem aufwartet, fallen die Aktien, und dann sieht sie sich gezwungen, die lukrativen Tochterunternehmen des Konzerns zu veräußern. Im Moment raten wir davon ab, Aktien der PharmaCorp zu kaufen. Andererseits allerdings auch davon, sie zu verkaufen.»

«Okay, aber dazu braucht man ja kein Insiderwissen, oder? Das ist doch allgemein bekannt.»

Jacob nickte. «Stimmt, aber es geht das Gerücht, dass sie irgendein bahnbrechendes Produkt in der Pipeline haben. Das neue Viagra sozusagen.»

«Also ein Potenzmittel?»

«Nein, nur ein Produkt, das den Markt auf eine ähnliche Art revolutionieren wird wie Viagra. Etwas, für das die Gesundheitsministerien der ganzen Welt eine Menge Geld zahlen werden.»

«Und was genau soll das sein?»

Jacob zuckte mit den Schultern. «Das weiß niemand. Beziehungsweise niemand außerhalb des Unternehmens. Alles streng vertraulich, sie haben wohl Angst vor der Konkurrenz und vor zu großen Auswirkungen auf die Aktienkurse, die sie nur verhindern können, indem sie selbst eine offizielle Nachricht an den London Stock Exchange schicken, bevor jemand anderes Wind von der Sache bekommt.»

Nora nickte nachdenklich. «Weil es sich, wenn jemand von dem Produkt erfährt und Aktien kauft, bevor es auf dem Markt ist, um Insidergeschäfte handelt?»

«So in der Art», gab Jacob widerwillig zu. «Jedenfalls dürfte es nicht mehr lange dauern, bis es spannend wird. Ende der Woche werden die Halbjahresergebnisse veröffentlicht, und da rechnen wir mit einem Indikator, der uns verrät, wie die klinische Studie gelaufen ist», sagte er.

Er räusperte sich, zog seine Brieftasche hervor und legte eine makellose Fünfzigpfundnote auf den Tisch. «Und jetzt muss ich los. Übernimmst du das Bezahlen?»

Nora stellte einen Topf mit Rosmarin auf den Geldschein und gab der Bedienung ein Zeichen, dass sie gehen wollten.

Jacob stand auf. «Ach, das war doch nett. Ich hoffe, wir können das bald wiederholen», sagte er.

Nora setzte ihr höflichstes Arbeitslächeln auf, ohne irgendetwas zu versprechen. «Viel Erfolg.»

Wieder zu Hause in Belsize Park, machte sie sich daran, mehr über die SecurCorp in Erfahrung zu bringen. Das internationale Unternehmen mit Hauptsitz in Texas hatte offenbar einen besonders guten Stand bei der britischen Regierung. Es betrieb nicht nur die Einrichtung Hawksyard, sondern außerdem vier Gefängnisse im Auftrag von *Her Majesty's Prison Service.*

Nora erinnerte sich dunkel an einen Skandal, als aufgrund eines Softwarefehlers ein paar elektronische Fußfesseln nicht richtig funktionierten und die anschließende Untersuchung aufdeckte, dass eigentlich niemand in der öffentlichen Verwaltung ein Auge darauf hielt, wie die private Gesellschaft ihre Arbeit verrichtete.

Sie suchte im Internet nach entsprechenden Artikeln und musste feststellen, dass sie das Gravierendste an der Sache vergessen hatte. *The Independent* berichtete, dass mindestens ein verurteilter Sexualstraftäter freies Spiel gehabt hatte, seine Verbrechen zu wiederholen, nachdem seine Fußfessel ausgefallen war. Niemand hatte sie kontrolliert. Die Regierung hatte daraufhin eine Kommission einberufen, um zu untersuchen, was genau vorgefallen war. Doch aus irgendwelchen Gründen – vermutlich ökonomischen – war der Vertrag mit der SecurCorp nicht aufgelöst worden. Sicher hatten sie niemanden gefunden, der ihnen ein günstigeres Angebot machte.

Gedämpft drang das Klingeln ihres Handys aus ihrer Tasche. Nora fischte es heraus und schaute aufs Display, bevor sie dranging. Andreas. Okay. Sie holte einmal tief Luft.

«Hallo», sagte sie.

«Hallo», sagte er leise.

Dann hörten sie einander eine Weile beim Atmen zu. Schließlich setzte er an: «Nora. Ich habe mit Brigitte gesprochen. Ich bin der Vater, daran besteht kein Zweifel.»

Nora schnappte unvermittelt nach Luft.

«Passiert ist das, bevor ich nach London gekommen bin. Wir haben uns richtig heftig gestritten und dann etwas zu viel Wein getrunken, und dann ... ich bin nicht stolz darauf», sagte er.

Nora drehte es den Magen um. Allein der Gedanke.

«Du sagst ja gar nichts», bemerkte Andreas.

«Was soll ich denn sagen?»

«Keine Ahnung. Vielleicht, wie es dir geht? Wie wir damit umgehen sollen?»

«Und woher soll ich das wissen? Du bist schließlich der, der Vater wird. Was sagst du denn dazu?»

Sie hörte, dass er tief Luft holte. «Nora, mich macht das alles fertig. Kann ich nicht einfach am Wochenende zu dir kommen, damit wir einmal ausführlich darüber sprechen können?»

«Nein», antwortete sie schnell.

«Nein? Was meinst du mit Nein?»

«Dass ich arbeiten muss.»

«Findest du nicht, es wäre wichtig, wenn wir das mal wieder in den Griff kriegen?»

«Was müssen wir denn in den Griff kriegen?»

«Na, alles Mögliche!»

Jetzt war sie es, die tief Luft holte. Insgeheim wusste sie, dass sie Andreas Unrecht tat. Er bemühte sich durchaus, diesen Konflikt zu lösen und ihre Beziehung zu retten. Aber gerade sah sie einfach nichts anderes vor sich als Andreas und Beamten-Brigitte. Zusammen. Mit einem Baby.

«Andreas, ich kann das gerade nicht», sagte sie.

«Na, dann muss ich das wohl akzeptieren. Soll ich morgen noch mal anrufen?»

«Gib mir einfach Zeit.»

«Okay.» Er klang traurig. «Du fehlst mir», sagte er leise.

Sie konnte darauf nichts erwidern. Sie hatte das Gefühl, ihr säße eine große, hässliche, schwarze Kröte im Hals, und alles, was sie zu artikulieren versuchte, würde nur gemein und fies klingen. «Mach's gut, Andreas», waren ihre einzigen Worte, dann legte sie auf.

Um auf andere Gedanken zu kommen, tauchte sie in ihre Tasche ab, um ihre Notizen von dem Gespräch mit Esther zu suchen. Sie hatte zwei Wörter unterstrichen: *halboffizielle Kontaktaufnahme.* Waren es die britischen Behörden gewesen, die sich an den Iran gewandt hatten, um zu erfahren, ob Amina zurückgeschickt worden war? Und wenn ja, warum wollten sie das wissen? Sie müssten doch selbst im Blick haben, wer in den Iran überführt wurde und wer nicht.

Nora kontaktierte zuerst das Innenministerium, das sich mit Asylanträgen beschäftigte. Aber es lief, wie es immer lief: Letztlich war es unmöglich, am Telefon eine zufriedenstellende Auskunft zu bekommen. Eine ausgesprochen liebenswerte Person der Pressestelle erklärte, dass das Ministerium sich niemals zu Personenangelegenheiten äußern würde.

Nora wies auf den *Freedom of information act* hin, das britische Gesetz zur Darlegung von Informationen innerhalb der Verwaltung, woraufhin ihr erklärt wurde, dass sie gern einen Antrag darauf stellen könne. Der freundliche Mann war so entgegenkommend, ihr sogar eine E-Mail-Adresse mitzuteilen, an die Nora ihre Nachfrage bis Montag schicken sollte.

«Die Bearbeitungszeit dauert fünf bis sechs Wochen. Halten

Sie also lieber nicht die Luft an», sagte er mit dieser kühlen Höflichkeit, die das Wahrzeichen des britischen Beamten war.

Kaum hatte Nora aufgelegt, fluchte sie leise vor sich hin, schrieb aber trotzdem eine E-Mail, in der sie um Akteneinsicht bat. Wohl wissend, dass die Chancen auf Bewilligung minimal waren, weil es so viele Ausnahmen gab, deren sich die Behörden bedienen konnten. Rücksicht auf die Verhandlungsposition der Regierung. Rücksicht auf andere Staaten. Entstehende Unkosten durch Beschaffen der geforderten Auskünfte. Das war ein großes Marmeladenglas, und einem tüchtigen Beamten mangelte es nicht an Findigkeit, dafür zu sorgen, dass es schön fest zugeschraubt blieb.

Nach kurzem Überlegen rief sie Jules an. Er arbeitete für eine Menschenrechtsorganisation, und sie hatte bereits mit ihm zu tun gehabt, als sie an einem Artikel über Flüchtlingskinder saß.

Jules war zu Hause. Als er ans Telefon ging, hörte Nora im Hintergrund Kinder singen, außerdem klang Jules außer Atem und sehr gut gelaunt. «Hier gibt es gerade Kuchen, mein Sohn hat Geburtstag. Er ist heute vier geworden», erklärte er.

Kaum hatte Nora Hawksyard erwähnt, wurde er jedoch ernst. «Ja, mit denen haben wir keine guten Erfahrungen gemacht», sagte er finster.

«Wie meinst du das?»

«Warte kurz, ich schicke dir unseren Bericht. Der erscheint kommende Woche, ist also noch nicht ganz fertig, aber ich bin mir sicher, Erica hat nichts dagegen, dass ich ihn dir maile. Zur Info. Aber dir ist klar, dass du darüber nichts veröffentlichen darfst, bis wir ihn veröffentlicht haben, ja?»

«Selbstverständlich. Danke dir. Und noch viel Spaß beim Geburtstagfeiern.»

«Keine Ursache. Und melde dich, wenn du noch Fragen hast.»

Nora öffnete ihr E-Mail-Konto und lud sich eine PDF-Datei herunter, die es in sich hatte. Zweiundvierzig Seiten. Nora startete den Drucker und ging derweil in die Küche, um sich einen Kaffee zu kochen.

Als sie zurückkam, lagen die Blätter in einem chaotischen Haufen am Boden. Sie verfluchte den Drucker und schwor sich zum sicher zwanzigsten Mal, endlich in ein kooperativeres Modell zu investieren. Aber auf wundersame Weise schien ihr das immer wieder zu entfallen, bis ihr werter Drucker erneut so einen Haufen fabrizierte.

Der Kaffee wurde kalt, während Nora hoch konzentriert über Hawksyard las. Der Bericht setzte mit der Feststellung ein, dass es fast unmöglich war, Aussagen von Augenzeugen zu bekommen. Genau wie dem Rest der Welt war auch dieser Organisation der Zutritt zu der Einrichtung verwehrt geblieben. Und da die meisten Bewohnerinnen nicht wieder aus der Einrichtung und in die britische Gesellschaft entlassen wurden, gab es niemanden, den man zu den Zuständen hinter der Umzäunung hätte befragen können. Stattdessen wurden sie von hier direkt in die Länder ausgeflogen, aus denen sie stammten: Nigeria, Jamaika, Ghana – es folgte eine lange Liste von Ländern, wo man nicht gerade leicht jemanden aufspüren konnte.

Trotz dieser Einschränkungen kam die Verfasserin des Berichts, Erica, zu dem Schluss, dass man in Hawksyard fast täglich «Anzeichen von systematischen Grenzüberschreitungen» feststellen konnte, was die Rechte der Bewohnerinnen betraf.

Die Beschwerden reichten von Schikane – zum Beispiel dem Betreten von Zimmern ohne vorheriges Anklopfen – bis hin zum sexuellen Missbrauch der Bewohnerinnen, nachdem man ihnen dafür eine bessere Behandlung in Aussicht gestellt hätte. Nora hatte an Ersterem keinerlei Zweifel, aber konnte wirklich auch die letztere Unterstellung zutreffen?

Erica unterstrich, dass bislang keine dieser ernst zu nehmenden Klagen über sexuellen Missbrauch hatte belegt werden können. Letztlich stand immer Wort gegen Wort, und viele der Frauen, die mutmaßlich ausgenutzt wurden, waren schlussendlich abgeschoben worden. Außerdem hatten die Geschichten einen verblüffend ähnlichen Wortlaut.

«Name und Herkunftsland des Opfers wurden zu ihrem eigenen Schutz anonymisiert. Aber es ist die Rede von einer vierundzwanzigjährigen Westafrikanerin, die berichtet, man habe ihr das Angebot gemacht, dass man in Hawksyard noch einmal einen genaueren Blick auf ihre Papiere werfen wolle, wenn sie sich bereit erkläre, dem Personal ‹einen kleinen Gefallen› zu tun. Die Frau berichtete daraufhin ihrer Sachbearbeiterin davon, die wiederum die Zuständigen in Hawksyard damit konfrontierte. Das Personal bestritt, dass sich diese Geschichte zugetragen habe, und tat dies als einen letzten, verzweifelten Versuch der Frau ab, einer Abschiebung zu entgehen. Außerdem wiesen sie darauf hin, dass die Frau bereits drei Tage zuvor ausgeflogen worden sei, und legten entsprechende Papiere vor, die dies bestätigten. Es war nicht möglich, die Frau in ihrem Heimatland ausfindig zu machen, vermutlich war sie untergetaucht. Dem Internationalen Roten Kreuz gelang es, einen Kontakt zu ihrer Familie herzustellen, allerdings sagten ihre Angehörigen aus, sie seit vier Jahren nicht gesehen zu haben.»

Es folgten zwei weitere Beispiele, die dem ersten zum Verwechseln ähnelten. Nora musste unweigerlich an den zwar forschen, aber stets überkorrekten John Barnes denken. Die Vorstellung, dass er der Drahtzieher eines Sexrings war, der abgewiesene Asylsuchende ausnutzte, erschien ihr absurd. Außerdem war die SecurCorp eine professionelle Firma, ein Weltkonzern. Dass sich das Unternehmen einem solchen Risiko aussetzte, wirkte vollkommen abwegig.

Gespannt las Nora weiter. Davon, dass solcherlei Angebote offenbar nur Frauen gemacht worden seien, die allein – also ohne Kinder – in der Einrichtung eintrafen. Davon, wie bedenklich es war, dass Menschenrechtsorganisationen der Zugang zu Hawksyard verwehrt wurde. Davon, dass niemand unangemeldet vorbeikommen und kontrollieren konnte, wie es den Kindern ging. Ein Umstand, der bereits vom britischen Ombudsmann kritisiert worden war, aber weder die Regierung noch SecurCorp dazu verleitet hatte, diese Praxis zu ändern oder auch nur eine Augenbraue zu heben.

Nora legte den Bericht beiseite und setzte sich an den Computer, um das Internet zu befragen. Die Vorfälle in Hawksyard waren von ein paar der eher linksorientierten Zeitungen aufgegriffen worden, aber die Geschichte war wenige Tage später von selbst eingegangen. Der Bevölkerung war es offenbar gleichgültig, wenn Kindern Unrecht getan wurde, deren Eltern sich illegal im Land aufhielten. Sollten sie doch für die Fehler ihrer Eltern büßen.

Nora kehrte aufs Sofa zurück und las den letzten Abschnitt, der sich mit dem sogenannten «Beruhigungsraum» befasste. Wieder merkte Erica zunächst an, dass es wenig verlässliche Quellen zu dieser Praxis gab, da die SecurCorp selbst nicht bereit war, Informationen darüber preiszugeben, was genau dort vorging. Aber sie sah sich zu der Vermutung veranlasst, dass es eine aggressive Methode zur Isolation war, für die die SecurCorp bereits im Vorfeld in die Kritik geraten war, weil sie sie zur Bestrafung in britischen und amerikanischen Gefängnissen eingesetzt hatten. In besagten Gefängnissen wurden die Häftlinge bis zu zwei Wochen weggesperrt, ohne menschlichen Kontakt oder Lesestoff oder irgendeine andere Art der Ablenkung, abgesehen von einem Aufenthalt auf dem Hof: eine Stunde pro Tag, ohne jegliche Gesellschaft. Erica urteilte, dass dies psychischer Folter gleichkam, und wies in den Fußnoten auf etliche Untersuchungen hin, die diese Praxis scharf kritisierten: «Und dies gilt für Gefängnisse mit verurteilten Straftätern. Im Fall von Hawksyard sprechen wir von traumatisierten Frauen, die kurz vor der Abschiebung stehen.»

Die Dämmerung senkte sich langsam über London, und Nora merkte, wie hungrig sie war. Sie ging zum Kühlschrank und betrachtete die fast leeren Fächer. Die kulinarische Inspiration kam nicht, egal, wie lange sie auf ein Glas mit Gewürzgurken, eine Flasche Ketchup und ein halbtotes Stück Jarlsbergkäse starrte.

Mit einem tiefen Seufzer griff sie nach ihrer Tasche und machte sich auf den Weg zu Marks & Spencers, wo sie völlig planlos einkaufte: Pfirsichjoghurt, Bananen, Kümmelbrot, Milch, Eier und Schinken. Das reichte immerhin, um sich zu Hause einen notdürftigen Croque Madame zu brutzeln, aber mehr auch nicht. Dazu trank sie süßen, warmen Tee mit Milch und versuchte vorsichtig, an Andreas zu denken. Aber es ging nicht. Sofort hatte sie wieder das Bild von ihm und Brigitte im Kopf und schaltete schnell den Fernseher ein, um es zu vertreiben. Bei der BBC2 stieß sie auf eine Sendung, in der sich Menschen eine unendliche Diskussion darüber lieferten, wie man den jüngsten Nahostkonflikt lösen konnte. Keiner der Vorschläge wirkte sonderlich brauchbar oder realistisch.

Sie gähnte und warf einen Blick auf ihr Handy. Eine Nachricht bei WhatsApp. Von Tom Craven. *Wir sehen uns morgen um sieben, meine Schöne. Seien Sie pünktlich.*

Sie konnte sich ein Lächeln nicht verkneifen. *Ich habe nicht gesagt, dass ich komme,* schrieb sie.

Nein, aber das werden Sie, antwortete er sofort.

Mal sehen, schrieb sie zurück.

Come on, ist doch nur ein Abendessen. Wann wird sich die nächste Möglichkeit bieten?

Ohne zu antworten, legte sie das Handy weg und setzte sich an ihren Computer. Einer plötzlichen Eingebung folgend, suchte sie nach *Felixia.* Siebentausend Treffer nach nur 0,2 Sekunden. Zu sehen war ein brasilianisches Bikinimodel, das mit einem Rennfahrer verlobt war.

19. Kapitel

Nora schreckte aus dem Schlaf hoch, kalter Schweiß stand ihr auf der Stirn. Wieder der Hix-Traum. Wieder und wieder stand sie wie versteinert in der kleinen Küche, während er mit dem Messer auf sie zielte. Sie wusste, dass er sofort ihre Hauptschlagader treffen würde, trotzdem stand sie da wie angewurzelt. Konnte sich keinen Millimeter bewegen, war gezwungen, auf ihre eigene Hinrichtung zu warten.

Immer wachte sie in der allerletzten Sekunde auf, wenn sein Gesicht ganz nah vor ihrem war und er aus leeren, schwarzen Augen geradewegs in ihre blickte. Dabei hatte er sie damals nicht einmal in der Küche angegriffen. Nora hatte es aufgegeben, nach einer Erklärung dafür zu suchen, wie ihr Unterbewusstsein ausgerechnet auf diese angsteinflößende Szene gekommen war. Mittlerweile folgte sie, sobald sie aus diesem Albtraum hochgeschreckt war, jedes Mal demselben Ritual: Sie setzte sich an den Computer und googelte Hix. Immer war die oberste Meldung eine, die beschrieb, dass er wieder hinter Schloss und Riegel war, und zwar diesmal im sichersten Gefängnis von ganz Großbritannien. Er würde nie wieder auf freien Fuß kommen.

Sie spürte, wie ihr Herzschlag sich allmählich wieder normalisierte, und ging ins Bad, um den restlichen Schrecken von sich abzuwaschen. Während sie sich abtrocknete, schaltete sie den Fernseher ein. Das gemäßigte Nachrichtentempo des Sonntagmorgens half ihr, ganz zur Ruhe zu kommen. Also zog sie sich an, füllte Joghurt in eine Schale, streute eine Handvoll Cornflakes darüber und warf einen Blick in ihre Mails.

Verdammt. Krebs hatte angebissen, ihm gefiel einer ihrer Vorschläge, also würde sie den überwiegenden Teil des Tages damit verbringen, mehr über den Wahlkampf um den Bürgermeisterposten von London herauszufinden. Etwas anderes blieb ihr nicht übrig. Sie schielte zur Uhr, vielleicht reichte die Zeit ja trotzdem für weitere Nachforschungen zum Thema Hawksyard.

Also entschied sie, zunächst Jules zu antworten und um Ericas Telefonnummer zu bitten, aber seine Mail mit dem Bericht war weg. Nora legte die Stirn in Falten. Was war das nun wieder? Irgendwas stimmte da nicht. Entschlossen griff sie zum Telefon und rief in der IT-Abteilung der Zeitung an.

«Hier spricht Nora Sand.»

«Hallo, Boris hier», sagte der Mitarbeiter zögernd, der die Wochenendschicht schob und – den Tippgeräuschen nach zu urteilen – nebenbei das System nach ihr befragte. Er und sein Partner Victor betreuten von ihrem kleinen Büro im Hinterhaus des *Globalt* aus die Mitarbeiter von drei Magazinen und einer Wochenzeitung.

«Sand, hier habe ich Sie. Schießen Sie los», sagte er.

«Das klingt jetzt vielleicht sonderbar, aber mir sind in den letzten paar Tagen mindestens zwei Mails verlorengegangen. Können Sie nachvollziehen, was da los ist?»

«Hmm, verstehen Sie mich nicht falsch, ich meine das nicht respektlos, aber kann es sein, dass Sie die Mails einfach selbst gelöscht haben? So etwas kommt ja vor», sagte Boris so einfühlsam, wie man eben sein kann, wenn man den lieben langen Tag Fragen beantwortete, die von Problemen, den Computer einzuschalten, über das optimale Betriebssystem bis hin zu Algorithmen rangierten.

«Das würde ich in diesem Fall ausschließen», sagte Nora und berichtete dann von Andreas' E-Mail, die ihr auf dem Handy angezeigt worden war, und der vom gestrigen Nachmittag.

«Hmm», machte Boris erneut. Sie hörte Tasten klackern. «Dann schaue ich mal, was gestern an Mails reingekommen ist. Wann haben Sie die denn so ungefähr bekommen?»

«Gegen vier, würde ich schätzen.»

«Das schaue ich mir mal in Ruhe an. Der Computer vergisst nichts. Selbst wenn man es mit bloßem Auge nicht sieht, dokumentiert ein Rechner immer, was vor sich geht. Geben Sie mir eine halbe Stunde, ich melde mich.»

«Okay.»

Nora hatte eine Vierteltasse starken Earl Grey Tees mit Milch und Zucker getrunken, ehe Boris sich zurückmeldete. «Das war nicht leicht, aber ich habe Ihre Mail wiedergefunden.»

Nora atmete auf, aber das Gefühl hielt nicht lange an.

«Nächstes Mal müssen Sie ein bisschen besser aufpassen, ja?», sagte Boris und schien im Begriff aufzulegen.

«Was meinen Sie?»

«Na, Sie haben die Mail gestern Nachmittag doch selbst gelöscht.»

Nora spürte, wie sich ihr die Nackenhaare aufstellten. «Nein, habe ich nicht.»

Es entstand eine unangenehme Pause. Boris' Skepsis war nicht zu überhören.

«Doch. Sie haben sie selbst gelöscht. Um 19:23 Uhr. Erst haben Sie die Mail in den Papierkorb verschoben, dann – um 19:24 Uhr – den Papierkorb gelöscht. Das sehe ich hier klar und deutlich. Angemeldet mit Ihren Zugangsdaten, ich kann sogar sehen, dass Sie dazu nicht in der Redaktion waren. Ich schätze mal, Sie waren in Ihrer Wohnung, die sich ... lassen Sie mich sehen ... im Nordwesten Kopenhagens befindet», sagte er.

Nora sackte in sich zusammen. «Boris, ich bin seit vier Tagen in London.»

«Wie bitte?» Sein Ton hatte sich im Bruchteil einer Sekunde von entspannt zu panisch gewandelt.

«Aber ... das sind doch Ihre Zugangsdaten und alles. In unserem dreifach abgesicherten System! Wem haben Sie denn Ihr Passwort gegeben?»

«Niemandem», sagte Nora.

«Shit!»

Sie hörte, dass er hart in die Tasten haute – als würde das irgendetwas an der Lage ändern.

«Also, ich sperre erst mal Ihren Login. Und Sie haben sicher niemandem Ihr Passwort gegeben?»

«Ja, ganz sicher.»

Er nannte ihr ein neues Passwort. «Ich muss Victor bitten herzukommen, damit wir uns das gemeinsam genau ansehen können. Ich melde mich, sobald ich weiß, was dahintersteckt. Kann ein banaler technischer Fehler sein», sagte er, klang aber hochgradig skeptisch.

Nora legte auf.

Jemand hatte sich Zugang zu ihren Mails verschafft. Und zwar offenbar jemand, dem es nicht genügte, ihr einfach nur über die Schulter zu schauen, sondern sie wissen lassen wollte, dass er in ihren Privatmails rumgeschnüffelt hatte.

Sofort musste sie an ein Buch denken, das sie gelesen hatte. Es handelte von einem britischen Korrespondenten in Moskau und den Methoden des KGB. Er hatte mehrfach kleinere Anzeichen von Einbrüchen in seiner Wohnung gefunden, wenn er nach Hause gekommen war. Einmal hatten die Agenten eine Ausgabe des *Kamasutra* im Regal gefunden, eine Seite aufgeschlagen, die erklärte, wie man eine Frau befriedigte, und das Buch auf das Kopfkissen des Mannes im Ehebett gelegt.

Steckte etwa der Geheimdienst dahinter? Das ergab doch gar keinen Sinn, erst recht nicht mehr jetzt, nachdem Aminas Bruder in Kanada aufgetaucht war. Welches Interesse sollten sie an Nora haben?

Sie trank den restlichen Tee am Fenster, während sie hinunter auf die Straße schaute. Es hatte angefangen, dicke Tropfen zu regnen, nach wenigen Augenblicken humpelte der Zeitungsverkäufer George aus seinem Kiosk und zog den Zeitungsständer ein Stück weiter unter die Markise. Mit einem Seufzer setzte Nora sich an den Schreibtisch und suchte die Nummer des Londoner Büros der Labour-Partei heraus, die den Kandidaten für die kommende Bürgermeisterwahl stellte.

Als sie einen Artikel abgeliefert hatte, der mehr oder weniger mit der Folgerung schloss, dass keiner der vier aussichtsreichsten Kandidaten für den Bürgermeisterposten in der britischen Hauptstadt Erfahrung im Führen großer Verwaltungen hatte, holte sie ihre Notizen zu Erik Biehl hervor. Sie waren fürchterlich unbefriedigend, entsprechend wollte ihr rein gar nichts zu schreiben einfallen.

Kurz schwebte ihr vor, einfach nur einen oberflächlichen Bericht zu verfassen, in dem sie schlicht die wichtigsten Zahlen und Fakten auflistete. Schließlich handelte es sich um nichts weiter als ein simples Porträt zum Geburtstag, niemand rechnete mit einer preisverdächtigen Reportage. Aber irgendwie wollte sie es doch gern ein bisschen interessanter machen.

Also wählte sie Biehls Internetseite an, suchte die E-Mail-Adresse seiner Sekretärin und bat um ein Interview. Und obwohl Sonntag war, vergingen gerade einmal zwanzig Minuten, bis sie eine Antwort bekam. Diesmal war die Eitelkeit keineswegs zu übersehen, denn Biehl hatte am kommenden Donnerstag Zeit für sie, und zwar eine geschlagene halbe Stunde.

Den restlichen Nachmittag verbrachte Nora damit, mehr über die SecurCorp herauszufinden, eine gigantische multinationale Organisation mit Gesellschaften in vierundzwanzig Ländern. Die meisten Gesellschaften und Tochtergesellschaften in den USA und Großbritannien übernahmen Aufgaben, die zuvor in öffentlicher Hand gewesen waren. Sicherheit, Gefängnisverwaltung und gewisse andere Aufgaben, die in den Bereich Bürgerservice fielen. Aber darüber hinaus gab es unter demselben Banner Gesellschaften in Brasilien, Indien und Ecuador, die alles von Waffen bis zur Ausrüstung für Feldlazarette produzierten, inklusive Leichensäcken. Sogar ein paar Pharmaunternehmen waren darunter.

Nora versuchte einen Ansprechpartner in Großbritannien ausfindig zu machen, der vielleicht ein wenig kommunikationsbereiter war als die Zentrale in Texas, die sich kaum weniger für eine schäbige dänische Journalistin hätte interessieren können.

Aber egal, wohin sie auch klickte, nirgendwo verbarg sich eine E-Mail-Adresse, geschweige denn eine Anschrift. Kein Büro, zu dem man fahren und klingeln konnte, um zu fragen, was mit Amina geschehen war, oder wenigstens herauszufinden, ob sie zwischenzeitlich in Hawksyard gewesen oder sogar immer noch dort war.

Nach langer, langer Suche fand sie endlich die Adresse eines Forschungszentrums in einem Vorort von Oxford. Sie notierte sich Adresse und Telefonnummer, bevor sie die Nummer wählte.

Ihr Anruf wurde von einer Mitarbeiterin entgegengenommen, die Nora betont freundlich weiterhalf und sie bereits innerhalb weniger Sekunden an die Pressestelle durchgestellt hatte.

Nora hatte sich kaum vorgestellt und erklärt, dass sie für ein dänisches Wochenblatt arbeitete, als sie von einer freundlichen, aber bestimmten Frauenstimme unterbrochen wurde: «Es tut mir sehr leid, Ihnen ins Wort zu fallen, aber ich kann das hier gleich abkürzen, um uns beiden Zeit zu sparen», sagte die Frau.

«Aber ich ...», setzte Nora an.

Die Frau verstand ihr Handwerk und unterbrach sie erneut, ohne das geringste Zögern: «Alle Presseanfragen müssen Sie an unsere Zentrale in Austin richten», sagte sie und leierte dann Telefonnummer und E-Mail-Adresse herunter, vermutlich von derselben Internetseite, die vor Noras Augen am Bildschirm prangte.

«Aber wenn es um eine speziell britische Frage geht?», versuchte Nora es.

Die Pressefrau war unerbittlich. «Austin. Kann ich sonst noch etwas für Sie tun?», setzte sie irritierend gelassen hinzu.

Das hat ja etwas von einer Sekte!, schoss es Nora durch den

Kopf. Sie legte auf, ohne sich höflich zu verabschieden. Dahinter steckte doch System. Und vermutlich hatten sie durchaus etwas zu verbergen. Etwas, das alles andere als schön war. Außerdem bedeutete es, dass sie sich ein Auto besorgen musste.

Sofort schickte sie Pete eine SMS: *Kann ich morgen das Auto haben?*

Drei Minuten später schrieb er zurück: *Hast du was Schönes vor?*

Arbeit, nicht schön.

Okay, ich sammle dich um kurz nach 10 ein.

Nora bedankte sich und warf einen Blick auf die Uhr. Es war gerade fünf durch, das hieß, ihr blieb eine Stunde, um sich fertig zu machen. Wenn sie denn vor neunzehn Uhr am Chiltern Firehouse ankommen wollte. Am Chiltern Firehouse und einem wartenden Tom Craven.

Sie startete in die Vorbereitungen, indem sie eine halbleere Flasche Hendricks Gin aus dem Schrank nahm, sich einen Schluck eingoss, das Glas mit abgestandenem, halbtotem Tonic auffüllte und ein paar sternförmige Eiswürfel aus dem Gefrierschrank dazuwarf. Vielleicht reichte es ja, einfach ein bisschen an diesem Drink zu nippen, um einzusehen, was für eine dumme Idee es war, sich in die Nähe dieses Mannes zu begeben. Und dieser Lippen.

Aber statt zum Abendessen eine weitere joghurtbasierte Mahlzeit zu improvisieren, fand sie sich plötzlich vor ihrem proppenvollen Kleiderschrank wieder und warf einen kritischen Blick auf ihre Auswahl. Eigentlich war dies ja nichts weiter als ein Geschäftsessen. Sie waren nur Kollegen, die sich in einem guten Restaurant trafen, um sich über eine gemeinsame Aufgabe auszutauschen. Vielleicht hatte Tom ja mittlerweile eine zündende Idee, wie sie Amina auf die Spur kommen konnten. Vielleicht hatte er genau die nötigen Kontakte, die einfach nur an den richtigen Strippen ziehen mussten, damit sie wie von Zauberhand wieder auftauchte.

Nora ging zu ihrem Computer, um Spotify zu starten, das ihr dabei helfen sollte, die letzten Zweifel zu zerstreuen. Sofort dröhnte Billie Holidays melancholischer Morgengruß an ihr gebrochenes Herz aus dem Lautsprecher, weshalb Nora schnellstmöglich den *Weiter*-Knopf bediente. Billie Holiday war für immer und ewig mit Andreas verknüpft.

Sie suchte Aretha Franklins *Greatest Hits* heraus, und schon bald belehrte die Motown-Diva sie, wie man *Respect* buchstabierte. Noras Stimmung hob sich schlagartig, als sie ein enges, rotes Top wiederfand, von dem sie schon völlig vergessen hatte, dass sie es besaß, und das, wie sich herausstellte, perfekt zu einem schwarzen Rock passte.

Bereits als sie am Empfang ihren Namen nannte, entdeckte sie Tom an einem Tisch am anderen Ende des Restaurants. Direkt neben ihm stand in einem mit Eis gefüllten Eimer eine Flasche Champagner kalt.

Tom sah so verdammt gut aus mit seinem ins Nirgendwo gerichteten Blick. Wie eine Mischung aus Arthur Miller und James Dean. Doch schon im nächsten Moment schaute er auf und entdeckte sie. Während sie auf ihn zuging, spürte sie, wie ihr die Wärme ins Gesicht stieg. Er stand auf, küsste sie auf die Wange und bot ihr einen Stuhl an. Sie setzte sich.

«Was feiern wir?», fragte sie mit hochgezogenen Augenbrauen.

«Dass Sie gekommen sind», sagte er mit einem selbstsicheren Lächeln.

«Sie wussten, dass ich kommen würde?»

«Umso mehr ein Grund zu feiern.»

Irgendetwas sagte Nora, dass er nicht zum ersten Mal hier war. Dass er bereits unzählige Male in Londons bestem und teuerstem Restaurant gesessen hatte und es gewohnt war, hier die Kontrolle zu übernehmen. Das Beste zu bestellen, was die Karte zu bieten hatte. Irgendwie gelang es ihm auf subtile Art, das versnobte Personal, das es gewohnt war, Models und Filmstars zu bedienen, dazu zu bringen, alles für ihn – Tom Craven – zu tun.

Nora hasste diese aufgesetzte Höflichkeit ungefähr so sehr, wie sie all die halboffiziellen Empfänge hasste, wo sie Menschen begegnete, die lieber auf ihr Namensschild glotzten, als ihr in die Augen zu sehen. An diesem Abend fand sie es jedoch irgendwie befreiend, sich hinter der Fassade dieser ganzen Förmlichkeit einfach zurücklehnen und alles dem anderen überlassen zu können. Gleichzeitig schwor sie sich, dass dies nur für diesen einen Abend galt.

Tom schenkte ein und schaute sie an. «Ist es in Ordnung, wenn ich für uns beide bestelle?»

Nora nickte ergeben. Das war wohl am einfachsten.

Sie sprachen über Fazia, die nach Schweden weitergereist war, um dort eine Reihe von Vorträgen an den Universitäten des Landes zu halten. Sie sprachen über Bücher, und Tom erzählte, dass sie kurz davor stünden, einen Vertrag zu einem Kochbuch abzuschließen – ein vielversprechendes Projekt, da es sich bei dem Autor um den Chefkoch des Chiltern Firehouse handelte.

Was wiederum die außergewöhnlich aufmerksame Bedienung erklärte sowie die Tatsache, dass es ihm überhaupt gelungen war, einen Tisch zu bekommen, und noch dazu so kurzfristig.

Nora lenkte das Gespräch auf Amina. «Haben Sie irgendeine Idee, die mir weiterhelfen könnte?»

Tom schüttelte den Kopf und gab dem Sommelier ein Zeichen, dass er bereit war, den Rotwein zu bestellen. Als der Kellner unterwegs war in den Keller, um die perfekte Flasche zu holen, kam Tom zurück zum Thema. «Ich habe mich ein bisschen unter den iranischen Intellektuellen hier in London umgehört, aber niemand konnte weiterhelfen. Für die meisten war es sogar eine Überraschung, dass Amina und Manash den Iran verlassen haben.»

«Tja, solche Pläne hängt man wohl kaum an die große Glocke», sagte Nora.

«Stimmt, aber es hätte ja sein können, dass Manash sich im Vorfeld erkundigt hat, wie es wäre, in London zu wohnen. Aber dem war offenbar nicht so», erläuterte Tom. «Ich mache mir immer noch Vorwürfe, weil ich zu genau diesem wichtigen Zeitpunkt nicht für Amina da sein konnte. Klar, mein Hauptaugenmerk galt Manash, aber ich wusste ja nicht, dass sie getrennt worden sind. Ich hatte damit gerechnet, dass sie zusammen eintreffen würden», fügte er hinzu.

Er nippte an dem Rotwein und nickte dann kurz dem Sommelier zu, der sogleich dem Kellner das Zeichen gab, Noras Glas zu füllen. Tom prostete und schenkte ihr dabei ein Lächeln, das sie direkt ins Herz traf.

Sie versuchte, sich auf Amina zu konzentrieren. «Was machen wir denn nun?», fragte sie und schaute ihm direkt in die Augen.

Er zuckte mit den Schultern. «Ich weiß es nicht, Nora. Die Lage ist definitiv ernst. Wir haben hier einen Dichter, der nicht arbeiten kann. Aus mehreren Gründen. Zum einen sitzt er mehr oder weniger in einem Asylbewerberheim in der dänischen Provinz fest. Er sollte sich frei bewegen können, sollte in London sein, nicht nur, um zu arbeiten, sondern auch, um sich mit Gleichgesinnten auszutauschen. Um seinen Platz in der Welt wiederzufinden. So war es geplant gewesen. Zum anderen ist er, wenn ich dich richtig verstehe, völlig aufgelöst wegen Aminas Verschwinden. Vielleicht sollten wir dort erst einmal ansetzen. Haben Sie denn eigentlich etwas herausgefunden?»

Also berichtete Nora, dass eine Spur nach Hawksyard führte – wo sie abrupt endete. Oder, besser gesagt, wo sie hinter verschlossenen Türen verschwand.

«Okay, das klingt so, als wäre da eine Menge Geld im Spiel. Genug, um den meisten Leuten Zugang zu der Einrichtung zu verwehren. Ich kann mit der Zweigstelle unseres Verlags in New York Verbindung aufnehmen und deren juristische Vertretung darauf ansetzen, zumindest herauszufinden, ob Amina dort gewesen ist oder nicht.»

Nora dachte darüber nach. «Den Versuch ist es wert. Bleibt allerdings das Risiko, dass sie nicht die Wahrheit sagen.»

Tom lehnte sich zu ihr hinüber und berührte sie am Arm. «Passen Sie mal auf, sie können die Wahrheit nur bis zu einem gewissen Grad verbiegen. Wenn Amina dort gewesen ist, muss es entsprechende Dokumente geben. Die eigentliche Schwierigkeit wird darin bestehen, einen Anwalt zu finden, der größere Eier hat als die SecurCorp. Das ist vermutlich die einzige Sprache, die sie dort verstehen.»

Aus dem Nichts waren zwei herausgeputzte Kellner erschienen. Perfekt synchron hoben sie die kleinen Silbergloschen von den Tellern, und schon war der Tisch eingehüllt vom Duft warmer Trüffel.

Die kleinen, schwarzen Klumpen, die heimlich unter Eichen in vorzugsweise Italien oder Frankreich wuchsen und von Schweinen oder Hunden aufgespürt werden mussten, teilten die Menschheit in zwei Lager. Die einen fanden das Aroma von Trüffeln aufdringlich und unbehaglich – und den anderen fuhr der Duft unmittelbar in die Glieder und entfaltete eine geradezu aphrodisierende Wirkung.

Vielleicht lag es am Wein, vielleicht an dem goldenen Schein der Kerzen auf dem Tisch – oder vielleicht an den hauchdünnen Scheiben Trüffel, die über ein exquisites Stück Rindfleisch geraspelt worden waren. Was auch immer es war, es löste in Nora das Gefühl aus, als habe sich eine goldene Kuppel um sie gesenkt. Als habe sich die Welt in zwei geteilt: die außerhalb und die hier am Tisch, wo alles etwas langsamer wirkte, fast dickflüssig und irgendwie ... dekadent.

Nora protestierte, als Tom Nachtisch bestellte. Aber er wusste offenbar besser, wonach ihr der Sinn stand, und ehe sie um ein Glas kaltes Wasser bitten konnte, in der Hoffnung, dass dies ihr zu einem klareren Kopf verhelfen könne, stand ein Glas perlenden Muskatweins vor ihr. Kurz darauf folgten gebackene Feigen, die so prall waren, dass Nora sich fast nicht traute hineinzustechen. Als sie endlich den nötigen Mut beisammenhatte, war es fast so süß und verführerisch wie die letzte Szene eines Märchens aus *Tausendundeine Nacht.*

Als sie aufschaute, blickte Tom ihr geradewegs in die Augen. Sie konnte nicht sagen, wie lange er sie wohl schon beobachtet hatte.

«Du bist schön», sagte er schlicht und trank von seinem Muskatwein, ohne sie aus den Augen zu lassen.

Möglich, dass sie noch ein paar Sekunden gehabt hätte, um aufzustehen, sich höflich für das Abendessen zu bedanken und dann in die Sicherheit der York Street zu begeben, wo sie den Bus nach Hause hätte nehmen können. Das Problem war bloß, dass diese Sekunden genau zwischen dem letzten Bissen Feige und dem letzten Schluck Wein lagen und sie einfach nichts tun konnte. Ihr war, als säße sie in klebrigem Honig, und der Impuls, sich loszureißen, schwand mehr und mehr, da die Süße langsam all ihre Verteidigungsmechanismen lahmgelegt hatte.

Tom half ihr in die Jacke, und schon standen sie auf dem Bürgersteig, auf ein Taxi wartend, das das Personal auf Toms Weisung hin bestellt hatte. Er lehnte sich vor, griff nach dem Kragen ihrer Jacke und zog sie näher zu sich. Und dann küsste er sie.

Das Taxi kam, sie stieg ein. Tom setzte sich zu ihr auf die Rückbank.

«Wohin fahren wir?», fragte er.

«Ich möchte einfach nach Hause. Und du solltest auch nach Hause fahren, und zwar zu dir. Das wäre sicher am besten», sagte sie, ohne davon wirklich überzeugt zu sein.

«Aber ich begleite dich noch. Dazu fühle ich mich verpflichtet», beharrte er.

Nora gab dem Fahrer ihre Adresse in Belsize Park, und kaum steuerte das Taxi den äußeren Ring um den Regents Park an, lehnte Tom sich erneut zu Nora herüber und gab ihr einen Kuss auf den Hals.

Sie ließ es zu. Andreas war weit weg. Und Tom genau hier, bei ihr. Sie nahm sein Gesicht in beide Hände, ließ sie dann durch sein dichtes, dunkles Haar gleiten und küsste ihn auf den Mund. Schwach registrierte sie, dass es zu regnen anfing, Tropfen auf das Autodach trommelten. Langsam schlichen sie die Finchley Road entlang, und der Fahrer drehte den Bericht über ein Cricketspiel zwischen Südafrika und Sri Lanka lauter, während er sich auf den Londoner Abendverkehr konzentrierte. Nora schob Tom die Hände unter die Jacke, spürte seine Bauchmuskeln und seine Hand auf ihrem Oberschenkel.

Plötzlich blieb das Taxi stehen. Nora löste sich von Tom und schaute hinaus. Sie waren in Belsize Park.

Das Taxameter verriet in leuchtend roten Ziffern den Betrag von 32,50 Pfund. Tom setzte an, nach seinem Portemonnaie zu kramen, als Nora sich endlich aus ihrer Trance lösen konnte.

«Du steigst nicht mit aus, Tom.»

Ungläubig schaute er sie an.

«Tom, das geht nicht», sagte sie und räusperte sich.

Mit halbgeschlossenen Lidern betrachtete er sie. Seine Stimme war sanft, als er ihr zuflüsterte: «Du belügst dich selbst, wenn du meinst, dass du das nicht willst. Du willst es mehr, als du glaubst.»

«Tom …», protestierte sie.

«In Ordnung, Nora», unterbrach er sie mit seinem höflichsten Oberschichtsenglisch. «Geh, wenn du es für das Richtige hältst. Aber du weißt genauso gut wie ich, dass wir noch nicht miteinander fertig sind. Nicht im Entferntesten.»

Wenige Augenblicke später war das Taxi abgefahren. Nora stand vor ihrer Haustür und suchte nach ihrem Schlüssel. Außer Atem und mit dem vagen Gefühl, einer Situation entgangen zu sein, die völlig aus dem Ruder hätte laufen können. Unbewusst strich sie sich den Rock glatt. Sie trug zwar noch alle Kleidungsstücke am Körper, doch es fühlte sich an, als würden sie am Boden neben dem Bett liegen, in einem chaotischen Haufen zusammen mit Toms Anzug.

Kaum auf der Treppe, überkam sie Bedauern, und schon debattierte sie mit sich selbst, ob sie ihn nicht noch zum Umkehren bewegen konnte. So weit würde er in den paar Minuten nicht gekommen sein. Sie warf einen Blick auf die Uhr am Handy, es war fast eins. Vielleicht sollte sie doch lieber eine Nacht darüber schlafen.

Sie schwankte leicht, bis sie den Schlüssel endlich im Schloss der Wohnungstür hatte. Eine Sekunde später war sie sofort wieder nüchtern. Sie musste nicht einmal das Licht einschalten, um zu bemerken, dass etwas nicht stimmte. Das Fenster war geöffnet, kalte Luft strömte herein. Sie war sich hundertprozentig sicher, dass es geschlossen gewesen war, als sie von zu Hause losfuhr. War etwa eingebrochen worden? Sie blieb stehen und lauschte. Vielleicht war der Einbrecher noch da? Abgesehen vom Trommeln des Regens war es jedoch still.

Langsam und ohne Licht zu machen, ging sie weiter in ihre Wohnung. Als Erstes schaute sie nach ihrem Computer. Der stand, wo sie ihn zurückgelassen hatte. Auch der Fernseher war noch da. Kein Junkieeinbruch also. Worüber man ja sogar ein bisschen dankbar sein konnte.

Doch ein Geräusch aus dem Schlafzimmer ließ ihr die Haare zu Berge stehen. Ohne darüber nachzudenken, wechselte sie in die Verteidigungshaltung, die sie sicher tausendmal mit Enzo geübt hatte. Bereit, sofort zuzutreten. Vermutlich würde ein Kick nicht ausreichen, um einen ausgewachsenen Mann zu Boden zu bringen, aber immerhin würde es ihr einen Vorteil gegenüber jedem verschaffen, der auf der anderen Seite der Tür wartete. Wer immer das war.

Unweigerlich kam ihr Hix in den Sinn. Doch den Gedanken schob sie sogleich beiseite. Wenn Hix je auch nur in die Nähe einer Freilassung käme, hätte Scotland Yard sie längst kontaktiert. Und das würde er selbstverständlich nicht.

Schnell schaute sie sich nach einer Waffe um und entdeckte eine halbleere Olivenölflasche auf dem Küchentisch. Mit ihr in der Hand schob sie langsam die Tür auf. Ihr war, als würde jemand aus der Dunkelheit hervortreten. Jeder einzelne ihrer Muskeln war angespannt, sie war bereit zum Kampf.

Sie hörte ein leises Stöhnen und tiefe Atemzüge. Und dann nahm sie den Geruch wahr. Ein Duft wie nach warmem Heu. Es roch nach Andreas.

Eine Welle der Erleichterung überkam sie.

Er schlief tief und fest und wachte nicht mal richtig auf, als sie sich – ihrer Kleidung entledigt – mit dem Rücken zu ihm unter die Decke schob.

«Hmmm, Nora», murmelte er und vergrub sein Gesicht an ihrem Nacken. Zog sie ganz dicht an sich heran.

Lange lag sie mit offenen Augen in der Wärme, die er ausstrahlte.

Schließlich befreite sie sich vorsichtig aus seiner Umklammerung und schlich in die Küche, wo sie sich Mineralwasser aus dem Kühlschrank holte. Sie trank es im Dunkeln vorm Fenster. Es regnete noch immer stark. Ihr Handy brummte leise, sie sah das Display durch den Stoff ihrer Tasche leuchten. Sie fischte es heraus. *Ich weiß, dass du nicht schlafen kannst. Und das ist gut so*, schrieb Tom.

Nora legte das Handy weg, ohne zu antworten. Plötzlich stand Andreas in der Küche. Er zog sie an sich, und sie legte den Kopf an seinen Brustkorb, wo sie sein Herz ruhig und regelmäßig schlagen hören konnte. Schweigend standen sie da, und er streichelte ihr mit dem Daumen über den Nacken, kurz unterhalb des Haaransatzes. Keiner von beiden wollte wohl gerade eine Diskussion vom Zaun brechen.

Der Regen ließ nach, und Noras Atem hatte sich Andreas' ruhigem Rhythmus angeglichen. Da nahm er sie mit zum Bett und entledigte sich des letzten lästigen Stoffs, der sie voneinander trennte.

Danach schlief er mit dem Kopf auf ihrer Schulter ein. Sein Atem kitzelte sie am Hals. Plötzlich war ihr zum Weinen zumute. Sie wusste nicht einmal, warum.

20. Kapitel

Als Nora aufwachte, hörte sie Andreas in der Dusche. Sie nahm ein T-Shirt vom Boden und zog es über, bevor sie in die Küche ging. Sein Koffer stand im Flur. Wenn sie gestern bei ihrer Rückkehr das Licht angeschaltet hätte, wäre er ihr sofort aufgefallen.

Schnell suchte sie noch eine Shorts und ging zu dem jüdischen Bäcker an der Ecke, um Bagels zu kaufen. Im Kiosk holte sie gleich noch Milch sowie die Montagsausgaben der *Times* und des *Guardian*. Die Titelseiten wirkten, als würden die beiden Blätter darum konkurrieren, wer den uninteressanteren Aufmacher bringen konnte.

Wieder zu Hause, erwartete sie ein komplett angekleideter Andreas, der gerade Kaffee kochte. Er schenkte ihr ein Lächeln, das fast alle Zweifel in ihr auslöschte. Er kam zu ihr und nahm sie in die Arme, sie ließ es zu, wenngleich sie die Arme mit Bäckerstüte und Zeitungen seitlich hängen ließ. Langsam spürte sie, wie sie weich und nachgiebig wurde.

«Alles wird gut», sagte er.

«Wirklich?», fragte sie und hasste sich selbst dafür, dass sie klang wie ein kleines Mädchen, das ihrem Vater die Existenz des Weihnachtsmannes nicht abkaufte.

Er legte ihr die Hände auf die Schultern, hielt sie mit ausgestreckten Armen von sich und sah ihr in die Augen. «Ja», sagte er mit Nachdruck.

Sie antwortete nicht, sondern ging zum Küchentisch und machte sich daran, die Bagel aufzuschneiden, als Pete klingelte. Nora schielte zu Andreas. «Ich bin in zwei Sekunden unten», sagte sie ins Türtelefon.

Nur wenige Minuten später stand sie mit geputzten Zähnen und einer durch die beiden Zeitungen proppenvollen Schultertasche auf dem Bürgersteig. Andreas hatte ihren Aufbruch gelassen genommen und gebrummt, er müsse sowieso mal zu Scotland Yard.

Pete lächelte sie träge an und reichte ihr einen von zwei Pappbechern, die er in den Händen hielt. «Alles im Service inbegriffen. Wobei ich mich selbstverständlich frage, warum man nicht hochgebeten wird?» Er hob eine Augenbraue.

«Danke für den Kaffee», sagte sie und setzte sich auf den Beifahrersitz.

«Gut, dann komme ich später darauf zurück. Aber glaub ja nicht, dass ich – als Vertreter der internationalen Presse – lockerlassen werde. Ich habe mein Leben der unermüdlichen Jagd nach der Wahrheit verschrieben ...»

«Und jetzt hältst du bitte einfach den Mund und fährst», sagte Nora und suchte fieberhaft nach BBC4. Sie brachte es einfach nicht über sich, ihm von Andreas zu erzählen.

«Mylady, es gibt nichts, was ich lieber täte, allerdings mangelt es an einem winzigen Detail, bevor ich die Kutsche Eurer Hoheit in Bewegung setzen kann.»

Müde schaute sie ihn an. «Und das wäre?»

«Wo soll die Reise denn hingehen?»

«Hawksyard.»

«Okay. Und gibt es dazu auch eine Adresse?»

Nora tippte sie in das Navigationsgerät ein und sank dann tief in den Sitz, um der beruhigenden Stimme aus dem Radio zu lauschen, die eine geplante Reform der Wohnungsbaupolitik analysierte.

Londons Straßen glitten im Schneckentempo am Fenster vorbei, und Nora betrachtete die Menschen, die sich draußen herumtrieben, um die Sonnenstrahlen zu genießen. Touristen, die überall hinschauten, nur nicht da, wo sie hintraten, Läufer unterwegs in den nächstgelegenen Park und verkniffene Menschen in Bürokleidung, die sich nichts sehnlicher wünschten, als dass alle anderen beiseitegingen, damit sie nicht zu spät zu ihren lebenswichtigen Terminen kämen.

Als sie endlich die Autobahn erreichten, wechselte Pete zu einem Sender, der Gute-Laune-Pop spielte. Nora warf ihm einen überraschten Blick zu.

«Kein *The Cure* mehr? Sie muss ja umwerfend sein!»

Pete grinste. «Sie heißt Cheryl. Neuseeländerin.»

Nora grinste zurück. «Die aus der Bar?»

Pete nickte.

«Seht ihr euch wieder?»

«Vielleicht, abwarten.»

Nora hakte nicht nach, sondern drehte die Musik leiser, um ihm eine kurze Zusammenfassung zu geben. Um wen es sich bei Manash Ishmail handelte und warum es so wichtig war, seine Frau zu finden, und wieso ihre Spur nach Hawksyard führte.

Schon bald verließen sie die Autobahn wieder und passierten das Schild, das den Weg in die Einrichtung wies.

Pete schaute sie fragend an. «Hast du denn eine Idee, was wir machen, wenn wir da sind? Denn, soweit ich das verstanden habe, rollen sie für Journalisten nicht gerade den roten Teppich aus. Ganz besonders dann nicht, wenn sie in Gesellschaft von eifrigen Fotografen erscheinen.»

Nora warf einen Blick auf die Karte des Navis, welches ihr noch einmal bestätigte, was sie bereits zu Hause nachgeschlagen hatte: Es führte nur ein Weg nach Hawksyard, und darauf befanden sie sich gerade. Circa fünfhundert Meter vor ihnen warteten Stacheldrahtzaun und Kontrollpunkt.

Sie schüttelte den Kopf.

«Wir wollen auch gar nicht in die Einrichtung. Wir lassen sie einfach zu uns kommen. Park mal hier», sagte sie und deutete auf etwas, das man mit viel Phantasie einen Wendeplatz nennen konnte.

Pete stellte den Wagen ab, schaltete den Motor aus und schaute sie erwartungsvoll an. «Und jetzt?»

«Jetzt warten wir. Auf jemand Bestimmtes. Sie hat um zwölf Feierabend.»

«Und ihr seid verabredet?», wollte Pete wissen. Er trank einen Schluck des nun kalten Kaffees.

Nora schüttelte den Kopf. «Nein, aber uns wird schon was einfallen.»

Pete warf einen Blick auf die Uhr im Armaturenbrett. 11:25.

«Alles klar», sagte er und lehnte sich weit zu ihr herüber, um die *Times* aus ihrer Tasche zu angeln. Sofort schlug er den Sportteil auf.

Nora schaute den Weg entlang. Kein Lebenszeichen. Also

wandte sie sich dem *Guardian* zu, hob aber in regelmäßigen Abständen den Kopf, um nichts zu verpassen. Ein weißer Lieferwagen bog in den schmalen Weg ein. An der Seite prangte das Logo einer Industriewäscherei.

Die Zeit verrann. Pete las gebannt den jüngsten Klatsch über Manchester Uniteds Cheftrainer. Nora versuchte, sich auf eine politische Analyse zu konzentrieren, die beleuchtete, warum die konservative Regierung ein so großes Interesse daran hatte, gewisse Reformen in der Sozialpolitik durchzuwinken, die allerdings schlussendlich nur dazu führen würden, noch mehr Menschen abhängig von Sozialleistungen zu machen.

Auf dem Weg tat sich noch immer nichts.

Eine Viertelstunde später kam der Lieferwagen zurück. Pete schaute sie fragend an.

«Wir warten noch.»

Es war fast halb eins, als ein ramponierter, dunkelblauer Fiat Punto mit offensichtlichen Roststellen vorbeiknatterte. Nora griff nach Petes Arm. «Jetzt ist es so weit. Folge dem Wagen.»

Pete startete den Motor und bog wieder auf den Weg ein. «Als ich ein kleiner Junge war, damals in Melbourne, und unbedingt James Bond werden wollte, habe ich von den wildesten Verfolgungsjagden geträumt. Allerdings war das Auto vor mir damals eher ein Porsche als ein Punto», sagte er.

Nora verdrehte die Augen. Der kleine Fiat fuhr auf die Autobahn. «Es ist wirklich wichtig, dass wir den Anschluss nicht verlieren. Allerdings sollte sie uns auch nicht bemerken, verstanden?»

«Alles klar.»

Fünfzehn Minuten später schwenkte Pete hinter einen Range Rover mit Pferdehänger, vor dem der kleine Fiat fuhr.

Nervös lehnte Nora sich immer wieder aus dem Fenster, um sicherzustellen, dass das kleine Auto noch vor ihnen war.

«Also, wenn du unbemerkt bleiben willst, wäre es vielleicht eine gute Idee, dich normal zu verhalten, meinst du nicht?», bemerkte Pete.

Nora zog den Kopf ein, und genau in diesem Augenblick bog der Fiat ab, um auf den Parkplatz eines Lidl-Markts zu fahren. Für Pete war es zu spät, anzuhalten.

«Shit!»

«Keine Sorge, ich wende einfach. Dauert nicht lang», beruhigte Pete sie.

Kurz darauf hielten sie am hintersten Ende eines halbleeren Parkplatzes und beobachteten den dunkelblauen Wagen.

Bevor Nora entscheiden konnte, ob dies der richtige Moment war, ihr kleines Attentat auf die Fahrerin zu unternehmen, erschien sie schon wieder mit zwei prallgefüllten Einkaufstaschen, die sie auf den Boden stellte, um nach dem Autoschlüssel zu suchen.

«Wow, da hast du aber wirklich einen Verbrecherring aufgedeckt. Frauen, die bei Lidl einkaufen. Wird Zeit, dass die Allgemeinheit endlich erfährt, was für Menschen das in Wahrheit sind. Klare Titelgeschichte. Soll ich jetzt schnell zu ihr gehen, um sie auf frischer Tat zu ertappen? Mit den Plastiktüten und allem? Ich möchte wetten, dass sie sowohl Milch als auch Haferflocken gekauft hat!»

Sie schlug im Spaß nach Pete. «Bleib einfach dran.»

Wenige Kilometer später hielt sie vor einem cremefarbenen, heruntergekommenen Haus und ging zur Tür. Nora wartete zwei Minuten, bevor sie ebenfalls ausstieg und klingelte. Am Briefkasten stand *J. Bower.*

Es geschah nichts, sie hörte nur Poltern drinnen. Also klingelte sie noch einmal.

«Ja, ja. Ich komme.»

Die Krankenschwester Jackie Bower hatte einen leichten Sonnenbrand. Ihr dunkles, lockiges Haar war nachlässig zu einem Pferdeschwanz zusammengefasst. Mit einer geöffneten Mineralwasserflasche in der Linken schaute sie Nora an, als hätte diese einen ganzen Stapel *Wachturm* dabei.

«Worum geht es?»

«Jackie? Erinnern Sie sich an mich?», fragte Nora.

Jackie Bower schüttelte den Kopf. «Nein.»

«Freitag, Hawksyard. Anwaltsgehilfin.»

Jackie wurde blass unter ihrem Sonnenbrand. «Ich bin gerade nicht auf der Arbeit», sagte sie bestimmt und war schon im Begriff, die Tür zu schließen.

«Das ist mir klar», sagte Nora.

«Warum sind Sie dann hier? Woher wissen Sie überhaupt, wo ich wohne?», fragte Jackie leicht wütend.

«Es gibt da etwas, worüber ich mit Ihnen sprechen muss», sagte Nora, in der Hoffnung, die Situation damit zu beruhigen.

«Ich glaube kaum, dass wir etwas zu besprechen haben. Außerdem muss ich in zehn Minuten beim Kindergarten sein. Sie müssen gehen. Sofort.»

«Nein», sagte Nora und stellte einen Fuß in die Tür. Insgeheim hoffte sie, dass auch Krankenschwestern einen Eid ablegen mussten, keinem Menschen Schaden zuzufügen. Und dass ihr nur von einer Sandale geschützter Fuß nicht plötzlich brutale Bekanntschaft mit Jackies Haustür machen würde.

Jackie knallte Nora zwar nicht die Tür gegen den Fuß, aber

sie machte auch keine Anstalten, nachzugeben. «Sie müssen gehen. Sofort.»

Nora hasste sich zwar dafür, aber es gab einfach keinen anderen Weg über die Mauer des Schweigens, die die SecurCorp umgab: «Wäre es Ihnen lieber, wenn ich Sie noch einmal an Ihrem Arbeitsplatz besuche, damit Sie mir weitere Informationen über Felixia geben können?»

Es war Jackie förmlich anzusehen, wie sie aufgab. Die Muskeln, die bereit gewesen waren, ihr die Tür vor der Nase zuzuschlagen, entspannten sich, und sie gewährte Nora Einlass.

Sofort verschwand Jackie in der Küche, um die restlichen Einkäufe zu verstauen. Nora folgte ihr.

Hier war es hell und relativ ordentlich. Eine Packung Coco Pops stand auf dem Tisch, daneben eine kleine Pu-der-Bär-Schale mit einer Milchpfütze in der Mitte. Am Kühlschrank hingen zwei Zeichnungen. Auf der einen war ein Mensch mit einem riesigen Bauch zu sehen, der unter einer grünen Sonne stand und buchstäblich von einem Ohr zum anderen grinste. Die andere Zeichnung stellte eine Giraffe dar. Oder möglicherweise einen Hubschrauber. Darunter stand in Kinderschrift *Emily.*

«Aber ich muss wirklich in zehn Minuten weg», sagte Jackie.

«Verstanden, dann sollten wir wohl gleich zum Wesentlichen kommen. Wieso haben Sie mir die Broschüre gegeben?»

Jackie betrachtete Nora forschend. «Wer sind Sie denn in Wahrheit? Anwältin doch eher nicht, oder?»

Nora schüttelte den Kopf. «Nein, ich bin Journalistin.»

Sie sah, dass Jackie diese Information erst einmal verdauen musste und innerlich das Für und Wider jeder weiteren Aussage abwog, ohne zu einem Schluss zu kommen.

«Hören Sie zu, ich kann meinen Job nicht aufs Spiel setzen. Verstehen Sie? Ich kann nichts sagen, das meinen Job irgendwie gefährdet.»

Nora schaute ihr direkt in die Augen. «Wenn Sie damit fragen, ob ich Sie als Quelle schützen kann, also Ihre Anonymität wahren, dann ist die Antwort: grundsätzlich ja. Allerdings brauche ich dafür auch eine Begründung.»

«Und das können Sie garantieren?»

Nora zuckte mit den Schultern. «Ich gebe Ihnen mein Wort.»

Jackie biss sich auf die Lippe und trank einen Schluck aus der Wasserflasche.

«Kommen Sie, irgendetwas hat Sie doch dazu veranlasst, mir diese Broschüre zu geben», bohrte Nora nach.

Die Krankenschwester schloss fest die Augen, als könnte sie damit bewirken, dass Nora und das mit ihr verbundene Dilemma aus ihrer gemütlichen Küche verschwanden. Aber als sie die Augen wieder öffnete, war Nora selbstverständlich noch da und betrachtete sie aufmerksam.

«Bitte, Jackie. Kommen wir einfach gleich zur Sache. Wer ist Felixia? Was ist mir ihr passiert?»

Jackie schaute sie überrascht an. «Wer ist Felixia? *Wer ist Felixia?* Sie haben wirklich keine Ahnung, oder?»

«Was soll das denn heißen? Ich hatte gehofft, dass Sie mir helfen können, ein bisschen Licht ins Dunkel zu bringen», sagte Nora.

«Sie fragen, *wer* ist Felixia. Dabei müsste die Frage eigentlich lauten: *Was* ist Felixia?»

Nora hob verzweifelt die Arme. «Okay, *was* ist Felixia?»

Jackie schielte zur Uhr am Backofen. «Ich muss jetzt los, um meine Tochter abzuholen.»

«Dann komme ich mit, und wir reden unterwegs weiter», bot Nora an.

«Nein, das geht nicht. Ich will nicht, dass meine Tochter in die Sache verwickelt wird», sagte Jackie bestimmt.

Widerwillig gab Nora nach. «Also gut. Aber wann sprechen wir dann?»

«Heute Abend gegen sieben? Dann ist die Kleine im Bett, und wir können ungestört reden», sagte Jackie nervös.

Nora seufzte schwer. «Dann hoffe ich mal, dass es die Warterei wert ist.»

«Ist es.»

«Geben Sie mir Ihre Handynummer? Dann schicke ich Ihnen eine SMS, sobald wir da sind.»

Jackie schüttelte den Kopf. «Das halte ich für keine gute Idee.»

«Warum nicht?»

«Das ist ein Firmenhandy. Man weiß ja nie ...», antwortete Jackie und schob Nora in den Flur.

Kurz darauf stieg sie auch schon zu Pete ins Auto. Dieser war so in sein Handy vertieft, dass er gar nicht bemerkt zu haben schien, dass sie weg gewesen war.

«Und?», fragte er und schaute doch auf, als Nora sich auf den Sitz fallen ließ.

Kurz darauf kam Jackie aus dem Haus, eine Tasche über der Schulter. Sie wirkte verkniffen. Nora winkte ihr diskret zu, aber Jackie war zu konzentriert auf den Verkehr beim Überqueren der Straße. Oder aber sie tat einfach nur so, als hätte sie Nora nicht gesehen.

Nora speicherte Jackies Adresse im Navi und wandte sich dann an Pete, der schon wieder in sein Handy vertieft war.

«Wir haben einen Nachmittag totzuschlagen. Irgendwelche Vorschläge?»

Müde schaute er auf. «Wie wäre es damit, dass du mich durch das wirklich hübsche Umland kutschierst und dann ein idyllisch gelegenes Pub mit Biergarten für uns suchst, wo du mich auf ein hervorragendes Mittagessen inklusive Bier einlädst als Wiedergutmachung für ... Tja, wie nennen wir das nun am besten? Verschenkte Zeit? Langeweile?»

«Du bist dir hoffentlich im Klaren darüber, dass unsere heutige Unternehmung in einer ähnlichen Liga rangiert wie dieses eine Mal, als du mich zu einem Rugbyspiel zwischen Australien und Tonga mitgeschleppt hast. Zu was hast du dich zu dieser Gelegenheit noch gleich hinreißen lassen? Waren es ein Hotdog und eine abgestandene Cola?»

«Also, jetzt bist du ungerecht, Sand. Das waren sogar zwei Hotdogs. Ich will nicht kleinlich sein, aber es waren definitiv zwei.»

Sie stieg aus und ging um den Wagen herum. «Dann rück rüber. Wenn du was zu essen willst.»

Er schwang sich auf den Beifahrersitz, fast ohne den Blick vom Handydisplay zu lösen.

«Was spielst denn du, das so fesselnd ist? Candy Crush?»

Er schüttelte den Kopf und lächelte.

«Nichts dergleichen. Ich whatsappe mit Cheryl.»

«Pete, pass bloß auf, sonst endest du tatsächlich noch in diesem Jahrhundert. Ist das wohl so klug?»

Eine halbe Stunde später saßen sie unter einem riesigen Blauregen im *The Frog and the Princess* und warteten auf ihr Essen. Nora nippte an einem gekühlten Cider, während Pete sich ein Pint des lokal gebrauten Biers genehmigte, auf dessen Logo ein leuchtend roter Kampfhahn abgebildet war, was auch immer dieses Tier mit der Braukunst zu tun hatte.

«Okay, Sand, dann erklär mir mal, was los ist», sagte Pete, als die Bedienung ihm einen Teller mit Fish and Chips hinstellte.

Also erzählte Nora von ihrem ersten Besuch in Hawksyard und davon, dass sie in der Hauptzentrale der SecurCorp vor eine Wand gelaufen war.

Pete lauschte, ohne sie zu unterbrechen, tunkte dabei seine Pommes in das zu seinem Essen gereichte Erbsenmus und versenkte sie eine nach der anderen im Mund.

«Und was war das heute? Wem sind wir gefolgt?»

Mit einem Lächeln berichtete Nora von der Krankenschwester, die bislang den einzigen, schwachen Anhaltspunkt geliefert hatte.

Pete hob die Augenbrauen. «Und sie wollte einfach so mit dir sprechen?»

Nora zögerte ihre Antwort ein wenig heraus. «Na ja.»

«Na ja?»

«Okay, okay, ich musste sie ein wenig bedrängen ... Aber sie hat schließlich den ersten Schritt auf mich zu gemacht. Und es ist wichtig, dass wir endlich mal vorankommen.»

Pete brummte irgendetwas und trank dann einen ordentlichen Schluck Bier. «Hm, wir werden ja sehen, ob sie helfen kann.»

«Was soll ich denn sonst machen?»

«Tja, das weiß ich nicht. Vielleicht lieber die Schurken aufs Korn nehmen als die Unschuldigen?»

Nora wusste, dass er recht hatte, und zwar auf eine äußerst irritierende Art. «Schon klar. Aber dann sag mir doch, wo ...»

Es bimmelte in Noras Tasche. Big Ben verkündete, dass Krebs etwas von ihr wollte. Nora seufzte schwer: «To be continued ...»

Krebs kam sofort zur Sache. «Sand, ich komme gerade von Tausen.»

«Ja?»

«Er hat gehört, dass die PharmaCorp eine außerordentliche Pressekonferenz abhält, und zwar heute Nachmittag in London. Da solltest du dabei sein.»

«Aber ...»

«Laut Tausen heißt es für Biehl in dieser Woche alles oder nichts. Er hat es ein bisschen mit seinen Investitionen in Dubai übertrieben, das ist alles in Rauch aufgegangen. Wenn die PharmaCorp-Aktie nun einen großen Sprung macht, kommt es darauf an, in welche Richtung die Reise geht. Entweder macht sie ihn zum reichsten Dänen aller Zeiten oder stürzt ihn in den Konkurs», berichtete Krebs aufgekratzt.

«Ja, aber ...»

Krebs ignorierte sie. «Wir bringen das in der nächsten Ausgabe! Biehls Business auf der ersten Seite! Deshalb, Nora, musst du sofort los. Tausen hat dir die Adresse und den genauen Zeitpunkt gemailt. Deine Story für die erste Seite – und sie wird groß.»

«Ich stecke aber doch gerade mitten in etwas anderem. Und zwar ist es möglicherweise ein Durchbruch bei der Suche nach Amina.»

«Dafür hast du erst morgen wieder Zeit», sagte Krebs bestimmt.

Nora setzte noch einmal an. «Die großen Nachrichtenagenturen sind doch sicher vor Ort. Wieso übernehmen wir nicht die Informationen von Bloomberg und Reuters Finanz?»

«Nora Sand.» Krebs schlug einen neuen Ton an, den Nora für gewöhnlich als pädagogisch beschrieb, obwohl er im Grunde überhaupt nicht so klang.

«Die eigenen Beobachtungen eines Journalisten sind nicht zu übertreffen. Wir brauchen Reportageelemente. Wir müssen wissen, ob Biehl selbst anwesend ist, was er sagt, wie er es sagt, wie er sich gibt. Ich will die Farbe seiner Krawatte wissen. Und ob er Schweißflecken unter den Armen hat. Du fährst da hin. Basta», sagte Krebs und legte auf.

Obwohl Pete kein Dänisch konnte, hatte er die Situation richtig gedeutet und bereits die Bedienung herangewinkt, um nach der Rechnung zu fragen.

Nora zahlte, schwor sich aber, dass Krebs dieses Essen ausgeben würde.

«Wir müssen zurück nach London. Der Boss», erklärte sie.

Pete grinste. «Das habe ich mir schon gedacht. Von mir kommen keine Klagen, mir fällt schon was ein, was ich in London machen kann», sagte er mit einem verschmitzten Lächeln.

Nora verdrehte die Augen. «Die Krankenschwester wollte reden. Wer garantiert mir denn bitte, dass sie sich nicht plötzlich umentscheidet, wenn sie eine Nacht darüber schlafen kann?»

«Mal im Ernst, Sand. Wenn sie sich so schnell umentscheidet, dann liegt es vermutlich daran, dass sie im Grunde gar nicht wirklich mit dir sprechen wollte.»

Die Bedienung kam mit dem Kartenlesegerät zurück, und Nora schielte zu Pete hinüber, während sie den PIN-Code eintippte. «Schon möglich, aber ich kann es vertreten, dass eine Krankenschwester ein bisschen Bauchschmerzen bekommt – wenn es denn dazu dient, dass ein Mann die Liebe seines Lebens zurückbekommt. Ich tue, was in meiner Macht steht, um Amina zu finden. Das habe ich Manash versprochen.»

Pete stand auf und holte den Autoschlüssel aus der Tasche seiner Shorts. «Pass einfach nur auf, dass dir nicht die Story wichtiger wird als die Menschen, okay? Aber wir können gern morgen noch mal herkommen. Hast du ihre Handynummer? Kannst du ihr durchgeben, dass wir heute nicht mehr vorbeifahren?»

Nora ärgerte sich im Nachhinein, dass sie nicht darauf bestanden hatte, Jackies Handynummer zu bekommen. Sie nahm ihr Telefon und suchte im Telefonbuch nach ihr, fand aber keine Nummer. Wie die meisten modernen Menschen hatte auch Jackie keinen Festnetzanschluss mehr. Und die Handynummer herauszufinden, war unmöglich, besonders weil Nora nicht mal ihren Anbieter kannte. Obendrein handelte es sich um ein Firmenhandy.

Sie sah nach, wie spät es war, und überschlug dann schnell die Fahrtzeiten. «Wir müssen noch einmal bei ihr halten. Vielleicht kann sie ja doch schon jetzt fünf Minuten abzwacken. Oder ich hinterlasse ihr eine Nachricht.»

Zehn Minuten später stand Nora vor verschlossener Tür. Sie klopfte ein paarmal an, aber es kam keine Reaktion. Sonderbar. Wollte sie denn nicht nur ihre Tochter vom Kindergarten holen?

Eine leise Sorge meldete sich, aber Nora versuchte, sich

damit zu beruhigen, dass Jackie auf dem Rückweg vom Kindergarten tausend andere Dinge hatte unternehmen können. Vielleicht waren sie auf den Spielplatz gegangen. Oder einkaufen. Es war sicherlich alles in Ordnung.

Sie riss eine Seite aus ihrem Notizbuch und schrieb eine kurze Nachricht, dass sie am Abend leider verhindert war. Dazu setzte sie ihre Handynummer und den Hinweis, dass Jackie sich jederzeit melden könne. Darunter schrieb sie: *PS: Wenn ich nichts von Ihnen höre, komme ich morgen noch einmal vorbei. Ich hoffe, das ist in Ordnung.*

Nora hoffte von ganzem Herzen, dass Jackie all ihren Mut zusammengenommen und entschieden hatte, ihr zu erzählen, was in Hawksyard vorging.

Pete blickte zu ihr herüber, nachdem sie sich wieder zu ihm in den Wagen gesetzt hatte.

«Und du bist ganz sicher, dass niemand zu Hause war?»

«Hat ziemlich verlassen gewirkt auf mich.»

«Na, möglich, dass ich mir das nur eingebildet habe, aber mir war, als hätte sich eine Gardine bewegt.»

21. Kapitel

Pete setzte sie vorm London Stock Exchange ab, und Nora warf noch einen Blick auf die genaue Adresse, die Tausen ihr gemailt hatte. Nur drei Minuten später stand Nora im Eingangsbereich eines Gebäudes, das nur so strotzte vor Reichtum, Marmor und Geld, das existierte, seit die Medici-Familie im Florenz des 14. Jahrhunderts das Bankenwesen erfunden hatte. Und trotzdem war das alles reine Kulisse. Die amerikanische Bank, die das Gebäude als Hauptsitz nutzte, existierte gerade mal seit dreißig Jahren und war in dieser Zeit mit so vielen Konkurrenten fusioniert, dass selbst jemand, der seit Jahrzehnten in der Branche tätig war, nur eine schwache Erinnerung daran hatte, wie sie ursprünglich mal geheißen hatte und warum.

Eine junge Frau in einem figurbetonten schwarzen Kostüm, mit blondem Pferdeschwanz und roten Lippen hakte Noras Namen auf einer Liste ab, nachdem diese ihren Presseausweis vorgezeigt hatte. Im Gegenzug wurde ihr nun eine weiße Karte an einem breiten Band gereicht, die sie sich um den Hals hängen sollte. «Die müssen Sie permanent tragen», sagte die Frau und lächelte steif.

Nora passierte eine Reihe Aquarien mit tropischen Fischen und betrat einen halbdunklen Raum, an dessen einem Ende Kaffee und Wasser bereitgestellt waren. Am anderen standen Stühle vor einem Podium mit drei Plätzen, die alle mit Mikrophonen versehen waren. Außerdem warf ein Projektor ein animiertes PharmaCorp-Logo an die Wand: einen Adler mit Apothekerstab in den Krallen vor einem blauen Hintergrund.

Nora nickte einem deutschen Kollegen vom *Handelsblatt* zu, winkte dem Wirtschaftskorrespondenten der *Zeit* und setzte sich dann neben Patrick Millar von der *Financial Times*. Seit sie einem seiner Kollegen im Zuge einer großen Geschichte über ein einflussreiches dänisches Pharmaunternehmen ein paar Kontakte vermittelt hatte, war Patrick ihr gegenüber äußerst wohlwollend gesinnt gewesen, wenn sie sich zufällig auf Pressekonferenzen begegnet waren.

Als Nora nach London gezogen war, hatte sie gedacht, es sei ein Leichtes, unter den Briten gute Freunde und Kollegen zu finden. Es hatte sich jedoch herausgestellt, dass die britischen Journalisten zwar höflich und stets bemüht waren zu helfen, aber sonst lieber unter sich blieben. Entweder hatten sie zu viel zu tun, um noch Kontakte außerhalb der eigenen Redaktion zu pflegen, oder aber sie sahen keinen Sinn darin, Freundschaften mit jemandem aufzubauen, der das Land sowieso nach vier Jahren wieder verlassen würde, wenn in der heimischen Redaktion in Paris, Berlin oder Kopenhagen das Korrespondentenglücksrad das nächste Mal gedreht wurde.

Patrick schaute von den zusammengehefteten Blättern auf, die auf den Stühlen ausgelegt worden waren. «Hallo, Nora, wie geht's?»

«Nicht übel, und selbst?»

«Könnte schlechter sein. Aber auch besser», antwortete Patrick und folgte damit der typisch britischen Gesprächstradition, gemäß der man auf die höflichste Art alles und nichts sagte.

«Wie läuft es unter dem neuen, japanischen Inhaber?»

Patrick zuckte mit den Schultern. «Ganz okay. Bislang. Noch schrillen keine Alarmglocken.»

Nora fand, dass damit genügend Höflichkeitsphrasen ausgetauscht worden waren, und kam zur Sache. Wenn es jemanden gab, der wusste, was der Anlass dieser Ad-hoc-Pressekonferenz war, dann wohl die *Financial Times.* Die Zeitung hatte nie nennenswerte Konkurrenz bekommen, wenn es um die Geschäftswelt ging.

«Worum geht es denn heute? Was ist so drängend? Schlechte Nachrichten?»

«Keine Ahnung», sagte er.

«Nicht?»

«Also, man hört natürlich Gerüchte», gab er zu.

«Die du sicher alle ganz genau kennst.» Nora knuffte ihn leicht.

«Es sind trotzdem nur Gerüchte. Die ganze Story», er warf einen Blick auf seine Uhr, «bekommst du in weniger als zehn Minuten.»

Nora setzte ihr überzeugendstes Lächeln auf. «Schon, aber wie schlagen wir die Zeit bis dahin denn dann tot?»

Patrick raschelte mit den Blättern. «Vielleicht damit, das hier zu lesen?»

Nora schielte kurz darauf. Massenweise Zahlen, fein säuberlich in Tabellen gelistet. Halbjahres- und Quartalsergebnisse. Die Art, die Aktionäre und Hedgefondsmanager liebend gern groß an Wände projiziert sahen, die für die Allgemeinbevölkerung jedoch eher Hieroglyphen ähnelten. «Nun komm schon», quengelte sie.

«Also gut», lenkte er schließlich ein und nickte einem Journalisten in tadellosem Anzug zu, einem Kollegen von Bloomberg, der gerade neben Nora Platz nahm.

Patrick senkte die Stimme. «Man munkelt, dass die PharmaCorp Millionen und Abermillionen in ein Projekt gepumpt hat, das auf der Kippe steht. Entweder es stellt sich als Riesenerfolg heraus – oder als Flop. Wenn in den kommenden Monaten nicht brauchbare Resultate kommen, dann hakt man die Sache ab. Dann riskiert die Firma jedoch, dass die Aktien in den Keller fallen. Andererseits munkelt man, dass, wenn das Produkt was kann, es noch besser einschlagen wird als Viagra.»

Nora runzelte die Stirn. «Was könnte denn besser sein als Viagra?»

Patrick grinste. «Tja ...»

«Nein, nein, ich meine, was könnte denn ertragreicher sein als Viagra? Das geht doch für mehrere Millionen pro Jahr über den Tisch.»

«Eins Komma sechs Milliarden im letzten Jahr. Aber wer zählt da schon mit?», sagte Patrick trocken.

«Pfizer doch sicher», erwiderte Nora.

«Egal, worum es geht, PharmaCorp wird hier große Neuigkeiten präsentieren. Groß genug, dass sie vorher eine Bewilligung von der Börse eingeholt haben», sagte Patrick.

Eine Gruppe Männer in Anzügen kam herein und setzte sich in die ersten drei Reihen, wo Schilder mit der Aufschrift *reserviert* lagen. Sie waren offensichtlich keine Journalisten, sondern entweder Angestellte oder Investoren der PharmaCorp.

Nora suchte unter ihnen nach Erik Biehl, aber da sie alle mit dem Rücken zu ihr saßen, war es nicht gerade leicht, jemanden zu identifizieren. Jedenfalls war keine einzige Frau darunter. Die Stimmung in den ersten Reihen war erwartungsvoll, fast ausgelassen. Höchstwahrscheinlich war mit guten Neuigkeiten zu rechnen.

Als einer der Männer aus der ersten Reihe sich umdrehte, um dem hinter ihm Sitzenden etwas zu sagen, erhaschte Nora einen kurzen Blick auf sein Profil. Erik Biehl. Sie versuchte, seine Aufmerksamkeit zu erregen, damit er nach der Konferenz vielleicht nicht sofort wieder verschwand, sondern ihr noch kurz Rede und Antwort stand. Er sah sie allerdings nicht. Aber er lächelte entspannt und gut gelaunt. Ganz anders als der extrem gestresste Mann, den sie noch vor wenigen Tagen angetroffen hatte.

Die Tür ging auf, und herein kam der niederländische Direktor der PharmaCorp, Joop Meulenbelt. Neben ihm der Finanzdirektor – Nora warf einen Blick auf das Blatt, Alastair Arthur Atkins oder unter den Wirtschaftsjournalisten besser bekannt als Triple A – und schließlich ein Mann in einem weißen Laborkittel.

Der Mann im Kittel setzte sich zwischen die beiden PharmaCorp-Direktoren, und in diesem Moment wandelte sich das Bild des Projektors und teilte nun den versammelten Anwesenden mit, dass es sich um Professor David Carter handelte.

Das schwache Murmeln im Raum verstummte, als Joop Meulenbelt das Wort ergriff.

«Vielen Dank, dass Sie so zahlreich erschienen sind, um unsere guten Nachrichten mit uns zu teilen», sagte er. «Aber jetzt gebe ich das Wort lieber direkt an Professor Carter weiter.

Danach wird es noch Zeit geben, konkrete Nachfragen zu stellen», begrüßte er die anwesenden Journalisten.

Der Professor räusperte sich und gab einem Techniker am anderen Ende des Raums ein Zeichen. Das Bild wechselte zu dem von zwei extrem übergewichtigen Menschen, die mit dem Rücken zum Fotografen auf einer Parkbank saßen. Darüber befanden sich ein Tortendiagramm und eine Graphik, die eine ansteigende Kurve zeigte.

«Übergewicht gehört zu den ernsthaftesten Problemen der modernen Gesellschaft. Es ist eine der größten Bedrohungen unseres Wohlfahrtsstaats. Ein Kostenpunkt, der außer Kontrolle geraten scheint.»

Nora blickte sich unter den Anwesenden um. Die Journalisten hatten ihre Stifte gezückt und lauschten Carter gebannt.

«Allein hier in Großbritannien zahlt der Staat pro Jahr mehr Geld für Krankheiten, die im Zusammenhang mit Übergewicht stehen, wie zum Beispiel Diabetes, als für Polizei, Feuerwehr, Gerichte und Gefängnisse – zusammengenommen!», stellte der Professor fest. «So kann das nicht weitergehen. Das westliche Gesundheitssystem steht weltweit kurz vor dem Zusammenbruch. Dreißig Prozent der Weltbevölkerung sind übergewichtig oder sogar extrem übergewichtig.»

Carter schaute ins Publikum, um den Ernst der Lage zu unterstreichen und sicherzustellen, dass die Botschaft auch bei den Journalisten ankam. Ein paar hatten sich Zahlen notiert. Nora schielte zu Biehl hinüber. Er saß ganz still auf seinem Stuhl.

«Die Politik versucht seit Jahren, dieses komplexe Problem in den Griff zu bekommen. Steuern auf Fett wurden erhoben, zusätzliche Abgaben für Zucker, Informationskampagnen, aber nichts hat geholfen», sagte Carter und machte eine Kunstpause. «Bis jetzt.»

Er gab dem Techniker ein Zeichen, und schon flimmerte ein Werbefilm über die Wand. Eine Familie am Strand. Eine blonde, athletische Frau spielte mit ihren perfekt aussehenden Kindern in den Wellen. Dann kam ein Mann mit einem Wasserball dazu.

«Früher sah eine normale Familie so aus», sagte ein Sprecher mit einer so tiefen Stimme, dass man sofort an Morgan Freeman denken musste.

Es folgte eine Blende, dann die Aufnahme einer Straße in – wie Nora schätzte – New York. Eine Menge abgehetzter Menschen eilten über einen Bürgersteig. Viele von ihnen übergewichtig. Alle sahen unzufrieden aus. Die Kamera zoomte zu einem besonders dicken Mann, der gerade ein Eis verschlang und dabei ausdruckslos sein Spiegelbild in einem Schaufenster betrachtete.

«Heute leidet ein Großteil der Menschheit unter Übergewicht. Wir können nicht länger dem Druck standhalten, den diese vom Menschen geschaffene Krankheit auf die Gesellschaft ausübt», verkündete die tiefe Stimme.

Wieder ein Schnitt, diesmal sah man ein weißes Gebäude auf einem Grashügel, das eigentlich überall stehen konnte. Erst nur von oben, doch dann senkte sich die Kameradrohne langsam zur Fassade, und das Logo kam ins Blickfeld: *PharmaCorp.*

«Endlich ist die Lösung da: ein Mittel, das uns vor Krankheit und Tod und das Gesundheitssystem vor früher Überlastung schützen wird. Eine simple Tablette, die dem Übergewicht den Garaus macht. Für immer», versprach der Erzähler.

Aus den Augenwinkeln sah Nora, dass ein paar Journalisten

Blicke wechselten. Das klang zu gut, um wahr zu sein. Die meisten von ihnen waren gebannt auf ihren Stühlen vorgerutscht, ihre ganze Aufmerksamkeit war bei Carter und der Projektion.

«Das Mittel wurde in unserem weltberühmten PharmaCorp-Labor hier in Großbritannien entwickelt, wo wir eine Erfolgsrate von rund neunzig Prozent nachweisen können. Neun von zehn Versuchspersonen haben in nur einem Monat zwischen fünf und sechs Kilo abgenommen. Ohne Umstellung des Ernährungsplans oder zusätzlichen Sport. Nach sechs Monaten betrug der Gewichtsverlust bis zu zwanzig Kilo», fuhr der Sprecher fort.

Schnitt zu der Bilderbuchfamilie am Strand.

«PharmaCorp hat sich um ein globales Patent für dieses Mittel bemüht, das die Welt verändern kann, und hat es bekommen. Zusammen werden wir gesünder. Und leichter.»

Der Film war vorbei, es erschien wieder das Logo mit dem Adler.

Joop Meulenbelt lächelte zufrieden, als er sich plötzlich einem Wald aus hochgereckten Händen gegenübersah. «Sie müssen sich noch etwas gedulden», sagte er und schaute Triple A an, der bereits aufgestanden war.

«Wir rechnen damit, dass dieses Produkt die gesamte Pharmaindustrie auf den Kopf stellt. Die Verdienstmöglichkeiten sind enorm: Die Zielgruppe ist ein Drittel der Weltbevölkerung. Im ersten Anlauf wird es rezeptpflichtig sein, aber es spricht nichts dagegen, dass es auf lange Sicht frei verkäuflich sein wird und dann zu kosmetischen Zwecken angewandt werden kann. Des Weiteren sind besonders die Erfolgsaussichten auf dem amerikanischen Markt beträchtlich», stellte der Finanzdirektor fest.

Hinter ihm wechselte das Bild, das Logo wurde von einem Diagramm abgelöst, dessen Kurve konstant bergauf ging.

«Zunächst konzentrieren wir uns auf den amerikanischen und britischen Markt und bemühen uns um die dortige Zulassung. Sobald das geschehen ist, folgen die asiatischen Länder und dann der Rest der Welt. In den ersten fünf Jahren rechnen wir – nach einer vorsichtigen Schätzung – mit einem Gewinn von zwei Milliarden Dollar. Danach werden die Einnahmen vermutlich wieder etwas sinken, um sich anschließend zu stabilisieren.»

Nora runzelte die Stirn. War es der PharmaCorp wirklich gelungen, ein Mittel zu finden, wie man alles essen konnte, worauf man Lust hatte, und dennoch abnahm?

Joop Meulenbelt schaute in die versammelten Gesichter. «Nun, dann sind wir jetzt bereit für Ihre Fragen.»

Ein Journalist des *Wall Street Journal* hatte eine Seite der zuvor ausgeteilten Unterlagen aufgeschlagen, die verschiedene Diagramme zeigte, und wollte von Triple A einige Details dazu erläutert haben.

Der Mitarbeiter, den *The Economist* geschickt hatte, wollte von Professor Carter hören, was denn das Produkt der PharmaCorp besser mache als andere, die bereits auf dem Markt seien.

«Selbstverständlich kann ich hier wegen des Betriebsgeheimnisses nicht auf die Einzelheiten unseres Produktes eingehen, aber so viel kann ich sagen: Unser Patent beruht auf einer Weiterentwicklung von DNP. Uns ist es gelungen, die weniger schönen Nebenwirkungen, wenn ich das einmal so ausdrücken darf, zu eliminieren», erklärte er und schaute auf seine Zuhörer hinab.

Nora machte sich Notizen, behielt dabei aber, so gut es ging,

Biehl im Blick. Sie musste auf dem Sprung sein, um ihn abzufangen, sobald die Pressekonferenz vorbei war.

Der Finanzredakteur des *Daily Telegraph* stellte ein paar Fragen, und dann reckte auch endlich Patrick die Hand in die Luft. «Bislang haben Sie noch nicht erwähnt, wie das neue Produkt heißen soll», sagte er.

Carter schaute zu Meulenbelt und Triple A, woraufhin Meulenbelt leicht nickte. «Noch haben wir uns nicht auf einen Namen oder eine Marke festgelegt, unter der das Produkt vertrieben werden wird», sagte er zögernd. «Allerdings nutzen wir einen Arbeitsnamen auf dem amerikanischen und britischen Markt, und der lautet *Felixia*», gab er mit einem breiten Lächeln bekannt.

Nora stellten sich die Nackenhaare auf.

Kurz darauf war schon wieder alles vorbei. Das Deckenlicht wurde eingeschaltet, die beiden anwesenden Pressefotografen knipsten los, während die drei Männer auf dem Podium um die Wette grinsten.

Nora kämpfte sich durch die Traube von Journalisten hindurch, die glücklicherweise zu Triple A strömten, und konnte Erik Biehl auf die Schulter tippen, als dieser gerade aufstand. Er drehte sich mit einem breiten Lächeln zu ihr um, das erlosch, als er merkte, dass Nora kein potenzieller Investor war.

«Ja?», sagte er in abweisendem Ton.

Nora erwähnte *Globalt* und das Porträt, was ihn ein wenig zu versöhnen schien. Aber nicht genug. «Ich habe gerade keine Zeit für Interviews. Rufen Sie meine Sekretärin an, dann lässt sich sicher was arrangieren», erwiderte er knapp.

«Mit allem nötigen Respekt, Herr Biehl, wir haben schon einen Termin. Und zwar am Donnerstag. Gerade möchte ich nichts weiter als einen kurzen Kommentar zu dieser neuesten Entwicklung», sagte sie und deutete zum Logo der Pharma-Corp.

Sie sah, dass er zögerte, weshalb sie noch einmal nachlegte: «Kommen Sie, das ist doch auch in Ihrem Sinne. Wenn Sie sich selbst in diesen Artikel einbringen, entsteht ganz klar ein authentischeres Bild.»

Biehl schaute sie an und gab sich nicht unbedingt Mühe, seinen Sarkasmus zu verbergen. «Ach, ist das wirklich so?»

Nora tat jedoch so, als wäre ihr das entgangen, und nickte einfach nur.

«Wir sprechen am Donnerstag darüber», sagte er und machte auf dem Absatz kehrt.

22. Kapitel

Andreas war nicht da, als sie nach Hause kam. Aber ein Zettel verkündete, dass er zu Scotland Yard gefahren war und am Nachmittag mit Essen heimkommen würde. Nora schaltete den Computer ein und setzte Wasser für einen Lakritztee auf. Während sie darauf wartete, dass das Wasser kochte, schaltete sie den Fernseher ein und wechselte von BBC News zu Bloomberg. Ein Amerikaner im Anzug versuchte durch ein leichtes Näseln die Ergebnisse des heutigen Börsenhandels interessanter zu machen. Am unteren Bildrand lief ein unendliches Band an Zahlen, die sich permanent veränderten. FTSE 100, DAX und die weltweit größten Börsen.

Sie nippte am Tee und holte das Handy aus der Tasche. Jackie hatte sich nicht gemeldet. Wieder ärgerte Nora sich, dass sie nicht darauf bestanden hatte, ihre Nummer zu bekommen.

Der Moderator kündigte eine Schalte nach New York an, wo er eine Frau in einem kobaltblauen Blazer als Börsenexpertin auf dem Gebiet der Pharmaindustrie vorstellte.

«Ist die Meldung von PharmaCorp so etwas wie eine Wende?», fragte der Moderator.

Nora stellte den Ton lauter und angelte ein noch wenig benutztes Notizbuch von dem Stapel auf dem Schreibtisch.

«Das kann man so sagen. Nach der heutigen Pressekonferenz erwarten wir einen heftigen Anstieg der PharmaCorp-Aktie», antwortete die Frau.

«Aber es gibt doch noch so viele Unklarheiten», hakte der Moderator nach.

«Ausschlaggebend wird sein, ob die amerikanischen Behörden das Mittel zulassen. Man munkelt jedoch in Pharmakreisen schon, dass die Zulassung so gut wie durch ist. Und das ging schnell. Deshalb raten die meisten Analysten: Kaufen Sie jetzt PharmaCorp. Und wer schon Aktien hat: Bloß behalten, der Höhepunkt ist noch nicht erreicht.»

Da sie danach über chinesische Nachahmungspräparate sprachen, stellte Nora den Fernseher wieder leiser und setzte sich an den Computer. Dort tippte sie «DNP» in die Suchmaschine ein und las sich dann in Dinitrophenol ein. Ein Stoff, der in Pestiziden, Farben und Holzschutzmitteln Anwendung fand. In den 1930ern war der eine oder andere Wissenschaftler davon überzeugt gewesen, dass er sich auch zur Einnahme durch den Menschen eignete. In den USA erfuhr DNP zwischen 1933 und 1938 eine recht kurze Hochzeit als Wundermittel zur Gewichtsabnahme, bis das Präparat wieder vom Markt verschwand.

Wütend bimmelte Big Ben auf ihrem Tisch. Nora griff seufzend zum Telefon. «Sand.»

«Wie ist es gelaufen?»

«Nun, ich habe ein Interview mit dem Mann. Am Donnerstag.»

«Großartig. Wir rechnen zur nächsten Woche mit einem großen Aufmacher. Schau mal, ob du ein paar Zahlen für uns findest, die wir an die Graphikabteilung schicken können. Wir wollen Biehls Werdegang darstellen, die Hochs und Tiefs. Das wird ein richtiger Reißer.»

Sie machte ein Geräusch, das Krebs deuten durfte, wie er wollte. Sie legten auf, und mit schwerem Herzen rief Nora bei Manash an.

Sie konnte hören, wie viel Beherrschung es ihn kostete, ruhig zu bleiben, als sie ihm berichtete, dass es nichts Neues über Amina gab. Und sie konnte sich fast nicht überwinden, ihm zu erklären, dass sie sich gezwungen sah, die einzige Spur, die sie bislang gehabt hatte, ruhen lassen zu müssen, weil die Story über einen dänischen Geschäftsmann wichtiger geworden war. Das war schließlich keine Entschuldigung.

«Hoffentlich sieht es morgen schon besser aus. Vielleicht finden Sie sie ja morgen», sagte er. Es war nicht zu überhören, wie er sich an diese Hoffnung klammerte, nur um die dunklen Gedanken fernzuhalten.

Nora konnte nicht viel Tröstliches sagen. «Ich fürchte, dass es so schnell leider nicht gehen wird. Aber ich tue, was ich kann», versprach sie ihm, bevor sie auflegten.

Nora googelte noch einmal Jackie Bowers Adresse und fand nach einer Weile die Nummer ihres Nachbarn, Mr. Robertson. Sie rief ihn an und erzählte ihm, Jackies Telefon sei kaputtgegangen, sie müsse sie aber dringend erreichen. Ob er nicht einmal nachsehen könne, ob sie zu Hause sei. Nora gab ihm ihre Nummer, und nur fünf Minuten später rief er sie zurück. Gehörig außer Atem.

«Sehr sonderbar. Es ist niemand an die Tür gekommen, aber es macht den Eindruck, als wäre sie zu Hause», sagte er.

«Inwiefern?», fragte Nora.

«Der Fernseher läuft, sehr laut aufgedreht. Klang wie *Eastenders*, zumindest das, was ich durch den Briefschlitz gehört habe», sagte Mr. Robertson.

«Aber Jackie hat nicht aufgemacht?»

«Genau. Sie war wohl zu gefesselt vom Fernsehen», sagte er gutmütig.

«Haben Sie geklingelt?», fragte Nora mit steigender Sorge.

«Ja. Ich habe sogar durch den Briefschlitz gerufen. Das sieht ihr eigentlich gar nicht ähnlich, normalerweise kommt sie sofort, wenn man klingelt. Wir teilen uns manchmal den *Guardian*», erklärte Mr. Robertson.

Nora bedankte sich schnell und legte auf.

Dann warf sie einen Blick auf die Uhr. Schon zu spät, um noch einmal hinzufahren. Es würde allein zwei Stunden dauern, nun zur Hauptverkehrszeit überhaupt aus London rauszukommen. An wen konnte sie sich bloß wenden?

Sie stöberte in ihren Handykontakten, schob ihre Schuldgefühle beiseite und rief Millhouse an. Sie hatte den britischen Psychologieexperten kennengelernt, als sie Scotland Yard den ausschlaggebenden Hinweis überbracht hatte, um eine Reihe Morde an jungen Frauen aufzuklären. Seither standen sie in sporadischem Kontakt. Sie wusste, dass diese Angelegenheit zu klein war für den Leiter der Profilingabteilung, Spencer, aber vielleicht war Millhouse ja bereit zu helfen.

Er war noch im Büro und hob schon nach einem Tuten ab.

«Sand», sagte sie und hörte sogleich, dass er gedanklich ganz woanders war.

«Mmm», machte er abwesend.

«Wie geht's?», fragte sie aus reiner Höflichkeit.

«Viel Arbeit. Große Sache. Darf nichts sagen.»

Millhouse wäre ein hervorragender Funker gewesen, schade, dass er dafür im falschen Jahrhundert lebte.

«Okay, ich fasse mich kurz», sagte Nora und erklärte, dass gerade eine für eine Recherche wichtige Frau offenbar verschwunden war. Mit ihrem kleinen Kind.

«Jetzt bin ich verwirrt», sagte Millhouse in seinem nervigsten Ton. «Welches Verbrechen soll denn da vorliegen? Es handelt sich doch nur um eine Frau, die möglicherweise seit ein paar Stunden nicht nach Hause gekommen ist.»

«Das stimmt grundsätzlich, wenngleich es doch noch ein bisschen komplizierter ist.»

«Sand, ich verstehe nicht, warum ich Zeit ...»

«Jetzt pass mal auf, Millhouse. Mir ist klar, dass ich da um einen ziemlich großen Gefallen bitte, aber kannst du es vielleicht irgendwie arrangieren, dass da mal jemand nach dem Rechten sieht? Einfach nur, um zu gucken, ob alles in Ordnung ist?»

«Und warum machst du das nicht selbst?»

«Dazu bleibt keine Zeit. Sie ist die Einzige, die mir dabei helfen kann, eine Frau zu finden, die spurlos verschwunden ist, und nun ist sie selbst weg. Bis ich da draußen bin, sind alle Spuren längst verwischt.»

«Was ist das denn für eine Frau? Wir sind doch gar nicht zuständig.»

«Nein, das weiß ich. Aber ich würde dich doch nicht um Hilfe bitten, wenn es hier nicht um Leben und Tod ginge. Du hast die Chance, eine Frau zu retten.»

Millhouse seufzte schwer. «Wenn ich das mache, hörst du dann auf, mich anzurufen und zu nerven?»

«Ehrenwort», sagte Nora und meinte es ernst.

«Okay, dann gib mir die Adresse. Aber ich kann nichts versprechen. Du weißt schon, Kürzungen und so weiter. Das kann gut und gern ein paar Stunden dauern.»

«Danke dir.»

«Und *ich* melde mich. Ruf mich auf keinen Fall noch mal an. Ich sitze hier gerade an einer wirklich ernsten Sache», sagte Millhouse und legte auf.

Nora kam nach dem Gespräch trotzdem nicht zur Ruhe. Sie brauchte einfach Gewissheit, dass es Jackie gutging. Wenn sie doch nur wirklich einfach dagesessen, in Ruhe *Eastenders* geschaut und keine Lust auf einen Plausch gehabt hatte.

Da hörte Nora den Schlüssel im Schloss. Andreas kam herein, in der Hand Papiertüten vom nächstgelegenen Inder. Er sah müde aus. Sie gab ihm einen flüchtigen Kuss auf die Wange und suchte dann Teller und Besteck zusammen, während er sich aus seinem Pulli quälte. Der Duft von Basmatireis, Jalfrezi und Tikka Masala verbreitete sich im Raum. Nora füllte einen Krug mit Leitungswasser, öffnete eine Weinflasche und schenkte Rotwein in zwei Wassergläser.

Andreas nahm eins der Gläser, das sie ihm reichte, und kam ganz nah zu ihr. Strich ihr das Haar aus der Stirn und küsste sie. Es fühlte sich an, als würde sich jemand des Knäuels aus Stacheldraht annehmen, das sie in sich trug, um es behutsam und gewissenhaft zu entwirren.

Er verband seinen iPod mit der Stereoanlage. Schon bald ertönten die beruhigenden Klänge von Quadron aus den Lautsprechern. Dann setzte er sich an den Tisch, verteilte das Essen und langte mit gutem Appetit zu. Nora trank Wein und stocherte auf ihrem Teller herum. Hatte plötzlich keinen Hunger mehr.

Als Andreas aufgegessen hatte, schob er den Teller weg. «Wir müssen reden», sagte er dann.

«Das müssen wir», sagte sie und spürte, wie sich der Stacheldraht wieder verknotete.

Er rang nach den richtigen Worten. «Nora, ich …»

Sie ertrug es keine Sekunde länger und unterbrach ihn: «Sag es doch einfach. Du gehst zu ihr zurück. Ihr macht einen auf Familie. So – jetzt habe ich's für dich ausgesprochen, jetzt haben wir es hinter uns.»

«Hör mir doch erst mal zu. Das wollte ich überhaupt nicht sagen.»

Nora trank einen Schluck Wein. Schenkte nach. Wich seinem Blick aus.

«Nora, ich bin hier. Bei dir in London, weil ich mit dir zusammen sein möchte.»

Sie schaute auf, ihm in die Augen. Sie trank noch einen Schluck Wein und senkte den Blick wieder auf die Tischplatte.

«Aber ich werde Vater. Ob ich das nun will oder nicht. So ist es einfach», sagte er und schwieg dann kurz. «Wenn ich es selbst hätte bestimmen können, hätte ich das dann so gewollt? Sicher nicht. Aber ich wurde nicht gefragt. Und jetzt ist es eben so, und ich muss mich damit arrangieren.»

«Ich weiß bloß nicht, wie ich in das Bild passen soll», sagte Nora.»

Andreas zuckte mit den Schultern. «Das weiß ich auch nicht. Nur, dass ich mit dir zusammen sein will, nicht mit Brigitte. Allerdings kann ich auch nicht bis in alle Ewigkeit in London bleiben. Das wussten wir schließlich von Anfang an. Was hast du denn gedacht, wie das mit uns beiden weitergeht, Nora?»

Darauf hatte sie keine Antwort. Also griff sie nach der Gabel und stocherte in ihrem Lammfleisch herum, während sie versuchte, ihre Gedanken zu sammeln. Was *hatte* sie sich denn gedacht? Dass sie bis an ihr Lebensende in einer mikroskopisch kleinen Wohnung in Belsize Park zusammen wohnen bleiben würden? Dass sie ihren Korrespondentinnenjob an den Nagel hängen und Polizistenehefrau in Dänemark werden würde?

«Andreas, ich ...»

Weiter kam sie nicht, weil das Telefon klingelte. Millhouse.

«Sand, es sieht nicht gut aus», sagte er.

«Was?»

«Könntest du mir noch einmal die Adresse bestätigen?»

Nora suchte schnell ihr Notizbuch hervor und las die Adresse vor.

«Du musst Kontakt zu der örtlichen Polizeidienststelle aufnehmen», sagte Millhouse.

«Wieso? Was ist passiert?»

«Das Haus steht in Flammen, die Feuerwehr ist gerade im Einsatz.»

Kalte Angst breitete sich in Noras gesamtem Körper aus.

«War noch jemand drin?»

«Das können sie noch nicht sagen. Als die Feuerwehr eintraf, brannte es schon lichterloh. Es war zu gefährlich hineinzugehen. Gerade tun sie ihr Möglichstes, damit die Flammen nicht auf die Nachbarhäuser übergreifen», erklärte Millhouse.

«Wann brach das Feuer aus?»

Millhouse antwortete nicht gleich, Rascheln war zu hören, er schien in seinen Unterlagen nachzuschauen. «Ein Mr. Robertson hat die Feuerwehr vor ungefähr einer halben Stunde verständigt. Das ging alles sehr schnell.»

«Danke», sagte Nora.

«Melde dich bei der Polizei. Meine Kontaktperson Jon Denbigh erwartet morgen deinen Anruf, sofern du relevante Informationen über die Familie hast, die das Haus bewohnt.»

«Selbstverständlich», sagte Nora und legte auf.

«Das klang ernst.» Andreas schaute sie fragend an.

«Es ist fürchterlich! Ich war heute bei einer Frau. Bei ihr zu Hause. Sie wollte nicht mit mir sprechen. Ich glaube, jemand hat sie zum Schweigen verdonnert, aber ich wollte mich damit nicht zufriedengeben. Ich habe immer weiter nachgehakt. Und jetzt brennt ihr Haus!» Nora war kurz davor, in Tränen auszubrechen.

«Aber mit ihr ist alles in Ordnung?»

Nora hob die Schultern. «Das weiß ich nicht. Ach, ich hätte sie nicht so unter Druck setzen dürfen.»

Andreas zog sie an sich und umarmte sie fest. Einen Augenblick lang verharrte sie so, den Kopf an seiner Brust. Sein ruhiger Herzschlag hypnotisierte sie. Dann riss sie sich los.

«Das ist meine Schuld!»

Andreas fasste sie an den Schultern. «Jetzt hol erst mal wieder Luft und beruhig dich. Hast du etwa das Feuer gelegt?»

«Nein, selbstverständlich nicht! Aber sie wollte nicht mit mir sprechen. Sie hatte Angst. Ich muss da hin ...»

«Und was willst du dort?»

«Ich muss einfach ...»

«Nora, betrachte das mal ganz nüchtern. Entweder stehst du dann vor einem brennenden Gebäude oder – im schlimmsten Fall – vor einer qualmenden Ruine. Es ist besser, die Feuerwehr in Ruhe ihre Arbeit machen zu lassen und abzuwarten, was sie morgen wissen, wenn sich der Rauch verzogen hat.»

Widerwillig musste Nora sich eingestehen, dass Andreas

recht hatte. Trotzdem wollte sie unbedingt herausfinden, was mit Jackie geschehen war. Ob sie sich im Haus aufgehalten hatte, als das Feuer ausbrach.

Sie warf einen Blick auf die Uhr und dachte nach. Es war zu spät, um bei der Verwaltung in Hawksyard anzurufen. In Houston hingegen war heller Nachmittag, und die Nummer der Hauptzentrale der SecurCorp war noch im Speicher ihres Telefons. Schon bald meldete sich jemand und stellte sie zur Presseabteilung durch. Dort traf sie erneut auf ihren speziellen Freund Walther Smith, der sich allerdings nicht an sie und ihren Anruf erinnern konnte, sondern die gleiche Masche versuchte wie bei ihrem letzten Gespräch: Bevor sie überhaupt ihr Anliegen vortragen konnte, verwies er auf Pressemeldungen und Internetseiten.

Nora hörte sich das vielleicht zwanzig Sekunden lang an und fiel ihm dann ins Wort: «Ich rufe nicht an, um mich über Ihre wirtschaftlichen Vorhaben zu informieren. Ich rufe an, weil ich hoffe, über Sie in Kontakt zu einer Ihrer Mitarbeiterinnen zu kommen, die in Hawksyard arbeitet. Können Sie mir eine Nummer nennen, wo auch außerhalb der Geschäftszeiten jemand zu erreichen ist?»

«Jede Form der Kommunikation läuft über die Hauptzentrale. Und das bin in diesem Fall ich», erklärte Walther Smith in seinem sonderbar nasalen Ton.

«Ja, das habe ich verstanden», sagte Nora, die sich nur schwer beherrschen konnte, nicht laut loszubrüllen. «Aber es handelt sich um einen Notfall. Um eine Ihrer Mitarbeiterinnen», schob sie hinterher.

«Welche Mitarbeiterin?»

«Das ist unerheblich», sagte Nora.

Ob Jackie nun etwas zugestoßen war oder nicht, Nora wollte unter allen Umständen verhindern, ihr noch mehr Probleme zu bereiten, als sie sowieso schon hatte.

«Das erschwert es mir natürlich, Ihnen zu helfen», entgegnete Walther Smith trocken.

«Gibt es denn keine Nummer in Großbritannien, unter der ich auch außerhalb der Geschäftszeiten jemanden in Hawksyard erreichen kann? Mir ist klar, dass Sie die unter normalen Umständen nicht herausgeben, aber dies ist ein Notfall.»

«Möglich, dass so eine Nummer existiert, aber – wie Sie schon sagen – die kann ich Ihnen nicht geben. Sonst noch etwas?»

Nora hätte liebend gern einen Ziegelstein nach ihm geworfen. Bis nach Texas. «Ja, nur eine Kleinigkeit. Welche Verbindung besteht zwischen Ihrer Firma und der PharmaCorp?»

Walther Smiths Antwort folgte sogleich: «Das ist unsere Tochtergesellschaft. Eine Information, die Sie auch über unsere Internetseite in Erfahrung bringen können. Unter ‹verwandte Gesellschaften›. Und wissen Sie was?» Nora erwiderte darauf nichts, diese Genugtuung verweigerte sie ihm. Aber er fuhr trotzdem fort: «Ich bin für die gesamte Kommunikation zuständig, auch die der Tochtergesellschaften.»

Nora stellte sich Walther Smith als einen sonnenverbrannten Hinterwäldler mit gigantischem Cowboyhut vor, der aus einer heruntergekommenen Westernstadt gejagt wurde – à la Lucky Luke –, ehe man ihn teerte und federte. Sie verabschiedete sich nicht einmal, bevor sie auflegte.

Ohne große Hoffnungen wählte sie Hawksyards Nummer. Erfolglos. Sie ließ es klingeln. Zehnmal. Fünfzehnmal. Im Hintergrund hörte sie Andreas herumwurschteln. Er schaltete den Fernseher ein, wo BBC News lief. Aus den Augenwinkeln sah sie, dass er seinen iPod aus der Anlage löste und in die Jackentasche steckte.

Er hatte seine Jacke an.

Und dann stand er an der Tür. Sie nahm den Hörer vom Ohr und schaute ihn fragend an.

Er schüttelte den Kopf.

«Wo gehst du denn hin?», fragte sie, während es am anderen Ende der Leitung weiter klingelte und klingelte.

«Ich geh ein bisschen raus. Du hast offensichtlich keine Zeit für Besuch.»

Sie legte das Telefon weg. «Komm, setz dich zu mir.»

«Nora, du hast doch keine Zeit.»

«Doch, ich bin gleich fertig», versprach sie.

Er zögerte, nahm langsam die Hand von der Klinke. Machte einen Schritt in den Flur.

Dann klingelte ihr Telefon erneut. Millhouse, wie das Display verriet.

Sie lächelte entschuldigend. «Da muss ich rangehen, aber ...»

Wie üblich kam Millhouse sofort zur Sache. «Die Feuerwehr hat sich gerade gemeldet. Es deutet nichts darauf hin, dass jemand im Haus war. Ich dachte mir, das willst du vielleicht wissen.»

«Ja, danke! Vielen Dank!»

«Da gibt es noch etwas, was dich interessieren könnte. Nicht gesichert, ehe die Techniker vor Ort waren und ihren Bericht abgeschlossen haben, aber mein Kontakt meint, alles deutet auf Brandstiftung hin. Und offenbar wollte jemand, dass es besonders schnell geht, und hat zu großen Mengen Benzin gegriffen.»

«Oh, nein!»

«Oh, doch. Denk dran, dich bei Denbigh zu melden. Vielleicht ruft er auch selbst an, ich hab ihm deine Nummer gegeben.»

Als sie sich wieder umdrehte, war Andreas weg.

Sie ließ sich aufs Sofa plumpsen. Saß einfach nur da und starrte an die Decke. Dann nahm sie das Telefon wieder zur Hand und wählte sich systematisch durch die Nummern von Hawksyard. Die Hauptnummer endete auf 00, weshalb sie nacheinander alles von der 01 bis zur 14 wählte, bis sie endlich jemanden erreichte.

«Hauptwache», sagte eine Männerstimme.

«Ich muss Jackie Bower sprechen, es ist wichtig.»

«Mit wem möchten Sie sprechen?»

«Jackie Bower.»

Stille.

«Und mit wem spreche ich?»

«Einer Freundin. Ich habe hier einen Notfall und erreiche sie nicht.» Nora hangelte sich am Rande der Wahrheit entlang.

Der Wachmann brummte: «Und wo soll sie arbeiten?»

«Bin ich da nicht bei Hawksyard gelandet?»

«Doch, aber hier gibt es niemanden, der Bower heißt.»

«Mir ist klar, dass Sie nicht einfach Informationen über Mitarbeiter herausgeben dürfen, aber ich bin hier wirklich verzweifelt. Glauben Sie mir. Ich würde nicht um diese Uhrzeit anrufen, wenn es nicht wichtig wäre. Könnten Sie nicht eine Ausnahme machen?»

Der Wachmann seufzte schwer. «Sie hören mir nicht richtig zu. Ich wiederhole: Hier gibt es niemanden, der Bower heißt! Niemand mit diesem Namen arbeitet hier. Habe ich mich nun verständlich genug ausgedrückt?»

«Ja», sagte Nora und legte auf.

23. Kapitel

Sie kamen zu zweit auf sie zu, aber Nora hatte sie erst im letzten Moment aus den Augenwinkeln wahrgenommen, als sie schon reagieren musste.

Sie befasste sich zuerst mit dem Größeren. Ein muskulöser junger Mann von dunkler Hautfarbe. Sein Begleiter war eine Bohnenstange mit rasiertem Kopf und Tätowierungen an beiden Armen. Dazu große Muskeln, wie sie nur hatte, wer zu lange im Fitnessstudio stand und permanent die falschen Übungen machte. Er bewegte sich schwerfällig, weshalb Nora entschied, dass von ihm weniger Gefahr ausging.

Sie deutete einen Kreistritt an, er wich nach rechts aus, wo sie ihn mit einem soliden Haken erwischte. Nicht stark genug, um ihn zu Boden zu bringen, aber ausreichend, ihm das widerliche Grinsen aus dem Gesicht zu pusten. Geduldig wartete sie auf eine gute Gelegenheit, die kam, als er sie angriff. Nora stemmte ihren hinteren Fuß in eine Ecke und trat ihm dann mit provokanter Leichtigkeit die Beine weg. Im Bruchteil einer Sekunde lag er im Gras und konnte schön die Baumkronen von unten begutachten. Aber ihr Triumph währte nicht lange, denn auch wenn der Angreifer schwerfällig war, so war er doch beharrlich. Sie versuchte, seinen Rhythmus zu kopieren, und erwartete, dass ihn das ermüdete, langsamer machte. Und dann bekam sie endlich seinen Fuß zu fassen, klemmte ihn sich unter den Arm, hielt ihn dort fest und ruckte seinen Körper näher an ihren, um ihn aus dem Gleichgewicht zu bringen. In dem Moment, in dem sie glaubte, es wäre ihr geglückt, traf sie ein Kinnhaken. So präzise, dass ihr schwarz vor Augen wurde und die Beine nachgaben. Und schon lag auch sie im Gras.

Enzo half ihr auf und war absolut nicht zufrieden mit ihr: «Ach, Nora! Du kommst nicht zum Training, und du wirst nachlässig! Das ist ein Skandal. Diese Kicks, die du ablieferst – selbst meine Oma in Amalfi könnte das überzeugender als du! Wo ist bloß deine Angriffstechnik? Wo die Finesse? Hast du in den paar Wochen wirklich alles vergessen, was ich dir beigebracht habe?»

Italienisches Drama, für den besonderen Effekt raufte er sich die Haare.

Das mit den Trainingspartnern war neu. Enzo fand, sie müsste mehr kämpfen. Es hatte ein paar frustrierende Versuche mit übertrieben höflichen Briten gegeben, die nicht über den Grundsatz hinweggekommen waren, dass man – egal, unter welchen Umständen – keine Frau schlug. Selbst dann nicht, wenn sie mit Boxhandschuhen vor einem stand und zum Kampf bereit war. Aber jetzt hatte Enzo offenbar ein paar ausländische Schüler gefunden, die nicht durch übertriebene Gentleman-Manieren gehemmt waren.

Andreas hatte sie tief schlafend und laut schnarchend daheim zurückgelassen. Er war am Vorabend erst sehr spät zurückgekommen, und Nora hatte so getan, als würde sie schlafen.

Im Laufe der Nacht mussten sie im Schlaf eine Übereinkunft getroffen haben, die zuließ, dass sie sich völlig miteinander verknoteten, denn so wachte Nora auf, als der Alarm ihres Handys munter *My Baby just Cares for Me* plärrte. Andreas hatte sich schlafend abgewandt, und sie hatte sich schnell die Trainingsklamotten angezogen, Boxhandschuhe und Schienbeinschoner in die Tasche geworfen und sich auf den Weg nach Primrose Hill gemacht.

Ihre beiden neuen Trainingspartner, Ben und Owen, verschwanden im leichten Trab. Nora wusste nicht, wo sie die Energie dafür noch hernahmen. Sie konnte sich eigentlich nur noch mit Enzo zum nächstgelegenen Café schleppen, wo er sich zwanzig Minuten und zwei doppelte Espressi lang über seinen neuen Schwiegersohn George beschwerte, der nichts von italienischen Traditionen verstand.

«Hast du ein Beispiel?», fragte Nora.

Enzo dachte nach. «Er bietet nur Tee an, wenn man ihn besucht», sagte er sauer und schaute tief in seine Espressotasse.

Nora grinste schief. «Davon abgesehen ist er aber okay?»

Widerwillig musste Enzo zugeben, dass das vielleicht, aber auch nur vielleicht, zutraf. «Also, er ist sicher nicht perfekt. Er hat ein Kind irgendwo in Yorkshire aus einer früheren Beziehung. Aber er ist ziemlich verrückt nach Suzanna. So, wie er sie anschaut, kann ich mir sicher sein, dass er gut auf sie aufpassen wird.»

Und da spürte sie plötzlich, wie sehr sie Andreas vermisste. Wie da plötzlich wieder Hoffnung war, im Gegensatz zu den letzten Tagen. Sie mussten einfach eine Lösung finden.

Auf dem Heimweg kaufte sie Zeitungen, ein Netz mit frischen Orangen und Brot. Außerdem ging sie in das Café gegenüber von ihrer Wohnung und ließ dort einen Latte zum Mitnehmen genau so machen, wie Andreas ihn am liebsten mochte. Als sie die Tür aufschloss, hörte sie ihn im Bad.

Also parkte sie den Kaffee auf dem Tisch und machte sich daran, die Orangen zu pressen. Dann stellte sie eine Pfanne auf den Herd und krempelte den Kühlschrank auf der Suche nach Frühlingszwiebeln und ein paar leicht schrumpeligen Chilis um. Schließlich schlug sie ein paar Eier auf und rieb Parmesan hinein. Als Andreas mit tropfenden Haaren und nichts als einem Handtuch um die Hüften aus dem Bad kam, stand das Frühstück bereit.

«Ach, da bist du», sagte er mürrisch.

«Hast du meine Nachricht nicht gesehen?», fragte sie und zeigte zu dem Stück Zeitung, das sie ausgerissen, mit nichts als dem Wort *Kickboxen* versehen und auf den Küchentisch gelegt hatte.

«Doch, den Zettel hab ich gesehen, aber ich war mir nicht sicher, ob der mir galt oder von wann anders war und an dich selbst gerichtet. Du gehst ja sonst nicht dienstags zum Kickboxen.»

«Ich bin kurz duschen», sagte Nora und verschwand im immer noch dampfend warmen Bad, wo sie sich ihrer durchgeschwitzten Trainingsklamotten entledigte.

Nach der Dusche föhnte sie sich die Haare, schob sich an Andreas vorbei und zog sich an. Dann rief sie bei Millhouse an, um in Erfahrung zu bringen, ob es etwas Neues gab. Er ging jedoch nicht dran.

Andreas schaute nicht einmal auf. Er nippte an seinem Kaffee und las hochkonzentriert den Sportteil des *Guardian*.

Die halbe Stunde voller Paraden und permanenter Einsatzbereitschaft wirkte nach und pumpte ihr immer noch Adrenalin durch die Adern. Das Letzte, was sie wollte, war, hier zu hocken und schmollend den ganzen Vormittag verstreichen zu lassen. Mit unbekümmerter Miene setzte sie sich im gegenüber an den Tisch und schmierte sich eine Scheibe Brot mit Butter und einer Extraportion Stachelbeermarmelade.

Andreas räusperte sich, sagte aber nichts. Stille breitete sich zwischen ihnen aus wie Schimmel auf einem saftig roten Apfel.

«Andreas?», sagte sie schließlich.

Er schaute auf, und plötzlich sah sie in ihm den kleinen Jungen, der er einmal gewesen sein musste. Verletzlich. Ein Junge, dessen Vater bei einem Motorradunfall ums Leben kam, als er vierzehn war. Bevor er selbst einen Eindruck davon hatte, was es eigentlich hieß, ein Mann zu sein. Er musste allein durch dieses Leben wandeln, ohne einen Vater, den er so wichtige Dinge fragen konnte wie: was man mit einer Exfreundin macht, die nicht loslassen will. Oder mit seiner Partnerin, die darüber wahnsinnig wird. Oder was es heißt, Vater zu sein. Selbst wenn man das gar nicht selbst gewollt hat. Er sah vollkommen allein und verlassen aus.

Sie ging zu ihm und setzte sich auf seinen Schoß. «Jetzt hör mal zu. Ich habe keine Ahnung, wie es weitergehen wird. Kann ja sein, dass wir das beide furchtbar finden werden. Aber können wir uns nicht einfach darauf einigen, dass wir abwarten und schauen, ob es funktioniert?»

Er nickte. Sagte nichts.

Langsam ließen seine großen Hände die Zeitung sinken, dann schloss er Nora in die Arme. Drückte sie fest an sich. «Ach, ich weiß nicht ... Als ich wach geworden bin und du nicht da warst, da hatte ich plötzlich Angst, dass du wirklich richtig weg bist. Ich weiß, wie unlogisch das klingt. Aber es hat sich angefühlt, als hättest du mich verlassen.»

«Weil ich zwei Stunden zum Kickboxen war?»

Er schaute sie an. «Nein. Es hat sich angefühlt, als wärst du kein Teil mehr von dem hier. Von uns.»

Nora wusste nicht, was sie darauf erwidern sollte.

Er drückte sie wieder fest an sich und vergrub die Nase in ihren Haaren, sodass sie fast nicht verstehen konnte, was er sagte: «Das war ein schreckliches Gefühl.»

Nora spürte, wie sich all die Wut, all der Ärger in Luft auflösten. Sie nahm seinen Kopf in beide Hände und schaute ihm tief in die Augen.

«Hey, ich bin doch hier», sagte sie leise.

Nora nahm die U-Bahn bis Marbel Arch und von dort den Bus nach Oxford. Erst im Bus rief sie Krebs zurück, der bereits mehrfach versucht hatte, sie zu erreichen.

«Die Graphiker hätten gern ein paar Zahlen», drängte er.

Nora schlug sich vor den Kopf. «Ja, ich kümmere mich drum und melde mich später direkt bei ihnen», versprach sie.

«Wo bist du?»

«Unterwegs nach Oxford.»

«Wozu denn das? Privat?»

«Nein, ich verfolge eine Spur zu Amina.»

«Hm, na, okay. Aber vergiss nicht, dass unser Fokus gerade auf Biehl ist. Ich rechne spätestens Donnerstag mit einem ausführlichen Bericht. Und denk an die Graphik!», mahnte Krebs.

Nora legte auf und googelte Biehl schnell übers Handy. Die wichtigsten Geschäftszahlen der ErBiTech schrieb sie auf die Rückseite eines Briefs ihrer Bank, den zu öffnen sie noch nicht über sich gebracht hatte. Dann rief sie in der Graphikabteilung an und gab die Daten an Yvonne durch, die sofort mitschrieb.

Als Nächstes durchsuchte sie ihre Kontakte und wählte Jacob an. Seine Leitung war belegt, weshalb sie eine Nachricht hinterließ. Der Bus hatte gerade die Stadtgrenze Oxfords passiert, als er zurückrief.

«Was gibt's, Nora?» Er klang so aufgedreht, dass Nora fast vermutete, der werte Banker wäre gerade von der Firmentoilette zurückgekehrt, wo er sich schön eine Line Koks reingezogen hatte.

«Hey, Jacob. Was gibt's Neues von Biehl?»

«Tja, was gibt's Neues von Biehl? Das ist verdammt krass!», sagte er und lachte ausgelassen.

«Was denn genau?», hakte Nora nach.

«Ja, also, wir sprechen von sechs bis sieben Millionen. Vom einen Tag auf den anderen.»

«Kronen?», fragte Nora ungläubig.

«Nein, verdammt! Pfund! Und er ist mein Klient! Mein Konto!», sagte er noch aufgekratzter.

«Das heißt, Biehl stand kurz vorm Abgrund, aber jetzt steht er plötzlich ganz außerordentlich gut da?»

Jacob zögerte. Ihm schien wohl wieder einzufallen, mit wem er da sprach. «Na ja ... Biehl ist einfach ganz schön gewieft und mutig, da steuert man vielleicht mal etwas näher an den Abgrund. Nur so gewinnt man in diesem Business, das weiß doch jeder Idiot.»

Nora war sich jetzt zu neunundneunzig Prozent sicher, dass

Jacobs Enthusiasmus käuflich war. Und zwar in kleinen Tütchen mit weißem Pulver.

«Okay. Aber wie viele Anteile hat er an der PharmaCorp?»

Jacob räusperte sich. «Biehl ist ein Klient. Da dies vertraulich ist, kann ich dazu nichts sagen.»

Nora wartete ab.

«Also ... Ähm ... Recht viele. Ich kann dir natürlich so viel verraten, wie du selbst im britischen Unternehmensregister nachschlagen könntest. Die PharmaCorp besitzt einen beachtlichen Aktienanteil der ErBiTech, und sie haben, wie du dir sicher gedacht hast, Biehl den Gegenwert in Aktien gezahlt. Und die haben gerade ordentlich an Wert zugelegt.»

«Okay, danke für deine Hilfe.»

«Du hast aber nicht vor, mich damit zu zitieren, nicht wahr?»

«Was soll denn die Frage plötzlich, Jacob? Ich dachte, es gehört zur Marketingstrategie, möglichst in der Presse erwähnt zu werden? Stichwort: Performance?», stichelte Nora.

«Nora, verdammt, aber doch nicht in diesem Zusammenhang.»

«Mach dir keine Sorgen, okay?», sagte Nora und legte auf.

Der Bus hielt am Bahnhof, wo Nora ausstieg und sich ein Taxi nahm. Zu der Adresse des PharmaCorp-Labors, die sie im Internet gefunden hatte.

Der pakistanische Taxifahrer diskutierte lautstark über das Telefon mit jemandem anlässlich einer Sofalieferung. Je weiter sie sich vom Stadtzentrum entfernten, desto wütender wurde er über die Person am anderen Ende. Endlich brachte er den Wagen vor einer Einfahrt zum Stehen, die zu einer großen Elektroschranke führte und einer Traube hippieähnlicher Kreaturen direkt davor.

Der Fahrer wandte sich zu ihr um und deutete zur Schranke. «Dorthin wollen sie. Aber weiter als bis hier fahre ich nicht», erklärte er.

«Aus Sicherheitsgründen?»

«Ja, aber auch wegen denen da», sagte er und nickte in Richtung der Demonstranten, ohne dabei seine Verachtung zu kaschieren.

«Was sind das für Leute?»

«Hippies. Idioten. Die sind gegen Tierversuche und meinen, es ist in Ordnung, jeden anzugreifen, der dort hineinfährt oder herauskommt. Und zwar mit Farbbeuteln. Ich musste deshalb meinen Wagen in den letzten beiden Jahren schon zweimal neu lackieren lassen. Jetzt weigert sich die Versicherung, weitere Vorfälle dieser Art abzudecken. Da riskiere ich lieber nichts», erklärte er.

Also zahlte Nora und verließ das Taxi. Nora hatte die Tür noch nicht zugeschlagen, da gab der Taxifahrer schon Gas, dass die Reifen fast durchdrehten.

Die Demonstranten warfen Nora feindliche Blicke zu. Ein großer, magerer Typ in einem schmutzigen, orangefarbenen Anorak und mit einer vermutlich selbstgefilzten Mütze über seinen Rastazöpfen, die genauso rot waren wie sein Vollbart, kam ihr entgegen. Hinter ihm sah Nora drei Frauen und einen weiteren Mann, die friedlich Tee aus Blechbechern tranken, den sie aus einer Thermoskanne nachfüllten. Sie alle ließen Nora nicht aus den Augen.

«Wer sind Sie, und was wollen Sie hier?», fragte der Mann in aggressivem Tonfall.

Aber Nora ließ sich nicht herumkommandieren. «Wer sind Sie denn?», fragte sie zurück.

«Das ist ja wohl offensichtlich», sagte er giftig und deutete auf die kleine Gruppe. Am Zaun, der das Grundstück umgab, entdeckte Nora drei Schilder, die verkündeten, dass im PharmaCorp-Labor der Teufel höchstpersönlich am Werk war, weil das Unternehmen Tierversuche machte. Eins zeigte nichts als das Foto eines Beaglewelpen mit der Überschrift: *Gezüchtet, um ermordet zu werden.*

Nora kannte diverse Gruppierungen dieser Art, die in Oxford tätig waren, weil sie vor ein paar Jahren einen Artikel über ihre Aktivitäten geschrieben hatte, wozu sie den Anführer einer militanten Veganergruppe hatte interviewen müssen. Morris. Langsam erinnerte sie sich wieder.

Soweit sie wusste, saß Morris mittlerweile im Gefängnis, weil er die ‹Bewohner› einer Nerzfarm befreit hatte – eine Aktion, die sowohl der Nerzzüchter als auch die örtliche Polizei etwas anders werteten als er.

«Also gut. Mein Name ist Nora Sand. Ich arbeite für ein dänisches Magazin.»

Der Mann betrachtete sie skeptisch. «Dürfte ich Ihren Presseausweis sehen?»

Nora kramte ihr Portemonnaie hervor und zog die gelbe Karte der Foreign Press Association London heraus. Er machte ganz schmale Augen und studierte die kleine Karte ausgiebig.

«*Globalt?* Nie gehört», sagte er abweisend.

«Das ist vielleicht nicht so erstaunlich, wir erscheinen nur in Dänemark», erklärte Nora geduldig.

«Hm. Sind Sie hier, weil Sie über unseren Protest schreiben wollen?»

«Vielleicht. Im Moment versuche ich erst mal, mehr über das Labor der PharmaCorp in Großbritannien herauszufinden. Es ist nicht leicht, jemanden aufzutreiben, der bereit ist, Auskunft darüber zu geben, was genau dort eigentlich vorgeht», erklärte Nora.

Der Mann lachte höhnisch. «Das ist noch harmlos ausgedrückt. Dort drin geschehen die schlimmsten Verbrechen. Aber der Regierung ist es so wichtig, sich mit den amerikanischen Großunternehmen gutzustellen, dass niemand eingreift, um irgendetwas zu verhindern», sagte er voll Bitterkeit und streckte ihr dann die Hand hin.

«Colin», stellte er sich vor. Nora schüttelte ihm die Hand.

Er zeigte auf den Rest der Gruppe: Tessa, Bean, Alice und Scott.

Eine dünne blonde Frau mit Nasenring und einer beeindruckenden Kollektion an Piercings in den Ohren schaute Nora misstrauisch an.

«Wenn Sie von *The Daily Mail* kommen, können Sie gleich wieder verschwinden», sagte sie.

Colin drehte sich zu ihr um. «Beruhig dich, Bean. Sie ist aus Dänemark.»

Also sagte Bean nichts mehr, betrachtete Nora aber ganz genau, die sich zu ihnen setzte und Tee aus der Thermoskanne angeboten bekam.

Schließlich war es Alice, die die lange Geschichte erzählte, wie eine Gruppe Studierender vor fünf Jahren herausgefunden hatte, dass im Labor Hunde und Affen zu Forschungszwecken eingesetzt wurden. Anfangs fand sich eine große Gruppe zusammen, um gegen die PharmaCorp zu demonstrieren, aber nach wenigen Wochen, als die Journalisten sich zurückzogen, verschwand auch der Kampfgeist der meisten Demonstranten. Die Tatsache, dass die PharmaCorp nicht anders reagierte, als einen elektrischen Sicherheitszaun um das Labor hochzuziehen und eine Pressemitteilung zu versenden, in der darauf hingewiesen wurde, dass «ihre Forschung Tag für Tag Menschenleben rettete», sorgte zusätzlich dafür, dass das Interesse sank. Das nächste Semester fing an, und schlussendlich gingen die Demonstrationen im Alltag unter, erfuhr Nora.

«Wir kommen jeden Dienstag her und bleiben zwei, drei Stunden. Nur, um zu zeigen, dass wir sie nicht vergessen und sie nicht gewonnen haben», fügte Colin hinzu.

«Habt ihr mal mit Angestellten des Labors gesprochen?»

Einhelliges Kopfschütteln.

«Es gab in all den Jahren niemanden, der mal herausgekommen ist und den Dialog mit euch gesucht hat?»

«Nein ... also ... abgesehen von Murray», sagte Alice.

«Murray?»

Wieder war es Alice, die die Erklärung übernahm. «Murray hat dort ein paar Jahre als Hausmeister gearbeitet. Hat überall geholfen, wo er gebraucht wurde. Auch bei den Tieren. Füttern, sauber machen, all so was. Eines Tages hatte er sein Herz an einen der Beaglewelpen verloren. Murray versuchte, ihn dem Labor abzukaufen, aber das ließ sich nicht machen. Für das Experiment wurden zwölf Welpen gebraucht, es war keiner übrig. Außerdem will die PharmaCorp nicht, dass zwischen Personal und Versuchstieren Bindungen entstehen.»

«Und was ist dann passiert?»

«Tja, dann haben sie das Experiment angefangen. Ich weiß nicht genau, was getestet wurde, aber es hatte zur Folge, dass die Tiere langsam dahinsiechten. Sie wurden immer dünner und dünner, obwohl sie nicht weniger zu fressen bekamen. Murray hielt es nicht aus. Deshalb gab er ‹seinem Welpen› Extrafutterrationen. Was natürlich nicht unbemerkt blieb. Murray wusste nicht, dass alles permanent per Kamera überwacht wurde. Ihm wurde fristlos gekündigt, das ganze Experiment musste abgebrochen und neu aufgezogen werden. Die zwölf Welpen wurden eingeschläfert und starben einen sinnlosen Tod. Danach war Murray nie wieder der Alte. Und seitdem hasst er die PharmaCorp. Er war es, der damals mit den Informationen über die Tierversuche an die Presse ging.»

«Und wo ist Murray jetzt?», wollte Nora wissen.

Alice deutete auf ein kleines Wäldchen, das rechts vom Grundstück des Labors lag. «Er liegt vermutlich auf der Lauer. Wie immer.»

«Warum ist er nicht bei euch?», fragte Nora.

Diesmal antwortete Tessa, hielt dabei aber den Blick zu Boden gerichtet: «Er findet, wir nehmen die Sache nicht ernst genug. Er würde gern direkteren Druck ausüben ... Gegenüber dem Labor an sich, aber auch denen, die für die PharmaCorp arbeiten. Er hat sämtlichen Läden in der Stadt damit gedroht, dass sie dafür büßen werden, wenn sie mit dem Labor kooperieren. Ich glaube, er ist es, der hinter den Angriffen auf die Taxis steckt.»

«Ach?», fragte Nora in neutralem Ton.

«Ja, also ... Ich selbst muss an meine Zukunft denken. Ich studiere Jura, und wenn ich verurteilt werde, kann ich fünf Jahre Studium vergessen. Aber im Grunde genommen bin ich ganz auf seiner Seite. Die Schweine morden Tiere da drin.»

«Wo kann ich Murray denn finden?»

«Gehen Sie da zum Wald, und warten Sie. Wenn er mit Ihnen sprechen will, wird er sich melden. Er hat allerdings gute und schlechte Tage», schob Tessa noch hinterher.

Nora bedankte und verabschiedete sich, bevor sie sich auf den Weg machte.

Sie ging ein Stück in das Wäldchen hinein und hielt ihr Notizbuch sichtbar in der Hand. «Ich bin Journalistin. Aus Dänemark. Ich schreibe über die PharmaCorp», sagte sie laut und deutlich.

Sie spürte, dass sie beobachtet wurde, aber obwohl sie sich aufmerksam umschaute, entdeckte sie niemanden.

Dann hörte sie plötzlich ein Rascheln. Als sie in die Richtung blickte, sah sie eine kleine, selbstgemachte Strickleiter, die von einer großen Kiefer herabgelassen wurde. Erst als sie ganz genau hinschaute, erkannte sie eine Art Holzplattform auf den dicksten Ästen.

Ein Paar grüne Augen in einem rötlichen Gesicht, eingerahmt von einem wilden Wirrwarr aus Haaren, schauten zu ihr hinunter. «Na los, ich hab nicht den ganzen Tag Zeit, ich arbeite», sagte Murray.

Nora lächelte ihn versuchsweise an, verstaute dann den Block in ihrer Tasche und kletterte die instabile Leiter hoch, die vor- und zurückschwang.

Endlich erreichte sie die Plattform, die sie entfernt an die Hochsitze von Jägern erinnerte. Das letzte Stück drückte sie sich mit Hilfe beider Arme hoch und dankte insgeheim Enzo dafür, dass er darauf bestand, eine jede Trainingseinheit mit unzähligen Liegestützen zu beenden.

Das Erste, was ihr oben auffiel, war der Geruch. Weder die frische Luft noch der Duft der Kiefernnadeln konnten die Tatsache übertünchen, dass Murray sich offenbar nicht jeden Tag wusch.

Er blinzelte sie an, während sie sich umsah. Abgesehen von

einem Schlafsack, einer verbeulten Blechtasse und einer halben Packung Butterkekse befanden sich hier ein Stapel Notizbücher und eine Handvoll Kulis.

«Hallo, Murray», versuchte sie ihr Glück.

Er räusperte sich und grüßte mit einer so belegten Stimme zurück, dass Nora sich unwillkürlich fragte, ob sie die Erste war, mit der er seit Tagen sprach.

«Was genau machen Sie denn hier oben?»

Er lächelte bitter, und Nora wurde klar, dass er vermutlich auch schon seit Tagen keine Zahnbürste mehr gesehen hatte. Vielleicht auch seit Wochen. «Ich überwache die Schweine.»

«Ach so?»

Er griff sich an den Hals, fasste nach einem Band und zog daran ein kleines Fernglas hervor, das sich unter seinem schäbigen Aufzug verborgen hatte. Dann hob er das Band vorsichtig über den Kopf und reichte Nora das Fernglas. Nora nahm es entgegen und bemerkte dabei, dass es sich um ein Zeiss bester Qualität handelte.

Murray machte einen Schritt beiseite und deutete auf ein Loch, das sich in der einen Seite des Verschlags befand. Nora kniete sich vor die Öffnung und schaute hindurch, das Fernglas vor Augen. Am Ende einer langen Zufahrt befand sich ein weißes Gebäude mit flachem, schwarzem Dach, das aussah, als sei es in den Siebzigern gebaut worden. Davor standen etwa zwanzig bis dreißig Fahrzeuge auf einem Parkplatz. Dahinter lag ein schwarzes Gebäude mit Schornstein, außerdem kamen an allen Ecken und Enden Aluminiumrohre heraus.

Von hier hatte Murray einen perfekten Überblick darüber, wer kam und ging.

«Wonach suchen Sie, Murray?», fragte sie leise.

Murray hustete.

«Ich behalte sie einfach im Auge», sagte er etwas steif.

Dann reichte er ihr eins der Notizbücher, und schnell sah sie, was er damit meinte. Er hatte so gewissenhaft wie ein fleißiger Pförtner jeden Wagen notiert, der auf das Grundstück gefahren war.

Nora blätterte eine beliebige Seite auf: *11. Februar: 07:55 Brauner Opel BD 64 GOV (Ms. Marsh) bis 17:09. 09:15 Blauer Jaguar GO 51 EPP (Dr. Carter) bis 19:46.* Angaben dieser Art füllten das ganze Buch. Seite um Seite voller Automarken, Kennzeichen inklusive Namen der Personen am Steuer. Vereinzelt blieben Lücken, dort hatte Murray Fragezeichen eingefügt oder notiert: *Muss noch näher untersucht werden.*

«Wie lange machen Sie das schon?»

«Seit ich nicht mehr für sie arbeite», erklärte er.

«Kommt auch nachts jemand her?», fragte sie.

«Hin und wieder, ja», murmelte er.

«Und was sind das für Wagen?»

«Fast immer weiße Lieferwagen. Manchmal auch ein schwarzer Mercedes.»

Er erinnerte sie an David, wenn er einen seiner schlechten Tage hatte. Da kam man nur voran, wenn man langsam vorging und sehr konkrete Fragen stellte. «Arbeiten die Menschen, die diese Wagen fahren, im Labor?»

«Nein.»

«Wie viele sind es?»

Murray dachte nach. «In den Lieferwagen sitzen sie immer zu zweit. Und in dem schwarzen Mercedes nur ein Mann.» Er schaute zum Labor. «Sie gehen nie ins Hauptgebäude.»

«Was machen sie denn dann?»

Murray zeigte auf das schwarze Gebäude. «Sie fahren direkt bis dort vor die Tür. Die mit dem weißen Lieferwagen.»

«Und was befindet sich in dem schwarzen Gebäude, Murray?»

«Die Tiere. Dort werden die Beagles und vielleicht zehn bis zwanzig Schimpansen gehalten. Außerdem Kaninchen, Ratten und Mäuse. Alle in ihrem eigenen Käfig.»

Nora konnte sich darauf keinen Reim bilden. Warum sollte denn jemand den Tieren nächtliche Besuche abstatten? Außer es gehörte zum jeweiligen Experiment.

«Und Sie sind sich wirklich sicher, dass die nicht fürs Labor arbeiten?»

«Ja», sagte Murray mit Nachdruck.

«Und wieso sind Sie sich da so sicher? Könnten diese Menschen nicht nach Ihrer Entlassung eingestellt worden sein?»

«Nein.»

Murray krabbelte vorsichtig an Nora vorbei, griff zu einem der unteren Notizbücher, blätterte darin, bis er fand, was er suchte. Etwa mittig im Buch. «Da!», sagte er und zeigte triumphierend auf eine Stelle: *02:38 weißer Ford Transit. Logo: Schwarz. Verdrecktes Nummernschild ... 32 TBA bis 03:51. 02:45 schwarzer Mercedes GG 62 GFR bis 03:13.*

«Also kam der Lieferwagen vor dem Mercedes an?»

«Ja, und der Mercedes blieb nicht lange. Der Mann hat den beiden anderen nur aufgeschlossen und ist dann bald wieder gefahren.»

«Ist es möglich, dass irgendwelche illegalen Versuche an den Tieren vorgenommen werden, Murray? Glauben Sie, das steckt dahinter?»

Murray schien zu zweifeln. «Ich kann mir nicht vorstellen,

wie das funktionieren soll. Es gibt sehr strenge Vorgaben dafür, welches Tier an welchem Versuch teilnehmen darf. Alles muss protokolliert und dokumentiert werden, damit die Behörden es nachvollziehen können. Hin und wieder gibt es unangemeldete Kontrollen. Alles muss genau nach Vorschrift erfolgen. Das ist ja der Grund dafür, dass ich Bessie verloren habe.»

«Bessie?»

«Mein Welpe.»

«Das tut mir sehr leid für Sie», sagte Nora.

«Ist ja jetzt schon sehr lange her. Und trotzdem hört die PharmaCorp nicht auf, arme Tiere zu quälen. Sie werden in winzigen Käfigen gehalten, nie werden sie mal gestreichelt, sie bekommen überhaupt keine liebevolle Zuwendung. Das ist doch kein Leben.»

Nora hielt sich erneut das Fernglas vor die Augen und schaute zu dem schwarzen Gebäude hinüber. Mit Ausnahme einer kleinen, weißen Lampe, die oberhalb der Eingangstür leuchtete, gab es nichts zu sehen.

«Und sonst passiert dort nichts weiter? Vielleicht wurde ja dort nach Ihrem Ausscheiden die Ausrüstung aufgestockt, das Angebot erweitert? Irgendwas in der Art?», fragte sie.

Murray schüttelte den Kopf. «Also, das kann ich natürlich nicht hundertprozentig ausschließen, aber es ist schlichtweg gar nicht mehr Platz dort drin. Drei lange Tische und sonst nichts als Käfige. Und der Ofen, der im hinteren Teil steht. Der nimmt auch viel Platz weg.»

«Der Ofen?»

«Ja, zur Abfallbeseitigung. Laborabfall.»

Das Wort hing förmlich in der Luft.

«Abfall? Wie tote Tiere etwa?»

Murray nickte stumm.

«Wie oft war dieser Lieferwagen hier?»

«Fünfmal insgesamt», sagte er in bestimmtem Ton.

«Wann haben Sie ihn zuletzt gesehen?»

«Freitag.»

Der Tag, an dem sie an einem Pool gestanden und Appetithäppchen gegessen hatte, mit denen Biehl sich selbst feierte.

Sie übertrug die Kennzeichen in ihr eigenes Notizbuch und fragte Murray, ob es eine Telefonnummer gebe, unter der er zu erreichen sei. Er schüttelte den Kopf.

«Ich will kein Handy. Die verbrutzeln einem das Hirn.»

«Gibt es sonst jemanden, den ich anrufen könnte, wenn ich mit Ihnen in Kontakt kommen möchte?»

Murray schüttelte noch einmal den Kopf. «Nein. Aber ich bin fast immer hier.»

«Okay.»

«Werden Sie etwas darüber schreiben? In Ihrer Zeitung?», fragte er, während Nora vorsichtig die Strickleiter wieder hinunterkletterte.

Sie hielt inne und stützte sich dabei am Baumstamm ab, damit sie nicht zu sehr schwankte, während sie zu ihm hinaufschaute. «Das werde ich sicher. Aber das kann noch ein bisschen dauern.»

Murray nickte ernst. «Das tun Dinge dieser Größenordnung in der Regel.»

24. Kapitel

Es vergingen zwanzig Minuten, bis sie einen Taxifahrer fand, der sich dazu durchringen konnte, Nora vor der PharmaCorp einzusammeln. Als sie endlich am Bahnhof in Oxford ankam, hatte sie den Bus nach London um genau zwei Minuten verpasst. Sie biss die Zähne zusammen und entschied, den stets überfüllten Pendlerzug zu nehmen.

Eine halbe Stunde später saß sie in einem vollbesetzten Zugabteil – gegenüber von einer Mutter mit drei kleinen Kindern, die sie vorläufig mit einer Tüte Krabbenchips ruhiggestellt hatte. Nebeneffekt war allerdings ein durchdringender Gestank nach Fischkutter im gesamten Abteil.

Nora schaute auf die vorbeiziehende Landschaft und versuchte, ihre Gedanken zu ordnen. Dann fischte sie ihr Handy aus der Tasche und suchte sich bis zur Seite der britischen Drivers and Vehicle Licence Agency, DVLA, vor. Dort erfuhr sie, dass man mit nichts als einem Kennzeichen fast alles über das dazugehörige Fahrzeug erfahren konnte. Modell, Marke, CO_2-Ausstoß. Höhe der Steuerabgaben und Datum der Zulassung. Im Großen und Ganzen alles, wofür man sich interessieren konnte, mit Ausnahme der einen Information, die Nora wirklich suchte: den Namen des Fahrzeughalters. Wollte man diesen ermitteln, musste man sich schriftlich an die DVLA wenden und schlüssig begründen, warum man ein Recht auf die entsprechende Information hatte. Vermutlich würde es sich schwierig gestalten, eine solche Begründung zu formulieren. Aber alles andere wäre ja auch zu einfach gewesen.

Nora rief bei Andreas an, wurde jedoch gleich an die Mailbox weitergeleitet. Also schickte sie ihm eine SMS mit der Bitte, sich so schnell wie möglich bei ihr zu melden. Möglicherweise konnte er jemanden bei Scotland Yard um einen winzigen Gefallen bitten. Selbstverständlich könnte sie Millhouse anrufen, aber sie hatte das Gefühl, dass sie diese Karte noch nicht wieder ausspielen sollte.

Als die Tüte Krabbenchips geleert war und die Mutter damit offenbar das letzte Mittel verloren hatte, die Lautstärke der Kinder auf ein erträgliches Maß zu dimmen, klingelte Noras Handy endlich.

Bevor sie das Telefonat annahm, legte Nora sich den Zeigefinger an die Lippen und machte *Psst*, woraufhin sie einen Blick der Mutter erntete, der in wenigen Minuten einen Atomreaktor hätte runterkühlen können. Nora tat so, als habe sie ihn nicht bemerkt, und steckte sich einen Finger ins Ohr – in der vergeblichen Hoffnung, damit genug Lärm abzuschirmen, um etwas verstehen zu können. «Andreas?»

Es rauschte im Hörer. Knisterte und knackte. Nora konnte eine Frauenstimme ausmachen, verstand aber kein einziges Wort. «Hallo?»

Die Frau sprach erneut, und dann, als der Zug eine Kurve beschrieb, die ihn von einer Reihe Hochspannungsmasten wegführte, konnte Nora sie plötzlich klar und deutlich hören: «Hier spricht Jackie. Ich brauche Ihre Hilfe.»

Nora war maßlos erleichtert. «Jackie? Wo sind Sie? Ist alles in Ordnung?»

«Die haben mein Haus abgebrannt.»

«Ja, ich weiß. Es ist furchtbar», sagte Nora.

«Furchtbar? Ist das Ihr Ernst? Furchtbar? Ist Ihnen klar, dass Emily und ich, wenn wir auf dem Rückweg vom Kindergarten nicht im Playland haltgemacht hätten, jetzt beide tot wären?»

Nora suchte nach den richtigen Worten, aber das Geschwistergespann drehte noch weiter auf.

«Wo sind Sie? Wie kann ich helfen?»

«Ich bin in London.»

«Können wir uns treffen?»

Lange Pause. Nora versuchte es noch einmal mit dem Zeigefinger, womit sie sich noch einen dieser Eisblicke einfing.

«In der Nähe vom Bahnhof King's Cross gibt es ein Nando's. Dort finden Sie mich. In einer Stunde.»

«Danke, Jackie. Und dann müssen Sie mir unbedingt erklären, was vor sich geht.»

«Sie haben ja keine Ahnung, wo Sie da Ihre Nase reingesteckt haben. Diese Menschen schrecken vor nichts zurück. Und ich habe ...» Der Rest des Satzes verschwand in statischem Rauschen, und dann piepste das Handy zwei Mal, um zu signalisieren, dass das Telefonat unerwartet unterbrochen worden war. Der Zug verschwand in einem Tunnel.

«Fuck», stöhnte Nora.

Das kleinste Kind schaute seine Mutter ernst an. «Mama, die Frau hat ‹fuck› gesagt. Darf man das?» Die Mutter würdigte Nora nicht mal mehr eines Blickes, sondern wandte sich direkt an ihren Sohn, dem sie mit zuckersüßer Stimme erklärte: «Nein, mein Schatz. Es ist unhöflich zu fluchen. Aber leider sind nicht alle Menschen gut erzogen.»

Als der Zug endlich in Paddington einrollte, hatte Andreas sich immer noch nicht gemeldet. Nora ging zur U-Bahn und nahm die Circle Line.

Am Bahnhof King's Cross angelangt, überquerte sie die Straße zu der Filiale der südafrikanischen Restaurantkette, die sich auf das Angebot billiger Hühnchengerichte spezialisiert hatte. Ein eigenartiger Treffpunkt, dachte Nora, bevor sie eingetreten war und die dunkle Einrichtung gesehen hatte. Die Tische standen in kleinen Nischen, sodass man hier unbeobachtet reden konnte.

Jackie war offenbar noch nicht da, weshalb Nora um einen Tisch bat, an dem man ungestört war.

«Heißes Date?», fragte die Bedienung und führte Nora zu einer der Nischen.

«Nein», sagte Nora. Zum Plaudern war sie wirklich nicht aufgelegt.

«Hm, soll ich das glauben? Sie wirken nervös. Wenden Sie sich einfach an mich, wenn ich was für Sie tun kann.»

Nora schaute zu ihr auf. «In den nächsten Minuten wird eine jüngere Frau mit Locken hereinkommen. Wären Sie so freundlich, sie dann zu mir an den Tisch zu bringen?»

«Selbstverständlich, das sollte ich hinkriegen», sagte die Kellnerin leicht beleidigt.

Nora versuchte es noch einmal bei Andreas. Immer noch sofort die Mailbox. *Telefonierst du nicht mehr?*, schrieb sie. Dreißig Sekunden später kam die Antwort. *Beschatten jemanden. Funkstille. Ruf nicht mehr an.* Großartig.

Sie studierte die Speisekarte, hauptsächlich, um die Zeit zu überbrücken. Noch waren es sieben, acht Minuten bis zum vereinbarten Treffen, zu dem Jackie sie einbestellt hatte, aber bevor Nora herausfinden konnte, was bei den gegrillten Hähnchen der Unterschied zwischen Peri Peri und Extra Hot war, glitt Jackie gegenüber von ihr auf die Bank. Sie war blass und hatte dunkle Ringe unter den Augen. Außerdem schaute sie sich ständig nervös um.

«Sind Sie sich eigentlich bewusst, was Sie mir angetan haben?», waren ihre ersten Worte.

«Wie geht es Ihrer Tochter? Hat sie alles gut überstanden?», fragte Nora.

«Ja, eine Freundin bringt sie gerade zu meiner Mutter nach Yorkshire.»

«Wer ist denn hinter Ihnen her?»

Jackie starrte Nora einen Augenblick lang an, als könne sie gar nicht fassen, wie dumm ein einzelner Mensch sein konnte.

«Ich gehe mal davon aus, dass es jemand von Ihrer Arbeit ist?», fuhr Nora fort. «Weil Sie mit mir gesprochen haben? Aber woher wissen sie das überhaupt? Ich finde es ganz schön extrem, deshalb Ihr Haus abzubrennen.»

Jackie setzte zu einem freudlosen Lachen an, das sich aber schnell in ein Schluchzen wandelte. «Es liegt nicht mal nur an Ihrem Besuch. Die haben mich schon eine Weile auf dem Kieker. Ich weiß zu viel. Und ich habe wirklich Angst. Vielleicht werden sie mir Emily wegnehmen.»

«Wer denn? Die SecurCorp? Und warum sollten die Ihnen das Kind wegnehmen? Das ergibt doch keinen Sinn, Jackie.»

«Nein, da haben Sie recht. Aber wenn ich keinen Job und kein Haus mehr habe, dann kann sie nicht bei mir bleiben. Dann kommt ihr Vater mit seinen teuren Anwälten und ...» Wieder fing sie an zu schluchzen.

Nora gab der Bedienung ein Zeichen, und schon kurz darauf brachte diese zwei Tassen Kaffee an den Tisch. Nora schob Jackie die eine hin. «Jackie, jetzt erklären Sie mir doch bitte einfach mal, was in Hawksyard vor sich geht, damit ich Ihnen helfen kann, soweit es in meiner Macht steht.»

Jackie schüttelte den Kopf. «Nein, erst müssen Emily und ich in Sicherheit sein. Vorher kann ich gar nichts erzählen.»

«Okay.»

Nora suchte Corinnes Nummer heraus und schilderte ihr dann in kurzen Sätzen die Situation. Corinne gab ihr die Nummer einer Kontaktperson namens Anne, die auch sofort ans Telefon ging und ihnen eine Adresse in Camden durchgab. Nora notierte sie schnell auf einer Serviette. «Das ist eine Souterrainwohnung. Der Schlüssel liegt unter dem Topf der Blume links vom Eingang. Essen ist im Kühlschrank, und sie kann dort drei Tage bleiben», sagte Anne und legte auf.

«Okay, das wäre erst mal geregelt», atmete Nora auf und schob Jackie die Serviette hinüber. «Hier sind Sie für die nächsten drei Tage in Sicherheit. Erzählen Sie mir nun, was vor sich geht?»

Hastig wischte Jackie sich die Tränen aus den Augen. «Okay. Irgendetwas stimmt nicht in Hawksyard. Ich kann nicht sagen, was genau, aber es hat mit der Praxis zu tun.»

Nora legte ihr Handy auf den Tisch und schaute Jackie fragend an.

«Hätten Sie etwas dagegen, wenn ich unsere Unterhaltung aufzeichne?»

Jackie dachte kurz nach und sagte dann: «Nein, aber ich möchte nicht, dass mein Name erwähnt wird.»

Nora nickte und startete die Aufnahme. «Was genau machen Sie in der Praxis?»

«Ich arbeite dort ganz normal als Krankenschwester und mache, was dazugehört. Klebe Pflaster, halte den Kindern die Hand, wenn sie geimpft werden, nehme Blut ab. Das Übliche eben.»

«Und warum glauben Sie, dass in Hawksyard etwas Unerlaubtes vorgeht?»

«Anfangs war es nur eine Ahnung. Dr. Mung sagte, er interessiere sich besonders für das Thema Ernährung. Dass er an einem Projekt arbeite, das die Zusammenhänge zwischen Diabetes und Ernährungsgewohnheiten erforsche. Dass er deshalb Frauen suche, die – wie er sich ausdrückte – ‹ein bisschen gepolstert› seien. Er bat mich, die Augen offen zu halten und mich an ihn zu wenden, wenn mir geeignete Kandidatinnen auffielen.»

«Und das haben Sie gemacht?»

«Ja, weil mich das erst mal nicht alarmiert hat.»

«Wie machten Sie Dr. Mung auf die Frauen aufmerksam, die Sie für gute Kandidatinnen hielten?»

«Ich sollte einfach ihre Namen notieren, sobald sie in der Praxis vorstellig geworden sind. Und er betonte noch, dass sie kinderlos sein mussten und keine weiteren Angehörigen in anderen Einrichtungen haben durften.»

«Hat Sie das stutzig gemacht?»

«Nein, zumindest nicht sofort. Ich bin ja dazu da, das zu

tun, was der Arzt sagt», erklärte Jackie mit einem bitteren Lächeln.

«Und wann haben Sie eine Ahnung davon bekommen, dass irgendetwas faul war?»

Jackie dachte nach. «Das kam so nach und nach, es waren eher Kleinigkeiten. Erst durch Fatima ist mir aufgefallen, das etwas richtig komisch war.»

«Fatima?»

«Sie kam wegen eines Ausschlags zu mir. Es war ihr sehr wichtig, den loszuwerden. Ich habe ihr eine Salbe gegeben, die sie sehr gewissenhaft benutzte», erklärte Jackie. «Der Ausschlag war jedoch sehr hartnäckig, weshalb ich ein Rezept für eine andere Salbe organisierte und extra zur Apotheke fuhr. Fatima hatte kurz darauf einen Termin, aber sie kam nicht.»

«Und das war ungewöhnlich?»

Jackie dachte kurz nach. «Nicht zwingend. Die Frauen kommen und gehen, das liegt ja in der Natur der Sache bei solchen Einrichtungen. Irgendwann laufen Fristen ab, und dann werden sie in ihre Heimatländer abgeschoben. So läuft das leider.»

«Aber Fatima wurde nicht abgeschoben?»

«Genau, da bin ich mir ziemlich sicher.»

«Warum?»

«Als ich sie zum letzten Mal sah, war sie so voller Hoffnung. Ihre Sachverständige hatte es geschafft, dass ihr eine besondere Anhörung beim Innenministerium gewährt wurde. Die war drei Wochen später anberaumt. Die Behörde würde sie ja wohl kaum ausfliegen, wenn sie zu einer besonderen Anhörung zugelassen war, oder?», fragte Jackie.

Nora zuckte mit den Schultern. «Es wäre nicht das erste Mal, dass die rechte Hand nicht weiß, was die linke tut.»

«Nein, das war auch meine Vermutung. Aber dann habe ich eine der anderen Frauen nach ihr gefragt, und die erklärte mir, dass Fatima in den Beruhigungsraum gebracht worden sei.»

«Haben Sie eine Ahnung, was genau dort passiert?»

«Die SecurCorp verfährt da nach einem System, das sie auch in ihren Gefängnissen in den USA anwendet. Wenn eine Frau aggressiv wird oder sich nicht an die Regeln hält, riskiert sie, dort eingesperrt zu werden.»

«Und wie lange muss man dort bleiben?»

«Das kann ich nicht mit Sicherheit sagen, aber nie länger als zwei Wochen.»

«Und dorthin wurde Fatima also geschickt?»

«Ja, das behauptete eine der anderen Frauen. Aber für mich passte das einfach alles nicht zusammen.»

«Inwiefern?»

Jackie zählte es an den Fingern ab: «Erstens war Fatima einer der friedlichsten Menschen, denen ich je begegnet bin. Ich habe nie erlebt, dass sie laut, geschweige denn handgreiflich geworden wäre. Sie war sanftmütig und immer gut gelaunt. Zweitens wartete besagte Anhörung auf sie, um ihren Aufenthaltsstatus in Großbritannien zu klären. Welchen Grund hätte sie gehabt, das Ergebnis dieser Anhörung zu gefährden? Fatima war lange genug in Hawksyard, sie wusste, wie das läuft.»

«Aber jeder kann in einer angespannten Situation mal einen Fehler machen», wandte Nora ein.

«Drittens wurde alles plötzlich nur noch merkwürdiger», fuhr Jackie fort. «Ich wollte ihr helfen, ich wusste schließlich, wie wichtig es ihr war, diesen Ausschlag loszuwerden. Deshalb habe ich mich an die Leitung gewendet, bin also zu John Barnes gegangen.»

«Und?»

«Mir war bekannt, dass Hawksyard die Sache mit diesem Beruhigungsraum sehr ernst nimmt. Dass die Frauen absolut keinen Kontakt zu irgendjemandem haben sollen. Aber ich dachte halt, sie würden zumindest die winzige Ausnahme machen und ihr die Salbe geben.»

Nora nickte. «Selbstverständlich. Wie hat Barnes reagiert?»

«Zuerst hat er abgewinkt. Weil es gegen die Regeln war. Er ist schließlich pensionierter Offizier, das Befolgen von Befehlen ist ihm durch die vielen Jahre in der Armee in Fleisch und Blut übergangen.»

Nora lächelte.

«Aber wir arbeiten schon so lange zusammen, er ist eigentlich ein anständiger Kerl», fuhr Jackie fort. «Irgendwann hatte ich ihn so weit, dass er zumindest einmal fragte, ob es möglich wäre, Fatima die Salbe zu geben.»

«Einen seiner Vorgesetzten?»

Jackie nickte. «Wie sich zeigte, war das ein großer Fehler.»

«Warum das?»

«Am nächsten Tag wurde ich sofort von Direktor Bendicks einbestellt. Ich hatte ihn davor noch nie persönlich gesprochen. Und er war rasend vor Wut. Ist fast ausgerastet. Sprach von einem gigantischen Vertrauensbruch. Hielt mir einen ausgiebigen Vortrag darüber, dass die SecurCorp nur funktionierte, solange sie darauf vertrauen konnte, dass sich das Personal an die Regeln hielt und die vorgeschriebenen Dienstwege befolgte. Wenn ich das nicht verstand oder unter diesen Bedingungen nicht arbeiten wollte, könnte ich mit sofortiger Wirkung meine Arbeit niederlegen.»

«Und was haben Sie darauf erwidert?»

Jackie seufzte. «Tja, was glauben Sie? Ich muss schließlich ein Kind versorgen. Ich habe mich selbstverständlich entschuldigt. Untertänigst. Flehte um eine Chance und versprach, ihn nie wieder zu enttäuschen. Aber ich dachte mir meinen Teil.»

«Was denn genau?»

«Dass das eine ganz schön heftige Reaktion auf eine Lappalie war. Aber vielleicht gehörte das ja zu einem amerikanischen Führungsstil. Vielleicht darf dort das Personal nicht so viel mitdenken.»

«Und das war das Letzte, was sie in dieser Angelegenheit hörten?»

«Nein, ich war dumm. Ich habe nicht lockergelassen. Ich habe Barnes gefragt, wann Fatima zurückkommen würde. Drei Tage später wurde ich von Portland auf dem Parkplatz gestellt.»

«Wer ist Portland?»

«Ich kann nicht mal genau sagen, was seine Aufgabe ist. Er ist immer in der Nähe von Bendicks. Kräftig gebaut, Bürstenschnitt.»

Nora musste sofort an ihren Besuch denken. Klang genau nach dem Mann, der gerade in einem Meeting mit Bendicks gesessen hatte, als sie mit dem gutmütigen Barnes in sein Büro platzte.

«Und was wollte er?»

Jackie erschauderte. «Ach, das war so unangenehm. Er hat sich angeschlichen, als ich gerade dabei war, meinen Wagen aufzuschließen. Dann drohte er mir. Und zwar nicht so verhalten wie Bendicks. Erklärte, dass Fatima abgeschoben worden war und dass es im Interesse aller war, dass ich dieses verfluchte Weib so schnell wie möglich vergaß. Das waren seine Worte.»

«Aber das haben Sie nicht?»

«Nun ja, in dieser Situation versprach ich ihm, dass ich den Namen Fatima auf der Stelle vergessen würde. Aber das reichte Portland nicht. Er musste seine Position noch einmal sehr deutlich machen.»

«Inwiefern?»

«Er sprach plötzlich von meiner Tochter. Von der üblen Scheidung, die ich drei Jahre zuvor durchgestanden hatte. Davon, dass ich nur zu leicht alles verlieren könnte, nicht zuletzt das Sorgerecht, wenn ich erst meinen Job los wäre und jemand das richtige Amt informierte. Er wusste alles über mich. Alles.»

Jackie hielt sich die Hand vor den Mund. Sie zitterte. «Ich hatte schreckliche Angst. Traute mich fast nicht wieder zur Arbeit, aber Portland hatte gesagt, dass ich mir in den nächsten Wochen nicht den kleinsten Fehltritt erlauben dürfte. Es blieb mir also nichts anderes übrig, als zu erscheinen und die Praxis am Laufen zu halten. Und Dr. Mung zuzuarbeiten.»

«Und was für eine Rolle spielt Dr. Mung in dieser Sache?»

Jackie schüttelte den Kopf. «Ich habe keine Ahnung. Aber ich traue ihm nicht. Als ich an dem Abend nach Hause kam und Emily ins Bett gebracht hatte, habe ich ihn erst mal gegoogelt. Es gibt keinen Ernährungsexperten oder Forscher auf dem Gebiet der Diabetes mit dem Namen Mung.»

«Und seit diesem Tag haben Sie die Sache ruhen lassen?»

«Mir ging Fatima nicht aus dem Kopf. Warum war sie noch vor ihrer Anhörung abgeschoben worden? Es ließ mich nicht los. Schließlich habe ich mich auf die Suche nach ihrer Anwältin gemacht. Soweit ich wusste, hieß sie Mason. Ich habe eine Menge Kanzleien angerufen, die sich auf Asyl- und Aufenthaltsrecht spezialisiert hatten, bevor ich sie schließlich in Birmingham aufspürte.»

«Hat sie mit Ihnen gesprochen?»

«Ja, aber sie wusste nicht, dass Fatima abgeschoben worden war.»

«Das war ihr nicht mitgeteilt worden?»

«Nein. Sie reagierte ganz verwirrt, weil sie in der kommenden Woche mit Fatima verabredet war, um die Anhörung durchzugehen. Sie versprach, beim Innenministerium nachzuhaken und sich so schnell wie möglich bei mir zu melden.»

«Und hat sie sich gemeldet?»

«Ja. Drei Tage später schickte sie mir eine Mail, in der sie schrieb, dass im Innenministerium keine Abschiebung Fatimas dokumentiert war. Außerdem hatte sie über einen Verbindungsmann in Addis Abeba Kontakt mit Fatimas Familie aufgenommen. Laut ihrer Familie war sie nicht zurückgekehrt. Für sie war die Sache damit abgeschlossen, schrieb die Anwältin dann auch noch.»

«Und Fatima soll sich einfach in Luft aufgelöst haben?»

Jackie schaute sie eindringlich an. «Sieht ganz so aus. In der Luft von Hawksyard wohlgemerkt.»

Nora lief ein kalter Schauer über den Rücken. «Und Sie sind trotzdem weiter zur Arbeit gegangen?»

Jackie nickte. «Ich hatte ja keine andere Wahl. Portland hat mich nicht mehr aus den Augen gelassen.»

«Hat sich danach irgendwas verändert?»

«Ja, viel. Ich durfte mich praktisch nicht mehr allein in der Praxis aufhalten. Ich bekam den Eindruck, überwacht zu werden. Permanent. Und dass mein Telefon abgehört wurde.»

«Woher kam dieser Eindruck?»

«Ach, das war einfach so ein Gefühl. Es dauerte auf einmal immer einen Tick länger, bis eine Verbindung zustande kam. So was in der Art. Das hat mich noch mal vorsichtiger gemacht. Ich habe das Handy nur noch genutzt, um praktische Dinge zu regeln.»

«Und jetzt? Haben Sie das Handy noch?»

Jackie schüttelte den Kopf. «Ich hab es weggeworfen, bevor ich nach London gefahren bin, und mir ein billiges Prepaidteil gekauft.»

Die Bedienung kam, um Kaffee nachzuschenken, und Nora sah, dass Jackie noch mehr auf dem Herzen hatte.

«Einmal bekam Dr. Mung einen Anruf in der Praxis. Keine Ahnung, wer ihn angerufen hat, aber das Telefonat hat ihn ziemlich aufgewühlt. Kurz darauf verschwand er im Keller, wo der Beruhigungsraum ist. Ich habe es nicht gewagt, ihm zu folgen. Die Elektronik erfasst jeden, der kommt und geht.»

«Waren Sie je in diesem Keller?»

Jackie schüttelte den Kopf. «Nein, nie.»

Sie trank einen Schluck von dem frischen Kaffee und fuhr dann fort: «Dr. Mung hatte eine Mappe auf seinem Schreibtisch liegen lassen, und ich habe einen schnellen Blick hineingeworfen, solange ich allein war.»

«Was haben Sie entdeckt?»

Jackie schloss fest die Augen, als könnte sie sich damit auch vor der Wirklichkeit verschließen, bevor sie antwortete: «Da standen fünf Namen. Fünf Namen von Frauen, die alle in Hawksyard untergebracht waren. Für jede gab es einen Bogen in der Mappe, und über jedem stand *Felixia*.»

«Und was hat es damit auf sich?»

«Mehr konnte ich nicht lesen, weil ich Dr. Mung an der Tür

hörte. Ich bin schnell zum Medizinschrank gesprungen, damit es so aussah, als würde ich etwas rausholen. Als ich mich wieder umdrehte, hatte er die Mappe schon an sich genommen. Tags drauf standen Sie bei mir in der Praxis.»

«Warum haben Sie mir die Broschüre gegeben?»

«Weil Sie nach Amina gefragt haben. Das war einer der fünf Namen auf der Liste.»

Nora atmete heftig ein. «Was, glauben Sie, ist mit Amina passiert?»

«Ich weiß es nicht, aber ich kann mir kaum vorstellen, dass es etwas Gutes ist. Entweder sitzt sie noch im Beruhigungsraum oder aber ...» Jackie sprach den Satz nicht zu Ende.

«Ich habe mittlerweile herausgefunden, dass Felixia eine Art Diätmittel ist, für das die PharmaCorp schon bald die Zulassung erwartet. Aber wie kann das mit Hawksyard zusammenhängen?», fragte Nora.

«Das weiß ich auch nicht. Aber von den Frauen auf der Liste ist keine in die Einrichtung zurückgekehrt. Sie sind alle verschwunden. Angeblich abgeschoben.»

«Erinnern Sie sich an die Namen der fünf Frauen?»

«Fatima, Amina, Esther, Idris, Jamila.»

«Vielleicht auch an die Nachnamen?»

«Nur an den von Fatima. Die anderen konnte ich mir so schnell nicht merken. Und ich habe es nicht gewagt, mir ihre Akten im System anzuschauen. Dazu hätte ich mich ganz offiziell einloggen müssen, und das wäre aufgefallen.»

«Haben Sie nie mit dem Gedanken gespielt, damit zur Polizei zu gehen?», fragte Nora.

«Nein. Portland hat mich ja permanent beschattet. Und was hätte ich auch sagen sollen? Wer hätte mir geglaubt? Außerdem ist es die Polizei, die die Frauen um vier in der Nacht mit ihren großen, grauen Wagen abholt. Sie und ihre Kinder aus den Betten reißt und ihnen fünf Minuten gibt, sich von ihrem gewohnten Leben zu verabschieden. Sie liefern sie in Hawksyard ab oder bringen sie von dort zum Flughafen. Warum sollte es sie plötzlich kümmern, dass fünf dieser Frauen spurlos verschwunden sind? Man nimmt wohl an, dass sie das Land verlassen haben und somit nicht mehr in ihren Zuständigkeitsbereich fallen. Und selbst wenn sie sich zu irgendwas durchgerungen hätten, dann hätten sie vermutlich nur Bendicks einen Besuch abgestattet, und Portland hätte sofort gewusst, woher der Hinweis kam.»

«Und was ist mit Menschenrechtsorganisationen?»

«Ich habe darüber nachgedacht. Vielleicht ein anonymer Hinweis ...»

Jackies Handy klingelte. Als sie hörte, wer am anderen Ende war, wurden ihre Gesichtszüge sanft, auch ihre Stimmlage änderte sich. «Wie schön, mein Schatz. Und Oma geht es gut?»

Während sie der Antwort lauschte, lief ihr eine Träne über die Wange. «Nein, ich glaube nicht, dass Nanuska das Feuer überlebt hat, mein Schatz. Aber ich sag dir was, sobald ich bei dir bin, gehen wir los und kaufen dir einen neuen Teddy, okay?» Jackie trocknete sich die Augen, holte tief Luft und gab sich Mühe, so unbekümmert wie möglich zu klingen. «Das weiß ich nicht. Vielleicht in zwei, drei Tagen? Kannst du mir Oma mal geben?»

Nora wandte sich ihrem Telefon zu, während Jackie die praktischen Dinge mit ihrer Mutter absprach. Bettgehzeiten, und wann Jackie plante, zu ihnen zu stoßen.

«Ich muss noch ein paar Dinge hier in London regeln, bevor ich kommen kann. Aber dann bleiben wir erst mal bei dir.»

Nora hatte eine Nachricht von Krebs, dass sie sich bitte melden solle. Aber das musste noch ein bisschen warten. Außerdem eine SMS von Andreas: *Sorry, ich wurde zum Beschatten verdonnert. Bin in zwei Tagen zurück. Wusste ich heute Morgen noch nicht. Schalte Handy jetzt aus. Kuss.*

Nora wusste, wie unangebracht diese Gefühlsregung war, aber sie hasste es schlicht, wenn er sich einfach so abmeldete. Sie steckte das Handy weg und schaute Jackie an.

«Sind Sie so weit? Wollen wir los, zu der Wohnung in Camden?»

Jackie nickte.

Auf dem Weg zum Bahnhof King's Cross erzählte Nora von Jules und dem Bericht, den er zusammen mit Erica über Hawksyard geschrieben hatte.

«Würden Sie mit ihm über diese fünf Frauen sprechen? Vielleicht hilft das, wenn er sich mit seiner Organisation an die britische Presse wendet?»

«Trauen Sie diesem Jules?»

«Ja.» Da musste Nora nicht einmal überlegen.

«Darf ich darüber eine Nacht schlafen?»

«Selbstverständlich. Wenn Sie sich dagegen entscheiden, könnte ich ihm auch einfach die Aufnahme von heute vorspielen, wenn Sie einverstanden sind. Natürlich, ohne Ihren Namen zu nennen.»

Jackie nickte. Sie nutzten die Rolltreppe und folgten den Schildern zur Northern Line. Der Nachmittagsverkehr war in vollem Gange, die unterirdischen Gänge waren rappelvoll mit Londonern auf dem Weg zu Verabredungen oder dergleichen. Müde Touristen schleppten schwere Tüten des Museum of London oder Einkäufe von Primark. Alles drängte sich so dicht auf dem Bahnsteig, dass sie es nicht in den ersten Zug schafften, der nach Norden fuhr. Die kleine Anzeigetafel kündigte den nächsten Zug in zehn Minuten an. Langsam schob Nora sich durch die Menge, immer näher zu der gelben Markierung in der Hoffnung, auch nahe den Türen des einfahrenden Zuges zu stehen, damit sie sich gleich hineindrängeln konnte. Die Aussichten auf einen Sitzplatz gingen um diese Tageszeit gegen null.

Jackie stand angespannt neben ihr. «Diese Wohnung in Camden, wo Sie mich hinbringen, da bin ich dann auch wirklich, wirklich sicher?»

«Ja. Sie wird von einer Organisation bereitgestellt, die sonst Migrantinnen hilft. Mehr weiß ich leider auch nicht. Ich kann nicht mal sagen, wie genau sie an die Wohnungen kommen», sagte Nora.

Der Zug fuhr rumpelnd ein.

«Wenn ich damit wirklich an die Öffentlichkeit gehen will, muss ...»

Es geschah so plötzlich, dass Nora alles erst registrierte, als es schon vorbei war. Der Zug, der heranrollte, und ein kräftiger Stoß in den Rücken. Sie verlor das Gleichgewicht und musste mit beiden Armen rudern, damit sie nicht sofort auf die Gleise fiel. Adrenalin rauschte ihr nur so in den Adern, als jemand nach ihr griff und sie hinter die gelbe Linie riss. Im Augenwinkel das Aufblitzen eines Menschen in dunkelblauer Kleidung mit blonden Haaren, der vor den Zug stürzte. Das Kreischen der Bremsen. Der Alarm. Die Schreie.

Jackie lag unter dem Zug.

25. Kapitel

Auf dem Bahnsteig drohte Panik auszubrechen. Die Passagiere rannten zu den Ausgängen, weg von dem Schrecken. Ein plattgetretener rosa Ballerinaschuh und ein Schirm lagen zurückgelassen am Boden, während die Menschen sich drängten, um fortzukommen.

«Ein Terroranschlag! Ein Terroranschlag!», schrie ein Mann panisch.

Eine junge Frau, dic freie Sicht auf Jackies Sturz gehabt hatte, stand wie angewurzelt da, hatte die Augen zusammengekniffen und schrie aus vollem Leibe.

Drei Sekunden später tönte eine Durchsage aus den Lautsprechern: «Liebe Fahrgäste, es ist zu einem tragischen Unfall gekommen. Bitte verlassen Sie ruhig, aber schnellstmöglich die Station. Ich wiederhole: Wir haben es mit einem tragischen Unfall zu tun, es handelt sich nicht um Terror. Rettungskräfte sind verständigt und unterwegs. Seien Sie so freundlich, und machen Sie Platz.»

Nora drehte sich um, sie wollte danken, wer immer sie gerettet hatte, doch da war niemand mehr. Sie zitterte am ganzen

Körper. Zweifellos war sie gestoßen worden, und hätte sie nicht jemand im letzten Moment zurückgerissen, läge nun auch sie dort unten auf den Schienen.

Sie schaute sich nach dem Täter um, aber das konnte ja buchstäblich ein jeder gewesen sein, und vermutlich war er längst fort.

Langsam leerte sich der Bahnsteig, alle Passagiere wollten weg, hinaus an die Luft. Zwei Männer rannten in die entgegengesetzte Richtung, sie trugen weiße Schutzkleidung und hatten eine Trage bei sich. Die lehnten sie an die Bahnsteigkante, dann sprang der eine hinunter aufs Gleis, beugte sich, um unter den Zug schauen zu können, und verschwand vielleicht für eine halbe Minute aus dem Blickfeld. Als er wieder auftauchte, schüttelte er den Kopf. Hier konnte kein Rettungsteam mehr etwas ausrichten.

Ein Mann in einer leuchtenden Sicherheitsweste fasste Nora am Arm. «Kommen Sie mit, wir sollen den Bahnsteig räumen.»

Widerwillig ließ sie sich wegführen. Vorbei an der jungen Frau, die endlich zu schreien aufgehört hatte. Zwei Angestellte der Londoner Verkehrsgesellschaft waren zu ihr getreten und versuchten sanft, sie Richtung Ausgang zu bewegen. Plötzlich schaute sie Nora direkt in die Augen. «Das war Mord. Ich habe es genau gesehen.»

«Wer war es?»

«Ein großer Mann. Er stand hinter Ihnen beiden. Er hat auch Sie gestoßen.»

«Kommen Sie, wir müssen hier weg. Das ist eine Angelegenheit für die Polizei», sagte einer der Angestellten und führte Nora zu den Rolltreppen, wo Hunderte von Menschen ihre

Reise fortsetzten, ohne zu wissen, dass gerade eine Frau nur wenige Meter von ihnen das Leben verloren hatte.

Nora sah sich um. Der Bahnsteig wurde bereits mit Polizeiband abgesperrt. Die Leute schimpften lauthals mit der Frau, die dafür zu sorgen hatte, dass sich niemand hindurchmogelte, bevor sie sich abwandten, um einen anderen Weg zur Weiterfahrt zu finden.

Als sie oben angelangt waren, ließ der Mann Nora los. «So, das war ja ein scheußliches Erlebnis. Haben Sie jemanden, mit dem Sie sprechen können?»

Noras Stimme brach mehrfach, bevor sie schließlich herausbrachte: «Ich schätze, ich sollte mit der Polizei sprechen. Ich kannte die Frau, die vor den Zug gestürzt ist. Ich war mit ihr unterwegs.»

«Oh, ich verstehe. Dann kommen Sie mal mit. Mein Name ist Keith», sagte er und brachte sie durch eine Seitentür in ein kleines Büro mit einem Schreibtisch und einer verwelkten Topfpflanze. An der Wand hing ein Whiteboard mit einem komplizierten Schichtplan.

Keith deutete zu einem Stuhl.

«Tee? Wasser?»

Nora schüttelte den Kopf.

«Dann mache ich mich mal auf die Suche nach einem Kollegen von der Bahnpolizei», sagte er und schloss die Tür vorsichtig hinter sich.

Sie wusste zwar, dass Andreas nicht ans Telefon gehen würde, aber vielleicht konnte sie eine Nachricht hinterlassen, die er früher oder später abhören würde. Zurückrufen. Vorbeikommen, um sie abzuholen.

Ohne es zu wollen, begann sie zu weinen. Um Jackie. Um

Emily, die nicht nur ihr Zuhause und ihren Teddy verloren hatte, sondern jetzt auch noch ihre Mutter.

Sie wählte seine Nummer an, und eine Ansage verkündete, dass sie eine Nachricht hinterlassen konnte. Als es piepte, bekam sie fast kein Wort raus.

«Ich bin's», sagte sie leise. «Ruf mich an, wenn du das hier hörst.»

Die Tür ging auf, und zwei Beamte der British Transport Police betraten den kleinen Raum. Sie wirkten sehr ernst. Eine stellte sich als Sophie Robson vor, der andere nickte nur kurz und zog ein Notizbuch aus der Brusttasche.

«Mir ist klar, dass dies ein traumatisches Erlebnis für Sie war, aber würden Sie mir trotzdem dabei behilflich sein, einen Eindruck von dem zu gewinnen, was geschehen ist?», fragte Robson und klang dabei, als hätte sie eine besondere Schulung besucht, um aufgebrachte Zeugen zu beruhigen.

Es kostete sie viel Kraft, aber es gelang Nora, ihre Tränen zurückzuhalten. Dann nickte sie.

«Fangen wir mit dem Einfachsten an: Name und Adresse.»

«Sie hieß Jackie. Jackie Bower.»

Robson schüttelte den Kopf. «Ich spreche von Ihnen. Wie lauten Ihr Name und Ihre Adresse?»

Nora antwortete nicht auf diese Frage. «Sie wurde ermordet. Sie wurde von einem Mann gestoßen.»

«Und Sie sind sich sicher, dass dahinter eine Absicht steckte? Der Bahnsteig war sehr voll. Es könnte nicht sein, dass es einfach nur der Menschenmenge geschuldet war …»

«Ja, ich bin mir ganz sicher. Vielleicht kann die Überwachungskamera helfen.»

«Möglich. Einer meiner Kollegen sichtet bereits die Aufnahmen. Aber ich würde trotzdem gern einmal ganz von vorn alles durchgehen. In aller Ruhe. Wie lauten Ihr Name und Ihre Adresse?»

Nora ergab sich und beantwortete alle Fragen. Versuchte, sich zu beruhigen, und sah, dass ihre Hände zitterten. Ein sonderbares Gefühl, als wären es gar nicht ihre. Legte sie vor sich auf den Tisch. Die zitternden Nerven beeindruckte das jedoch nicht.

Nach einer Viertelstunde war Robson zufrieden. «Wir wenden uns an Sie, sofern wir weitere Fragen haben.»

«Aber ... das war Mord! Sie werden doch Ermittlungen aufnehmen?»

«Dazu kann ich noch nichts sagen. Der Fall wird untersucht werden, und dann wenden wir uns bei Bedarf noch einmal an Sie.»

«Und was passiert nun mit Jackies Tochter?»

Robson öffnete die Tür und begleitete Nora hinaus in den Bahnhof.

«Sie sagten, die Mutter wohnt in Yorkshire? Sie haben nicht zufällig ihre Telefonnummer?»

Nora schüttelte den Kopf.

«Dann geben wir das an die örtliche Dienststelle weiter. Sie werden die Adresse ausfindig machen und die traurige Botschaft überbringen. Mehr können wir von hier aus nicht tun.»

«Wenn die Kriminalpolizei kommt, können Sie die bitten, sich bei mir zu melden? Ich habe noch weitere Informationen, die für die Ermittlungen wichtig sind.»

«*Wenn* die Kriminalpolizei denn kommt. Wir wissen noch nicht mit Sicherheit, ob es sich um Mord oder Selbstmord handelt. Aber wir haben ja Ihre Daten», sagte Robson und deutete zu einem der Ausgänge. «Sie dürfen jetzt gehen. Gibt es jemanden, mit dem Sie sprechen können, wenn Sie nach Hause kommen?», fragte sie wie auf Autopilot.

«Ja», log Nora.

Als sie die U-Bahn-Station verlassen hatte, versuchte sie es noch einmal bei Andreas. Noch immer die Mailbox. Bevor sie Petes Nummer anwählen konnte, klingelte das Handy von selbst. Big Ben.

«Sand? Du meldest dich heute irgendwie gar nicht. Alles in Ordnung?»

Nora holte tief Luft und schluckte gegen den Kloß an, der ihr im Hals saß. «Nein, nicht so richtig.»

«Was soll das heißen? Gibt es Probleme mit dem Artikel?»

Der Kloß wollte sich nicht unterdrücken lassen, sondern wurde nur größer. «Ich hatte gerade fast einen Unfall.»

«Oh, das höre ich nicht gern! Nimm dir bloß den Rest des Tages frei, hörst du?», sagte Krebs so mitfühlend, wie er konnte.

Nora schielte auf die Uhr. Es war 18:30.

«Danke», sagte sie trocken.

«Keine Ursache. Das ist doch selbstverständlich», sagte Krebs großzügig.

Nach einem kurzen Schweigen räusperte er sich. «Nun, mehr gibt es eigentlich nicht zu besprechen. Dann hören wir uns morgen. Und du fährst heim und gönnst dir einen großen Whisky. Der hilft gegen das meiste.»

Sie murmelte irgendetwas und legte auf.

Glücklicherweise ging Pete sofort ans Telefon. «Yes, my dear.»

Und in dem Moment fing sie an zu weinen. Er klang so alltäglich, dabei war die Situation das genaue Gegenteil. Schluchzend schilderte sie ihm, was geschehen war.

«Fuck!», bekam Pete gerade noch heraus, bevor im Hintergrund Tausende Menschen zu brüllen anfingen. «Warte, ich rufe sofort zurück.»

Zwei Minuten später hatte sie ihn wieder am Ohr. «Sorry, ich mache gerade einen Job in Liverpool, Fußballspiel ...»

«Wann kommst du zurück?»

«Ist mit Übernachtung. Ich fahre morgen Vormittag zurück.»

Noras Herz sank. Die Vorstellung, in eine leere Wohnung zurückzukehren, war unerträglich.

«Hey, Nora. Alles in Ordnung? Ist Andreas nicht da?»

«Nein.»

«Und was machst du jetzt?»

«Ach, mir fällt schon was ein.»

«Wenn du willst, kannst du bei mir schlafen. Musst dir nur von meiner Nachbarin Bridget den Schlüssel geben lassen. Es tut mir schrecklich leid, dass ich gerade nicht in London bin.»

«Mach dir keine Gedanken.»

«Okay, aber wenn was ist, dann meldest du dich, ja?»

Das versprach sie.

Nach dem Auflegen starrte Nora auf ihr Handy. Noch zehn Prozent Akku.

Schließlich gab sie sich einen Ruck und rief bei Tom an. Er hob sofort ab.

«Wo bist du?»

«King's Cross», sagte sie und versuchte erfolglos, dabei nicht zu schluchzen.

«Ich weiß nicht, was vorgefallen ist, aber das kannst du mir in Ruhe erzählen, wenn du hier bist. Nimm dir einfach ein Taxi», sagte er und gab ihr seine Adresse in Soho durch. «Hast du Bargeld?»

Nora nickte, und als hätte er das sehen können und als wäre er ein Mann, der einfach alles im Griff hatte, sprach er weiter: «Gut. Ich erwarte dich.»

Nora ging sofort zum Taxistand, und schon fünf Minuten später saß sie in einem schwarzen London Cab. Der Fahrer bemühte sich um ein Gespräch, gab aber auf, weil Nora ihm nur einsilbig antwortete.

Während sie durch den Londoner Feierabendverkehr krochen, weinte Nora. Sie versuchte, sich zu beruhigen, dachte an all die Male, als sie in schlimmeren, ja, lebensgefährlichen Situationen einfach stoisch die Ruhe bewahrt hatte. Wie zum Beispiel das eine Mal, als sie in Nairobi von einem Mann mit einem Messer bedroht worden war. Oder das andere Mal, als sie an der sibirischen Grenze mit lauter jungen Söldnern zusammen festgehalten wurde, die alle mit Kokain zugedröhnt waren. Oder das Mal, als während eines Tauchgangs in Zypern ihre Sauerstoffflasche ausfiel. All diese Erinnerungen kamen in ihr hoch und vermengten sich zu einem heillosen Durcheinander, von einer beruhigenden Wirkung konnte keine Rede sein.

«Das macht 18,60 Pfund», sagte der Fahrer, als sie in der Romilly Street zum Stehen kamen.

Nora gab ihm eine Zwanzig-Pfund-Note und klingelte dann an der Tür. Sofort wurde ihr aufgemacht, und schon ging sie eine schmale, steile Treppe hinauf. Vor der Wohnungstür angekommen, zögerte sie einen Moment lang und überlegte, ob sie nicht doch lieber umkehren sollte, aber es gelang ihr nicht, eine Entscheidung zu fällen, bevor die Tür aufging und Tom sie hinein- und in seine Arme zog.

So standen sie im Flur, und Tom spürte offenbar, dass er nichts zu sagen brauchte. Dass es reichte, ihr über das Haar zu streicheln. Irgendwann lösten sie sich doch voneinander, und Tom brachte sie in eine Küche aus Glas, Stahl und schwarzen Granitoberflächen, setzte sie auf einen Barhocker und reichte ihr ein Glas Rotwein.

«Möchtest du darüber sprechen?»

Sie schüttelte den Kopf.

Er ließ sie zehn Minuten allein, um unten in Chinatown Wantan-Suppe zu kaufen. Derweil streifte sie durch das Wohnzimmer, dessen Wände fast bis aufs letzte Fleckchen von Bücherregalen bedeckt waren. Maßangefertigt, so wie es aussah. Im Hintergrund lief leise Miles Davis. *Kind of Blue*, soweit sie das beurteilen konnte.

Ihr Handyakku hatte nun endgültig den Geist aufgegeben, weshalb sie sich umschaute, ob er sich irgendwo aufladen ließ. Sie bereute es ein wenig, hergekommen zu sein, konnte sich aber andererseits nicht aufraffen, nach Belsize Park zu fahren. In eine leere Wohnung, wo die Bettwäsche noch immer nach Andreas roch, ohne dass er dort sein würde.

Als sie Toms Schlüssel in der Tür hörte, schob sie den Gedanken beiseite. Beim Auspacken des Essens erzählte er von seinem Lieblingsrestaurant, das von Madame Fu betrieben wurde. Sprach von seiner Wohnung und was er alles daran renoviert hatte. Von seiner Arbeit. Füllte die Pausen mit unverfänglichen

Inhalten, während er die heiße Suppe in schwarze Keramikschalen füllte.

Langsam kehrte die Wärme in sie zurück, und sie hörte endlich auf zu zittern. Er schenkte ihr Wein nach und suchte ein Ladekabel für ihr Handy. Nach dem Essen brachte er sie ins Bad, wo er ihr Wasser in eine riesige Wanne auf Löwenfüßen einlaufen ließ. Sie zog sich aus und tauchte in die Wärme ein, während er in der Küche herumfuhrwerkte. Er hatte ihr einen weichen, schwarzen Bademantel bereitgelegt. Er roch nach seinem Parfüm, was immer das war. Eine fremde Note, Sandelholz.

Sie öffnete die Badezimmertür und tapste barfuß hinaus. Tom saß auf einem wuchtigen schwarzen Ledersofa. Auf dem Couchtisch stand ihr Weinglas. «Komm», sagte er nur.

«Tom, ich weiß nicht ... Ich glaube, es ist vielleicht am besten, wenn ich ... wenn ich jetzt nach Hause fahre.»

Er schüttelte nur sacht den Kopf. «Du bist hergekommen, weil du hier sein wolltest. Und jetzt bist du da», sagte er. Dann stand er auf, ging zu ihr und umarmte sie.

«Entspann dich, Nora», sagte er sanft.

Er streichelte ihr wieder übers Haar, und das fühlte sich ganz falsch an. Und gleichzeitig genau richtig.

Sie ließ sich von ihm ins Schlafzimmer bringen, zu k.o., um sich zu widersetzen. Dort legte er sie aufs Bett und deckte sie sorgfältig zu. Dann legte er sich dazu, um sie im Arm zu halten. So blieben sie sehr lange liegen.

Sie hatte so tief und fest geschlafen, dass sie nicht mitbekommen hatte, wie Tom aufgestanden und gegangen war. Verwirrt wachte sie gegen neun auf, wusste nicht, wo sie war. Und dann kamen alle Erinnerungen wieder.

Hastig zog sie sich an und fand ihr Handy in der Küche, wieder vollständig geladen. Daneben lag ein Zettel von Tom: *Kaffee ist in der blauen Dose. Zieh die Tür einfach hinter dir zu, wenn du gehst. Kuss.*

Sie verließ die Wohnung und trat auf die Straße. In der Bar Italia bestellte sie sich einen Latte Macchiato und ein Sandwich und nutzte die Wartezeit, um einen Blick auf ihr Handy zu werfen. Pete hatte siebenmal angerufen.

«Wo zum Teufel steckst du?», fauchte er statt einer Begrüßung.

«Soho.»

«Soho?»

«Ja, ist das ein Problem?»

«Jetzt hör mal zu. Ich habe mir wirklich Sorgen um dich gemacht, deshalb bin ich nach dem Spiel gleich losgefahren. Die Nacht hindurch. Direkt nach Belsize Park. Keine Sand. Dann zu mir. Auch da keine Sand. Du gehst nicht ans Telefon, dabei hab ich die ganze Nacht lang versucht, dich zu erreichen. Wo zur Hölle bist du gewesen? Und warum gehst du nicht ans Telefon?»

«Mein Akku war leer.»

«Und wo warst du nun?»

«Lange Geschichte.»

«Schieß los.»

«Kannst du morgen Nachmittag vorbeikommen?»

Pete brummelte etwas, dabei wusste Nora, dass er ihr längst

nicht mehr böse war, auch wenn er das in diesem Moment niemals zugegeben hätte.

«Ich muss Bilder bearbeiten.»

«Okay, dann komme ich vorbei.»

Sie aß auf und starrte dabei Löcher in die Luft. Versuchte, sich vorzustellen, was sich an diesem Mittwoch in Yorkshire abspielte. Eine weinende Großmutter. Ein kleines Mädchen. Wie erklärt man einem Kind, dass seine Mutter nicht wiederkommt? Nie wieder?

Noch immer hatte sich niemand von Scotland Yard gemeldet. Sie beschloss, selbst bei Millhouse nachzuhaken, wenn im Laufe des Tages nichts passieren sollte. Jackies Tod würde nicht als Unfall gewertet werden. Es war ein vorsätzlicher Mord gewesen.

Nachdem sie sich den Mund abgewischt hatte, holte sie tief Luft und rief bei Krebs an. «Sand, fass dich kurz, ich muss in zwei Minuten los zum Außenministerium. Was gibt's?»

«Einen Mord und fünf verschwundene Frauen.»

Sie hörte, dass Krebs den Schreibtischstuhl hervorzog und sich setzte. «Wie bitte?»

Kurz umriss sie Jackies Geschichte.

«Steht sie für ein Interview zur Verfügung? Oder zumindest für ein paar O-Töne?»

Wieder drohte ein Schluchzen sie zu übermannen. Sie zwang es zurück und erklärte Krebs, was mit Jackie Bower geschehen war.

«Aber hast du ohne sie denn überhaupt eine Story? Gibt es noch andere Beweise?»

Nora erwähnte das Interview, das sie mit dem Handy aufgenommen hatte.

«Mail mir das bitte sofort, wenn du wieder an deinem Computer bist. Wir müssen erst mal eine juristische Einschätzung einholen, bevor du damit weitermachst.»

Nora gab ihm ihr Wort.

«Noch etwas ganz anderes ... Wann ist dein Termin bei Biehl?»

«Donnerstag, das heißt: morgen Nachmittag.»

«Bist du gut darauf vorbereitet?»

Nora dachte darüber nach.

«Falls nicht, melde dich bei Tausen. Der wird dir schon zu den richtigen Fragen verhelfen.»

Sie legten auf, und Nora nahm Kurs auf die Station Tottenham Court Road, von wo sie mit der U-Bahn nach Hause fuhr.

In der Wohnung roch es noch immer leicht nach Tikka Masala. Sie brachte es nicht fertig zu lüften, sondern ließ sich komplett angezogen aufs Bett fallen. Schloss die Augen und hoffte, in einen tiefen, traumlosen Schlummer zu fallen und den gesamten gestrigen Tag zu vergessen.

Sie wachte auf, weil die Wohnungstür ins Schloss fiel.

Schon stand Andreas im Schlafzimmer und lächelte sie übertrieben nachsichtig an. «Was ist los? Ist es so anstrengend, ein paar Artikel zu schreiben?», triezte er sie.

Sie blinzelte. «Wo warst du?»

Er schüttelte den Kopf. «Das darf ich nicht verraten. Nur so viel: Ich war in einer Wohnung in Forest Gate mit drei Kerlen. Wurde im letzten Augenblick mitgeschleppt, weil einer der Verdächtigen Kontakte nach Dänemark hatte. Damit jemand da war, falls er Dänisch sprach. Was natürlich nicht passierte. Um ehrlich zu sein, war es arschlangweilig. Tut mir leid, dass ich dich nicht vorwarnen konnte», sagte er und gähnte.

Nora versuchte, sich den Schlaf aus den Augen zu reiben, und dann fiel die Erinnerung erneut über sie her. Der Zug. Das Heulen der Bremsen, das durch Mark und Bein ging. Jackie auf den Schienen.

«Darf ich mich zu dir legen? Ich könnte wahrlich ein Nickerchen vertragen, das war eine lange Nacht», sagte er.

Nora starrte ihn einfach nur an.

«Ist irgendwas passiert?»

«Ein Unglück», setzte sie an, aber stoppte sich dann doch.

«Aber mit dir ist alles in Ordnung?», fragte Andreas.

Sie nickte, stand auf und steuerte den Computer an.

«Willst du nicht noch ein bisschen liegen bleiben? Dann verschwinde ich eben im Bad.»

Nora schüttelte den Kopf. «Später. Ich muss noch was fertig machen.» Sie schaltete den Computer ein, verband ihr Handy via USB-Kabel und verschob die Audiodatei mit Jackies Interview auf die Festplatte. Knapp dreiundzwanzig Minuten hatte die Unterhaltung gedauert. Nora mailte eine Kopie an Krebs und eine an Jules.

Sie hörte, dass Andreas im Bad das Wasser aufdrehte, und rief derweil Corinne an, um ihr durchzugeben, dass sie die Wohnung in Camden nicht länger brauchten.

Dann versuchte sie, Jules zu erreichen, und schielte auf die Uhr. Es war spät geworden, die offiziellen Geschäftszeiten waren durch. Er musste schon gegangen sein, sie landete auf dem Anrufbeantworter. Auch Krebs ging nicht ans Telefon. Sie hinterließ ihm eine kurze Nachricht, dass sie das Interview gemailt hatte, damit er es mit einem Mitarbeiter der juristischen Abteilung abhören konnte.

Sie ging zum Kühlschrank und trank Apfelsaft direkt aus

dem Karton, bevor sie sich zusammenriss und in Dänemark anrief.

Manash war sofort zur Stelle. «Haben Sie Neuigkeiten für mich?»

«Nicht viele, Manash, und leider auch keine wirklich guten, fürchte ich.»

«Wie meinen Sie das? Was ist passiert?»

«Derzeit weiß ich nicht mehr, als dass Amina zu einer Gruppe von fünf Frauen gehört, die spurlos verschwunden sind. Irgendetwas ist ihnen zugestoßen. Aber ich weiß leider nicht, was.»

«Aber ... Sie müssen doch wissen, was ihr zugestoßen ist! Wo ist sie denn?»

Nora verfluchte sich selbst. Wie unfassbar dumm von ihr, Manash anzurufen, ohne wirklich etwas Handfestes zu haben. «Es tut mir leid, Manash, ich hätte nicht ...»

Sie konnte hören, wie sehr er sich beherrschte: «Ich bin es, der sich entschuldigen muss. Ich habe Sie gebeten, mich zu verständigen, sobald Sie irgendetwas in Erfahrung bringen, egal, wie wenig.»

«Ja, und leider ist es nicht viel, das weiß ich. Es ist nicht genug.»

«Melden Sie sich, sobald Sie können. Sobald Sie mehr wissen. Ich muss einfach die Hoffnung haben, dass für Amina noch eine Chance auf Rettung besteht. Finden Sie sie, so schnell Sie können.»

«Ich tue, was ich kann», versprach sie und verabschiedete sich.

Andreas war inzwischen aus dem Bad gekommen und auf dem Bett eingeschlafen.

Nora nutzte die Zeit, um mehr über Dinitrophenol, besser

bekannt als DNP, in Erfahrung zu bringen, den Hauptwirkstoff des neuen Wundermittels der PharmaCorp. In den 1930ern hatten zwei Forscher der Stanford University dokumentiert, wie es den Stoffwechsel des Menschen künstlich in Gang setzte und dafür sorgte, dass man in Rekordzeit abnahm. Anfangs war das neue Diätmittel ein riesiger Erfolg in den USA, wurde aber 1938 nach einer Reihe von Todesfällen wieder vom Markt genommen und seither auch nicht wieder offiziell zugelassen. Aber es gab eine Reihe fragwürdiger Internetseiten, auf denen Bodybuilder und verzweifelte Jugendliche, die es nicht besser wussten, Tabletten bestellen und sich direkt nach Hause liefern lassen konnten. Und kaum hatten die Behörden dafür gesorgt, dass eine dieser Seiten vom Netz gehen musste, tauchte eine neue auf, die genau dieselben Produkte anbot.

Zwei Klicks später saß sie vor einem Artikel über die dreiundzwanzigjährige Designstudentin Veronica Jones, die unter Bulimie und der übertriebenen Panik gelitten hatte, auch nur ein halbes Kilo mehr zu wiegen als die Models, die sie einzukleiden hoffte. Eines Tages hatte sie Donuts gegessen und es für eine brillante Idee gehalten, daraufhin eine Extradosis der wunderwirkenden Fettverbrennungstabletten zu nehmen. Als sie anfing, sich zu übergeben, und hohes Fieber bekam, sah sie selbst ein, dass irgendetwas nicht stimmte. Das Personal der Notaufnahme hatte jedoch machtlos zusehen müssen, wie ihr Fieber immer weiter stieg, bis sie eine Körpertemperatur von vierundvierzig Grad hatte und innerlich verbrannte. Ihr blieben fünf Stunden, um sich von ihrer Familie zu verabschieden, wohl wissend, dass es auf ihren Tod zuging. Hervorgerufen von einer Überdosis.

Veronicas Mutter, die zum Zeitpunkt des Todes ihrer Tochter gerade Urlaub in Spanien machte, erzählte, dass sie eine Nachricht auf ihrer Mailbox vorgefunden habe, in der ihre Tochter sich schluchzend für ihre Dummheit entschuldigte. Der Artikel wies darauf hin, dass, obwohl die ausländische Internetseite, auf der das Mädchen das Mittel erworben hatte, in der Zwischenzeit verboten worden war, es trotzdem immer noch möglich sei, diese illegalen und lebensgefährlichen Tabletten im Internet zu bestellen und nur wenige Tage später im Briefkasten zu haben.

Nora druckte sich den Artikel aus. Ob es möglich war, Veronicas Familie ausfindig zu machen? Seit ihrem Tod waren vier Jahre vergangen. Vielleicht waren sie nun bereit, darüber zu reden.

Ihr Handy vibrierte, es war Tausen, der sie von zu Hause in Hellerup anrief. Nach einem kurzen Geplänkel über Tausens Ehefrau, die Physiotherapeutin war, und Tausens Tochter, die ihr Studium an der Copenhagen Business School fast abgeschlossen hatte, kamen sie schließlich auf Erik Biehl zu sprechen. Nora hörte, wie Tausen zwischendurch Züge von seiner Pfeife nahm, die mittlerweile aus *Globalts* Redaktion verbannt worden war.

«Wir kennen uns von früher. Nicht gut, aber wir hatten gemeinsame Bekannte und waren in denselben Kreisen unterwegs. Ich hatte nicht viel mit ihm zu tun, aber er war schon damals jemand, den man einfach nicht übersehen konnte. Schon damals war klar, dass aus ihm mal was werden würde. Er hatte verdammt viel Charme, ständig waren irgendwelche Frauen hinter ihm her.»

«Das heißt, er war schon damals recht auffällig?», fragte Nora und versuchte dabei so neutral wie möglich zu klingen.

«Ja, er war ziemlich ... Also, um ganz ehrlich zu sein, war er nicht so mein Fall. Für meine Begriffe war er ein bisschen zu smart. Und damit meine ich nicht mal die Frauen, die dicken Autos oder dieses ganze Getue, das er machte. Ich fand, ihm fehlte es irgendwie an ... und, Nora, das hier sage ich dir im Vertrauen ... *Substanz*. Ich habe nur ein paarmal mit ihm gesprochen – sowohl als Wirtschaftsjournalist als auch Redakteur. Es ist nicht leicht, ihn zu einer konkreten Aussage zu bewegen.»

«Inwiefern?»

«Er kennt alle Begriffe, alle Schlagwörter. Viele meiner Kollegen lieben ihn regelrecht, weil er so unfassbar gut darin ist, genau die passenden Zitate und Bilder zu liefern. Aber ich frage mich wirklich schon immer, ob überhaupt was dahintersteckt.»

«Ob was dahintersteckt?»

«Ja, ach, ich weiß nicht, wie ich das anders beschreiben soll. Wenn man ihn nach etwas ganz Konkretem fragt, also nach Zahlen, Lösungen, so was in der Art, dann weicht er aus. So, als fehlte ihm letztlich ganz grundlegendes Wissen.»

«Hm. Sag mal, Tausen, fällt dir jemand ein, der ihn gut genug kennt, um irgendetwas Persönliches über ihn zu erzählen? Etwas Zitierfähiges?»

Nora hörte, dass Tausen an seiner Pfeife zog. «Nein, das ist ja genau das Problem. Eigentlich gibt es niemanden, der richtig mit ihm befreundet ist. Zumindest niemanden, von dem ich weiß. Und so ist das schon, seit ich ihn kenne: massenweise Bekannte, aber keine Freunde.»

«Und die jüngsten Entwicklungen? Wie weit hat er sich aus dem Fenster gelehnt? Und wie sehr ist er mit der PharmaCorp verbandelt?»

Tausen dachte nach. «Tja, das ist die Frage. Rechne mal lieber nicht damit, dass er dir darauf befriedigende Antworten liefern wird. Aber was ich so aufgeschnappt habe, deutet darauf hin, dass er tief in der PharmaCorp steckt. Ziemlich tief. So tief, dass, wenn es der Firma mal schlechtgehen sollte, er das sehr deutlich zu spüren bekommt.»

«Aber warum eigentlich? Er hat doch ein eigenes Vermögen und seine eigene Firma. Oder steht es mit der ErBiTech nicht gut?»

«Vor fünf Jahren war die Firma in Kopenhagen börsennotiert, und dann nahm er fast ohne Begründung seine Aktien aus dem Umlauf. Kaufte sie für einen Spottpreis zurück, weil es der Firma so schlechtging. Drei Jahre später tauchte er dann mit einer umstrukturierten Gesellschaft in Großbritannien wieder auf. Ein neuer Investor, dessen Identität nicht öffentlich gemacht wurde, gab ihm Geld. Es entstand ein neues Hightech-Labor, und plötzlich war ErBiTech in aller Munde. Die Wirtschaftsmagazine sprechen von einem Senkrechtstarter und unbedingtem Erfolg. Erik Biehl verkaufte sich wie der dänische Wikinger, der neue Biotechnologie nach Großbritannien gebracht hatte. Die meisten Wirtschaftsblätter schluckten das unbesehen.»

«Wie ist es denn dazu gekommen?»

«Das weiß niemand. Abgesehen von Biehl und vielleicht seinen engsten Vertrauten.»

«Und du glaubst, dass die PharmaCorp als Investor hinter Biehls großem Durchbruch steckt?»

«Ich kann es nicht beweisen, aber das ergäbe Sinn. Vielleicht solltest du ihn danach fragen. Aber rechne nicht mit einer Antwort. Rechne eher damit, dass dir ganz schnell der Hahn abgedreht wird, wenn du ihm mit Fragen kommst, die ihn nicht im besten Licht dastehen lassen.»

«Warum überrascht mich das bloß so gar nicht?»

Kaum hatten sie sich voneinander verabschiedet, verschaffte sich Nora einen Überblick über den Inhalt des Kühlschranks: drei Eier, eine halbe Salatgurke und ein Becher mit Hummus, der längst sein Mindesthaltbarkeitsdatum überschritten hatte. Sie gab auf und verschwand im Bad. Versuchte, die Erlebnisse des Vortags wegzuwaschen.

Als sie aus dem Bad kam, war Andreas wach und reichte ihr das Handy.

«Wer ist Tom?», fragte er.

«Warum willst du das wissen?»

Er betrachtete sie eindringlich. «Weil er mich mit seinem Anruf geweckt hat, ich aber nicht schnell genug war, um dranzugehen.»

Nora spürte eine leise Panik. «Was hast du denn an meinem Handy zu schaffen? Es kann immer eine meiner Quellen sein, die anruft. Und die sollten nie mit jemand anderem sprechen als mit mir.»

«Okay, beruhig dich.»

Sie riss ihm das Handy aus der Hand und schaute auf das Display. Zwei verpasste Anrufe. Beide von Tom. Sie löschte beide, nur um dann zu entdecken, dass er ihr eine Nachricht über WhatsApp geschickt hatte: *Wann sehen wir uns wieder?* Ohne zu antworten, steckte sie das Handy in die Tasche.

«Und ist er das?»

«Was?»

«Eine Quelle?»

«Jetzt aber mal im Ernst, Andreas.»

Er hielt ihrem Blick stand. «Ganz im Ernst, Nora.»

Sie war es, die wegsah. «Er ist ... eine Art Kollege. Wir arbeiten an derselben Sache.»

«Aha?»

Sie entschied, dass Angriff die beste Verteidigung war. «Liest du etwa meine Nachrichten?»

Andreas schüttelte den Kopf. «Selbstverständlich nicht. Aber er hat zweimal so kurz hintereinander angerufen, dass ich mich jetzt frage, ob das vielleicht wichtig war. Und ob du heute noch arbeiten musst.»

Sie schüttelte den Kopf. «Es war nichts Wichtiges.»

Er schaute sie aufmerksam an. «Okay», sagte er, stand auf und zog sich an.

«Musst du noch weg?»

«Ja, ich muss wieder zu diesem Beschattungsjob, muss in einer Stunde los. Wollen wir vorher noch zum Türken gehen, was zu Abend essen?»

Erst als sie allein mit einer Tasse süßen Minztees dasaß, nachdem Andreas sie flüchtig geküsst hatte und dann aufgebrochen war, fiel ihr wieder ein, dass sie völlig vergessen hatte, ihn um Hilfe bei der Sache mit dem Autokennzeichen zu bitten.

26. Kapitel

ErBiTechs Labore befanden sich in einem Industriegebiet in einem Vorort von Milton Keynes. Nach einer einstündigen Zugfahrt und einer kurzen Taxitour stand Nora drei Minuten vor der vereinbarten Zeit am Empfang. Ein junger blonder Mann hieß sie willkommen und überreichte ihr einen Tagesausweis mit ihrem Namen. Er brachte sie eine Treppe hinauf in einen großen, hellen Raum, dessen Mobiliar einige Klassiker dänischen Designs vereinte. Auf einem niedrigen Tisch lagen Broschüren über ErBiTechs Aktivitäten aus.

«Nehmen Sie doch bitte Platz. Mr. Biehl ist in einem wichtigen Meeting und bat mich, Ihnen auszurichten, dass es noch einen Moment dauern könnte. Er hofft, Sie haben dafür Verständnis», sagte der Mann mit einem so blendenden Lächeln, dass er genauso gut beim Teleshopping hätte arbeiten können.

Wenn das mal nicht einer der ältesten Tricks der Welt war. Die Journalistin warten lassen. Nur um zu zeigen, wer am längeren Hebel sitzt. Erik Biehl spielte vermutlich einfach nur an seinem Computer Solitär, um die fünf bis zehn Minuten zu überbrücken, bis er demonstriert hatte, was er wollte, dachte Nora.

Also stellte sie sich einfach ans Fenster und schaute auf eine kleine Grünfläche hinunter, wo ein Springbrunnen und mehrere Blumenbeete so angeordnet waren, dass sie zusammen das sechseckige ErBiTech-Logo ergaben. Es wirkte wie ein Ort, an den niemand als der Gärtner kam.

Am anderen Ende lag der Parkplatz. Voll mit Firmenwagen des oberen Preissegments. Nora sah mindestens drei Jaguare, einen BMW und einen Mercedes. Am weitesten vom Eingang entfernt standen zwei weiße Lieferwagen. Während sie hinausschaute, fuhr ein dritter auf den Parkplatz und steuerte die hinterste Ecke an. Irgendetwas an dem Lieferwagen veranlasste sie, schnell ein Foto mit dem Handy zu machen.

Genau in dem Moment räusperte sich jemand hinter ihr. Der Mann vom Empfang. «Also, Mr. Biehl wäre dann bereit», sagte er und brachte sie bis vor die Tür seines Büros, wo er ordnungsgemäß anklopfte und wartete, bis Erik Biehl «Herein» gesagt hatte.

Biehl stand auf und kam Nora mit ausgestreckter Hand entgegen. Offenbar hatte er sich dazu entschlossen, höflich zu sein, nachdem er bereits klargestellt hatte, dass seine Zeit wichtiger war als ihre.

Deshalb wählte auch sie bewusst ein zurückhaltendes und höfliches Auftreten. Sie ergriff seine Hand.

«Willkommen, Nora Sand. Und vielen Dank noch einmal für Ihren Besuch anlässlich meiner Feier», sagte Biehl mit einem breiten Lächeln. Er setzte sich wieder an seinen großen Schreibtisch. Dann erst bedeutete er Nora mit einer Geste, dass und wo sie Platz nehmen möge.

«Es geht um das Porträt anlässlich Ihres Geburtstags», fing sie an.

Erik Biehl lächelte nachsichtig. «Normalerweise gebe ich ja solche Interviews gar nicht, aber zu diesem Anlass kann ich mal eine Ausnahme machen.»

Nora lächelte in angemessenem Maße zurück. «Das hatte ich gehofft, denn viele persönliche Interviews habe ich im Archiv tatsächlich nicht gefunden. ErBiTech wird des Öfteren erwähnt, Ihre Person jedoch weniger.»

«Nein, ich versuche Berufliches und Privates strikt zu trennen. Dafür haben Sie sicher Verständnis.»

So lief das Gespräch eine Weile lang weiter. Nora versuchte, ihm interessante Details für den Artikel zu entlocken, aber Biehl parierte jeden Versuch. Schließlich gab sie auf und konzentrierte sich auf das Geschäftliche. «Man munkelt, dass Sie in den letzten Tagen ein sehr wohlhabender Mann geworden sind. Können Sie das bestätigen?»

Biehl lächelte. «Ich würde es jedenfalls nicht dementieren.»

«Aber würden Sie es bekräftigen?»

Wenn möglich, lächelte Biehl nur noch breiter. Nora bekam allein vom Hingucken Schmerzen in den Wangen.

«Nächste Frage», sagte er nur.

«Würden Sie mir erklären, in welcher Verbindung Sie zur PharmaCorp stehen?»

«Es ist ja keineswegs ein Geheimnis, sondern öffentlich bekannt, dass die Firma in ErBiTech investiert hat und umgekehrt. Haben Sie sich denn gar nicht auf dieses Interview vorbereitet?»

«Doch», antwortete Nora.

Darauf reagierte er nicht. Nora sagte auch erst mal nichts,

aber Biehl gehörte nicht zu den Menschen, die sich durch Schweigen nervös machen ließen. Im Gegenteil, er saß es einfach aus. Schließlich war es Nora, die sich räusperte. «Also, ich habe mich in der Tat vorbereitet, Herr Biehl. Aber es war nicht leicht, präzise Angaben zu finden. Die Zahlen in den Artikeln unterscheiden sich zum Teil gewaltig, da wäre es ganz praktisch, vom Chef der ErBiTech selbst zu erfahren, wie es sich denn genau verhält.»

«Tja. Könnte sein», sagte Erik Biehl.

«Ja?»

«Ich habe nur nicht den Eindruck, dass ich unbedingt etwas zu den Angaben hinzufügen müsste, die bereits öffentlich zugänglich sind.»

«Okay, wenn Sie sich schon nicht zu den genauen Zahlen äußern wollen, wie wäre es dann mit einer kurzen Charakterisierung Ihrer Zusammenarbeit mit der PharmaCorp? Worin besteht sie?»

An seinem Gesicht ließ sich ablesen, dass er langsam wütend wurde. «Ich verstehe nicht ganz, was das mit einem Geburtstagsporträt zu tun hat. Das geht ja um einiges über das hinaus, was man von einer allgemeinen Darstellung erwartet.»

Nora lächelte verschlagen. «Gut, das kann man so sehen. Aber es schadet ja nicht, einen guten Überblick über die Fakten zu haben. Ganz, wie Sie vorhin selbst angemerkt haben.»

Erik Biehl stand auf. «Leider erwartet mich jetzt eine Telefonkonferenz mit den USA. Aber wir sind hier dann ja wohl auch soweit fertig.»

Nora klappte ihr Notizbuch zu und stand ebenfalls auf. «Ich hatte ja auf eine kleine Führung gehofft, wo ich schon mal den weiten Weg hierher auf mich genommen habe.»

Biehl zögerte. «Dies ist ein Forschungsunternehmen. Hier sind Labore, da gibt es nicht viel zu sehen.»

«Das stimmt sicher, aber es würde mir einen guten Eindruck über die Größe des Unternehmens vermitteln. All so etwas fließt ja zusammen in das Gesamtbild ein, das ich im Artikel wiedergebe», versuchte sie es.

Biehls Computer verkürzte die kleine entstandene Pause, indem der für Skype typische Klingelton erklang.

«Das ist meine Telefonkonferenz.»

«Kann mich denn niemand sonst herumführen? Es muss ja auch nicht lange sein.»

Nora sah, wie Wut und Eitelkeit in ihm rangen. Wie vermutet, gewann Letztere.

«Na gut, Ramón kann Sie schnell ein wenig herumführen.» Er stieß sie fast aus seinem Büro und rief zum Empfang hinunter: «Ramón, wären Sie so freundlich und würden Miss Sand eine Führung geben? Die kurze Tour, danke.»

Nora drehte sich um, damit sie Biehl zum Abschied noch einmal die Hand geben konnte, aber der hatte sich bereits wieder an seinen Schreibtisch gesetzt. Er schaute ihr direkt in die Augen. «Vielen Dank, ich freue mich schon auf den Artikel. Machen Sie bitte die Tür hinter sich zu.»

Der junge Mann, der sie zu Biehls Büro gebracht hatte, stand zur Führung bereit und hielt für sie einen weißen Laborkittel parat. «Tut mir leid, der ist hier Pflicht», sagte er entschuldigend und half Nora hinein.

Ramón und sie wanderten durch lange Flure mit Büros zu beiden Seiten und spiegelblankem Marmorboden. Es war so still, dass Nora den Hall ihrer eigenen Schritte hören konnte, wenn Ramón einmal eine kurze Pause einlegte in seinem Vortrag darüber, wann ErBiTech in dieses Gebäude gezogen war und so weiter.

Endlich erreichten sie eine dicke Brandschutztür. Ramón holte eine Plastikkarte aus der Brusttasche, steckte sie in ein Lesegerät und tippte einen vierstelligen Code ein. Das Schloss gab ein leises Klicken von sich.

Dahinter stand eine Reihe brummender Maschinen, und Nora hatte nicht die leiseste Ahnung, welchen Zweck sie erfüllten. Fünf lange Tische und ungefähr fünfzehn Laboranten, die sich über Reagenzgläser, Petrischalen und Mikroskope beugten. Fast alles war in Weiß gehalten, und es herrschte Stille. Kein Lachen, keine Gespräche. Nur Menschen, die hochkonzentriert bei der Arbeit waren.

An der hinteren Wand befand sich eine weitere breite Tür mit einem Schild, das darüber informierte, dass nur autorisiertes Personal Zugang hatte. Nora deutete dorthin. «Was verbirgt sich denn dahinter?»

«Ein weiterer Teil des Labors», antwortete Ramón.

«Und welcher?»

«Der mit den aktiven Versuchen.»

«Zum Beispiel?»

«Darüber darf ich leider keine Auskunft geben. Das ist vertraulich.»

Ramón grüßte die Frau am vordersten Tisch, die gerade etwas, das aussah wie ein kleines Plastikplättchen, unter ein Mikroskop schob.

«Vielleicht lassen wir Miss Sand einen Blick auf das werfen, woran du arbeitest, Susie.»

Die Frau, die eine Schutzhaube auf dem Kopf trug, nickte freundlich und überließ Nora den Platz an ihrem Mikroskop.

Die warf einen Blick hinein und sah viele kleine Flecken, die sich vor einem leuchtend roten Hintergrund bewegten.

«Was genau suchen Sie?»

«Einen bestimmten Bakterienstamm», sagte die Frau und lächelte.

«Und Sie haben ihn gefunden?»

«Das kann ich noch nicht sagen, dazu ist es noch zu früh.»

Als Nora aufschaute, sah sie gerade noch den Rücken eines asiatisch anmutenden Mannes, der durch den Raum eilte, der offene weiße Laborkittel flatterte nur so hinter ihm her.

«Wer war das?», fragte sie Susie.

«Unser Laborleiter. Er hat immer alle Hände voll zu tun mit den klinischen Studien im angrenzenden Labor.»

Ramón mischte sich ein. «Danke, Susie. Miss Sand hat leider keine Zeit mehr, und ich muss auch dringend zurück an den Empfang», sagte er und lächelte wieder sehr breit.

Nora musste sich eingestehen, dass es hier nicht mehr für sie zu holen gab, weshalb sie sich widerstandslos von Ramón hinausbegleiten ließ.

«Ihr Laborleiter?»

«Ja?»

«Meinen Sie, er wäre bereit, mir ein bisschen über Erik Biehl als Menschen zu erzählen? Im Hinblick auf das Porträt, das ich über ihn schreibe.»

Ramón schnaubte fast. «Das kann ich mir kaum vorstellen. Dr. Mung hat mehr als genug zu tun mit ...»

Nora unterbrach ihn mitten im Satz. «Entschuldigen Sie, wie ist sein Name?»

«Dr. Mung. Er hat gerade wirklich anderes zu tun, als sich mit Journalisten zu beschäftigen. Sein Projekt befindet sich in der entscheidenden Phase, und zudem habe ich klare Anweisungen von Direktor Biehl, alle Fragen zu seiner Person direkt an unsere PR-Abteilung weiterzuleiten», sagte Ramón.

«Arbeitet Dr. Mung schon lange für ErBiTech?»

«Von Anfang an. Aber wieso fragen Sie das?»

«Aus keinem bestimmten Grund. Vielen Dank für alles, auf Wiedersehen», sagte Nora.

Im Empfangsbereich holte sie ihr Handy heraus und bestellte sich ein Taxi, das sie wieder zum Bahnhof bringen sollte. Während sie wartete, rief sie das Foto des Lieferwagens auf. Sie zoomte das Kennzeichen heran und suchte dann ihre Notizen von dem Besuch in Oxford heraus. Sie bekam eine Gänsehaut.

Eins der Nummernschilder, die Murray von den nächtlichen Besuchern notiert hatte, endete auf 32 TBA. Und das Kennzeichen des weißen ErBiTech-Lieferwagens, den sie fotografiert hatte, lautete: AZ 32 TBA.

Nur mit großer Mühe konnte sie sich beherrschen, Krebs anzurufen, bis sie im Taxi saß. Es dauerte eine halbe Ewigkeit, bis er endlich abhob.

«Biehl ist in irgendwas mit der PharmaCorp verwickelt. Ich weiß es einfach. Irgendwas Haarsträubendes. Die Frauen, die spurlos aus Hawksyard verschwunden sind – ich glaube, er benutzt sie als Versuchskaninchen», platzte es aus ihr heraus.

Krebs unterbrach sie. «Stopp, stopp, stopp, Sand. Das sind schwere Anschuldigungen. Hast du dafür ausreichend Beweise?»

Nora rekapitulierte, was sie über die fünf Frauen wusste. Über Murray, das Kennzeichen und Dr. Mung.

«Hm, das sind alles Indizien, aber nichts davon hätte vor Gericht Bestand. Da brauchst du noch mehr.»

«Was willst du denn noch? Ich habe sogar ein Foto von dem Lieferwagen. Der steht gerade vor ErBiTechs Zentrallabor!»

«Ja. Und?»

«Das verbindet die Labore von PharmaCorp und ErBiTech. Eine Kooperation, die bislang geheim gehalten wurde.»

«Es ist ja wenig überraschend, dass zwei Firmen, die geschäftlich verbunden sind, einander besuchen. Darauf kann man keine Anklage aufbauen.»

«Aber des Nachts? Das ist doch hochgradig suspekt.»

«Bislang hast du ein paar dahingekritzelte Zahlen von einem leicht verwirrten ehemaligen Mitarbeiter, der ein Rachemotiv hat. Nora, du weißt genauso gut wie ich, dass so etwas vor Gericht zerfleddert würde wie eine Piñata bei einem mexikanischen Kindergeburtstag. Die Beweislage ist einfach zu dünn.»

«Ja, aber das ist doch noch nicht alles. Darüber hinaus haben wir noch Jackies Aussage. Und die Tatsache, dass sie ermordet wurde, um sie zum Schweigen zu bringen.»

Krebs sagte einen Augenblick lang nichts. «Das ist doch noch gar nicht bestätigt. Außerdem warte ich immer noch darauf, Jackies Aussage zu hören. Ich hatte eigentlich erwartet, dass ich die Datei mittlerweile von dir bekommen hätte.»

«Ich hab sie dir doch gestern gemailt. Hast du sie noch gar nicht an die juristische Abteilung weitergeleitet?»

«Ich habe gestern gar keine Mail von dir bekommen ... Warte, ich schaue sicherheitshalber noch mal.»

Sie hörte, wie er auf der Tastatur herumtippte. «Nein, nichts.

Nicht mal im Spamordner. Bist du dir sicher, dass du wirklich mir gemailt hast?»

Nora spürte, wie sich eine leise Panik meldete. «Ja, bin ich. Hundertprozentig. Mein Account muss schon wieder gehackt worden sein. Das ist schließlich nicht das erste Mal, dass irgendwas schiefläuft!»

Krebs war noch nicht überzeugt. «Hm, dann ruf doch mal bei der IT an. Wenn da wirklich was dran ist, muss das sofort geregelt werden.»

Kaum war das Telefonat beendet, hielt das Taxi auch schon vor dem Bahnhof. Sie kaufte sich eine Fahrkarte, und während sie auf dem Bahnsteig stand und auf den nächsten Zug nach London wartete, rief sie bei Jules an.

«Hallo, Nora, bei dir wollte ich mich auch gerade melden.»

«Wegen der Datei, die ich dir gestern gemailt habe? Ist sie denn angekommen?», fragte sie mit einer schlimmen Vorahnung.

«Ja, ist sie.» Nora seufzte erleichtert. «Ich verstehe nämlich nicht, warum du mir die gemailt hast», fuhr er fort.

«Hast du sie dir angehört? Dann erklärt sich das doch von selbst, Jackie hat in Hawksyard gearbeitet.»

«Nora, du hast mir ein Interview mit Jeremy Irons geschickt. Darin ging es um seinen jüngsten Film.»

«Verdammt!»

«Muss ich mir Sorgen machen?»

«Jules, warte kurz, mein Zug fährt gerade ein. Ich schicke sie dir noch mal, wenn ich wieder zu Hause bin. Ich habe gestern eine frühere Mitarbeiterin von Hawksyard interviewt. Dort passiert etwas ganz Fürchterliches. Ich glaube, dort sterben Frauen.»

«Wie bitte?» Der Zug übertönte alles Weitere.

Nora stieg ein. Als sie einen Platz gefunden hatte, durchsuchte sie die Tonaufnahmen ihres Handys. Das Interview mit Jackie war nicht mehr da. Die jüngste Datei war zwei Monate alt und in der Tat ein Interview mit Jeremy Irons, das sie im Londoner Luxushotel The Dorchester über seinen aktuellen Film geführt hatten. Schweiß trat ihr auf die Stirn. Das war alles andere als ein Fehler.

Als sie die Stadt hinter sich gelassen hatten und die Netzabdeckung wieder einigermaßen zuverlässig war, rief sie bei *Globalts* IT-Abteilung an und verlangte Boris.

«Hallo! Nora Sand – Sie hatten das Problem mit den verschwundenen E-Mails, nicht wahr?»

«Ja, und es ist wieder passiert. Offenbar wurde ich gehackt.»

Boris drückte auf verschiedenen Tasten herum. «Es ist nicht leicht, dieser Sache auf den Grund zu gehen. Ich habe ein paar Programme durchlaufen lassen und finde keine konkreten Fehler. Das Einzige, was ich anbieten kann, ist, dass Sie mit Ihrem Computer vorbeikommen, damit wir uns den einmal gründlich anschauen können.»

«Das ist leider gerade nicht möglich, ich bin in London.»

«Ach ja, stimmt. Dann machen Sie das einfach, wenn Sie das nächste Mal in Kopenhagen sind.»

Nora legte auf. Jetzt gab es nur noch eine Hoffnung, bevor sie mit ihrem Latein am Ende war. Große Lust hatte sie darauf nicht, aber es war eben der letzte Ausweg.

«Du weißt, dass ich gerade auf der Arbeit bin», sagte er, als er ihren Anruf annahm.

«Ja», gab Nora kleinlaut zu.

«Warum rufst du dann an?»

«David, ich würde nicht anrufen, wenn es nicht wichtig wäre.»

«Worum geht es?»

Nora schilderte kurz ihr Problem.

«Dein Computer wurde gehackt. Das könnte dir jedes Kind sagen», stellte er fest.

«Ja, das ist mir schon klar. Die Frage ist bloß, ob du herausfinden kannst, wer dahintersteckt, und ob du es irgendwie hinbekommst, dass sie damit aufhören.»

Er gab einen tiefen Seufzer von sich. «Wenn ich das mache, versprichst du mir dann, auf mich zu hören, was Passwörter angeht? Das, was du dir so ausdenkst, ist zu amateurhaft. Kein Wunder, dass die geknackt werden. Du musst wesentlich mehr Zahlen dazunehmen.»

«Ja, ja.»

«Ich schau's mir an, wenn ich zu Hause bin. Ich melde mich, wenn ich was weiß.»

«Danke dir. Wann, meinst du, kann ich mit deinem Anruf rechnen?», fragte Nora.

Aber sie fragte vergebens, David hatte schon aufgelegt.

Sie stieg in die U-Bahn um und fuhr bis Hampstead. Dort kaufte sie Scones und klingelte bei Pete. Er erschien in T-Shirt und mit zerwuscheltem Haar.

«Hast du gerade geschlafen?»

«Na ja. Ist spät geworden gestern. Ich musste noch was für die *Sydney Morning Post* fertig machen. Eigentlich hatten sie etwas im Hochformat gewollt, sich dann aber umentschieden. Um vier Uhr früh unserer Zeit. Deshalb bin ich ein bisschen groggy.»

Nora lächelte. «Na, dann passt es ja ganz gut, dass ich Frühstück mitgebracht habe.»

Pete stellte eine Tasse unter die temperamentvolle italienische Kaffeemaschine, die die Hälfte seines Küchentischs einnahm. Sie zischte angesichts der geforderten Arbeit und spuckte dann eine perfekt schwarze Flüssigkeit aus. Er reichte Nora die Tasse, suchte sich dann einen Scone aus der Tüte und biss ein ordentliches Stück ab.

«Ich habe mir riesige Sorgen um dich gemacht, nachdem ich gehört hatte, was da am Bahnhof King's Cross passiert war. Hat sich die Polizei bei dir gemeldet?»

Sie schüttelte den Kopf.

Pete ging zu der Kaffeemaschine und betätigte ein paar Knöpfe, um auch für sich eine Tasse Kaffee zu machen.

«Was hast du jetzt vor? Wegen Jackie? Und wegen Hawksyard?»

Nora umriss kurz ihren Verdacht.

Pete fuhr sich mit den Fingern durchs Haar. «Okay, ich fasse das mal zusammen: Hab ich dich richtig verstanden, du glaubst, dass fünf Frauen entführt und zu medizinischen Experimenten missbraucht wurden? Also wirklich, so was passiert doch nur in Büchern oder Filmen!»

Nora zuckte mit den Schultern.

Pete steigerte sich weiter in seinen Zweifel. «Da gibt es doch Kontrollen. Also, ich meine, diese Einrichtung Hawksyard, die wird doch öffentlich geführt oder etwa nicht?»

«Nein, es untersteht alles einer Privatfirma.»

«Trotzdem, Nora, das klingt mir viel zu weit hergeholt. Irgendjemand wird diese Menschen doch vermissen? Fünf Frauen verschwinden nicht einfach aus dem System, ohne dass es jemanden gibt, dem das auffällt.»

«Ach, keine Ahnung. Krebs findet auch, dass ich noch keine Story habe. Mir fehlen die letzten Beweise. Aber eins ist sicher, die bekomme ich weder von der PharmaCorp noch von Hawksyard.»

«Und was ist mit diesem Biehl?»

«Er weiß was, aber ich habe nichts, womit ich ihn unter Druck setzen könnte.»

Pete starrte nachdenklich in den Raum.

«Und was ist mit diesem Dr. Mung? Kommt man an den irgendwie dran?»

Nora schüttelte den Kopf. «Ich hab ihn gegoogelt, und es gibt ihn nicht. Nur einen Zahnarzt in Tasmanien.»

Nach kurzem Nachdenken sagte sie: «Eigentlich bleibt mir nur eine Möglichkeit, soweit ich das erkennen kann.»

«Und die wäre?»

«Der Spur aus Oxford folgen. Irgendetwas passiert dort nachts im Labor der PharmaCorp. Wenn wir es fotografisch dokumentieren, können wir mit den Bildern Biehl oder Bendicks konfrontieren und schauen, was sie dazu zu sagen haben.»

Pete stellte die Tasse von sich. «Ich bin dabei. Ich habe ja so meine Zweifel, muss ich sagen. Aber wenn das wirklich stimmt, was du vermutest, dann muss diesen Schweinen das Handwerk gelegt werden.»

«Danke. Bist du um neun bei mir?»

Pete wand sich ein bisschen. «Sagen wir zehn?»

«Cheryl?»
«Stimmt. Und ich möchte nicht darüber reden, Sand.»
«Na gut.»

27. Kapitel

Sie ging das letzte Stück zu Fuß nach Hause und machte halt beim Gemüsehändler. Suchte sich ein paar kleine Artischocken aus, frischen Fenchel, eine blankpolierte, schwarzviolette Aubergine und eine Rispe Cherrytomaten. Eigentlich hatte sie keine wirklichen Pläne damit, aber so konnte sie wenigstens so tun, als wäre dies ein ganz normaler Tag und sie eine Frau, die einfach nur zu Abend aß.

Andreas hatte einen Zettel auf dem Küchentisch hinterlassen. *Bin zum Fußballgucken mit den Kollegen im Pub.*

Sie schnitt die Aubergine der Länge nach auf, ritzte sie kreuzweise fast bis zur Schale ein und heizte den Ofen vor. Bepinselte die Hälften mit Öl und streute Fleur de sel darüber. Schob alles in den Ofen und schaltete dann BBC News ein, um diese angenehme Plaudergeräuschkulisse im Hintergrund zu haben, während sie die Tomaten für eine Salsa würfelte.

Gerade als sie sich die Hände waschen wollte, rief David an.

«Schalte mal deinen Rechner ein», sagte er.

Sie setzte sich an den Schreibtisch und befolgte gewissenhaft die Anweisungen ihres Bruders. Installierte ein Programm, das es ihm erlaubte, aus der Ferne ihren Computer zu bedienen. Kaum lief das Programm, bewegte sich der Mauszeiger wie von Geisterhand über die Bildschirmoberfläche, Fenster wurden geöffnet und geschlossen.

«Muss ich dazu hier sitzen und zugucken?», fragte sie.

«Äh, nein. Wir können auch auflegen, ich rufe dann an, wenn ich was weiß.»

Also begab Nora sich wieder in die Küche. Eine halbe Stunde später meldete David sich zurück.

«Das sieht übel aus, Nora.»

«Damit habe ich gerechnet.»

«Ich weiß, du bist technisch nicht so bewandert, deshalb erkläre ich dir das jetzt so einfach wie möglich. Du hast einen bösartigen Trojaner in deinem System.»

«Was bedeutet das?»

«Jemand hat durch eine auf den ersten Blick harmlos erscheinende E-Mail, die du geöffnet hast, ein Programm auf deinem Rechner versteckt, das Dateien löscht und so ziemlich alles von deinem Computer aus anstellen kann. Du kannst dir sicher sein, dass deine gesamte elektronische Korrespondenz kompromittiert ist.»

«Und meine Dateien? Wo sind die?»

«Weg.»

Nora wurde ganz mulmig zumute. «Aber das kann doch nicht sein! Die müssen sich doch rekonstruieren lassen!», jammerte sie.

«Nein, sie sind für immer verloren.»

«Aber wie konnte das passieren?»

«Das herauszufinden war nicht leicht, aber ich konnte einen recht konkreten Zeitraum eingrenzen. Du hast letzte Woche, als du in Dänemark warst, eine E-Mail bekommen. Mit der fing alles an.»

«Von wem?»

Sie hörte Davids Finger auf der Tastatur.

«Von einem ... Andreas Jansson. Sagt dir das was?»

«Bist du dir sicher?» Nora ließ sich auf den Schreibtischstuhl plumpsen, während sie zu begreifen versuchte, was das zu bedeuten hatte.

«Ja, ich bin mir sicher. Du weißt doch, dass ich bei so was keine Witze mache. Oder sonst bei irgendwas», sagte er entrüstet.

«Nein, nein. Entschuldige. Und was mache ich jetzt?»

«Lass den Computer eingeschaltet. Ich jage ein Programm drüber, dass ich selbst geschrieben habe. Wenn das durch ist, fährst du ihn runter und wieder hoch. Ich schicke dir dann eine SMS.»

«Ich muss dich trotzdem noch mal fragen: Es besteht gar kein Zweifel daran, dass das Programm durch die Mail eingeschleppt wurde, die du vorhin genannt hast?»

«Nein, aber es kann selbstverständlich sein, dass der Absender selbst gehackt wurde und das Programm unwissend an dich geschickt hat. An die Hoffnung kann man sich natürlich klammern.»

Sie legten auf, und Nora holte die Aubergine aus dem Ofen. Sie war perfekt geworden. Das blassgelbe Fruchtfleisch hatte sich in eine wohlschmeckende Mahlzeit verwandelt. Sie legte eine Hälfte auf einen Teller, blieb dann aber doch nur davor sitzen und starrte darauf. Sie stellte den Fernseher lauter. Gerade kamen die Sportnachrichten, und Nora starrte einfach mit leerem Blick auf den gut aufgelegten Sprecher, der ihr zunächst die Tennisergebnisse durchsagte, für die sie sich nicht weniger hätte interessieren können, und dann den Zwischenstand eines Fußballspiels, das Andreas vermutlich gerade zusammen mit seinen Kollegen in irgendeinem Pub anschaute.

Jackie hatte Nora alles verraten, was sie wusste, und hatte dafür mit dem Leben bezahlt. Und jetzt war ihr Wissen verschwunden. Das war einfach nicht zu ertragen.

Eine Weile lang saß sie einfach da und konnte sich zu nichts aufraffen. Irgendwann kam endlich die SMS von David, woraufhin sie, wie abgesprochen, den Computer herunterfuhr.

Die Aubergine stand weiter unangetastet auf dem Tisch, als Nora sich wieder an den Computer setzte und versuchte, einen ersten Absatz des Artikels über Biehl zu strukturieren. Aber es fehlten einfach immer noch zu viele Informationen. Was war mit den Frauen geschehen? Und warum? Wo waren sie jetzt?

Sie hing noch immer über der Tastatur, als Pete klingelte. Andreas war noch nicht nach Hause gekommen, aber sie wusste auch nicht, ob sie ihn konfrontieren wollte mit dem, was mit ihrem Computer passiert war. Oder wie sie Krebs am nächsten Morgen erklären sollte, dass kein Interview mehr existierte, das das Potenzial hatte, Hawksyard oder sogar Biehl den Boden unter den Füßen wegzureißen. Besser, sie bemühte sich direkt um neue Beweise.

Die Uhr zeigte 23:30 Uhr, als sie die Einfahrt zur PharmaCorp erreichten, der winzigen Öffnung in dem sonst meterhohen Zaun, der das gesamte Gelände umschloss. Die Einfahrt wurde von einer Schranke und einem Wachhäuschen gesichert, das gerade nicht besetzt war. In den Gebäuden hinter dem Zaun waren keinerlei Lebenszeichen zu bemerken. Zu beiden Seiten der Schranke befanden sich Überwachungskameras, weshalb Nora Pete dazu anhielt, weiterzufahren und den Wagen ein Stück entfernt abzustellen.

«Wir müssen ja nicht unbedingt auf deren Überwachungsvideos auftauchen, wenn es sich vermeiden lässt», erklärte sie, während Pete seine Kamera und den Infrarot-Aufsatz aus dem Kofferraum holte.

Sie gingen zurück zur Einfahrt. Die kleine Gruppe Demonstranten war längst heimgekehrt. Wo sie gestanden hatten, war es dunkel und still, nur ein einsamer Strahler beleuchtete die Einfahrt.

«Wir müssen hier entlang», flüsterte Nora und zeigte zum Wald.

«Warum flüsterst du?», flüsterte Pete zurück.

«Weiß ich nicht, aber irgendwie habe ich das Gefühl, dass es angebracht ist.»

Pete folgte ihr zum Waldrand. Erst als sie zwischen die Bäume getreten waren, schaltete Nora die Taschenlampe an ihrem Handy ein, um den richtigen Baum zu finden.

«Murray?», rief sie verhalten. Aber im Wald blieb es still, abgesehen von einem leisen Rauschen in den Baumkronen.

«Murray, ich bin's, Nora.»

Noch immer keine Reaktion. Vielleicht war er eingeschlafen.

Sie ging ein Stück tiefer in den Wald hinein und entdeckte im Augenwinkel die Strickleiter. Sie hing von Murrays Plattform herunter. Mit Pete dicht auf den Fersen ging sie hin.

«Sonderbar. Eigentlich holt er die Leiter ein, wenn er oben ist. Er ist nicht gerade der Typ, der unangemeldeten Besuch schätzt. Ganz im Gegenteil.»

Nora zog an der Strickleiter, sie knirschte nur leicht an ihrem Ast. Aber noch immer keine Regung von der Plattform.

«Ich werde mal hochklettern und schauen, was los ist. Vielleicht ist er ja wirklich mal nach Hause gefahren, um dort zu schlafen», sagte sie zweifelnd.

«Okay», flüsterte Pete zurück.

Langsam kletterte sie hinauf und benutzte wieder die Arme, um sich das letzte Stück auf die Plattform hochzudrücken. Wie sie erwartet hatte, war hier niemand. Murrays schrecklich müffelnder Schlafsack lag noch da, aber von ihm selbst fehlte jede Spur. Auch von seinen Notizbüchern, wie ihr da auffiel. Darüber ärgerte sie sich, denn die wären eine große Hilfe dabei gewesen, die genauen Zeiten herauszufinden, zu denen der Wagen von ErBiTech zu seinen nächtlichen Besuchen des Labors hier gewesen war.

«Du kannst hochkommen, es ist niemand da.»

Die Strickleiter fing an, vor- und zurückzuschwingen, und sie hörte ein paar australische Flüche, die Pete durch zusammengebissene Zähne ausstieß.

«Was wird denn das?»

«Hör auf. Bist du schon mal eine Strickleiter mit einem Teleobjektiv hochgeklettert?», zischte Pete.

«Ist das etwa anders, als man sonst klettert?»

«Dieses Schätzchen hier kostet gut und gern 1500 Pfund.»

In dem schwachen Licht ihrer Handylampe sah sie zunächst zwei Hände, die vorsichtig das Teleobjektiv auf die Plattform legten. Sie unterdrückte ein Grinsen.

«Warte, ich hole noch eben den Rest», keuchte er.

«Ich gehe nirgendwohin. Und ich habe das Gefühl, das wird eine lange Nacht. Vielleicht hätten wir uns eine Thermosflasche mitbringen sollen», sagte sie.

Aber Pete antwortete nicht, war bereits wieder auf dem Weg nach unten. Sie legte sich auf den Bauch und spähte durch das Loch, das Murray gemacht hatte. Auf dem Grundstück schien alles ruhig, nicht mal eine Nachtwache war in Sicht. Sie warf einen Blick auf die Uhr. Es war fast Mitternacht, aber die Lieferwagen waren Murrays Aufzeichnungen zufolge immer erst gegen zwei Uhr gekommen. Ihnen blieb also noch eine Menge Zeit. Wenn denn überhaupt ein Wagen kam in dieser Nacht. Nora hoffte es inständig, denn mit Fotos von dem Lieferwagen hätte sie endlich etwas in der Hand, mit dem sie Biehl konfrontieren könnte.

Pete ließ auf sich warten.

«Pete, was ist los?»

Keine Antwort. Plötzlich war es sehr, sehr still im Wald. So still, dass man die Bäume knarzen und die Blätter im Wind rascheln hörte. Vorsichtig zog sie das Objektiv vom Rand der Plattform in die Mitte und schaute dann über die Kante nach unten. Die Strickleiter hing reglos da. Weit und breit kein Pete.

«Pete, wenn das irgendein beknackter australischer Gag sein soll, dann ist es dein bislang schlechtester!»

Stille.

Nora wurde immer mulmiger zumute.

Mit zitternden Händen schaltete sie noch einmal die Taschenlampe am Handy ein, auch wenn das den Akku in Rekordschnelle leerte, und leuchtete wahllos in den Wald hinein.

«Hey, das ist nicht mehr witzig. Du kannst echt aufhö–»

Die Wörter blieben ihr im Hals stecken, als der kleine Lichtkegel ein paar dreckige, ausgetretene Wanderschuhe einfing. Darüber eine ausgefranste Khakihose. Sie hing völlig reglos da. Darüber ein lebloser Oberkörper und ein Kopf mit leer starrenden Augen. Die Schlinge um den Hals und die blauen Lippen überließen wenig der Phantasie. Murray hing tot im Nachbarbaum.

«PETE!», schrie sie. «PETE, wo steckst du?»

Plötzlich knarzte die Plattform, und Nora spürte, wie jemand die Strickleiter heraufkletterte.

28. Kapitel

Sie griff nach dem Objektiv. Es hatte ein ordentliches Gewicht. Als eine Hand an der Kante auftauchte, die nicht Pete gehörte, schlug sie mit Petes ach so geliebter Fotoausrüstung danach.

Die Hand zog sich zurück, kurz darauf erschien jedoch die andere. Nora schlug wieder zu. Das Spiel wiederholte sich, diesmal bekam ihr Gegner allerdings das Objektiv zu fassen und riss es Nora aus den Händen. Es landete scheppernd auf dem Boden.

Nora ging in Position. Für sie gab es nichts Schlimmeres, als jemandem ins Gesicht treten zu müssen. Sie hatte es immer gehasst. Selbst in Trainingskämpfen, wenn ihr Gegner in einen Lederhelm verpackt war und sich ordentlich Vaseline auf die Wangen geschmiert hatte. Doch hier und jetzt blieb ihr nichts anderes übrig.

Wieder erschien eine Hand an der Kante. Und ein Ellbogen. Alle Muskeln in ihrem Körper waren bereit, waren in diesem Zustand völliger Konzentration, angespannt und zugleich absolut ruhig.

Endlich tauchte ein Gesicht auf. Und die Mündung einer Pistole. «Ich rate Ihnen, freiwillig mitzukommen», sagte Portland. «Nicht zuletzt, wenn Ihnen Ihr Freund am Herzen liegt.»

Nora zögerte. Überlegte, ob sie ihn nicht entwaffnen konnte. Problematisch war jedoch, dass es nicht mehr nur um sie ging. Pete war Teil dieser Gleichung, Murray leider nicht mehr.

«Ich warne Sie, ich kenne keinerlei Skrupel. Mir wurde sehr deutlich gesagt, was ich zu tun habe. Und das ist, Sie zum Mitkommen zu bewegen.»

«Und wenn ich mich weigere?»

«Das werden Sie nicht. Ich werde jetzt die Strickleiter hinunterklettern, und Sie werden mir folgen. Verstanden?»

«Und wieso sollte ich das tun?»

«Weil Sie möchten, dass Ihr Freund diese Nacht überlebt», sagte Portland ruhig und verschwand hinter der Kante der Plattform.

Nora wartete, bis er unten angekommen war, bevor sie selbst mit steifen Beinen hinunterkletterte. «Wo ist Pete?»

«Ihr Freund ist schon im Wagen. Er wartet dadrin», sagte Portland und deutete zu dem ErBiTech-Lieferwagen, den sie heute schon einmal gesehen hatte. Er schob sie hinein, schlug die Tür hinter ihr zu und schloss ab.

Es war dunkel und ihr Handyakku bereits im roten Bereich, deshalb tastete sie sich schnell zu Pete, der halb lag, halb an einer der Seitenwände lehnte. Er war nicht bei Bewusstsein, atmete aber gleichmäßig und schnarchte sogar leicht.

Blut konnte sie nirgendwo erkennen. Nora ging davon aus, dass Portland bei ihm einen dieser Soldatengriffe angewandt hatte, die jemanden durch minimalen Druck auf den richtigen Nerv völlig lautlos und innerhalb von Sekunden bewusstlos machen.

Die Fahrertür wurde zugeschlagen, und kurz darauf setzte sich der Wagen in Bewegung. Nora war bereit, aufmerksam zu verfolgen, wie lange sie fuhren und wie häufig sie abbogen, doch das hätte sie sich sparen können, denn schon fünf Minuten später hielt Portland an und öffnete die Tür.

Sie waren auf dem Firmengelände und standen vor dem großen, etwas zurückgelagerten Gebäude. Pete war noch immer bewusstlos, und Portland ließ ihn zurück. Stattdessen griff er nach Noras Arm und zog sie heraus.

«Loslassen», zischte sie.

Portland reagierte nicht darauf, sondern tippte an der Tür einen vierstelligen Code ein und zerrte Nora hinein. Noch bevor die Leuchtstoffröhren angingen, wusste Nora, dass dies der Teil des Labors war, in dem die Tiere verwahrt wurden. Die Hunde bellten nervös, und auch im verglasten Affengehege konnte Nora Bewegung ausmachen.

Sie versuchte, sich loszureißen, aber Portlands Griff war eisern. Je mehr sie sich wehrte, desto mehr schmerzte es. Er führte sie tiefer in das Gebäude hinein, bis vor eine weitere Tür, die erneut einen Sicherheitscode abfragte.

Sie öffnete sich und gab den Blick frei auf einen Mann hinter einem Schreibtisch, den Nora bereits am Vormittag gesehen hatte. Dr. Mung.

«So, da ist sie. Ich gehe wieder raus und schau mal nach dem anderen», verkündete Portland und schloss die Tür hinter sich.

Dr. Mung gab Nora ein Zeichen, dass sie sich ihm gegenüber auf den Stuhl setzen sollte. Die suchte jedoch sofort nach Fluchtmöglichkeiten. Es gab allerdings nicht mal Fenster, und die Tür war seit Portlands Verschwinden wieder fest verschlossen.

«Warum bin ich hier?»

Dr. Mung zuckte mit den Schultern und schenkte ihr ein vermutlich einladend gemeintes Lächeln, das jedoch den gegenteiligen Effekt hatte. «Dann komme ich wohl lieber gleich zur Sache. Wir können derzeit keinerlei Aufregung um die PharmaCorp gebrauchen. Wir haben gerade erst ein Produkt lanciert, das den gesamten Gesundheitssektor revolutionieren wird. Deshalb sind wir bereit, sehr viel dafür zu zahlen, dass nichts Schlechtes über uns veröffentlicht wird», sagte Dr. Mung und schenkte Nora ein weiteres monströs anmutendes Lächeln.

«Das ist ja schön und gut, ich werde allerdings nicht ...»

Dr. Mung fiel ihr ins Wort. «Wie gesagt, wir sind bereit, sehr viel dafür zu zahlen. Sehr, sehr viel.»

Nora steckte die Hände in die Hosentaschen und versuchte, unbemerkt ihr Handy einzuschalten. Was jedoch von mäßigem Erfolg gekrönt war.

«Ich sehe, dass Sie sich an Ihrem Handy zu schaffen machen. Die Mühe können Sie sich genauso gut sparen, hier drin hat niemand Empfang. Betonmauern.»

Nora holte das Handy hervor und tat so, als würde sie prüfen, ob es stimmte, was Dr. Mung da sagte. Dann steckte sie es mit einem Seufzer wieder in die Tasche.

Allerdings nicht, ohne vorher eine Aufnahme zu starten.

«Wir können sehr gut verstehen, wenn Sie als Journalistin frustriert sind darüber, wie viel Arbeit Sie bereits in diese Sache gesteckt haben. Deshalb sind wir auch zu dieser Kompensationszahlung bereit. Für den Arbeitsausfall sozusagen. Oder wie immer Sie es nennen wollen. Und wir reden hier von einer sehr großzügigen Kompensation.»

«Sie sind ein Mörder! Sie haben mit Ihren Versuchen fünf

Frauen getötet. Jackie ist tot. Murray ist tot. Für uns gibt es hier nichts zu besprechen.»

«Ich habe keine Ahnung, wovon Sie sprechen.»

«Oh, doch, das haben Sie. Ich treffe sicher kein Abkommen mit Ihnen, bevor ich nicht weiß, was genau hier eigentlich vorgeht.»

«Es geht gar nichts vor.»

Nora deutete vage in die Richtung des Waldes. «Dort hängt ein toter Mann in den Bäumen. Erklären Sie mir bitte, inwiefern das nichts mit mir zu tun hat. Und wo sind Murrays Notizen? Die Bücher, die beweisen, dass Sie über einen längeren Zeitraum nachts hier waren?»

«Ach, Murray hieß er? Der arme, ehemalige Angestellte, der es nicht mehr ertragen konnte, arbeitslos zu sein? Ein wirklich bedauerlicher Selbstmord. Aber das hat nichts mit mir zu tun.»

«Und Jackie?»

«Das war ein Unglück. Niemandes Schuld, dass sie vor einen Zug stürzte.»

«Woher wissen Sie denn dann überhaupt, was mit ihr geschehen ist, wenn es nichts mit Ihnen zu tun hat?»

Dr. Mung erhob sich. «Miss Sand. Ich würde Ihnen gerne zeigen, was genau wir hier machen. Vielleicht kann es Sie davon überzeugen, unsere Sache zu unterstützen.»

Nora machte sich bereit zur Flucht und schaute sich nach etwas um, das sie als Waffe benutzen konnte.

«Bevor Sie etwas Dummes tun, möchte ich Sie noch einmal daran erinnern, dass sich Ihr Freund in unserer Obhut befindet. Es wäre reine Zeitverschwendung.»

Dr. Mung brachte sie aus dem Büro bis ans hinterste Ende

des Gebäudes, wo eine Brandschutztür in einen quadratischen Raum ohne Fenster führte.

Wärme schlug ihnen aus dem großen Ofen entgegen. Nora machte einen Schritt vorwärts. Es knirschte unter ihrem Fuß. Als sie ihn beiseitenahm, sah sie einen Ohrring mit einem blauen Stein und merkte, wie sich ihr die Nackenhaare aufstellten.

«Dies ist unsere Verbrennungsanlage. Hier vernichten wir verstorbene Tiere. Also jene, die unsere Versuche nicht überleben», erklärte er.

«Und hier haben Sie auch die Beweise vernichtet, die im Zusammenhang mit den Morden an fünf Frauen stehen?»

Dr. Mung sah sie empört an. «Das habe ich nicht gesagt. Auf gar keinen Fall.»

«Und trotzdem war es so, nicht wahr? Damit ich es überhaupt in Betracht ziehe, eine Vereinbarung mit Ihnen zu treffen, muss ich wissen, was mit diesen Frauen passiert ist. Eine von ihnen hat einen Mann, der sie sehr vermisst. Ihm muss ich irgendetwas sagen können.»

«Sie können ihm auf keinen Fall sagen, was passiert ist. Das muss Teil unserer Vereinbarung sein. Sie haben Glück, dass Biehl sich so für Sie eingesetzt hat. Er fand, es sei ein zu großes Risiko, eine dänische Journalistin, die gerade einen Artikel über ihn schreibt, verschwinden zu lassen. Ich persönlich bin da nicht ganz seiner Meinung.»

Dr. Mung glich in fast lächerlichem Maße der allgemeinen Vorstellung des verrückten Wissenschaftlers, wie er da im Halbdunkel vor dem im Ofen lodernden Feuer stand.

«Wie können Sie als Arzt es denn verantworten, Menschen das Leben zu nehmen?», fragte Nora.

«In erster Linie bin ich Forscher. Dabei geht es nicht um das einzelne Individuum, sondern um das Wohl der Allgemeinheit. Das Wohl aller. Mit Felixia haben wir die Möglichkeit, Millionen Menschen vor Diabetes zu schützen. Vor einem viel zu frühen Tod.»

«Und nebenher noch Milliarden zu verdienen.»

«Miss Sand, allmählich verärgern Sie mich. Haben wir nun eine Abmachung oder nicht?»

Nora musste Zeit schinden. «Dann lassen Sie uns doch in Ihr Büro gehen und über konkrete Summen sprechen.»

«Gute Idee.» Dr. Mung lächelte zufrieden und öffnete Nora höflich die Tür. «Nach Ihnen.»

Das Lächeln verharrte nutzlos auf seinem Gesicht, als er einen rückwärtsgerichteten Tritt in den Solarplexus bekam, dass ihm die Luft ausging. Wie ein Federball flog er rücklings in den Raum hinein, während Nora in die andere Richtung durchstartete und die Tür hinter sich zuschlug. Die dicke Brandschutztür knallte mit einem lauten Krachen zu.

Schnell blickte sie sich nach etwas um, das ihr als Waffe dienen konnte. Computer, Ordner und schwere Mikroskope, Laborkittel an Kleiderhaken entlang der einen Wand. Davon abgesehen war der Raum fast leer. Sie versuchte, einen der grauen Metallschränke zu öffnen, die entlang der anderen Wand standen, aber sie waren alle verschlossen. Bis auf den letzten. Darin standen die Reinigungsmittel, dazu ein Eimer und ein Schrubber. Schnell schraubte sie die Bürste ab. Das war ein trauriger Ersatz für eine echte Waffe, aber trotzdem besser als nichts. Sie warf einen Blick auf ihr Handy. Noch immer kein Empfang.

Eilig schlich sie zum Haupteingang und lugte aus dem

schmalen Fenster in Augenhöhe, vorsichtig, um nicht von Portland gesehen zu werden. Der stand allerdings mit dem Rücken zu ihr vor dem Haus. Die Türen des Lieferwagens waren geschlossen.

Plötzlich geriet etwas in Bewegung. Der Wagen fing an, heftig hin und her zu wackeln. Portland reagierte sofort, ging hin, um die Türen aufzureißen. Nora nutzte die Gunst der Stunde und öffnete die Eingangstür in der Hoffnung, dass der Lärm, den Pete da produzierte, ihre Schritte übertönte.

Sie hörte einen unartikulierten Schrei aus dem Auto, der davon zeugte, dass Pete endlich wieder bei Bewusstsein war.

«Halt die Klappe!», rief Portland.

Aber Pete brüllte weiter.

«Halt die Klappe, hier hört dich sowieso niemand.»

In dem Augenblick, in dem Portland sich vorbeugte, um in den Wagen zu steigen und sich Pete zu schnappen, schlug Nora zu. Mit all ihrer Kraft knallte sie den Besenstiel auf Portlands Stiernacken. Rasend vor Wut drehte er sich zu ihr um.

«Du verdammte Bitch! Mir ist egal, was fucking Biehl sagt. Das hier überlebst du nicht.»

Dank des Besenstiels hielt sie ihn sich vom Leib, aber es war nur eine Frage der Zeit, wie lange ihr das glücken würde. Und obwohl sie ihn mehrfach hart am Oberarm traf und einmal in der Nierengegend, schüttelte er die Schläge ab, als handele es sich um Mückenstiche. Schlag für Schlag wurden ihr die Arme schwerer.

«Pete, alles in Ordnung?», rief sie in Richtung Lieferwagen.

Keine Antwort. «Pete, verdammt, alles in Ordnung?»

Nur für eine Millisekunde schielte sie zum Wagen. Mehr brauchte Portland aber nicht: Sofort war er über ihr und drückte sie zu Boden. Seine riesigen Pranken schlossen sich um ihren Hals.

«Pete ...», konnte sie gerade noch hervorpressen, bevor ihr die Luft ausging.

Portland drückte immer fester zu, rote und weiße Flecken tanzten Nora vor den Augen. Sie merkte, wie die Dunkelheit langsam nach ihr griff. In einem letzten, verzweifelten Versuch, sich zu befreien, probierte sie, ihre Hände zwischen seine Arme zu schieben. Aber ihre Muskeln waren durch den Sauerstoffmangel zu schwach.

Plötzlich war da ein unermesslicher Schmerz in ihrem Kopf. Portland schrie und hielt sich die Hände vors Gesicht. Rollte von Nora herunter und auf den Boden. Sie hatte keine Kraft mehr, allein aufzustehen, konnte nicht einmal die Augen öffnen.

Dann spürte sie, dass Pete ihre Hand nahm.

«Pete, was war das?»

«Komm mit, halt dich fest, wir müssen hier weg.»

Nora wollte die Augen öffnen, um sich zu orientieren, aber das war unmöglich. Der Schmerz war unerträglich. Sie ließ sich von Pete führen. Spürte Gras unter den Füßen. Sie konnte noch Portlands Schmerzensschreie hören, aber sie entfernten sich immer weiter.

29. Kapitel

Pete bekam sie irgendwie ins Auto und lenkte dieses, soweit Nora das nur vom Hören beurteilen konnte, in rasender Fahrt vom Labor weg. Vorsichtig versuchte sie, ein Auge zu öffnen. Ihre Tränenkanäle liefen Amok.

«Pfefferspray?»

«Ja, tut mir leid. Es war ein Notfall.»

«Pete, verdammt.»

«Ich hab es seit dieser Sache damals in Johannesburg immer in der Fotoausrüstung dabei. Ich hab versucht, dich nicht zu treffen, aber das war unmöglich.»

Sie fuhren auf die Autobahn und gleich bei der nächsten Tankstelle ab. Er stürmte hinein und war schon zwei Minuten später mit einem Liter Vollmilch zurück. «Hier, versuch es mal damit. Angeblich hilft das am besten.»

Nora hielt sich die Flasche erst ans eine, dann ans andere Auge und blinzelte mehrfach. Schon nach wenigen Minuten ließen sich die Augen wieder zumindest einen Schlitz breit öffnen. Pete sah ziemlich erschüttert aus.

«Hast du Murray gesehen?», fragte sie.

«Ja. Ich habe aber nur einen kleinen Blick auf ihn erhascht, bevor mich dieser Schrank von hinten packte. Wer war denn das?»

«Portland. Er arbeitet für Hawksyard.»

«Netter Kerl», sagte Pete. «Und was machen wir jetzt?»

Nora holte ihr Handy aus der Tasche. Es war nicht leicht, die Ziffern zu erkennen, aber geladen war es wohl nur noch zu drei Prozent. «Gibt es hier irgendwo eine Telefonzelle?»

«Ja, drinnen. Direkt bei den Toiletten.»

«Kannst du mich hinführen?»

Pete nickte, und sie hakte sich bei ihm unter. «Kannst du die Tastatur selbst sehen, oder soll ich für dich wählen?»

Nora schüttelte den Kopf. «Nein, nein. Die Nummer ist nicht so kompliziert.»

Dann wählte sie den Notruf und verlangte die Polizei.

«Es handelt sich um mindestens einen Toten», sagte sie, gab ihnen die Adresse des PharmaCorp-Labors durch und berichtete ihnen von Murray, dessen Leiche im Wald an einem Baum hing. Zudem wies sie mit Nachdruck darauf hin, dass in den Laboren vermutlich verletzte Personen waren.

Als sie wieder beim Auto ankam, schaute sie Pete durch ihre noch immer geschwollenen Augen an.

«Pete, wir müssen zurück.»

«Warum?»

«Da lag ein Ohrring auf dem Boden.»

«Ein Ohrring?»

«Das könnte eine Spur sein. Es war ein blauer Stein. Vielleicht war es Aminas.»

Pete protestierte zwar erst, aber bog trotzdem auf die Autobahn ab, und zwar in die Richtung, aus der sie gekommen waren.

«Ich muss allerdings betonen, dass ich nicht wirklich scharf auf ein Wiedersehen mit diesem Psycho bin. Können wir wenigstens warten, bis die Polizei vor Ort ist?»

«Ja, aber wir müssen unbedingt diesen Ohrring holen.»

Es war höchstens eine Viertelstunde vergangen, seit sie von dem Grundstück der PharmaCorp geflohen waren. Dennoch lag der Gebäudekomplex still und dunkel da, so als wäre rein gar nichts geschehen. Lediglich die Scheinwerfer entlang des Zauns leuchteten, und irgendwie entstand der Eindruck, als hielte das gesamte Grundstück die Luft an, um bloß keine Aufmerksamkeit zu erregen.

Pete parkte den Wagen am Wegesrand, schaltete die Beleuchtung komplett aus und versicherte sich, dass wirklich alle Türen verriegelt waren. Nora schielte in Richtung Wald und versuchte, nicht an Murray zu denken, der dort hing, mit seinen vorquellenden Augen, die nie wieder irgendetwas beobachten würden, was hier vor sich ging.

Ein Streifenwagen kam in gemäßigtem Tempo die Straße entlang. Suchte. Stellte wohl fest, dass offenbar alles ruhig und friedlich war, weshalb er zum Wald abbog.

«Die fahren wieder!», flüsterte Nora.

Pete griff nach ihrem Arm. «Nein, warte.»

So leise sie konnte öffnete Nora das Autofenster einen winzigen Spalt, damit sie besser hören konnte, was geschah.

Pete schaute sich nervös um. «Es macht mir übrigens rein gar nichts aus, dass ich nicht weiß, wo dieser Portland ist», sagte er.

Der Streifenwagen hielt auf dem kleinen Wendeplatz direkt am Wald, jemand stieg aus. Nora sah, dass er eine ziemlich beeindruckende Taschenlampe einschaltete und mit dem Licht suchend die dichtstehenden Bäume anstrahlte.

«Ich dreh mal ein Ründchen. War sicher nur ein Scherzanruf», rief er seinem Partner zu.

Bereits zwei Minuten später war zu hören, wie er sich übergab.

Sein Partner stieg aus dem Wagen, und durch die Stille der Nacht drangen die statischen Geräusche des Polizeifunks. Und schließlich kam Bewegung in die ganze Szenerie.

Die beiden Polizisten sperrten den Tatort mit blauweißem Plastikband ab: *Police, do not cross,* stand dort in großen Buchstaben. Bereits eine Viertelstunde später erschien ein Rettungswagen, allerdings ohne Blaulicht. Vermutlich brachten sie einen Arzt mit, der Murray für tot erklären sollte. Ihnen folgte ein Zivilfahrzeug, aus dem ein Mann ausstieg. Nora tippte darauf, dass es sich dabei um die Kripo handelte. Er ging in den Wald und kam nicht wieder heraus.

Als Nächstes stieß offensichtlich ein Wagen der Spurensicherung dazu. Zwei Kriminaltechniker zogen sich weiße Schutzanzüge über, bevor sie – mit Kamera und Scheinwerfern ausgestattet – ebenfalls im Wald verschwanden.

«Und was machen wir jetzt?», fragte Pete.

«Warten.»

«Und wie lange?»

Bevor Nora antworten konnte, bewegte sich plötzlich etwas am Laborgebäude. Der weiße Lieferwagen entfernte sich langsam vom Labor und hielt auf die lange Einfahrt mit der Schranke zu, die unerwünschte Besucher fernhalten sollte. Keiner der Polizeibeamten bekam etwas davon mit.

Diesmal griff Nora nach Petes Arm. «Pete! Wir müssen ihn aufhalten!»

Er schaute sie fragend an.

«Das ist Portland. Der darf auf keinen Fall entwischen.»

Pete kurbelte das Fenster runter und schrie aus voller Kehle zum Waldstück hinüber, wo die Polizisten voll und ganz mit Murray beschäftigt waren: «Hey! Wir brauchen Ihre Hilfe!»

Keine Reaktion.

«Wir brauchen Hilfe!»

Einer der Beamten kam aus dem Wald, er war im Licht der Scheinwerfer nur vage zu erkennen.

«Verschwinden Sie, dies ist ein Tatort. Hier hat niemand Unbefugtes Zutritt», rief er wütend zurück.

«Verdammt noch mal, der Täter flieht gerade!»

Der Beamte antwortete nicht, sondern hatte sich schon wieder umgedreht und ging zurück in den Wald.

Derweil hatte der weiße Lieferwagen bereits fast die Schranke erreicht. Nora sah, wie Portland ausstieg und einen Code eintippte. Langsam hob sich die Schranke.

Entschlossen startete Pete den Wagen und setzte ihn mit einem großen Satz auf die Einfahrt, um Portland auf ihrer Seite der Schranke den Weg zu versperren. Dieser blieb mit einem Ruck kurz vor Petes heruntergekommenem Ford Mondeo stehen.

Portland saß am Steuer. Sicherheitshalber prüfte Nora noch einmal, ob wirklich alle Türen verschlossen waren. Sie hatten ihn Schachmatt gesetzt. Es galt: er oder der Wagen. Einen Moment lang saß er unbeweglich da und starrte Nora so wütend an, dass sein Blick fast die Windschutzscheibe zum Schmelzen brachte. Und das, obwohl seine Augen noch immer rot und geschwollen waren vom Pfefferspray. Dann trat er das Gaspedal durch und rammte den Ford mit voller Wucht.

Durch den Ruck blieb Nora der Atem weg, außerdem merkte

sie einen stechenden Schmerz im Nacken, als sie gegen Pete geschleudert wurde.

«Fuck! Was für ein Psychopath!», schrie Pete. Er war mit der Stirn gegen die Scheibe geknallt und blutete nun aus einer Platzwunde. Die Alarmanlage kreischte in die Nacht, und Pete presste noch dazu kräftig auf die Hupe.

«Was ist denn mit den Bullen los? Pennen die?!»

Portland setzte zurück. Offenbar wollte er seinen Lieferwagen erneut als Rammbock nutzen.

«Pete, wir müssen hier raus. Ich glaube kaum, dass wir eine weitere Kollision heil überstehen.»

Nora versuchte, die Beifahrertür zu öffnen, aber sie musste sich durch den Aufprall verzogen haben. Also saßen die beiden da wie ein Pärchen von Lockvögeln, denen nichts anderes übrig blieb, als auf den nächsten Angriff zu warten.

Pete gelang es gerade noch, seine Tür rechtzeitig zu öffnen, bevor der Lieferwagen in die Lichtanlage des Fords krachte. Jetzt reichte der Platz fast aus, um an ihnen vorbeizufahren.

Der Zusammenstoß hatte Pete aus dem Wagen geschleudert. Nora krabbelte, so schnell sie konnte, über den Fahrersitz hinaus, denn das Geräusch eines hastig eingelegten Rückwärtsgangs und des anschließend aufheulenden Motors signalisierte, dass Portland zu seinem letzten Schlag ausholte, der ihm in die Freiheit verhelfen sollte – und fort von den Polizisten.

«Kannst du laufen?», fragte Nora und schob Pete die Hände unter die Achseln. Die Platzwunde an seiner Stirn blutete inzwischen recht stark, sie musste ihn unbedingt ein Stück wegschaffen, bevor die beiden Autos erneut kollidierten, sonst war das Risiko groß, dass er zerquetscht wurde. Er stöhnte, während sie ihn mitzog.

Plötzlich ging es leichter. Der Polizist in Zivil hatte ebenfalls zugepackt und half, Pete in Sicherheit zu bringen. Kaum hatte er ihn losgelassen, drehte er sich in einer einzigen geschmeidigen Bewegung herum, zog seine Glock und zielte direkt auf Portland. «Stopp, Polizei!»

Portland ähnelte einem Hund mit Tollwut. Er trat erneut aufs Gaspedal.

Eine Kugel schlug in den rechten Vorderreifen ein, der sofort platzte und damit der Karriere dieses Autos als Fluchtwagen ein jähes Ende bereitete.

Zwanzig Sekunden später standen zwei weitere Polizeibeamte bei ihrem Vorgesetzten, jeder mit gezogener Waffe, die auf Portland zielte. Ihr angestrengtes Keuchen war das Einzige, was an diesem grauen Morgen zu hören war.

Portland wog offenbar seine Chancen ab, aber sie standen nicht gut.

«Steigen Sie langsam und mit erhobenen Händen aus», befahl der Kripobeamte.

Langsam nahm Portland die Hände vom Steuer und öffnete die Tür.

Der eine Polizist machte einen Schritt auf ihn zu und zielte weiter auf Portland. Unendlich langsam stieg dieser aus.

«Hände über den Kopf!» Da endlich leistete Portland dem Befehl Folge.

Der Polizeibeamte ging zu ihm, die Handschellen griffbereit. «Hände hinter den Rücken.»

Nora verfolgte die Szene aufmerksam, aber dann ging alles so schnell, dass ihr Verstand gar nicht richtig mitkam: Im einen Augenblick stand Portland artig mit den Händen auf dem Rücken da, resigniert und bereit, seine Strafe anzunehmen, indem er sich die Handschellen anlegen ließ. Und eine Zehntelsekunde später hielt er den Polizisten wie einen menschlichen Schild vor sich und drückte ihm die Mündung der eigenen Glock gegen die Schläfe.

Beide Kollegen senkten die Waffen.

«Sie kommen hier niemals weg. Verstärkung ist unterwegs», sagte der Mann in Zivil.

Portland tat so, als habe er ihn nicht gehört. «Ich brauche einen Wagen.»

Noch steckte der Schlüssel in Petes Auto. Portland signalisierte dem erschrockenen Beamten, er solle sich auf den Fahrersitz setzen. Noch immer die Pistole an seine Schläfe pressend, ging Portland um den Wagen herum.

Die Tür war verzogen und klemmte. Als er beide Hände nahm, um sie aufzureißen, stürzten sich die beiden Beamten auf ihn. Der eine trat ihm die Pistole aus der Hand, während der andere ihn gegen den Ford presste.

«Jetzt reicht es!», rief der Mann in Zivil.

Irgendjemand musste wirklich Verstärkung gerufen haben, denn zwei weitere Streifenwagen und ein Rettungswagen trafen mit heulenden Sirenen und Blaulicht ein. Portland wurde schnell auf die Rückbank des einen gesteckt und die Tür mit Nachdruck geschlossen.

Nora hockte sich zu Pete, um den sich bereits eine Sanitäterin kümmerte. «Sie kommen mit, damit wir eine Gehirnerschütterung ausschließen können», sagte sie energisch.

Der Kripobeamte steckte seine Pistole zurück in sein Holster und wandte sich an Nora: «Jack Teal, Kriminalkommissar. Entschuldigen Sie bitte meine Direktheit, aber was zur Hölle geht hier eigentlich vor? Und wer sind Sie?»

Nora schaute ihn aufmerksam an. «Das ist eine lange Geschichte, die ich Ihnen gern erzähle. In diesem Labor geschehen Dinge, die nicht erlaubt sind. Ich schlage vor, dass Sie es sofort durchsuchen.»

Jack Teal schüttelte den Kopf. «Das können wir nicht. Für eine Durchsuchung brauchen wir einen richterlichen Beschluss. Außer, es besteht Lebensgefahr.»

«Aber die besteht doch!»

«Das müssen Sie mir erklären», forderte er.

Doch bevor Nora antworten konnte, wurde Jack Teal weggerufen.

«Chef, kommen Sie schnell!» Einer der Streifenpolizisten hatte die Türen zur Ladefläche des Lieferwagens geöffnet. Nora folgte Jack Teal und schaute ihm über die Schulter.

Dort lag jemand, in Decken eingewickelt. Jack Teal ging einen Schritt näher und schaute dann den Beamten fragend an. «Eine Leiche?»

Im selben Augenblick bewegten sich die Decken, das Gesicht einer Frau tauchte auf. Ihr Mund war zugeklebt, ihre Augen waren leer und wirkten unfokussiert. Die Hände waren ihr mit breitem, silbernem Tape vor den Körper gefesselt worden.

«Wir brauchen ärztliche Hilfe», rief Jack Teal dem Rettungsteam zu.

Die Sanitäterin kam angerannt, löste schnell das Tape vom Mund der Frau und befreite die Hände mit einem Skalpell. Als Nora das Gesicht in Gänze sehen konnte, bestand kein Zweifel mehr.

Vor sich sah sie eindeutig Amina.

30. Kapitel

Die Sanitäterin legte Amina eine Hand auf die Stirn. «Sie ist glühend heiß, sie muss sofort ins Krankenhaus.»

Ihr Kollege stand bereits mit der Trage parat. Zusammen konnten sie die stöhnende Frau schnell darauf umbetten und zum Rettungswagen bringen.

Nora lief ihnen nach. «Ich glaube, ich weiß, was ihr fehlt», sagte sie.

«Besteht Infektionsgefahr? Muss sie in Quarantäne?»

«Nein, das glaube ich nicht.»

Mit routinierten Bewegungen befestigten die Rettungskräfte die Trage im Wagen, sie waren zur Abfahrt bereit. «Uns bleibt keine Zeit, das jetzt noch hier zu klären. Steigen Sie ein, und erzählen Sie uns alles auf dem Weg ins Krankenhaus.»

Nur zehn Minuten später wurden sie vom Personal der Notaufnahme des St.-Vincent-Krankenhauses empfangen. Nora hastete aus dem Weg, während die Krankenschwestern und Ärztinnen Amina in einen Raum brachten, wo ihr ein Tropf gelegt und sie an mehrere Maschinen angeschlossen wurde, die ihren Herzschlag überwachten.

Nora setzte sich auf einen Stuhl vor dem Zimmer und wartete, das Herz schwer vor Sorge. Nach geraumer Zeit kam ein Assistenzarzt zu ihr, der völlig ausgelaugt aussah. «Sind Sie eine Verwandte?»

Nora schüttelte den Kopf. «Nein, ich ...»

«Sie ist einigermaßen stabil», sagte er, als hätte er ihre Reaktion nicht mitbekommen. «Aber ich muss Ihnen mitteilen, dass wir noch immer nicht sicher wissen, was genau ihr fehlt. Ihre Temperatur ist sehr hoch und scheint immer weiter zu steigen. Wir haben ihr fiebersenkende Mittel gegeben, aber die zeigen keine Wirkung.»

«Wird sie überleben?»

Der Arzt kratzte sich am spärlich behaarten Kopf und richtete seinen Scheitel. «Das kann ich nicht sagen», gestand er frei heraus. «Wir haben selbstverständlich Blut abgenommen und ans Labor geschickt, aber ...»

«Testen Sie das Blut auch auf DNP?»

«DNP? Sie meinen Dinitrophenol?»

«Ja. Ich vermute, sie hat eine Überdosis DNP bekommen», sagte Nora.

Der Arzt schloss die Augen und seufzte schwer. «Wenn das der Fall ist, dann ... Sie hat sich bereits mehrfach übergeben.»

Nora musste sofort an den Artikel über die junge Designstudentin denken. Das Übergeben markierte den Punkt, an dem es kein Zurück mehr gab, es war ein Zeichen dafür gewesen, dass Veronica Jones nicht mehr zu retten gewesen war.

«Was werden Sie nun tun?», fragte sie.

Aber der Arzt war bereits in Aminas Zimmer zurückgekehrt, die Tür hinter ihm zugefallen.

Nora ging in die Notaufnahme, wo Pete noch immer darauf

wartete, dass ein Arzt ihm mitteilte, ob er eine Gehirnerschütterung hatte oder nicht. In dem vollen Wartebereich wimmelte es nur so von rotzenden Kindern, kränkelnden Rentnern und von Obdachlosen, die hofften, sich noch ein wenig im Warmen aufhalten zu können und vielleicht Schmerzmittel abzustauben. Petes Fall hatte offensichtlich keinen Vorrang.

«Wie geht es dir? Hast du Schmerzen?»

Pete verzog das Gesicht. «Wenn ich wenigstens nicken könnte. Ich wusste, das nimmt ein böses Ende mit diesem Psycho.»

«Es tut mir leid», sagte Nora. Pete war so freundlich, ihr seinen Ersatzakku zu leihen. Schnell ging sie hinaus, um Sanjit anzurufen.

Mittlerweile war es fünf Uhr früh, aber er nahm den Anruf trotzdem sofort an und reichte sie an Manash weiter.

«Haben Sie Amina gefunden?», fragte er sogleich.

Plötzlich hatte Nora einen so großen Kloß im Hals, dass sie nichts sagen konnte.

«Warum rufen Sie an? Sprechen Sie doch mit mir.»

Sie wollte um alles in der Welt verhindern, auch noch das Weinen anzufangen. Das war das Letzte, was Manash gerade brauchen konnte.

«Ja, ich habe sie gefunden. Aber ich fürchte, Manash, dass sie im Sterben liegt», brachte sie endlich heraus.

Dann erklärte sie kurz und knapp, dass Amina höchstwahrscheinlich im Zuge einer illegalen Forschungsreihe vergiftet worden war. «Wenn es irgendeine Möglichkeit gibt, eine Sonderausreisegenehmigung zu bekommen, dann sollten Sie sich schleunigst darum kümmern, damit Sie noch herkommen und sich verabschieden können. Vermutlich hat sie nicht mehr viel Zeit.» Ein Schluchzen kroch ihr in den Hals.

«Was kann ich tun?» Der Kummer in seiner Stimme war nicht zu überhören.

«Fragen Sie Kirsten. Fragen Sie, wer immer Ihnen in den Sinn kommt, der Ihnen zu einer Sonderausreiseerlaubnis verhelfen kann. Wenden Sie sich an die britische Botschaft. Ich werde hier auch mein Möglichstes tun.»

Sie verabschiedeten sich, und Nora blieb noch ein bisschen in der kalten Morgenluft stehen, bis sie bereit war, den nächsten Anruf zu tätigen.

Krebs ließ es gerade einmal klingeln. «Sand, wo brennt's?»

Nora setzte ihn schnell ins Bild.

«Was kann ich tun?»

«Der Anwalt, mit dem du manchmal Squash spielst, kennt der nicht den Justizminister persönlich?»

«Doch, aber ... Wenn wir auf diesem Weg Druck auf Politiker ausüben, riskieren wir weit mehr als nur unsere Integrität. Das geht leider nicht.»

Wut sammelte sich in Noras Bauch. «Ja, wir sind Journalisten. Aber sollten wir nicht zuallererst Menschen sein? Die Frau dieses Mannes liegt im Sterben. Wenn wir ihm irgendwie helfen können, sollten wir dann nicht alles versuchen?»

Krebs seufzte.

«Etwa nicht? Was sagt es über uns, wenn wir es nicht mal versuchen?»

«Also gut, Sand. Ich versuche es. Aber das heißt noch lange nicht, dass sich da irgendwas machen lässt», mahnte er.

«Danke!»

Nora wog ab, was sie als Nächstes tun konnte. Für eine Pressekonferenz blieb keine Zeit, und wirklich anrufen konnte sie auch niemanden vor acht Uhr morgens.

Sie musste einfach hoffen, dass Amina so lange überlebte.

Dann fasste sie sich ein Herz und rief Tom an. Er ging sofort dran. «Manash hat sich gerade gemeldet. Ich habe schon unsere Anwälte darauf angesetzt. Sie arbeiten daran, eine Sonderreisegenehmigung beim britischen Innenministerium zu beantragen.»

Pete saß noch immer im Wartezimmer, aber er lächelte wenigstens übers ganze Gesicht. «Cheryl holt mich ab.»

«Ich gehe noch mal hoch und frage, ob es was Neues zu Amina gibt.»

Sie setzte sich wieder auf den orangefarbenen Plastikstuhl vor das Krankenzimmer. Die Minuten verstrichen auf seltsame Weise zu schnell und zu langsam gleichzeitig. Ihre Augen schmerzten noch immer, und sie schloss sie für einen Moment.

Als sie sie wieder öffnete, stand der Assistenzarzt vor ihr. «Ich habe schlechte Nachrichten. Es ist DNP, ganz, wie Sie befürchtet haben. Sie hat eine Dosis bekommen, die beträchtlich höher liegt als das, was man überleben kann. Es wird seinen Gang gehen, ohne dass wir Einfluss darauf nehmen können. Wir können versuchen, sie von außen zu kühlen, um den Prozess zu verlangsamen. Und wir können versuchen, ihre letzten Stunden so schmerzfrei wie möglich zu gestalten. Aber mehr auch nicht.»

All das wusste Nora zwar, trotzdem traf es sie wie ein Schlag in die Magengrube.

«Wenn Sie Angehörige kennen, die sich noch von ihr verabschieden möchten, dann sollten sie sich auf den Weg machen. Viel Zeit bleibt nicht mehr», sagte er.

«Ich arbeite daran. Ihr Mann ist in Dänemark, und eine Ausreise ist nicht unkompliziert. Er ist derzeit in einem Asylbewerberheim», erklärte Nora.

Der Assistenzarzt schüttelte den Kopf voller Verachtung. «Ich begreife nicht, dass Menschen sich so etwas antun, nur um ein paar überzählige Pfunde loszuwerden.»

Nora schaute ihm direkt in die Augen. «Sie hat das nicht freiwillig genommen. Sie wurde gezwungen. Vermutlich sogar, ohne zu wissen, was ihr da angetan wurde. Das ist Mord.»

«Ist die Polizei informiert?»

«Ja.»

Der Arzt sah aus, als würde er gleich vor Übermüdung zusammenbrechen. «Okay. Ich kann leider nicht länger bleiben. Meine Schicht ist seit zwei Stunden vorbei, und ich bin nur ihretwegen länger geblieben. Ich bin morgen wieder da, falls die Polizei Fragen hat.»

«Darf ich zu ihr?»

«Ja, es spricht nichts dagegen. Es besteht ja keine Ansteckungsgefahr. Sie schläft nur.»

Als Nora vorsichtig die Tür öffnete, war der Arzt schon fast weg.

Eine Krankenschwester saß am Bett und überwachte Aminas Werte.

Das Bett war durch bewegliche Trennwände abgeschirmt. Ein regelmäßiges Piepen verriet, dass Aminas Herzschlag einigermaßen ruhig war.

«Wie geht es ihr?», fragte Nora leise.

«Sehr hohes Fieber. Sie ruht gerade», sagte die Krankenschwester mit einem Akzent, der darauf hindeutete, dass sie einen Großteil ihres Lebens in Afrika zugebracht hatte.

Nora stand einfach da und betrachtete die schlafende Frau.

«Bis zur Visite dauert es nicht mehr lang. Dann wissen wir mehr», sagte die Krankenschwester.

Nora verließ das Zimmer und traf im Flur auf Jack Teal. «Geht es ihr gut?»

«Nein. Sie liegt im Sterben. Und es geht um Mord.»

«Wie meinen Sie das?»

«Sie wurde mit einem Mittel vergiftet, das sich DNP nennt. Das wurde in dem Labor vorgenommen, das Sie nicht durchsuchen wollten. Ihr bleiben nur noch wenige Stunden zu leben.»

«Nun aber langsam. Einer meiner Männer ist gerade dabei, einen Richter aufzuwecken. Wir werden schon noch herausfinden, was dort vor sich geht und gegangen ist. Jetzt würde ich gern einfach nur mit der Frau sprechen.»

«Sie schläft.»

Jack Teal betrat trotzdem das Krankenzimmer. Nora folgte ihm und hörte, wie die Krankenschwester bestätigte, dass Amina wegen einer Vergiftung im Sterben lag. «Wird sie noch einmal zu Bewusstsein kommen?», fragte er.

Die Krankenschwester dachte nach. «Vielleicht ja, vielleicht nein. Das lässt sich nicht vorhersehen.»

Im selben Augenblick bewegte Amina sich und begann zu flüstern: «Manash?»

Nora trat zu ihr ans Bett und nahm ihre Hand. Sie war fiebrig heiß.

Amina schaute zu ihr auf. «Manash? Wo ist er? Wo bin ich?», fragte sie in gebrochenem Englisch.

«Sie sind im Krankenhaus», antwortete Nora.

«Was ist passiert? Wo ist Manash?»

«Manash ist in Dänemark. Wir versuchen alles, ihn herzubringen, aber das ist leider nicht so einfach.»

Jack Teal trat nun ebenfalls an Aminas Bett. «Hören Sie, ich bin von der Polizei. Können Sie mir erzählen, wie Sie vergiftet worden sind?»

Die Krankenschwester ging dazwischen. «Entschuldigen Sie, aber die Patientin sollte sich jetzt weiter ausruhen. Wie Sie sehen, kämpft ihr Körper, sie ist völlig ausgelaugt. Es kann Tage dauern, bis sie wieder klare Antworten geben kann.»

Jack Teal schaute sie abweisend an. «So, wie mir das erklärt wurde, haben wir keine Tage mehr. Aber wir müssen herausfinden, wer dahintersteckt, um eine Wiederholung zu verhindern.»

Widerwillig nickte die Krankenschwester. «Also gut, aber sobald sich ihr Zustand verschlechtert, breche ich das hier ab.»

Jack Teal glich einer schlanken Version von Ernest Hemingway mit einem ähnlich durchdringenden Blick und einem sehr eleganten Baumwollmantel, den der amerikanische Schriftsteller vermutlich für übertrieben eitel gehalten hätte. Aber als er sich zu Amina ans Bett setzte und ihre Hand nahm, war er die Zärtlichkeit in Person.

«Ich weiß, das ist nicht leicht. Und es tut weh. Aber diese Menschen müssen bestraft werden. Können Sie mir erzählen, was passiert ist?», fragte er sanft.

Ihre Ausführungen waren aufgrund ihres Zustands und der lückenhaften Englischkenntnisse zögerlich und abgehackt. Doch Jack Teal nahm alles mit seinem Diktiergerät auf und unterstützte sie, wo möglich, bei ihrer Aussage. Von der Verwechslung und der daraus resultierenden fälschlichen Einweisung in die Einrichtung Hawksyard bis zu der unbegründeten Strafe, die für sie in dem sogenannten Beruhigungsraum geendet hatte.

«Von dort wurde ich woanders hingebracht. In der Nacht. Deshalb konnte ich nicht sehen, wohin es ging. Außerdem glaube ich, mir wurde ein Betäubungsmittel gegeben. Mir war alles egal. Ich war in einem Zimmer mit einem Bett, einem Tisch und einem Stuhl. Alles war weiß.»

Wie sie heute in den Wagen der PharmaCorp gekommen war, wusste sie nicht.

«Ich bekam jeden Tag Tabletten. Sie sagten, damit würde es mir besser gehen. Und dass sie mir mit den Einreisepapieren helfen würden, damit ich schon bald mit Manash vereint werden könnte, wenn ich nur zwei Wochen mitmachte. Dass ich dafür nur jeden Tag die Tabletten nehmen und Dr. Mung schildern sollte, wie es mir damit ging.»

«Und wie ging es Ihnen damit?», fragte der Kriminalkommissar.

«Anfangs habe ich gar nichts gemerkt. Dann wurde ich sehr hungrig und sehr rastlos. Konnte einfach nicht mehr still sitzen. Aber seit drei Tagen geht es mir richtig schlecht.»

«Inwiefern?»

«Übelkeit, kein Appetit. Mir wurde unglaublich warm. Dr. Mung maß meine Temperatur im Ohr. Er wirkte wütend.»

«Und was passierte dann?»

«Er gab mir eine Spritze. Was danach geschah, weiß ich nicht mehr. Außer, dass ich in dem Lieferwagen zu mir kam.»

«Erzählen Sie mir von Dr. Mung. Wo ist er jetzt?»

Amina reckte sich nach einem Glas mit kaltem Wasser, das auf ihrem Nachttisch stand. Bevor die Krankenschwester überhaupt reagieren konnte, hatte Jack Teal es Amina schon an die Lippen gesetzt.

«Ich weiß nicht, wo er ist. Ich bin sehr müde», sagte sie, nachdem sie getrunken hatte.

Ihre Stimme war kaum mehr ein Flüstern.

Sofort warf die Krankenschwester Jack Teal einen vielsagenden Blick zu. «Dann machen wir jetzt mal eine Pause. Egal, was Sie sagen wollen, Sie gehen jetzt bitte raus.» Ihr Ton war streng, dann schaute sie Nora an. «Das gilt auch für Sie. Die Patientin braucht jetzt Ruhe.»

Der Kriminalkommissar stand auf und lächelte die Krankenschwester an. Vermutlich, um sie etwas zu besänftigen.

«Vielleicht können Sie später noch einmal wiederkommen», sagte sie.

«Danke», erwiderte Teal und schloss die Tür hinter sich.

Er schaute Nora an. «Hat sie mir damit etwa gerade erzählt, dass sie an einer klinischen Studie teilgenommen hat?»

«Ja, so habe ich es zumindest auch verstanden.»

«Aber nicht in Hawksyard?»

«Nein, ich nehme an bei der PharmaCorp. Und wenn nicht dort, dann bei ErBiTech, deren Geschäftspartner.»

Jack Teal war schon auf dem Weg zum Ausgang, als er eine Visitenkarte hervorholte. «Ich muss zurück aufs Revier und diesen Unsympath verhören. Wir brauchen unbedingt mehr Anhaltspunkte, bevor wir einen Betrieb durchsuchen.»

«Je länger Sie warten, desto mehr Zeit geben Sie denen, ihre Spuren zu verwischen», gab Nora zu bedenken.

«Dessen bin ich mir bewusst. Aber wir müssen uns an die

Regeln halten, sonst riskieren wir, dass die Sache gar nicht erst vor Gericht geht», sagte er verdrossen.

Da rief Krebs an. Nora eilte aus dem Gebäude, um den Anruf anzunehmen.

«Schlechte Nachrichten.»

«Schieß los.»

«Mein Squash-Partner kennt den Minister in der Tat. Und er war auch bereit, meine Bitte anzuhören. Allerdings befindet sich der Minister gerade mit einer ganzen Delegation in Bahrain.»

«Hat er denn keinen Vertreter?»

«Doch, aber der begleitet ihn.»

«Es muss doch sonst noch jemanden geben!»

«Um es kurz zu machen: nein. Manash Ishmail hat gerade keine Freunde im Justizministerium, weil er bei der Suche nach seinem Schwager nicht behilflich sein wollte.»

«Aber er wusste doch gar nichts!»

«Das ist mir klar, Nora. Aber sein Verhalten in dem Zusammenhang fällt ihm nun auf die Füße.»

«Das kann doch alles gar nicht wahr sein!»

«Vielleicht ist der Minister ja trotz allem in Bahrain zu erreichen. Man sollte ja davon ausgehen, dass er mal an ein Telefon kommen könnte, wenn ihm danach ist. Aber es ist ihm wohl nicht danach. Es tut mir sehr leid, Sand. Mehr kann ich leider nicht tun.»

Nora holte tief Luft und rief Manash an.

«Gibt es etwas Neues?»

«Nein. Ich habe leider die Privatnummer des britischen Botschafters nicht, wir müssen also warten, bis die Botschaft regulär öffnet. Tom versucht sein Möglichstes in Großbritannien selbst.»

Nora brachte es nicht übers Herz, ihm davon zu erzählen, wie es sich mit dem dänischen Justizminister verhielt. «Ich melde mich später noch mal», sagte sie und ging wieder hinein.

In Aminas Krankenzimmer herrschte Aktivität. Zwei Krankenschwestern und ein Arzt standen am Bett. Visite. Nora hoffte auf ein Wunder, doch sie wusste, dass es keins geben würde.

Kurz darauf ging die Tür auf, der Arzt kam mit einem Klemmbrett in der Hand heraus, dicht gefolgt von den Krankenschwestern.

«Wie lange hat sie noch?»

Der Arzt zögerte einen Moment. «Das Weiße in ihren Augen hat sich bereits gelb verfärbt. Die Atmung ist regelmäßig, aber sehr flach. Die Temperatur beträgt fast dreiundvierzig Grad. Maximal drei Stunden, schätze ich», sagte er und notierte noch etwas mit dem Kuli.

Dann gingen sie weiter.

Nora betrat das Zimmer und erntete einen strengen Blick der Krankenschwester. Amina schlief wieder. «Hören Sie, ich weiß, dass das gegen alle Regeln verstößt, aber Sie müssen mir einen Gefallen tun», sagte Nora flehend.

Eine halbe Stunde später war alles vorbereitet.

«Ich setze damit meinen Job aufs Spiel», sagte die Krankenschwester zum fünften Mal.

«Ich übernehme die volle Verantwortung», versprach Nora zum fünften Mal.

Die Krankenschwester fuhr das Kopfteil hoch, damit Amina einigermaßen aufrecht saß, und schob den Nachttisch mit einem sehr abgenutzten Laptop vor sie.

Nora hatte sich mit ihrem Skypekonto angemeldet, rief auf diesem Weg nun Kirsten Isager an.

Nachdem der charakteristische Klingelton zu hören war, tauchte die Aufnahme eines grauen Büros in fürchterlicher Auflösung auf. Das Telefonat, das Nora mit Kirsten zuvor geführt hatte, war schrecklich gewesen. Nora hatte nicht die Zeit gehabt, Kirsten alles zu erklären, sondern nur, dass Amina in wenigen Stunden sterben würde. Dass Manash unter keinen Umständen mehr rechtzeitig in London ankommen würde. Dass dies ihre einzige und letzte Möglichkeit auf ein Wiedersehen war. Nun war es an Kirsten gewesen, Manash in ihr Büro zu holen und ihm diese niederschmetternde Nachricht zu überbringen.

«Funktioniert das jetzt?», hörte sie Manash fragen.

Auch Amina hörte ihn.

«Manash», keuchte sie. Ein Schweißfilm glänzte auf ihrem Gesicht, ein untrügliches Zeichen dafür, dass sie innerlich verglühte.

Da erschien Manash im Bild und sah auch sie auf dem Bildschirm. «Nooré-cheshm-am. Licht meiner Augen. Was haben sie dir angetan?»

Sie antwortete auf Farsi. Nora stellte sich an die Tür, um zu verhindern, dass jemand hereinkam und das Gespräch unterbrach.

Amina war fast zu schwach, um zu sprechen. Aber sie richtete sich auf und genoss den Klang der Stimme ihres Mannes. «Jané del-am. Meines Herzens Leben», sagte sie leise und fuhr zärtlich mit einem Finger über den Bildschirm.

Nora hörte, wie sehr Manash um Fassung rang, um seiner Amina bis zuletzt nah sein zu können. Sie verstand nicht, was Manash sagte, aber die Intonation verriet ihr, dass er ein Gedicht vortrug.

Amina lächelte schwach. Schloss die Augen. Ließ sich ins Kissen sinken. Kurz darauf ertönten Alarme.

Aminas Herz hatte aufgehört zu schlagen.

31. Kapitel

Nora nahm ein Taxi zum nächstgelegenen Bahnhof und den ersten Zug nach London. Dankbarerweise hatte der Taxifahrer darüber hinweggesehen, dass sie die ganze Fahrt über geweint hatte. Bei sich trug sie eine kleine Tüte, die ihr die Krankenschwester mitgegeben hatte. «Das darf ich eigentlich ohne den nötigen Papierkram nicht, aber ich schätze, es wird sowieso niemanden geben, der herkommen und alles unterschreiben kann», hatte sie dazu gesagt.

Andreas saß mit einem Becher Kaffee am Tisch, als sie hereinkam. «Wo warst du?»

Sie spürte so deutlich, wie alles in ihr weich und nachgiebig wurde. Sie wollte sich einfach nur aufs Sofa setzen, ihren Kopf an seine Schulter legen und weiter darüber weinen, dass Manash das Licht seiner Augen verloren hatte.

Aber sie hatte keine Tränen mehr.

«Amina ist tot», sagte sie tonlos.

«Was ist passiert?»

«Sie wurde getötet. Durch eine total kranke klinische Studie.»

«Das klingt ja völlig irrsinnig. So etwas kann doch in Großbritannien gar nicht passieren», sagte Andreas.

«Das sollte man meinen. Aber dann wiederum gehört die SecurCorp auf dem Papier auch nicht wirklich zu Großbritannien. Ich bin mir sicher, wenn man nur tief genug in deren Buchhaltung gräbt, findet man Hinweise auf ein Konto auf den Bahamas oder in Liechtenstein.»

Andreas hielt ihr seinen Becher hin. «Möchtest du Kaffee?»

Nora schüttelte den Kopf. «Ich möchte einfach nur schlafen.»

Nach einer kleinen Pause schaute sie ihn noch einmal an.

«Andreas, bin ich deines Herzens Leben?»

Darüber grinste er verlegen. «Manchmal. Wenn du lieb bist. Geh jetzt schlafen, ich muss noch mal zu Scotland Yard. Dort gibt es einen Vortrag von einem Experten zum Thema Cyber-Rekrutierung.»

Da überkam sie mit schmerzhafter Klarheit noch einmal die Sache mit den verschwundenen E-Mails.

«Vielleicht solltest du erst mal darüber nachdenken, wer dich so übers Netz rekrutiert.»

«Wovon redest du?» Er wirkte völlig ratlos.

Sie berichtete ihm von dem Trojaner, woraufhin Andreas ganz blass wurde.

«Nora, glaub mir, damit hab ich nichts zu tun.»

«Aber die Mail kam von dir!»

«Und woher weißt du das?»

«Das kann dir doch egal sein, es besteht jedenfalls kein Zweifel daran.»

«Ich würde so etwas aber nie tun! Also, mal ganz davon abgesehen, dass mir so was nicht im Traum einfallen würde, fehlt mir außerdem das Wissen, so etwas überhaupt umzusetzen.»

«Vielleicht kennst du ja jemanden, der das kann?»

Andreas schlug sich die Hände vors Gesicht. «Fuck. Ja. So jemanden kenne ich in der Tat.»

«Wen?»

«Was glaubst denn du? Brigitte gehört zur IT-Truppe des PET.»

Sie spürte, wie die Wut in ihr zu brodeln begann. «Sie hat sich in deinen Computer gehackt und von dort in meinen? Weißt du, was das bedeutet, Andreas? Sie hat hochsensibles Material von mir gelöscht, weshalb nun eine Frau ihr Leben gelassen hat! Die muss ja völlig verrückt sein!»

«Noch wissen wir ja nicht, ob sie das wirklich war. Vielleicht gibt es ja noch eine andere Erklärung. Ich weiß nur, dass sie unsere Trennung nicht gerade gut verkraftet hat. Sie war schon extrem eifersüchtig, als wir noch zusammen waren, das hat sich seither nicht unbedingt gebessert.»

«Aber dabei bist du doch gar nicht wirklich aus ihrem Leben verschwunden. Du wirst schließlich Vater ihres Kindes. Was ist denn ihr verdammtes Problem?»

«Nora, entspann dich erst mal. Du musst schlafen. Wir sprechen später darüber.»

Es war, als hätte er Benzin auf Stroh gegossen, das bis dahin nur schwach geglommen hatte. Ihr gesamter Frust, ihre Ängste und Sorgen vereinten sich zu einer riesigen Stichflamme der Wut.

«Verdammt noch mal, Andreas! Mir reicht es. Ich will nicht mehr.»

Er sah sie an. «Das meinst du nicht im Ernst, oder?»

«Oh, doch. Und grüß Brigitte von mir und richte ihr aus, wenn sie mir nicht ganz schnell meine Daten wieder zukommen lässt, kann sie sich auf eine Anzeige freuen.»

«Nora, gib mir doch wenigstens die Chance, herauszufinden, was überhaupt passiert ist.»

«Ich will sofort diese Datei zurückhaben», fauchte sie.

Andreas schloss die Augen. «Okay», sagte er, zog seine Jacke an, ging zur Tür hinaus und zog sie leise hinter sich zu.

Nora ließ sich aufs Bett fallen. Verdammtes Pfefferspray. Die Tränen hörten gar nicht mehr auf zu laufen.

32. Kapitel

Die nationalen Nachrichten waren wie bereinigt vom Namen PharmaCorp, als Nora am Freitagnachmittag aufstand. Sie musste sich auf die Seite einer Oxforder Lokalzeitung durchklicken, um unter der Überschrift *Bekannter Tierschützer begeht Selbstmord im Wald* etwas über Murrays Tod zu finden. «Brian Murray (53), der in den letzten Jahren besonders durch seinen Einsatz im Kampf für Tierschutzrechte bekannt wurde, wurde vergangene Nacht erhängt in einem Waldstück gefunden, wo er sich für gewöhnlich aufhielt. Die Polizei spricht von einem tragischen Todesfall.»

Kein Wort über die PharmaCorp.

Nora suchte die Visitenkarte des Kripobeamten heraus und rief ihn an.

«Teal hier, sprechen Sie», sagte er knapp.

Nora stellte sich noch einmal kurz vor und berichtete von Aminas Tod.

«Ja, ich bin im Bilde. Wir ermitteln nun offiziell in einem Mordfall. Noch warten wir auf den Bericht der Pathologie, aber vieles deutet darauf hin, dass wir es mit einem Doppelmord zu tun haben. Wir glauben nicht, dass Murray sich selbst das Leben genommen hat.»

«Ist Portland geständig?»

«Dazu darf ich mich nicht äußern. Zumindest nicht offiziell. Aber er bestreitet jede Kenntnis von der Firma PharmaCorp. Behauptet, er sei nur wegen eines anderen Kunden dort gewesen, der ihm die Adresse gegeben hatte. Moment...» Nora hörte ihn mit Papier rascheln. «Eine Firma namens ErBiTech.»

«Wusste ich es doch! Die arbeiten mit der PharmaCorp zusammen.»

«Tja, ich fürchte fast, bis wir der Sache auf den Grund gegangen sind, ist der Fall beim Staatsanwalt für Wirtschaftsvergehen gelandet.»

«Davon können Sie ausgehen. Melden Sie sich, wenn ich Ihnen irgendwie helfen kann.»

«Mach ich. Außerdem müssten Sie morgen ins Präsidium kommen, um bei einem meiner Kollegen eine Aussage zu machen. Er wird sich bei Ihnen melden, um alles Weitere abzusprechen.»

«Gibt es etwas Neues von Dr. Mung?»

Jack Teal seufzte. «Rein gar nichts. Alles deutet darauf hin, dass es nicht sein richtiger Name ist. Wir hoffen, dass er es nicht schon außer Landes geschafft hat, bevor wir ihn offiziell zur Fahndung ausschreiben konnten.»

«Viel Glück», sagte Nora, ohne dass sie sich große Hoffnungen auf Erfolg machte. Viel zu viele Menschen hatten Interesse daran, dass Dr. Mung sich nicht zu den Vorgängen im Labor äußerte.

Als sie gerade aufgelegt hatte, rief Pete an.

«Wie geht es dir?»

«Fürchterlich», antwortete sie ehrlich.

«Und was machst du jetzt?»

«Das, was ich immer mache. Schreiben.»

Nachdem sie sich verabschiedet hatten, kopierte Nora erst einmal die jüngste Aufnahme von ihrem Handy auf den Computer. Sie war leider fast unbrauchbar. Dr. Mung hatte genau in der aufgezeichneten Passage nichts zugegeben, und sein Angebot hatte er so zweideutig formuliert, dass Nora sicher war, die Aufnahme würde vor keinem Gericht Bestand haben.

Also setzte sie sich hin und schrieb. Über Jackie. Über Murray. Erzählte Aminas Geschichte. Wie sehr sie geliebt und vermisst wurde. Wie sie durch ein Versehen an einen Ort geraten war, wo ihre schutzlose Lage ausgenutzt wurde, um die Nebenwirkungen eines Medikaments zu testen. Über die Versuche mit Felixia und über alle Hinweise, die zu drei Firmen führten: der SecurCorp, der PharmaCorp und der ErBiTech. Über die Wirkung von DNP im Falle einer Überdosis. Über den Verbrennungsofen.

Sie mailte eine Kopie an Krebs. Dann jagte sie den Text durch den Google-Übersetzer, polierte die gröbsten sprachlichen Schnitzer heraus und schickte diese Version an Jules. Dann an Millhouse. Und schließlich – anstandshalber – auch an die Presseabteilung von ErBiTech.

Eine halbe Stunde später erklang Big Ben und verkündete, dass Krebs mit ihr sprechen wollte. «Sand, verdammt noch mal!»

«Heißt das, der Artikel hat dir gefallen?»

«Das heißt, dass ich von zwei Anwälten kontaktiert wurde, direkt nacheinander. Einem britischen und einem amerikanischen. Sie haben damit gedroht, *Globalt* zu verklagen.»

«Okay. Ist das ein Problem?»

«Also, die Geschichte ist hervorragend, aber ...»

«Aber was?»

«Wir müssen realistisch bleiben.»

«Und was heißt ‹realistisch› in diesem Fall?»

«Für einen Teil der Behauptungen im Artikel fehlen die Belege. Da gibt es Lücken.»

«Stimmt, aber du kennst doch meine Recherche. Und du weißt, dass mir eine Datei gestohlen wurde.»

«Ja, ja. Aber nur, weil ich persönlich dir vollends vertraue, heißt das nicht, dass wir die Story auch drucken können. Und in diesem Fall definitiv nicht, ohne sie vorher der juristischen Abteilung vorzulegen.»

«Meinst du damit etwa diesen stocksteifen Rechtsanwalt Bech, mit dem du angeblich Squash spielst? Den, der nicht mal den Justizminister dazu bringen konnte, ans Telefon zu gehen?»

«Sein Rat ist immer ausgezeichnet.»

«Du weißt so gut wie ich, was für ein Angsthase er ist. Er hat damals davon abgeraten, die Geschichte über die Russenmafia zu bringen. Genauso bei den Enthüllungen rund um die Veruntreuung von EU-Mitteln für Landwirtschaft und ländliche Entwicklung.»

«Sand, ich muss da unbedingt eine Nacht drüber schlafen. Diese Firmen haben ein unbegrenztes Budget für Anwaltskosten. Wir nicht. Ich versuche, morgen noch einen Termin mit Bech anzusetzen. Und ich möchte dich dabeihaben. Ich gebe dir die Zeit durch, sobald das Treffen feststeht.»

Nora wusste nicht, was sie machen sollte, nachdem sie aufgelegt hatten.

Ihre Enttäuschung war so groß, dass sie liebend gern Handy und Computer aus dem Fenster geworfen hätte. Stattdessen setzte sie sich auf die Fensterbank und schaute auf die Straße hinunter.

Abgesprochen hatte Nora die Zeit für ihre Aussage mit einem Kriminalassistenten Clifford, aber als sie im Präsidium ankam, wurde sie von Jack Teal erwartet. «Miss Sand, das hier ist nichts weiter als eine Formalität», erklärte er. «Eigentlich möchte ich nur Ihre Version der Geschehnisse aufzeichnen.»

Nora reichte ihm den Artikel auf Google-Englisch. Den Artikel, den *Globalt* und Krebs höchstwahrscheinlich nicht bringen würden.

Teal las einige Minuten lang schweigend und hoch konzentriert. Dann schaute er endlich von den Blättern auf. «Können Sie das alles belegen? Haben Sie konkrete Beweise?»

Nora erzählte von Jackie und ihrem Zusammentreffen mit Dr. Mung. Sie mailte ihm die Tonaufnahme direkt vom Handy.

«Ich weiß nicht, ob ich das alles überhaupt jemals verwenden kann. ErBiTech und SecurCorp drohen meinem Magazin mit einer Klage, deshalb bin ich mir nicht sicher, ob mein Chef den Mut aufbringen kann, das zu drucken.»

Jack Teal verzog sein Gesicht zu einem verbitterten Grinsen. «Ich würde mich gerade nicht so sehr mit ErBiTech und Mr. Biehl aufhalten», sagte er kryptisch.

«Warum nicht?»

«Ich vermute mal, dass er gerade andere ... Sorgen hat.»

«Was meinen Sie?»

«Er hat längst das Land verlassen. Ist bereits am Nachmittag mit einer Privatmaschine verschwunden. Vermutlich zusammen mit Dr. Mung. Gut möglich, dass Dr. Mung von einer Überwachungskamera in Singapur aufgezeichnet wurde. Einer meiner Kollegen prüft das gerade. Aber wo Biehl selbst ist, weiß niemand. Offenbar nicht mal seine Ehefrau, die er nämlich nicht mitgenommen hat. Ich vermute, wo immer er ist, ist es warm, und es wimmelt dort von Banken, die bei all ihren Geschäften höchste Diskretion walten lassen», sagte er bitter.

«Und die SecurCorp?»

«Wir haben Durchsuchungsbeschlüsse für die Labore von sowohl ErBiTech als auch der PharmaCorp. Mit zwölfstündiger Verspätung. Die Techniker konnten praktisch dem Reinigungspersonal hinterherwinken, als sie ankamen. Selbstverständlich konnten sie nichts mehr finden.»

«Aber Sie haben doch noch Portland, oder?»

«Möglich, dass wir ihn für Murray drankriegen, aber er hat wirklich gute Anwälte. Er behauptet, dass er keinerlei Kenntnis von Amina hat. Dass er gar nicht wusste, dass sie im Wagen lag. Dass es Erik Biehl gewesen sein muss, der sie dort hineingelegt hat. Alle Versuche, ihn dazu zu bewegen, die SecurCorp zu belasten, liefen ins Leere. Uns fehlen konkrete Beweise.»

Nora lehnte sich vor. «Er hat noch einen Mord begangen. Ich bin mir fast sicher, dass er von einer Überwachungskamera dabei gefilmt wurde. Ich sage nur: Jackie Bower.»

Dann schilderte sie Teal den Vorfall. Sprach von der schreienden Zeugin auf dem Bahnsteig. Jemand musste ihren Namen notiert haben.

«Danke», sagte er und nahm sein Telefon zur Hand. Zwei

Minuten später stand ein Polizist in seinem Büro. Jack Teal überreichte ihm seine Notizen. «Kontaktieren Sie die Bahnpolizei. Lassen Sie sich alles aushändigen, was sie zu diesem Fall aufgenommen haben. Danke.»

Als er weg war, nahm Teal Noras Artikel noch einmal zur Hand. «Sie glauben, dass die SecurCorp hinter alldem steckt? Fünf Frauen?»

Nora nickte.

«Die SecurCorp liegt ein paar Nummern über meinem Lohnniveau, um es mal so auszudrücken.»

Er tippte ein paar Wörter in seinen Computer. Als er gefunden hatte, was er suchte, drehte er den Monitor so, dass Nora daraufschauen konnte.

Ein Foto zeigte zwei breitlächelnde Spitzenpolitiker: den Premierminister und den Verteidigungsminister auf einer Yacht. Der Überschrift zufolge war das Bild im vergangenen Sommer in der Ägäis entstanden. Zwischen den beiden stand ein drahtiger Mann mit einer Kapitänsmütze und einem blendenden Lächeln.

«Wissen Sie, wer das ist?», fragte Teal.

Nora schüttelte den Kopf.

«Frederick von der Massburg. Vorstandsvorsitzender und einer der Hauptaktionäre der SecurCorp.»

Jack Teal wartete, bis die Information richtig eingesickert war.

«Ich werde heute oder morgen einen Anruf bekommen von einem Kollegen der Staatsanwaltschaft für Wirtschaftsvergehen. Sie werden den Fall übernehmen. Und das wird sich dann über Jahre hinziehen. Es werden Protokolle entstehen mit tausend und abertausend Anlagen. Und eines Tages ist die Sache verjährt oder wird aus Mangel an Beweisen niedergelegt.»

«Außer Sie bekommen ein Geständnis von Portland?»

Er schüttelte den Kopf. «Es wäre mir ein großes Vergnügen, ihm ein Geständnis abzuringen, aber gegen die SecurCorp wird das nichts ausrichten. Im besten Fall machen wir ihn für zweifachen Mord dingfest. Aber wenn er dann bei seiner Aussage bleibt, dass die SecurCorp alle Fäden in der Hand hatte, werden die Anwälte der Gesellschaft ihr Möglichstes tun, ihn so unzuverlässig aussehen zu lassen, wie es eben geht, damit er nicht als Zeuge taugt. Das Wort eines Mörders gegen das eines feinen Direktors? Da braucht man kein großes Staatsexamen, um zu erkennen, zu wessen Gunsten der Prozess ausgehen wird. Und warum sollte er überhaupt gegen sie aussagen? Wenn man nur lange genug gräbt, kommt sicher zum Vorschein, dass die SecurCorp gerade für seinen tüchtigen Anwalt zahlt. Wenn er schlau ist, spielt er das Spiel mit und setzt darauf, dass sein Anwalt eine geringe Strafe für ihn rausschlägt.»

«Aber es wurden fünf Frauen entführt und bei einer illegalen Studie eingesetzt, die sie das Leben kostete. Zwei Morde: Jackie Bower und Murray. Damit können die doch nicht durchkommen?»

Jack Teal fuhr einfach fort: «Anfang der Woche bekam die SecurCorp den Zuschlag für drei weitere Einrichtungen wie Hawksyard und ein Gefängnis. Das ist eine Firma, die sich in den Augen der Regierung alles leisten kann. Offenbar ist ihr Preis einfach unschlagbar. So läuft das leider», sagte er trocken.

Teals Festnetztelefon fing an zu klingeln. Auf dem kleinen Display erschien die zugehörige Nummer. «Oh, das ist mein

Kollege von der Staatsanwaltschaft für Wirtschaftskriminalität. Einen Tag schneller als gedacht.»

Nora stand auf und hob die Hand zum Abschied, während er den Hörer abnahm. Vor dem Präsidium winkte Nora sich ein Taxi heran und ließ sich direkt zum Flughafen bringen, von wo es nach Kopenhagen und zu ihrem Treffen bei *Globalt* ging.

33. Kapitel

Das Treffen mit Rechtsanwalt Bech wurde ungefähr so schrecklich wie erwartet. Er schlug Nora das Strafgesetzbuch um die Ohren und unterstrich, dass sowohl das Magazin als auch sie selbst von Großbritannien und den USA verklagt werden könnten. Bech zufolge konnten die PharmaCorp oder ErBiTech Millionen, ja Milliarden wegen drohender oder entstandener Verluste von ihr einklagen.

«Ich weiß ja nicht, wie es um Ihre private Vorsorge in diesem Bereich steht, junge Dame. Aber ich kann Ihnen garantieren, dass ein Prozess dieses Kalibers das Magazin in den Ruin treiben wird.»

Wie sie diesen Idioten hasste. Flehend blickte sie zu Krebs hinüber, der sich wand, als stünde er kurz davor, wie einer seiner Namensvettern in kochendes Wasser getaucht zu werden. «Wir lassen uns doch von so was nicht einschüchtern, wenn wir eine solide Story haben, nicht wahr?»

«Wir müssen schon an das gesamte Magazin denken. Das hier ist eine Geschichte. Es gibt noch eine Menge anderes, was in Betracht gezogen werden muss. Zum Beispiel andere Mitarbeiter und das Überleben der Zeitung an sich», antwortete Krebs ergeben.

Bech blickte seine beiden Helfershelfer an, die ebenfalls mit am Tisch saßen, und lächelte zufrieden. «Na, damit wäre das dann also entschieden.»

Krebs winkte ab und wartete, bis die drei Juristen den Raum verlassen hatten. Kaum war die Tür hinter ihnen ins Schloss gefallen, wandte er sich an Nora, die vor unterdrückter Wut fast überschäumte.

«Er ist wirklich unerträglich. Besonders, wenn er recht hat», seufzte Krebs.

«Versprich mir wenigstens, dass ich über den Prozess schreiben darf, wenn es dazu kommt.»

«Gott bewahre. Aber jetzt dürfen wir die Zeit nicht aus den Augen verlieren. Du hast dir jedenfalls eine kleine Pause verdient. Ich werde Tausen bitten, das Geburtstagsporträt über Biehl zu übernehmen.»

«Das ist nicht dein Ernst.»

«Doch, ist es. Wir haben es schon in der letzten Ausgabe angekündigt, daher sind wir es unseren Lesern schuldig.»

Nora stand auf, marschierte aus dem Büro und knallte die Tür hinter sich zu.

Sie zitterte noch vor Wut, als sie schon unten auf der Straße stand und überlegte, wo sie eigentlich den Leihwagen geparkt hatte.

Da kam eine dünne blonde Frau auf sie zu. «Sind Sie Nora Sand?», fragte sie nervös.

«Ja, worum geht es?»

Die Frau zögerte einen Augenblick. «Ich bin mir darüber im Klaren, dass das jetzt merkwürdig klingen wird, aber könnten wir vielleicht zusammen einen Kaffee trinken gehen? Es gibt da etwas, was ich Ihnen gern sagen möchte.»

Nora schaute sie verständnislos an.

«Ich bin Brigitte.»

Sie setzten sich ins Café gegenüber.

Drinnen bestellte Brigitte jedoch keinen Kaffee, sondern einen Pfefferminztee, und Nora bat um eine Holunderblütenlimonade.

«Es tut mir leid, dass ich Sie so überfalle, aber die Rezeptionistin hat gesagt, Sie seien in einem Meeting. Deshalb habe ich die Gelegenheit genutzt und einfach hier auf Sie gewartet», sagte Brigitte. Ihr hastiges Sprechen und die hektischen Bewegungen verrieten, dass es ihr nicht leichtfiel, hier zu sitzen.

«Und was wollen Sie?»

Brigitte befasste sich mit ihrem Teebeutel. Zog ihn aus dem heißen Wasser und tunkte ihn wieder hinein. «Ich möchte mich entschuldigen. Ich war die letzten Wochen nicht ich selbst. Die Hormone ... ich habe Sachen gemacht, die ich normalerweise nicht machen würde. Es tut mir leid», sagte sie und fasste sich unbewusst an den Bauch.

Nora folgte der Hand mit ihrem Blick. Es zeichnete sich bereits ein winziges Bäuchlein ab. «Der Einbruch im Gartenhaus. Waren das auch Sie?»

Brigitte nickte. «Ja, aber das kam auf Anweisung. Weil die Lage so angespannt war wegen Ishmails verschwundenem Schwager. Uns wurde so ziemlich freie Hand gelassen, wir durften machen, was wir für richtig hielten, um ihn zu finden. Ich bin etwas weiter gegangen, als nötig gewesen wäre. Viel weiter, um ganz ehrlich zu sein.»

«Was haben Sie sich davon denn erhofft?»

«Ich habe nicht klar gedacht. Danke, dass Sie mich nicht angezeigt haben. Das bedeutet mir mehr, als Sie sich vorstellen können. Es tut mir wirklich schrecklich leid, dass ich es so ... übertrieben habe. Es war schwer für mich, Andreas zu verlieren. Ausgerechnet jetzt.»

Nora spürte, wie all der angestaute Hass auf diese zierliche Frau sich in Luft auflöste. «Aber ihr bekommt doch ein Kind zusammen. Verloren haben Sie ihn also nicht. Er wird immer ein Teil Ihres Lebens bleiben.»

«Ja, schon», sagte Brigitte mit zitternder Stimme. «Aber nicht so, wie ich mir das gewünscht hätte.»

Beide Frauen schauten eine Weile aus dem Fenster. Draußen schob eine Mutter einen Buggy vorbei, zwei schwere Einkaufstaschen hingen an den Griffen.

«Lieben Sie ihn sehr?», fragte Brigitte schließlich.

Darauf gab es keine vernünftige Antwort. «Ich weiß es nicht ... Es ist kompliziert», sagte Nora, wohl wissend, dass man nach einer nichtssagenderen Äußerung wirklich lange suchen musste.

«Ich liebe ihn nämlich sehr. Mehr als jeden anderen Menschen», erklärte Brigitte. Eine Träne stahl sich aus ihrem Auge und rollte ihr über die Wange. «Aber ... aber ... er liebt mich offenbar nicht mehr.»

Nora nahm Brigittes Hand. «Ich weiß nicht, was ich Ihnen sagen soll. Man hat doch selbst keinen Einfluss auf so etwas. Das ist das Einzige, was ich mit Sicherheit weiß.»

«Bleibt ihr zusammen?», fragte Brigitte.

Nora wich ihrem Blick aus. «Ich weiß es nicht. Ich weiß es gerade wirklich nicht.»

Dann stand sie auf. «Mein Parkschein läuft gleich ab.»

Als sie endlich ihren Leihwagen fand, klemmte bereits wieder ein Knöllchen unter dem Scheibenwischer. Wütend steckte sie den Zettel ins Handschuhfach und machte sich auf den direkten Weg zum Humlegården.

34. Kapitel

Es war Kirsten, die ihr öffnete. Sie deutete zum Ende des Gartens. «Er sitzt dort hinten auf seinem Baum. Er weiß, dass Sie kommen.»

Mit schweren Schritten hielt sie auf die zusammengesackte Gestalt zu, die sich in der hellvioletten Abenddämmerung abzeichnete.

Er zuckte fast zusammen, als er sie sah. Insgesamt wirkte er kleiner. Als wäre er innerlich kaputtgegangen.

«Nora», sagte er nur.

Sie umarmte ihn, und während er noch vor wenigen Wochen einen zwar sehnigen, aber von Kampfeswillen erfüllten Körper gehabt hatte, so fühlte sie nun nichts als Haut und Knochen, die nicht mehr zu wissen schienen, was sie zusammenhielt.

«Ich habe das alles für sie getan. Damit sie in Sicherheit ist. Nur für sie», sagte er.

Darauf gab es nichts zu erwidern. Nora kletterte zu ihm auf den Baum. So blieben sie lange sitzen und schwiegen.

«Sie ist mit einem Lächeln auf den Lippen gestorben. Sie hatte keine Angst mehr», sagte Nora.

Manash schniefte und schaute in die Ferne.

«Ich hätte mein Leben für sie gegeben. Dafür, nur noch einmal ihre Hand zu halten.»

«Manash, es geht mich selbstverständlich nichts an, aber was haben Sie noch zu ihr gesagt?»

Er lächelte matt und löste den Blick nicht vom Horizont. «Das war das erste Liebesgedicht, das ich je für sie geschrieben habe. Sie war siebzehn, als ich sie traf, und die schönste Frau, die ich je gesehen hatte. Das ist sie immer noch.»

Nora steckte die Hand in die Tasche und holte die kleine Tüte hervor, die Aminas Krankenschwester ihr mitgegeben hatte. Darin lag ein Ohrring mit einem blauen Stein. Nora reichte sie Manash, der sie ohne ein Wort entgegennahm. Er umschloss sie einfach mit den Fingern.

Schließlich wandte er sich ganz Nora zu. «Starten Sie die Aufnahme. Jetzt bekommen Sie Ihr Interview.»

Dank

Zuerst möchte ich mich bei allen Leserinnen und Lesern bedanken, die Nora Sand so gut aufgenommen haben. Damit hätte ich in meinen wildesten Träumen nicht gerechnet.

Danke allen Buchhändlerinnen und Buchhändlern, Bibliothekarinnen und Bibliothekaren, dass es Sie gibt.

Danke auch meinem großartigen Verlag. Es war mir ein Vergnügen. Besonderer Dank gebührt meiner Redakteurin Dorte, die mit ihrem Blick für Details dafür sorgt, dass Sie ein besseres Buch in Händen halten. Danke allen anderen, die dafür schuften, dass das Buch verkauft wird. Ihr leistet unfassbare Arbeit.

Ein besonderer Dank gilt ferner meiner unglaublich fleißigen Agentin Lina, die dabei ist, Nora Sand zu Weltruhm zu verhelfen. Oder so etwas in der Art. Ich muss mir ständig in den Arm kneifen, um glauben zu können, dass das alles wahr ist.

Danke an meinen lieben Arztfreund Tzvetsen, der mir bereitwillig Auskunft darüber gab, wie man hohes Fieber behandelt. Und danke Anders vom Polizeimuseum, der mir in null Komma nichts ein Foto vom polizeilichen Absperrband schickte, als ich es gerade brauchte.

Darüber hinaus möchte ich meinen neuen Kollegen, den Krimiautorinnen und -autoren, danken. Gut möglich, dass wir auf dem Papier miteinander konkurrieren, aber man muss lange nach einer ähnlich liebenswürdigen und entgegenkommenden Gruppe von Menschen suchen. Das ist wirklich guter Stil.

Schließlich möchte ich noch all den geduldigen und klugen Menschen danken (ihr wisst, wer ihr seid), die mich bei einer der wichtigsten Entscheidungen meines Lebens unterstützt haben: dabei, Vollzeitautorin zu werden. Ein Abenteuer, das gerade erst begonnen hat.

Und danke für all die Liebe, die mich auf so wundersame Weise erreicht.

Weitere Titel von Lone Theils

Ein Fall für Journalistin Nora Sand

Die Mädchen von der Englandfähre

Das Meer löscht alle Spuren

Lone Theils

Die Mädchen von der Englandfähre

Der Bestseller aus Dänemark mit einer grandiosen Ermittlerin: Journalistin Nora Sand

Im Sommer 1985 verschwinden die dänischen Teenager Lulu und Lisbeth auf der Überfahrt nach England spurlos. Eine Suchaktion über Landesgrenzen hinweg verläuft im Nichts. Jahrzehnte später fällt Nora Sand, die in London für eine dänische Zeitung arbeitet, ein Foto der beiden in die Hände: Es zeigt die Mädchen in der Zeit nach ihrem Verschwinden. Nora lässt die Geschichte nicht los. Ihre Recherchen beginnen in Dänemark, wo die Mädchen in einem Heim aufwuchsen. Und führen zu dem englischen Frauenmörder Bill Hix. Der verbüßt im berüchtigten Gefängnis Wolfhall eine lebenslange Haftstrafe. Nora ahnt nicht, welche Konsequenzen ihre Nachforschungen haben. Die Suche nach der Wahrheit ist gefährlich ...

432 Seiten

MIX
Papier aus verantwortungsvollen Quellen
FSC® C083411

Das für dieses Buch verwendete Papier ist FSC®-zertifiziert.